D1987040

DIE LANDGRÄFIN JUTTA CLARICIA

Dr. Heidi Freistedt, Autorinnenname Gila Freis, wurde 1953 in einem kleinen Dorf im Norden Thüringens geboren. Sie studierte zwei Jahre Theologie in Naumburg und Berlin. Danach war sie bis zum Ende des Berufslebens in der Wirtschaft tätig. Ihr Arbeitsschwerpunkt war das Sozialmanagement, auf diesem Gebiet hat sie auch promoviert. Nach der Wende war sie zwölf Jahre lang ehrenamtliche Bürgermeisterin. Gila Freis veröffentlichte 2021 den Roman »Trautmanns Töchter – Martha«, 2023 erschien im Mitteldeutschen Verlag ihr Roman »Johannas Welt« und 2024 der Erzählungsband »Verlorene Wahrheiten. Die Autorin lebt in der Nähe von Berlin.

GILA FREIS

DIE LANDGRÄFIN JUTTA CLARICIA

HISTORISCHER ROMAN

mitteldeutscher verlag

TAUSENDJÄHRIGE VERGANGENHEIT – EINE VORBEMERKUNG

»Oh, du einstmals geschundenes Thüringen. Arm, besiegt, fast menschenleer und bisweilen vergessen. Du gehörtest nicht zu den Mächtigen, den Erfolgreichen und den Siegern, dennoch bist du nicht untergegangen.«

Leise klingt das Lied in meinen Ohren und eine Schwermut befällt mich, die aber nicht in Hoffnungslosigkeit endet.

Seit meiner nachfolgenden Geschichte sind Jahrhunderte vergangen. Männer haben nach der Macht gegriffen, Kriege geführt und verloren. Frauen, Männer und Kinder wurden getötet, verwundet, misshandelt, vertrieben und versklavt. Not, Armut, Hunger und Leid herrschten immer wieder in diesem waldreichen, bergigen Land. Hinzu kamen Unwetter, Krankheiten und Seuchen. Thüringen lebte weiter. Lebt bis heute.

Die einst mächtigen Männer sind vergessen. Die Wunden der Kriege sind geheilt. Sogar das Elend fand ein Ende.

An einem sonnigen Sommertag im Jahre 2000 fahre ich auf der alten Salzstraße nach Norden und erreiche die kleine Stadt Weißensee. Von fern sehe ich Burg und Kirche wie in Eintracht nebeneinander. Auch auf ihnen lastet leidvolle uralte Geschichte, dennoch grüßen sie mich vertraut und heißen mich willkommen.

Die tausendjährige Vergangenheit ist in der Stadt überall präsent. Ich spüre sie wie Sonnenstrahlen auf der Haut. Sie schwebt leicht wie ein kraftgebender Atemzug über den Marktplatz. Nichts Dunkles und Trauriges begegnet mir, auch nicht am Fuße des mächtigen Burgberges.

Ich frage einen Weißenseer. Nach Kriegen, Kämpfen und Notzeiten. Aber nein, für die Weißenseer ist ihre Erinnerung, ihre Geschichte, hauptsächlich mit einer Frau verbunden. Einer Frau, der sie nach fast tausend Jahren noch immer mit Achtung, Dankbarkeit und Verehrung begegnen.

Es ist ihre einstige Landgräfin Jutta Claricia, deren Vorgeschichte und Geschichte ich hier erzählen möchte.

WINTER 1122 IN DER OSTALB

Der Wind kam aus südlicher Richtung und wehte die Kälte aus den Bergen heran. Er fegte stürmisch über die Wälder und Felder der Ostalb und brachte dürre Schneeflocken mit. Sie wirbelten durcheinander, als würden sie den Weg zur Erde scheuen, aber sie entgingen dem seit Tagen gefrorenen eisigen Boden nicht. Auf dem Fränkel, dem Tennenberg und dem Haarberg, den drei Siebenhundertern, lag bestimmt schon Schnee, dachte die Alte und erklomm keuchend den steilen Pfad. Auf halber Höhe bis zur nächsten Kurve stellte sie den Korb ab und machte eine kleine Verschnaufpause. »Verdammter Wind, verdammter Schnee, verdammte Kälte«, brummte sie. Man hatte ihr gesagt, es sei bis Hohenstaufen eine gute Tagesreise. ›Gut‹ bedeutete, sie musste sich sputen, um noch vor Einbruch der Nacht anzukommen. Die Alte schaute hinauf in den wolkenverhangenen Himmel, wickelte sich sorgenvoll den Schal aus grober Schafwolle noch einmal um den Kopf und schnürte sich den Umhang fester um die Schultern. Weiter ging dann der Aufstieg. Sie war seit dem frühen Morgen unterwegs. Bis Schorndorf war sie der Rems gefolgt. In der Niederung des Flusses kam sie gut voran. Aber ab Schorndorf begann der Aufstieg ins Gebirge. Der Waldweg war anfangs noch gut erkennbar, doch seit der letzten Kreuzung folgte sie nur noch einem Pfad und einer wagen Vermutung. Ihr Stück Brot hatte sie aufgegessen, als es ungefähr Mittag war, und zu trinken hatte sie auch nichts mehr. Der Magen knurrte vor Hunger und die Finger waren kälteklamm, die Füße in dem alten Leder erstarrt. Hier im dichten Wald schien der Weg zu wachsen und mit jedem Schritt länger zu werden. Die Kiepe mit den

Kräutern drückte von Stunde zu Stunde schwerer auf dem Rücken. Plötzlich kamen noch Zahnschmerzen hinzu. Der Zahnwurm hatte einen Backenzahn rechts oben zerstört. Da sah sie neben dem Weg einen frisch geschlagenen Baumstamm liegen und setzte sich nieder. Die Zahnschmerzen waren inzwischen unerträglich. Mit steifen Fingern kramte sie in ihrem Korb nach einer Gewürznelke. Alle möglichen Kräuter hatte sie dabei, aber wo waren die Nelken? Sogar die Taschen ihrer Jacke wurden geleert. Unter den Fenchelsamen fand sie schließlich eine einzige Nelkenknospe. Sie legte sie in den kaputten Zahn und hoffte, den Schmerz damit zu stillen. Ich sollte den Mund und den Zahn vorher mit Wasser reinigen, dachte sie, aber sie hatte kein Wasser, nur Speichel.

Als sie wieder aufbrach, summte sie ein Weihnachtslied, sie musste an etwas anderes denken, an etwas Schönes, an etwas, dass sie nicht an ihren Zahn erinnerte. Sie jammerte leise einen Singsang und nach einer kleinen Weile hatte sie die Lichtung auf der Höhe erreicht. Irgendjemand hatte vor langer Zeit hier oben ein Kreuz aufgestellt. Es war nicht nur das übliche, grob behauene Holzkreuz, stellte sie fest, es war ein schönes Kruzifix und davor stand eine aus gehobelten Stämmen zusammengefügte Bank. Das Kreuz – endlich! Die Beschreibung, die man ihr gegeben hatte, traf zu. Dieses Kreuz war die Bestätigung, dass sie den richtigen Weg eingeschlagen hatte. Sie nahm das Katzenfell, mit dem sie immer die Kräuter in der Kiepe abdeckte, aus dem Korb, breitete es aus und setzte sich darauf. Sie atmete die kalte Luft durch die Nase ein und hielt den Mund geschlossen. Nur noch eine kleine Pause, stöhnte sie, den Rest schaffe ich auch noch. Langsam wurden die Zahnschmerzen schwächer und gleichzeitig bemerkte sie, dass der Zahnstummel lose war. Das war doch eine gute Botschaft, fand sie. Also würde sie in den nächsten Tagen den Zahn allein entfernen können. Das ist dann schon der dritte. Die Zahnpflege war ihr immer wichtig gewesen. Hin und wieder rieb sie ihre Zähne mit der Rinde von der Wurzel des Linsenkrautes ab, damit sie weiß blieben. Dann kaute sie Fenchelsamen oder Minze für einen wohlriechenden Atem. Wie sagt das Hohelied? »Deine Zähne sind wie eine Herde geschorener Schafe, die aus der Schwemme kommen. Alle haben sie Zwillinge und keines unter ihnen ist unfruchtbar, und dein Mund ist so süß.« Die Jugend, die weißen Zähne und auch die fröhlichen Bemerkungen der Burschen waren längst Vergangenheit. Sie dachte noch einmal an früher und an die Burschen von damals, aber eigentlich dachte sie nur an den einen. Der große Blonde, Gernot hieß er, der wollte sie sogar heiraten, aber die Mutter meinte damals, sie sei noch zu jung und sie würde schließlich auf dem elterlichen Hof gebraucht. Dann nahm Gernot eine andere. Das tat weh. Ihre Gedanken hingen an Gernot wie Wespen am Honig. Mit der anderen war er nicht glücklich geworden, wenig später zog er fort. Er hatte das Kreuz genommen, hatte man ihr gesagt. Das muss so um das Jahr 1095 oder 1096 gewesen sein. Es hieß, der Zug, dem er sich angeschlossen habe, sei nach Jerusalem aufgebrochen. Die Menschen in Waiblingen sagten, es sei ein Kreuzzug gewesen, weil Papst Urban II. die Christen aufgefordert hatte, Jerusalem und das ganze Heilige Land von den Ungläubigen zu befreien. Jerusalem, wo liegt das eigentlich, grübelte die Alte, und wusste Gernot, wo das liegt? Gernot kam nie zurück, nicht zu seiner Frau und auch nicht zu ihr. Vor langer Zeit, das musste so um 1099 gewesen sein, hatte sie gehört, dass Jerusalem in einem schrecklichen Blutbad erobert worden war. Erobert von wem und wofür? Von den Juden oder den Muslimen? Oder von den Christen, die dort lebten? Und danach? Lebte Gernot jetzt als Bauer in Jerusalem? »Ach, Gernot«, stöhnte die Alte müde und schaute den Weg zurück. Es konnte nicht mehr weit sein, aber der lange Anstieg war wirklich zu anstrengend. »Ein kleines Päuschen nur noch«, überlegte sie, als sie ihre Beine für einen kurzen Moment ausstreckte. Dann schritt sie mit eiligen Schritten aus, denn die Dunkelheit würde bald hereinbrechen. Hier im Wald kam sie früher, war noch finsterer und sie war mit Angst gefüllt. Die Alte beeilte sich, um nicht im Dunkeln auf der Burg Hohenstaufen anzukommen. Ihre Gedanken flogen dorthin und hierhin. »In wenigen Stunden wird mit dem neuen Monat, das neue Jahr, das Jahr 1122, anbrechen. Der Dezember ist vorbei. So viele sind erfroren in den eisigen Nächten vor Christi Geburt. Sie bekreuzigte sich, dachte an das Leid. Ob Gott, der Allmächtige, den Wind hört, der über die kleinen Gräber weht? Ich muss an etwas anderes denken – die Monate haben neue Namen bekommen. Januar – wintarmanot, Februar – hornung, März – lenzimanot, April – ostarmanot, Mai – winnemanot, Juni – brachmanot, Juli – hewimanot, August – aranmanot, September – witumanot, Oktober – windumemanot, November – herbismanot, Dezember – heiligmanot«, sie schüttelte den Kopf, während ihres Selbstgespräches. Wem soll das Neue wohl nützen?, fragte sie sich. Sie würde in diesem Jahr das fünfundvierzigste Mal das Fest der Heiligen Drei Könige feiern. Vielleicht, wenn alles gut lief, wäre sie bis dahin wieder zu Hause und könnte sich dann eine warme Stube und eine gute Suppe gönnen.

Die Dämmerung kam mit aller Macht und damit auch die Angst vor einem Überfall von Räubern. Der Schnee fiel in dichten Flocken und der Pfad verschwand in der sich ausbreitenden Finsternis. Wieder eine Kurve. Dann endlich sah sie hoch oben auf dem gegenüberliegenden Berg Licht. Das mussten die alte Burg und die neuen Burgerweiterungen sein. Der markante Berg, der tatsächlich so aussah, wie man ihn ihr beschrieben hatte. Wie ein Stauf, ein Kelch, wie ein umgestülpter Becher. Die gesamte Burganlage, die darauf errichtet worden war, erschien im Vergleich zur Größe des Berges überdimensioniert. Sie erkannte die Silhouette des Bergfriedes, der mit den herzoglichen Wohnräumen wie ein Fremdkörper über allen Bauwerken thronte. Er war seitlich des Berges platziert und es schien, als hätte er auf dem Berg nicht genug Platz gefunden. Als sie ankam, sah sie, dass die Befestigung und alle neuen Anbauten der Burg aus Stein errichtet worden waren. Häuser aus Stein kannte sie nur als Kirchen. Sie blieb einen Moment stehen und bestaunte die Größe und Schönheit der steinernen Burg. Da erinnerte sie sich, wie man sich in ihrer Stadt erzählt hatte, dass der Vater des derzeitigen Burgherrn, er hieß Friedrich I. von Schwaben, als er seinerzeit Herzog wurde, diese seine Gipfelburg erweitert und zu einem Domizil ausgebaut hatte, damit sie seiner Meinung nach eines Herzogs würdig war. Friedrich I. von Schwaben nannte seine Burg nach dem Berg, dem Hohenstaufen, und diesen Namen gab er auch seinem Geschlecht. Fortan sollten seine Nachkommen den Namen dieses markanten Berges tragen. Seine Familie würde für alle Zukunft und für jedermann die Staufer heißen.

Als die Alte an die Pforte klopfte, war es bereits dunkel und der Schnee fiel noch immer in dichten Flocken. Sie hörte hinter den dicken Steinmauern unruhige Pferde, Kühe, die mit den Ketten klirrten, und lärmende Schweine. Die Tiere wurden zur Nacht gefüttert, vermutete sie. Dazwischen waren Rufe der Knechte und Mägde zu hören. Dann schob jemand mit einem lauten Geräusch den Eisenriegel zurück und öffnete die kleine Einlasstür in dem großen Burgtor. Umständlich erklärte die Alte dem misstrauischen Pförtner, dass die Wehmutter sie aufgefordert hatte, spätestens Anfang Januar auf der Burg zu erscheinen. Sie sei die Kräuterfrau aus Waiblingen. Der Pförtner schaute sie ungläubig an. »Aus Waiblingen, sagt Ihr, ohne Pferd«, er schüttelte seinen Kopf. »Kommt herein und geht dort entlang in die Küche. Dort, wo das Feuer brennt, ist die Schmiede, daneben liegt die Gesindeküche. Esst eine warme Suppe. In der Zwischenzeit lasse ich der Wehmutter ausrichten, dass Ihr gekommen seid.« Dann war er verschwunden und die Alte beeilte sich, in die warme Küche zu kommen und dachte an die versprochene Suppe.

In der Gesindeküche traf sie niemanden an. Das Herdfeuer loderte und an der Wand neben dem langen Tisch brannte ein rußender Kienspan. Es roch nach Kiefer. Wahrscheinlich hatte man das Holz der harzreichen Kiefer für den Kien verwendet. Die Alte rief, aber niemand kam. Sie schaute in die Töpfe auf dem Tisch, aber die waren leer. In den Töpfen auf dem Herd brodelte heißes Wasser. Die Alte setzte sich an die Stirnseite des Tisches mit ihrem Rücken zum Feuer. Die Wärme tat gut. Sie streckte ihre Beine lang aus, wickelte den Schal ab und legte auch das wollene Tuch neben sich. Dann schnürte sie die Lederbänder auf und zog die durchnässten Schuhe aus. Die Müdigkeit übermannte sie. Die Unterarme lagen überkreuzt auf der Tischplatte und darauf ruhte der Kopf. Die Alte war eingeschlafen. Als sie geweckt wurde, stand eine Schüssel mit einer Krautsuppe vor ihr. Ein köstlicher Geruch stieg von der Suppe auf. Der Pförtner, der sie hereingelassen hatte, stand neben einer Frau, die vielleicht die Köchin war. »Hier ist etwas zum Essen«, sagte er freundlich. Die Köchin legte mit einer Gabel noch ein Stück Fleisch in die Suppe. »Ihr solltet wieder zu Kräften kommen, denn hier herrscht seit gestern ein Durcheinander«, sagte die Köchin mit hörbarer Verzweiflung. Die Alte entschuldigte sich, dass sie am Tisch einfach so eingeschlafen war und bedankte sich für die verlockend duftende Suppe und das Fleisch. »Ihr könnt mich Berte nennen«, sagte sie, als sie hungrig die Suppe löffelte und dabei achtgab, dass nichts ihren schmerzenden Zahn berührte. »Ich bin die Köchin, einen anderen Namen habe ich nicht«, sagte die Frau am Herd und streckte ihr die Hand entgegen. »Ihr werdet bei mir in der Kammer schlafen, solange Ihr hier auf der Burg seid«, sagte sie und als sie Berte zulächelte, entblößte sie ihre übriggebliebenen drei oder vier Zahnstummel. Berte hatte ihre Suppe und das Stück Brot vorsichtig aufgegessen. Zum Nachtisch erhielt sie noch ein Glas Wein mit Wasser gemischt. »Bevor ich die Kammer zeige, solltet Ihr euch bei der Wehmutter melden«, sagte die Köchin. Sie öffnete die Küchentür und rief laut in die Dunkelheit nach einer Adele. »Wollen wir nicht du zueinander sagen?«, fragte der Pförtner. »Ich bin der Hannes.« »So machen wir das«, stimmte die Köchin zu und auch Berte nickte. Wenige Augenblicke später erschien ein junges, sehr vornehm gekleidetes Mädchen mit einer brennenden Fackel. »Das ist Adele, sie wird hier auf der Burg erzogen und sie bringt dich zur Wehmutter, nicht wahr Adelchen«, sagte die Köchin und steckte dem Mädchen ein Plätzchen zu. »Kommt bitte«, sagte Adele, »ich begleite Euch. Oben werdet Ihr bereits erwartet.« Adele führte Berte über den Hof am Palas vorbei zum Eingang des Burgfrieds. Berte hatte sich schon gewundert, dass der Palas hell erleuchtet und hier laute Stimmen zu hören waren. Einen Augenblick lang argwöhnte sie, dass sich die Familie in dem kalten Saal aufhalten würde. Denn der Palas, der Festsaal, war auf fast jeder Burg kalt und im Winter sogar eiskalt. »Ist die Herrin auch im Festsaal?«, fragte Berte ungläubig. Gerade als Adele antworten wollte, hörten die Frauen lautes Rufen und ausgelassenes Gelächter von trunkenen Männern. »Das sind Seine Hoheit und seine Gäste. Der Herzog und sein Bruder Konrad waren auf der Jagd und feiern jetzt«, sagte Adele. »Die Herrin hat sich seit letzter Woche in ihre Räume im Obergeschoss zurückgezogen.« Dann waren sie auch schon die Außentreppe bis zur halben Höhe des Burgfrieds hinaufgestiegen und an der schweren Holztür angekommen. Also oben in den beheizbaren, warmen Wohnräumen würde die

Herrin niederkommen, das ist gut so, überlegte Berte. Bevor die beiden Frauen die knarrende Holztreppe innerhalb des Wohnturms hinaufstiegen, steckte Adele die flackernde Fackel in die Halterung an der Wand neben der Tür. Im Wohnturm selbst waren Kerzen aufgestellt. Plötzlich blieb Adele mitten auf der Treppe stehen. »Ich möchte bitte nicht in die Kemenate hineingehen, wo die Wehmutter ist, ich habe Angst vor dem, was dort passiert. Schon diese Schreie sind fürchterlich«, sagte Adele und ging weiter voran. »Das ist schon gut. Sagt mir, wie Eure Herrin heißt und ob es ihr erstes Kind ist«, wollte Berte wissen.

»Ihre Hoheit heißt Judith«, antwortete Adele folgsam, »und ja, es ist ihr erstes Kind. Sie hat erst vor zwei Jahren Friedrich II. von Schwaben geheiratet.« Beim Vorübergehen flackerten unruhig die Kerzen. Berte überlegte – wo hatte sie schon einmal etwas über eine Judith gehört und was genau hatte sie gehört?

»Woher kommt Ihr?«, fragte Adele die Alte, die erfolglos in ihrem Gedächtnis kramte. »Ich komme aus Waiblingen und bin heute den ganzen Weg zu Fuß gegangen«, dann schwieg die Alte wieder und Adele hörte, wie sie beim Treppensteigen stöhnte. Endlich waren sie oben im Turm. »Hier ist es«, sagte Adele. Ein winziger Flur trennte zwei kleine Räume. Aus dem rechten Raum hörte sie Stimmen. Adele klopfte an die Tür und schaute die Alte mitleidig an. »Schon gut, du musst meinetwegen nicht mit hineingehen«, beruhigte sie das junge Mädchen. Die Wehmutter öffnete die Tür und im gleichen Augenblick war Adele die Treppe hinunter und schon verschwunden. »Na, endlich bist du da, komm rein«, sagte die Wehmutter zur Begrüßung. »Und Berte, hast du alles mitgebracht?« Berte nickte und trat in die warme Stube. Wo waren die Hofdamen? Das übliche Gefolge seiner Hoheit, fragte sich Berte. »Lass dich umarmen, ich bin froh, dass du hier bist«, sagte Hildegard, die Wehmutter, »denn ich weiß nicht, wie lange es noch dauern wird und dann brauche ich vielleicht deine Kräuter.« – »Und die Hofdamen und Kammerfrauen?«, fragte Berte? »Weggeschickt. Allesamt«, bekam sie zur Antwort. Hildegard zeigte auf einen kleinen Tisch an der Fensterseite: »Dort kannst du deine Sachen ablegen.« Berte trat vor das Bett, beugte ihr Knie vor der Herzogin zur Begrüßung, legte dann ihre Sachen ab und stellte den Korb mit den Kräutern auf das ihr zugewiesene Tischchen. Im Bett lag eine junge Frau. Sie sah schön aus, auch wenn ihr die blonden lockigen Haare wie wild und verschwitzt ins Gesicht hingen. Unter der Decke wölbte sich der unförmige Leib. In die weißen Kissen gelehnt, bemühte sich die junge Frau um eine würdevolle Erscheinung. »Ihr seid die Kräuterfrau«, wandte sie sich an Berte. Dann krampfte sie sich unter einer Wehe zusammen. Hildegard wischte ihr den Schweiß von der Stirn. »Es ist noch nicht so weit, Eure Hoheit, ruht Euch zwischen den Wehen aus«, riet sie ihr. »Erzählt mir etwas, das lenkt mich ab«, bat die Herzogin die Wehmutter. Die Wehmutter berichtete vom Markttag in Göppingen, von den beiden Sängern, die am Abend in der Schänke so ergreifend von Liebe, Sehnsucht und Tod gesungen hatten. »Danach begann der Tanz der jungen Leute. Mein Bruno hatte keine Lust zum Tanzen. Er sagte nur, ›ich muss mich die ganze Woche über schinden, jetzt will ich meine Ruhe haben‹. Und dann war da plötzlich eine Schlägerei im Gange. Worum es bei der Auseinandersetzung ging, habe ich nicht erfahren, der Wirt hat schließlich nichts mehr ausgeschenkt und die meisten sind nach Hause gegangen. Wir sind auch gegangen, ohne einen einzigen Tanz.« Als die Wehmutter geendet hatte, wurde es still in der Stube. Berte legte noch einige Holzscheite in den Kamin. »Versucht ein wenig zu schlafen und Euch in dieser Nacht auszuruhen, bevor das Kind kommt«, riet ihr die Wehmutter. Der Herzogin bemühte sich nach der nächsten

Wehe einzuschlafen. Sie wälzte sich in den Kissen, bis die nächste Wehe kam. Wälzen, krampfen und stöhnen, so schlichen die Nachtstunden dahin. Als der neue Tag heraufdämmerte, war die junge Frau müde und kraftlos. »Heute wird es kommen, dann haben Eure Hoheit es geschafft«, machte Berte ihr Mut. Die Herzogin strich die verschwitzten Haare aus der Stirn und versuchte sich in den Kissen aufzurichten. »Ich habe auch gern getanzt«, sagte sie plötzlich. »Zu Hause auf der Veitsburg haben wir oft und gern getanzt. Mein älterer Bruder Heinrich, meine jüngere Schwester Sofie und ich hatten die meiste Freude am Dreiergruppentanz.« Dann stoppte die nächste Wehe ihre Erzählung und sie legte sich wieder nieder. »Manchmal, wenn die Musikanten einen Reigen spielten und wir im Kreis tanzten, reihte sich auch die kleine Mathilde ein. Wir hatten dabei alle die gleiche Schrittfolge und es war für Mathildchen einfach, uns nachzuahmen. Aber wenn Heinrich Sofie und mich so galant zum Reigen führte, wenn die Musikanten mit ihren Flöten und Fiedeln aufspielten und die kleinen Pauken den Takt bestimmten, war es am schönsten, dann fühlte ich mich glücklich.« Die Herzogin hatte sich im Bett erneut aufgerichtet und versuchte, mit einer Hand ihre Haare zu bändigen. »Soll ich eine Schleife binden?«, fragte Hildegard. Als die Herzogin nickte, nahm Hildegard das blaue Samtband von der Truhe und band die Haare zu einem Pferdeschwanz zusammen. »Für eine Welfentochter habt Ihr ungewöhnliche Haare«, sagte die Wehmutter. »Die Welfen sind doch alle schwarz«, fügte sie hinzu. Die Herzogin saß fast aufrecht in dem riesigen Bett. Mit ihrem hübschen Puppengesicht, dazu der Pferdeschwanz und ihre schmalen Schultern, wirkte sie eher wie ein Kind als wie eine Frau und Mutter. »Ja, Ihr habt recht, ich habe als einziges von uns sieben Kindern die Haare der Billunger geerbt. Meine Mutter war ebenso blond.« Die Herzogin schwieg und ergab sich in die kommende Wehe. Dann trank sie von dem Himbeertee, den Berte gekocht hatte, und verlief sich wieder in ihren Erinnerungen. Die nächste Wehe kam und riss sie aus ihren Gedanken. Sie sagte kein Wort, klagte nicht, nur ein Stöhnen entfuhr ihr. Nach einer Weile erzählte sie weiter. »Meine Brüder Heinrich, Konrad und Welf und meine Schwestern Sofie, Mathilde und Wulfhild sind noch nicht verheiratet. Ob sie zu Hause noch tanzen und an mich denken?«, fragte die Herzogin. Berte und Hildegard konnten unschwer die Betrübnis der jungen Frau erkennen. »Mit Friedrich, meinem Mann, wäre ich gern noch einmal vor der Niederkunft nach Ravensburg zu den Eltern und den Geschwistern gereist, aber Friedrich hatte Angst, dass die Reise mir und unserem Kind schaden könnte. Wenn alles gut geht, hat er mir versprochen, im Sommer des nächsten Jahres auf die Veitsburg nach Ravensburg zu reiten und dort mit meiner Familie die Geburt zu feiern.« Wieder kam eine Wehe. Wortlos sank die Herzogin in die Kissen. Auch die Erinnerung an die Familie konnte sie zwischendurch nicht mehr ablenken. Sie kämpfte tapfer. Die Wehen wurden stärker und kamen häufiger. Die Stunden des Tages schlichen dahin. Sie konnte die Wehenschmerzen kaum aushalten. Die Nachtstunden hatten bereits ihre Kräfte verschlungen. Berte nahm das Frauenmantelkraut aus dem Korb und gab kochendes Wasser dazu. Frauenmantel stärkt die Gebärmutter und fördert die Geburt, wollte sie erklären, aber die Herzogin lag teilnahmslos in den Kissen. »Das Kind kommt nicht«, sagte die Wehmutter leise zu Berte. »Gut, dass du hier bist, ich weiß jetzt schon nicht weiter.« Berte schlug vor, einen Tee aus Petersilienwurzel aufzubrühen, denn Petersilie ist wehenfördernd und austreibend. Den sollte die Herzogin gleich trinken. Berte nahm getrocknete Petersilienwurzeln aus dem Korb, zerkleinerte die Wurzel und übergoss zwei Teelöffel mit kochendem Wasser. Die Herzogin war vor Schmerzen ohnmächtig geworden.

Berte stützte die junge Frau von hinten. Als sie wieder bei Bewusstsein war, flüsterte sie Berte zu: »Ich will kein Kind, ich will nur sterben.« – »Was soll ich machen«, jammerte Hildegard, »ich hole vorsichtshalber Seine Hoheit, denn wenn etwas Schlimmes passiert und er nichts davon erfährt, wird er mich bestrafen.« Und schon war Hildegard durch die Tür verschwunden. Berte flößte der Herzogin weiter löffelweise Tee von der Petersilienwurzel ein. Die junge Frau konnte nicht liegen, nicht sitzen und mit der nächsten Wehe kam die nächste Ohnmacht. Da hörte Berte die schweren Schritte auf der Treppe. Als der Herzog hereinkam und seine Frau bewusstlos liegen sah, glaubte er, sie wäre schon tot. »Nein«, sagte Berte, »sie ist nur ohnmächtig vor Schmerzen.« Ohne ein Wort zu sagen, küsste er sie liebevoll auf den Mund und nahm ihre Hand. Berte erkannte an der kleinen Geste, dass er sie liebte. Tatsächlich, er liebte sie aufrichtig mit ganzen Herzen. Mit großer Trauer in den Augen sagte er: »Judith, bitte stirb nicht, bitte bleib bei mir.« Sie krampfte und stöhnte, als sie wieder zu Bewusstsein kam. Aber aus ihren Augen war alles Leben wie erloschen und ihr kleiner Körper schien ihr schon nicht mehr zu gehören. Friedrich war entsetzt und als er aus der Kammer ging, war es mehr eine Flucht. Fort vom Ort des Sterbens und hin zu den Lebenden. Berte hörte noch, wie der Herzog rasch die Treppe hinablief und jeder Tritt auf den ausgetretenen Holzstufen klang wie FORT, FORT. Berte fütterte löffelweise die Gebärende mit ihrem Petersilienwurzeltee. Die Wehmutter hoffte noch immer, dass das Kind von selbst kommen würde. Sie hatte alle Tücher, Waschwasser und Wickeltücher gewissenhaft bereitgelegt. Warten, die Angst beherrschen und an einen guten Ausgang glauben, mehr konnte sie nicht tun. Sie sah aus dem kleinen Fenster hinaus in die kommende Nacht, die die verschneite Landschaft bereits verschlungen hatte. Als dieser qualvolle Tag zu Ende ging, kam der

Abt aus dem nahe gelegenen Kloster Adelberg. »Seine Hoheit hat mich rufen lassen«, war seine einzige Erklärung, als er die Stube betrat. Der Geistliche, ein dicker Mann, in einen fleckigen schwarzen Umhang gehüllt, trat nahe an das Bett der Gebärenden. Berte war dieser Mann zuwider. Er roch nach Wein, nach Schweiß und nach etwas Unaussprechlichem, das nur Männern eigen ist. Der Ekel kroch ihr den Hals hinauf. Da die junge Frau nicht reden konnte, begann der Abt sogleich die Absolution zu erteilen: »Ego te absolvo a peccatis tuis in nomine Patris et Filii et Spiritus Sancti. Amen.« Danach wollte er Judith salben. Er benetzte seine dicken Finger mit einem Öl und strich der Sterbenden ein Kreuz auf Stirn, Nase, Mund, Ohren und Hände. Dazu sprach er ein Gebet, in dem er für die Sterbende darum bat, das ihr die Sünden erlassen und ihr Gottes Gnade zuteil werde. Der Abt wollte gerade mit seiner rechten Hand das Kreuz über der Herzogin schlagen, da bekam Berte plötzlich eine solche Wut auf ihn, dass sie Mühe hatte sich noch mehr zu beherrschen. »Geht hinaus! Sofort!«, schrie sie ihn an. Sie wusste es plötzlich ganz genau, diese totgeglaubte junge Frau würde leben. »Bist du verrückt geworden?«, fragte Hildegard und schaute sie entsetzt an. Der Abt stand noch immer vollkommen verunsichert an der Kammertür. »Hinaus!«, schrie Berte wie eine Furie und zeigte auf die Tür. Er starrte sie immer noch entgeistert an und warf hinter sich die Tür ins Schloss. »Los Hildegard, wir müssen das Kind holen.« Hildegard war bleich vor Angst und rührte sich nicht. »Komm, wir schaffen das zusammen«, Berte klang jetzt friedlicher. Es kam die nächste Wehe, dann die übernächste. Berte beobachtete die Wehen sehr genau, plötzlich drückte sie von oben mit beiden Händen auf den Leib. Die Herzogin wurde schon wieder ohnmächtig, aber das Kind schob sich langsam in die Welt hinaus. Schon als der Kopf den Mutterleib verlassen hatte, aber der Körper sich noch im Geschiebe befand, schrie das Kind hörbar auf. Die Herzogin war erwacht, und sie schloss für einen Moment die Augen. Es war ein Junge, groß und kräftig und augenscheinlich gesund. Die Wehmutter trennte ihn von der Nabenschnur, säuberte ihn von der Käseschmiere, wusch ihn und legte ihn der Mutter auf die Brust. Nach wenigen Augenblicken begann der Kleine die Mutterbrust zu suchen und machte Saugversuche. Berte wickelte den kleinen Körper in warme Tücher. Währenddessen kontrollierte die Wehmutter mit bestimmten Handgriffen den Ablöseprozess der Nachgeburt und nickte zufrieden. Die Frauen setzten sich zu einer kleinen Pause neben das Bett auf die Truhe und tranken den mit Wasser gemischten Rotwein aus dem bereitgestellten Krug. Die junge Mutter war vollkommen erschöpft, als Tränen des Glücks ihr über die Wangen liefen. Mit der rechten Hand hatte sie den winzigen Körper des Knaben umfasst und küsste das Kind auf sein kleines Köpfchen. Die Wehmutter versicherte ihr, das mit dem Jungen alles in Ordnung sei. Als sie, wie üblich, prüfte, ob die Nachgeburt sich vollständig gelöst hatte, erkannte sie, den unnatürlich großen Blutverlust, der sich im Bett verteilt hatte. Sie wusste, dass das Gemisch aus Blut, Gewebe und Schleim, wenn es nicht zum Stillstand kam, für die Mutter lebensbedrohlich werden würde. Auch Berte sah, dass die junge Frau mehr als üblich blutete. Warum hörten diese Nachblutungen nicht auf?, fragte auch sie sich angstvoll. Würde die Herzogin jetzt noch verbluten? Panik machte sich in der Stube breit. Alle bereitgelegten Tücher war inzwischen blutdurchtränkt. Berte schrie ins Treppenhaus hinunter nach Adele, nach frischen Tüchern und nach heißem Wasser. Adele brachte sofort das Gewünschte und Berte bereitete schnell einen Tee aus Hirtentäschelkraut, Schafgarbe, Frauenmantel und Ringelblumen zu. In kleinen Mengen flößten sie den Tee der Herzogin ein. Gleichzeitig sollte der Säugling an der Brust saugen. Die beiden Frauen schwitzten vor Sorge, aber Berte verspürte trotz allem die Gewissheit, dass diese junge Frau überleben würde.

Die Stunden, die seit Bertes Ankunft den Hohenstaufen hinaufgekrochen waren, waren inzwischen auch wieder vom Berg herabgekommen und neue waren emporgestiegen. Stunde um Stunde und Nacht und Tag und wieder Nacht waren vergangen. Angst und Sorge, Freude und Glück und wieder drohendes Unheil hatten sich abgewechselt. Endlich, als der neue Tag, der zweite inzwischen, heraufdämmerte, lag Judith, die Herzogin, gewaschen, aber vollkommen kraftlos in sauberen Kissen und ruhte sich aus. Der kleine Knabe lag schlafend neben ihr. Hildegard hatte sich müde auf dem Teppich vor dem Kamin ausgestreckt. Berte ging hinunter in den Palas. Sie traf niemanden an. Der Kamin verströmte behagliche Wärme und zwischen den Fenstern brannten noch die Kerzen. Wohin waren die Gäste verschwunden, wohin hatte sich Seine Hoheit zurückgezogen, Berte suchte die angrenzenden Räume ab, fand aber niemanden. Sie ging hinaus auf den Hof, dort war es in den Ställen noch still, denn die Zeit zum Füttern war noch nicht gekommen. Berte sah im Halbdunkel einen vorübereilenden Bediensteten und sprach ihn an. »Die Gäste reisten ab, als der Abt mit den Sterbesakramenten gekommen war«, sagte der. »Und der Herzog hat sich dann dorthin«, er zeigte nach rechts, »in die Kapelle zurückgezogen. Ob er noch da ist, weiß ich nicht.« Rasch wandte er sich ab und lief zur Gesindeküche, in der schon ein Licht flackerte.

In dem Bereich der Burg, wo sich die Kapelle befand, war es noch dunkler. Nur ein flackernder heller Schimmer leuchtete unter der Eingangstür hindurch. Berte stolperte und tastete sich zur Pforte und klopfte vorsichtig. Niemand kam, antwortete und öffnete ihr. Sie klopfte noch einmal, dieses Mal etwas lauter. Daraufhin öffnete ein Ritter mit Schwert an der linken Seite und einer Fackel in der linken Hand die Tür zur Kapelle. »Ich möchte zu seiner Hoheit, dem Herzog Friedrich«, sagte Berte schnell, »ich komme von seiner Frau.« Der Ritter gab sofort den Weg ins Innere des Bethauses frei, denn mit einer Todesnachricht wollte er sich nicht belasten. Soll sie ihm das doch selbst sagen, dachte er und ging eilig hinaus auf den Burghof. Am Altar brannten zwei dicke Kerzen. Das spärliche Licht ließ nur die Umrisse erkennen. Aber Berte machte einen Mann aus, der vor dem Altar kniend betete oder gebetet hatte. Es war kein Laut zu hören. »Verzeiht, Eure Hoheit«, sagte sie. »Ich bin Berte und komme gerade von Eurer Gemahlin, der Herzogin.« Es war vollkommen still in der Kapelle. Der Wind, der draußen geräuschvoll tobte, war hier drinnen nicht zu hören. »Ist es vorbei?«, hörte sie ihn müde fragen. »Ja, es ist endlich vorbei«, antwortete sie. Da stockte ihr Herz, weil sie in diesem Augenblick die Doppeldeutigkeit ihrer Antwort erkannt hatte. »Verzeiht, Eure Hoheit«, sprach sie rasch weiter, »die Herzogin lebt. Sie hat einem gesunden Knaben das Leben geschenkt. Sie selbst ist zwar noch schwach, aber sie wird gesunden.« – »Was redet Ihr da, dumme Frau? Der Abt sagte mir, meine Gattin liege im Sterben.« Der Herzog wandte sich empört zu Berte um. Der junge Vater war übernächtigt wie sie selbst und verzweifelt. Sie hatte Mitleid mit ihm. »Ich bin eine einfache Frau«, entgegnete sie, »aber ich weiß, dass Eure Gemahlin lebt und einen gesunden Knaben im Arm hält. Ihr solltet zu ihr gehen.« Ein Lächeln zog über sein Gesicht und dabei wirkte er noch jünger, fast knabenhaft. »Sie lebt? Meine Judith wird leben«, murmelte der Herzog, als er aufstand und zur Tür eilte. »Kommt und begleitet mich zu meiner Frau und zu meinem Kind. Ein Knabe, sagtet Ihr, ist es. Und er ist gesund?« Er eilte über den Burghof und flog die Treppe hinauf. Die Kerzen flackerten im Luftzug. So schnell konnte und wollte Berte ihm nicht folgen.

HERZOG FRIEDRICH II. VON SCHWABEN

Der Herzog ließ die Glocken läuten. Er wollte es der Welt kundtun, sein Sohn war geboren und das Herzogtum Schwaben hatte einen rechtmäßigen Erben. Nach weniger als zwei Ehejahren waren in der letzten Nacht Judith Welf und Friedrich II., Herzog von Schwaben, zum ersten Mal Eltern eines gesunden Sohnes geworden. War es der Segen des Allmächtigen, war es einfach nur Glück? Eine neue Generation hatte begonnen, neues Leben mit neuen Verheißungen für die Zukunft war auf der Burg eingezogen.

Der Herzog und seine Gemahlin nannten das Kind Friedrich. Natürlich! Das war auch der Name des Stammvaters der Burg. Hannes, der Pförtner, erzählte Berte an einem der folgenden Abende in der Gesindeküche, was er aus der Familiengeschichte des Herzogs und der Geschichte der Burg wusste. Berte hatte nie zuvor eine so große und mit Kostbarkeiten und Reichtümern üppig ausgestattete Burg gesehen. »Die Burg ist eines Königs würdig«, stellte sie bewundernd fest. »Das war nicht immer so«, begann Hannes zu erzählen. »Der Stammvater der Burg war ein Friedrich von Büren, er ließ im vorigen Jahrhundert, wie du vielleicht weißt, diese steinerne Burg Hohenstaufen errichten. Friedrich war auch der Name seines Sohnes, der später als treuer Gefolgsmann vor nunmehr fünfundvierzig Jahren König Heinrich IV. im tiefsten Winter über die Alpen nach Canossa begleitet hatte und mit nur wenigen Getreuen tagelang barfuß und nur im Büßerhemd in der eisigen Kälte und im Schnee kniend und betend ausgehalten hatte, bis der Papst endlich den König vom Bann befreite.«

Was Hannes nicht wusste, aber was die Schriften überlieferten, war, dass der Papst erst nach drei eisigen Wintertagen, in denen sie alle fast erfroren waren, einlenkte und einem Kompromiss zustimmte. Danach wurde der Bann über den König aufgehoben. War es das eigene Mitleid oder das Mitleid und die Fürsprache derer, die ihm Ratschläge erteilten, oder die von König und seinen Getreuen gezeigte ehrliche harte Reue, die den Papst zur Aufhebung des Banns bewegten? Das wurde jedoch nicht berichtet.

Hannes strich sich die grauen Haare aus dem Gesicht. Berte sah ihm an, dass ihn diese alte Geschichte immer noch wütend machte.

Allgemein bekannt war, dass ein Bittgang ein Bußritual war, das die Kirche traditionell Herrschern auferlegte. Nur hier hatte der Papst den deutschen König und mit ihm zugleich das ganze Deutsche Reich mit der fürchterlichen Brutalität dieses Bittgangs tief gedemütigt. Zu tief, nach dem Dafürhalten mancher Zeitgenossen, um jemals wieder Verständnis und Vergebung zu ermöglichen.

König Heinrich IV. war den wenigen, die ihm über die Alpen gefolgt waren und neben ihm in der Kälte kniend ausharrten, dankbar. Friedrich wurde für seine Treue vom König in den Rang eines Herzogs erhoben und so wurde aus dem treuen Gefolgsmann ein bedeutender Fürst. Fortan war dieser Friedrich der erste Herzog von Schwaben. Im Jahr 1084, als Heinrich IV. zum Kaiser gekrönt wurde, vermählte sich Herzog Friedrich von Schwaben mit Agnes von Waiblingen, einer Tochter des Kaisers. Das familiäre Bündnis mit dem Kaiser und die Erhebung in den Fürstenstand führte Friedrich I. von Schwaben in den Kreis der ranghöchsten deutschen Reichsfürsten. Die nahe Verbindung zum Kaiser sicherte ihm seine erreichte Position, aber sie bescherte ihm auch bald jede Menge Missgunst und Neid.

Jener Herzog Friedrich I. von Schwaben und Agnes, Tochter aus dem Hause der Salier, dem ersten deutschen Königshaus, waren die Großeltern des eben geborenen kleinen Friedrichs. Aber schon 1105 starb der Großvater und hinterließ das Fürstentum seinen beiden Söhnen, Friedrich, dem Älteren, und dem erst zwölfjährigen Konrad. Zu seinem Nachfolger als Herzog von Schwaben bestimmte der Vater seinen Sohn Friedrich. Obwohl er damals erst fünfzehn Jahre alt war, übernahm jener als Herzog Friedrich II. das Herzogtum Schwaben. Schwere Jahre folgten. Anfeindungen und Misstrauen begegneten ihm von den Fürsten und besonders von seinem Oheim, dem neuen Herrscher, König Heinrich V. Dieser hatte seinen Vater Heinrich IV. mit der Mehrzahl jugendlicher Reichsfürsten vom Thron gedrängt und sich selbst des Königtums bemächtigt. Die Jugend wollte es anders machen und sie glaubte, es besser zu können. Der neue Regent, Heinrich V., mied zunächst die einstmals treuen Anhänger seines Vaters. Er hatte eigene zuverlässige Parteigänger unter den jungen Fürsten des Reiches, die wie er selbst reformorientiert waren und die die alten Konflikte mit dem Papst auf eine andere Art, nämlich mit Härte und Gewalt, lösen wollten. Bald darauf starb Kaiser Heinrich IV. im Alter von nur fünfzig Jahren, von den meisten Fürsten verlassen, verraten und vergessen.

Aber Hannes erinnerte sich. »Ich habe ihn gekannt und geachtet, den alten König«, sagte er wie zu sich selbst. »Im Jahre 1110, unser Herzog Friedrich war gerade zwanzig Jahre alt geworden, begleitete er seinen Oheim, König Heinrich V., auf dessen ersten Italienfeldzug. Was für ein riesiges Heer war damals unterwegs. Manche sagten, es seien dreißigtausend Ritter. Alle Großen des Reiches hatten sich dem König angeschlossen und demonstrierten Verbundenheit, Stärke und Macht gegenüber dem Papst. Alle weltlichen und geistlichen Fürsten des Reiches hatten diesem Feldzug zugestimmt. Ich selbst war im Gefolge unseres Herzogs Friedrich und ich war stolz auf unsere Ausrüstung, auf unsere Pferde und unseren Begleittross. Im Sommer zogen wir gen Italien und im darauffolgenden Frühjahr wurde Heinrich V. in Rom zum Kaiser gekrönt. Unterwegs veränderte sich das Verhältnis zwischen Friedrich II. und dem König, dem späteren Kaiser Heinrich V., grundlegend. Der Kaiser, der nur wenige Jahre älter war als der Herzog, war nun wie ein Freund, Lehrmeister, Vorbild, Berater und Vertrauter, er unterstützte und förderte den jungen Friedrich und schenkte ihm offen seine kaiserliche Gunst. Dadurch rückte Friedrich II. schon in jungen Jahren in den Kreis der ranghöchsten Berater des Kaisers auf und viele andere Fürsten missgönnten ihm wieder die Nähe zum Herrscher. Friedrich II., unser Herzog von Schwaben, war ein vermögender Herzog, dazu klug und einflussreich. Er hatte in den letzten Jahren sein Fürstentum gestärkt, aber auch seinem Oheim, Kaiser Heinrich V., gegen opponierende Fürsten und gegen papsttreue Kirchenführer erfolgreich beigestanden. Als der Kaiser 1116 erneut nach Italien aufbrach, setzte er unseren Herzog und seinen Bruder Konrad als Reichsverweser ein. Das war ein großer Vertrauensbeweis. Die Brüder Friedrich und Konrad verbanden geschickt die salischen Interessen des Kaiserhauses mit dem Ausbau der eigenen staufischen Macht und der Verschönerung dieser Burg.« Hannes griff nach seinem Becher und trank ihn in einem Zug leer. Er schaute Berte in die Augen. »Aber was bedeuten Besitz und Macht«, sagte er, »wenn es keinen Erben gibt? Friedrich wurde bald dreißig Jahre alt und war noch immer unverheiratet. Dann, 1120, heiratete er die Welfentochter Judith Welf. Sie war die Tochter des mächtigen Herzogs von Bayern, Heinrich IX., der auch der Schwarze genannt wurde.«

Welche Überlegungen zu dieser Heirat führten, sind nicht bekannt. Vielleicht erhoffte sich Friedrich II. die Unterstützung seines einflussreichen Schwiegervaters, wenn es wieder zu einer Königswahl kommen würde. Möglicherweise malte er sich gute Chancen aus, demnächst die Königskrone seines Großvaters Heinrich IV. zu bekommen. Vielleicht war auch Zuneigung im Spiel, vielleicht sogar Liebe? Niemand erfuhr es. Hochzeiten waren damals keine Liebesheiraten, die dem Glück der Brautleute dienten. Hochzeiten waren familiäre Bündnisse und sie waren geeignet, das Vermögen oder den eigenen Landbesitz zu vergrößern und militärischen Beistand in Notzeiten zu sichern. Die wichtigste Aufgabe einer Ehe, genaugenommen die der Ehefrau, bestand darin, für den Fortbestand der Familie, des Titels und der Macht durch einen männlichen Erben zu sorgen. Die Familie erwartete gesunde und möglichst mehrere Söhne. Nur manchmal, leider nicht oft, entstanden auch Vertrauen, Achtung und Liebe zwischen den Eheleuten.

»Ich habe hier auf der Burg mehrmals erlebt«, sagte Hannes, »wie achtsam der Herzog seiner Gemahlin begegnet ist. Er verehrt sie und ich glaube sogar, er liebt sie.« Hannes schaute Berte an und Berte dachte an die Begegnung mit dem Herzog in der Kapelle.

Die Köchin war auf ihre stille Weise glücklich über die Geburt eines Stammhalters und verwöhnte Berte jeden Tag mit einem guten Essen und hin und wieder stand auch ein Glas Rotwein auf dem Tisch. Abends, wenn das Kind zur Nacht gebettet war und Ihre Hoheit, die Herzogin, schlief, saßen sie zu dritt in der gemütlich warmen Gesindeküche und unterhielten sich. Hannes, der alte Pförtner mit dem steifen Kniegelenk, die Köchin und Berte. Die Köchin war eher schweigsam, aber die Gesellschaft mit Hannes rührte etwas in Bertes Herzen, das sie längst vergessen glaubte. Hannes wusste manches zu berichten und er kannte sich auch aus, wie es damals, als er im Begleitschutz Friedrich I. ritt, im Reich und unter den Fürsten zuging. Er war ein guter Erzähler, deshalb hörte Berte ihm immer gespannt zu. Sie war wissbegierig. Schon seit ihr Gernot fortgezogen war, bemühte sie sich, das mit dem Kreuzzug, die Italienfeldzüge, den Ungarnfeldzug und den Kreuzzug nach Polen zu verstehen. Aber Berte kannte die Länder und die Zusammenhänge nicht, und wen hätte sie auch fragen sollen.

Hannes saß gern bei den Frauen und gab sein Wissen, das so alt, entrückt und manchmal für die Frauen schwer nachvollziehbar war, geduldig preis und war froh, dass sich jemand für die alten Geschichten interessierte. Diese Stunden hätten seinetwegen bis zum Morgen dauern können, so sehr fühlte er sich in der kleinen Dreiergemeinschaft geborgen. Er wusste es längst, dass er damals seine Irma nicht geheiratet hatte, war ein nicht wiedergutzumachender Fehler. Nun hatte er niemanden, der ihm zuhörte, ihn fragte und seine Gegenwart suchte. Er schaute unauffällig Berte an und wünschte sich, dass sie noch eine Weile auf der Burg bliebe. Berte hatte den richtigen Weg zu seinem Herzen gefunden. Sie war so gütig und verständig und dabei immer bescheiden. »Erzähle weiter, von früher, von den Fürsten«, bat sie. »Du weißt so viel.« Tatsächlich konnte Hannes gut beobachten und zuhören. Er interessierte sich dafür, wer von den ranghöchsten Fürsten mit wem Streit hatte und wem und warum der alte Kaiser seine Gunst entzogen hatte. Er kannte sich auch aus mit dem damaligen Konflikt zwischen Papst und Kaiser und warum ein Feldzug durchgeführt werden musste. Hannes verstand, warum welcher Fürst mit dem Kaiser oder gegen ihn kämpfte. Wenn er erzählte, stand er immer auf der Seite des Kaisers. Er mochte die reichen, fetten und machthungrigen Erzbischöfe und Bischöfe nicht. Wenn sie ihren Vorteil sahen, biederten sie sich dem Kaiser an, aber wenn es ihnen nützte, wechselten sie die Seiten und traten für den Papst ein. Für jeden fragwürdigen Winkelzug fanden sie eine Bibelzeile, die ihr Tun rechtfertigte. Das Spiel der Mächtigen hatte Hannes sein Leben lang beobachtet. Früher als junger Bursche, als er mit seinem Herzog Friedrich II. und Heinrich V. im Reich unterwegs war, da war er immer informiert und hatte auch eine eigene Meinung. Als Gehilfe des Marschalls kam er mit zahlreichen Bediensteten der Gäste des Hofes ins Gespräch und fragte sie bisweilen nach ihren Ansichten. Damals war er sogar selbst mit Friedrich in die Schlacht gezogen oder hatte als Begleitschutz für dessen Pferde gesorgt. Aber das alles war schon so lange her.

»Seit wann lebst du eigentlich auf der Burg?«, fragte Berte plötzlich. »Ich kam lange vor der Jahrtausendwende auf die Burg. Der Vater unseres Herrn nahm mich als Knappen auf, nachdem mein Vater in seinem Diensten getötet worden war und meine Mutter auch den Tod gefunden hatte. Ich sollte mit anderen Buben als Knappe ausgebildet werden und vielleicht später die Schwertleite erhalten und Ritter werden. Ein Ritter ohne Gut und Vermögen. Aber bei der Vorbereitung der Schwertleite glitt ich auf dem Eis aus und brach mir das Bein. Mein Humpelbein, wie ihr wisst.« Hannes machte eine Pause, als würde er nachdenken. »Irgendwie hatte das auch etwas Gutes.« Wieder machte er eine Pause. »Ich habe es immer gehasst zu kämpfen. Lieber habe ich mich mit den Hunden und Pferden beschäftigt. Der alte Herzog hat mich mit dem Humpelbein nicht weggeschickt, sondern mich dem Marschall unterstellt. Zuerst war da noch der Raimund, der alte Stallmeister. Von dem habe ich vieles gelernt. Der konnte mit Pferden reden wie mit Menschen. Raimund hat die jungen Pferde eingeritten, Schlachtrösser ausgebildet und trainiert und kranke Pferde behandelt. Später war ich an seiner statt der Gehilfe des Marschalls. Vielleicht nicht so gut wie Raimund, aber die Tiere waren mir zugetan. Damals konnte ich auch noch besser laufen. Seit der Hochzeit des Herzogs vor zwei Jahren ist es mit meinem Bein schlimmer geworden, deshalb verrichte ich heute nur noch den Pförtnerdienst. Ich bin froh, dass ich hierbleiben kann. Wohin sollte ich auch gehen?« Hannes strich eine weiße Strähne aus dem Gesicht. »Das hier ist doch meine Familie. Hier habe ich eine Bleibe.« Dabei schaute er die Köchin an, die nickte nur. »Ja, eine Bleibe, ein Zuhause, einen Ort, wo man hingehört«, dachte Berte, »das wird im Alter immer wichtiger.« – »Ich bin müde, lasst uns zu Bett gehen«, sagte die Köchin. »Komm, Berte.« Hannes löschte den Kienspan an der Wand und mit einer Fackel in der Hand verließen die drei die Küche und wünschten einander eine Gute Nacht.

Berte blieb auf Wunsch der Herzogin noch zwei Wochen auf der Burg und betreute die Wöchnerin. Täglich bereitete sie Tee aus Frauenmantelkraut und erklärte Ihrer Hoheit, dass Frauenmantel ein Wundkraut sei, das wohltuend für die Rückbildung und Reinigung der Gebärmutter sei und dazu beiträgt, dass mögliche Verletzungen schneller heilen. Außerdem förderte Frauenmanteltee die Milchbildung. Die Herzogin vertraute Berte, trank ihre Tees und sorgte wenige Tage vor dem Ende des Januars dafür, dass Berte mit guten Mundvorräten, mit Holz und dazu mit einem Silberdenar reich belohnt wurde. Jener Knecht, der Berte schon in der Gesindeküche aufgefallen war, weil er stark schielte, brachte sie mit Pferd und Wagen nach Hause ins entfernte verschneite Waiblingen.

Berte war wieder daheim. Die eisige Kälte beherrschte wochenlang das Schwabenland, aber sie hatte eine warme Stube und sogar Mundvorräte für die nächsten Wochen. Heute Morgen war nach einigen Bemühungen endlich der faulige Zahnstummel ausgefallen und sie spülte die offene Wunde mit lauwarmen Kamillentee. Damit war rechts oben der letzte Backenzahn verschwunden. Berte strich von außen über die hohle Wange. Es fühlte sich nicht schön an, aber es schmerzte nicht mehr, stellte sie zufrieden fest. Danach holte sie die gewaschene und bereits gekämmte Schafwolle aus der Dachkammer und bereitete das Spinnen vor. Bis zum Fest der Auferstehung des Herrn wollte sie die Wolle nicht nur gesponnen, sondern auch zu einem warmen Umhang oder einer Decke gewebt haben. Sie musste fleißig sein, um zum Markttag in Waiblingen ihren Umhang oder ihre Decke anbieten zu können. Vielleicht konnte sie damit einen guten Verkaufspreis erzielen.

Nach Ostern begann die Zeit der Kräuter, da war für das Spinnen keine Zeit mehr. Das Sammeln der Kräuter, ihr Trocknen und daraus Teemischungen vorbereiten, machten ihr Spaß. Allein den Wildkräutern draußen im Wald, auf den Feldern, an den Feldwegen oder am Ufer der Rems gehörte ihr ganzes Interesse. Die Kräuter konnten über Leben und Tod entscheiden, aber sie würde sie immer für das Leben einsetzen. Sie dachte an die junge Herzogin auf Burg Hohenstaufen. Ob es ihr und dem Knaben gut ging? Sie dachte auch an Hannes und hätte ihn gern wiedergesehen und auch die Köchin, die sie gut versorgt hatte. Sie sollte den beiden danken. Berte spürte Sehnsucht, nach diesen lieben Menschen. Ich werde sie besuchen, im Sommer, wenn die Wege gut passierbar sind, nahm sie sich vor und war zufrieden.

Auf der Burg hatte sich das Glück ausgebreitet. Der Herzog und seine Gattin erfreuten sich jeden Tag an ihrem Sohn. Er wuchs und entwickelte sich. Das Köpfchen hob er an und griff mit den Händchen fest zu. Der kleine Friedrich war weder blond wie sein Vater noch schwarz wie die Welfen, die Familie seiner Mutter. Er hatte überhaupt keine Haare. Aber wenn die Strahlen der Frühlingssonne dem Kind auf den Kopf fielen, glaubte Judith, einen roten Schimmer zu entdecken. Das gefiel ihr gut.

Judith, die Herzogin von Schwaben, erholte sich langsam nach der schweren Geburt. Der kleine Friedrich war einer Amme übergeben worden, die ihn nährte und betreute. Doch kein Tag verging, an dem nicht die Mutter ihren kleinen Sohn besuchte, mit ihm redete, ihm über sein Köpfchen strich und ihm ihre Lieder aus der Heimat vorsang. Es verging auch kein Tag, an dem nicht der Herzog seine Gemahlin in den Arm nahm, sie zärtlich umfasste und leise von Liebe sprach. Sie waren glückliche und stolze Eltern. Gern strich auch der Herzog seinem Sohn über den kahlen Kopf und überlegte, welche Haare dem kleinen Friedrich wachsen würden. Waren sie schwarz wie bei den Welfen, braun wie sein Haar und das der Staufer oder würde er das blonde Haar seiner Mutter erben? Doch bis zum Fest der Auferstehung war unter dem Mützchen nichts zu entdecken. Dann, erst nach Allerheiligen, konnte man es sehen. Dem kleinen Friedrich wuchsen rote Locken. Seinem Vater, dem Herzog Friedrich II. von Schwaben, war es recht. Der Knabe sollte nicht auf den ersten Blick aussehen wie ein Welfe. Ja, er hatte eine Welfentochter geheiratet und ja, er liebte sie, aber schließlich war er Herzog von Schwaben und der kleine Friedrich sollte später einmal das Schwabenland übernehmen und weiterführen. Und die Welfen? Was aus den Welfen werden würde, darüber dachte er nicht weiter nach. Friedrich II. saß fröstelnd am Kamin, als die Amme den Knaben, der auf dem braunen Fell eines Bären zu seinen Füßen herumkroch, auf den Arm nahm und mit ihm rasch den Raum verließ. Der Kleine war aufgeweckt, bald würde er laufen lernen, aber heute war ihm der Junge zu laut, zu anstrengend und er war froh, als die Amme ihn holte. Bis zum Abendessen war es noch Zeit. Der Herzog wickelte sich in eine Decke. Ist das Schüttelfrost, dachte er, als ein neuer Kälteschub über ihn hinwegrollte. Er winkte seinen Kammerherrn, den treuen Gieswein, herbei. Gero von Gieswein kam sofort. Er kannte seinen Herrn und er sah, dass der Herzog krank war. Rasch legte er zwei große Holzscheite in den Kamin und deckte seinen Herrn mit einem Schaffell zu. Dann ging er hinüber zur Fensterwand und prüfte die kleinen Scheiben aus Glas in den Fensteröffnungen. Aber sie waren allesamt dicht. Ein Hustenreiz quälte plötzlich den Herzog. Hochrot im Gesicht schnappte der nach Luft. Der Hustenanfall hörte nicht auf. Trockener Husten von tief unten erschütterte den ganzen Körper, bis der Herzog Brechreiz verspürte und nach dem Spucknapf griff. »Soll ich die Kräuterfrau holen?«, fragte Gieswein? Aber der Herzog winkte ab. »Bringt mich lieber zu Bett. Morgen geht es mir besser.« Als der Herzog in seinem Bett lag und Gieswein ihn schnarchen hörte, ging er zur Herzogin. Das war ungewöhnlich und gegen alle höfischen Regeln. Die Herzogin erschrak, als Gieswein kam, sie schickte die Hofdamen und Mädchen hinaus und bat ihn, von ihrem Gemahl zu berichten, denn wenn Gieswein selbst kam, musste es etwas Ernsthaftes sein. Gieswein erklärte, dass der Herr sich vorgestern stark erkältet hatte, als er mit nassem Wams und Beinkleidern zum Kloster Lorch und dann wieder zurück zur Burg geritten war. Die Rems führte Hochwasser und die Furt an den Breitwiesen stand mannshoch unter Wasser. Es war vielleicht falsch gewesen in dem kalten Wasser hinüber- und herüberzureiten. Gieswein schwieg, als dachte er nach, dann fuhr er fort: »Heute kam der Herr spät von der Jagd zurück, setzte sich gleich vor den Kamin, er zitterte und war sehr müde und dann der schreckliche Husten. Es fehlt ihm an Luft.« – »Danke, Gieswein«, sagte die Herzogin, »schau er in der Nacht hin und wieder nach dem Herzog. Wenn es ihm schlechter geht, soll er mir Bescheid geben. Ich lasse heute Abend noch nach der Kräuterfrau schicken, damit sie ihm morgen etwas zur Heilung und Stärkung bringt.« Die Dunkelheit hatte sich in der Kammer der Herzogin bereits ausgebreitet und die Kälte kroch aus den Steinen des Fußbodens und der Wände. Auch hier legte Gieswein einige Holzscheite in den Kamin und reichte der

Herzogin ihren Becher, den er mit heißem Würzwein vom Tischchen nebenan gefüllt hatte. Der gute Gieswein, dachte die Herzogin, als er sich verabschiedete und die Tür leise hinter sich schloss.

Hoffentlich ist es nur eine starke Erkältung, grübelte die Herzogin. Aber andererseits, wenn der Gieswein zu mir kommt, schließt er vielleicht Gefahren nicht aus. Unruhe machte sich breit. Wen könnte ich sonst noch holen lassen? Als die Mädchen und die Kammerfrauen hereinkamen, wehrte sie die Frauen ab. Lasst mich allein. Die Mädchen tuschelten noch, waren aber als Erste verschwunden. Die Herzogin lief in der Kammer auf und ab. Der Einzigen, der ich vertrauen würde, wäre die Berte aus Waiblingen. Die versteht zu heilen, das habe ich selbst erfahren. Aber wenn der Herzog damit nicht einverstanden ist, dass ich eigenmächtig … Die Herzogin schaute aus den kleinen Fensterscheiben auf den Burghof, der in die Dunkelheit versunken war, dann sage ich ihm, ich brauche sie selbst. Mir geht es nicht gut. Ja, das stimmte sogar, gestern Morgen konnte sie nicht einmal frühstücken, so stark war ihre Übelkeit.

Die Herzogin von Schwaben ging noch einmal zur Amme in die Kinderstube. Der kleine Friedrich lag in seinem Bettchen und schlief mit offenem Mund. Er hatte ein Holzpferdchen in der Hand und schnarchte. Die Amme erzählte stolz, dass der Kleine seit heute alleine stehen kann. Wohin sie ihn setzt, er zieht sich hoch und steht wie ein Baum. »Mein kleiner Augenstern«, sagte die Herzogin, lächelte und wollte ihm das Holzpferd aus dem Bett nehmen, damit er sich nicht verletzt. »Nein, das geht nicht«, bat die Amme, »wenn er aufwacht und sein Pferd ist nicht da, gibt es höllisches Geschrei.«

Bevor die Herzogin sich zur Nachtruhe zurückzog, schickte sie die Kammerfrau zum Marschall, um ihn zu beauftragen, einen Knecht mit Pferd und Wagen nach Waiblingen zu schicken, damit er die Kräuterfrau Berte holt. Er soll anderntags, spätestens am Nachmittag, mit ihr zurück sein.

Am nächsten Tag konnte der Herzog sein Bett nicht verlassen. Gieswein kümmerte sich, gab Anweisungen und kontrollierte die Knappen, die Knechte und das Gesinde. Der Herzog hatte Fieber und Schüttelfrost, sein Brustkorb schmerzte und der Husten schien ihn fast umzubringen. Er hatte sich zwischen zwei Hustenanfällen im Bett aufgerichtet und löffelte Honig. Sein Kopf dröhnte, das Gesicht war hochrot und die Augen glasig. Gieswein machte sich ernsthafte Sorgen. Er kannte sich mit der Ausbildung der Knappen und in der Schlacht aus, aber hier war er überfordert. Ratlos setzte er sich ans Bett seines Herrn und machte kalte Umschläge, wenn der Herr einen Fieberschub hatte, und er deckte ihn warm zu, wenn der Schüttelfrost ihn plagte. Der nächste Hustenreiz ließ den Herzog wieder zum Spucknapf greifen. Er hustete und würgte weißen Schleim heraus. Dann sank er ermattet in die Kissen. Sein Atem rauschte hörbar durch die Lungenflügel. Gieswein ließ sich wieder bei der Herzogin melden und schilderte ihr den Gesundheitszustand ihres Gemahls und bat um ihre Anweisungen. Er konnte nicht verbergen, dass er Angst um seinen Herrn hatte.

Die Herzogin konnte ihn beruhigen, als sie ihm erzählte, dass ein Knecht schon auf dem Weg sei, die Berte aus Waiblingen zu holen. »Heute Nachmittag wird sie schon hier sein«, erklärte sie, »bis dahin, versorgt ihn, so gut Ihr es vermögt. Ich werde in der Kapelle beten.« Damit war Gieswein bei der Herzogin entlassen. Er ging hinüber zur Kapelle und kniete sich am Altar nieder und betete für seinen Herrn. Nach dem Fürbittgebet und nach dem Vaterunser sprachen seine Gedanken noch ein heimliches Gebet zu Gott. Heimlich und viele Jahre alt war dieses wortlose Fürbittgebet, das sein Herz Gott, dem Höchsten und Barmherzigsten, immer wieder anvertraute.

Gieswein verließ die Kapelle, er hörte nicht die Rufe des Waffenmeisters und auch nicht die Holzschwerter, mit denen die Knappen ihre Übungskämpfe austrugen, er hörte nicht das Wiehern der Pferde, als er am Pferdestall vorbeiging, er war noch immer in einer anderen Welt und diese Welt war alt und voller Traurigkeit. Der Leibdiener des Herzogs und sein engster Vertrauter eilte zu seinem Herrn. Friedrich II. hatte den Spucknapf mit Schleim reichlich gefüllt. »Oje«, erinnerte sich Gero von Gieswein, er hatte doch schon einmal etwas von den vier Körpersäften gehört. Das ausgeglichene Verhältnis von Schleim, schwarzer Galle, gelber Galle und Blut waren die Voraussetzung für einen gesunden Körper und für eine gesunde Seele. Hier war offensichtlich das Gleichgewicht gestört. Das Fieber war, seit Gero die Kammer des Herrn verlassen hatte, weiter gestiegen. Der Herzog lag apathisch in seinen Kissen. Sein Leibdiener machte ihm kalte Umschläge und redete beruhigend auf ihn ein, aber seine Worte erreichten ihn nicht. Er benetzte die Lippen mit heißem Würzwein und wischte die vom Schweiß nasse Stirn ab. Der Herzog röchelte und stöhnte. Die Stunden schlichen dahin, als trügen sie eine schwere Last.

Als der Mittag vorbei war, begann der Herzog zwischen Husten- und Würgereizen in Fieberfantasien zu reden. Gieswein floh aus der Krankenstube. Sollte er für das Sterbesakrament den Abt rufen lassen? In seiner Verzweiflung suchte er wieder die Herzogin auf. »Nein, keinen Abt und keine Sterbesakramente, wir warten auf die Berte«, sagte Judith energisch. Sie erinnerte sich noch gut daran, als der Abt sie vor fast einem Jahr am Kindbett besuchte. »Wir werden alles versuchen, den Herzog zu retten, deshalb muss die Berte bald kommen. Schickt jemanden hinunter in den Hof und auch zur Pforte, sie sollen Berte gleich zum Herzog bringen, und sie anschließend gut versorgen. Lasst ihr auch eine Kammer herrichten für die Zeit ihres Aufenthaltes auf der Burg.« Die Herzogin fühlte sich nicht wohl. Bei dem Gedanken, dass der Küchenmeister oder die Köchin der Berte heute noch ein Abendessen richten muss, wurde ihr wieder übel. Sie setzte sich ans Fenster und schickte Gieswein hinaus. Was ist hier los? Gieswein grübelte, die Herzogin ist auch nicht gesund. Er ging selbst zur Köchin, erteilte seine Anweisungen und wandte sich dann zur Pforte. Der Pförtner öffnete die Pforte und schaute den Weg hinab. Hatte er nicht etwas gehört? Es war erst Vesper, aber die Dunkelheit legte ihren unsichtbaren Schleier aus, deckte alles zu und löschte jeden Laut. Dazu kamen Feuchtigkeit und Kälte. Der Herbst geht und der Winter kommt, brummte der Pförtner und freute sich insgeheim, die Berte wiederzusehen. Er blieb in der geöffneten Pforte stehen und hielt einen Augenblick Ausschau nach dem vermeintlichen Geräusch. Natürlich, er hatte sich nicht verhört, das war eindeutig ein Pferdewagen. Hannes wartete und bald sah er auch den Knecht und neben ihm saß seine Berte. Schnell öffnete er das große Tor, damit der Wagen ohne Halt auf den Burghof fahren konnte.

Es war keine Zeit, die Freunde zu begrüßen, Berte musste hinauf zum Herzog. Adele erwartete sie auf dem Hof und brachte sie sofort zum Leibdiener des Herzogs, zu Gero von Gieswein. Sie ist im letzten Jahr noch hübscher geworden, stellte Berte so nebenbei fest und schmunzelte. Gedeihen und Vergehen, wie nah das beieinanderliegt. Der Knecht hatte gemeint, der Herzog läge vielleicht im Sterben. Mehr hatte er nicht gesagt, dieser maulfaule Kerl. Ob er schon tot ist?, fragte sich Berte, als sie eintrat. Sie stellte ihren Korb ab, legte den warmen Umhang auf eine danebenstehende Truhe und ging zum Bett des Herzogs. Nein, tot war er nicht, aber sehr krank.

Berte ließ den Herzog aufrichten und legte ihr Ohr an seinen Rücken. Die Lungengeräusche waren deutlich hörbar. Dann stützte sie den Rücken des Herzogs, damit er im Bett sitzen konnte, und erbat sich eine Schüssel, ein großes Tuch und heißes Wasser. Gero kümmerte sich selbst sofort darum. Berte goss das heiße Wasser in die Schüssel, tropfte aus einer Phiole einige Tropfen Thymianöl hinein und bat den Leibdiener, den Kopf des Herzogs über die Schüssel zu halten, damit er die Dämpfe einatmen konnte, dann deckte sie das große Tuch über seinen Kopf und ließ ihn schwitzen. Während dem Herzog die Thymiandämpfe in die Lungen strömten, bereitete Berte einen Ingwertee zu. Ingwer erklärte sie Gero von Gieswein, senkt das Fieber. Nach dem Schwitzen, der Herzog war sehr erschöpft, bereitete Berte richtige Wadenwickel vor. Sie tauchte zwei kleinere Tücher in lauwarmes, eher kühles Wasser und wrang sie aus, dann wickelte sie die Tücher straff um die Waden des Herzogs, wickelte trockene Tücher darüber und deckte abschließend ein warmes Fell darüber. Der Herzog musste ruhen. Wenn der Hustenreiz einsetzte, gab sie ihm einen fiebersenkenden Aufguss aus Efeu und Thymian mit etwas Honig gesüßt. Schluckweise trank Friedrich von Schwaben den Tee. Der schmeckte scheußlich. Etwas später erfolgte die ganze Prozedur noch einmal von vorn. Gero von Gieswein und Berte blieben die ganze Nacht beim Herzog. Es fiel kein Wort. Der Leibdiener hätte zu gern die Kräuterfrau gefragt, ob der Herzog am Leben bleibt, aber er wollte das Unglück nicht herbeireden, deshalb schwieg er. Berte wiederholte die Wadenwickel, flößte dem Herzog den Aufguss ein und kochte noch einen weiteren Tee, mit Huflattich und Spitzwegerich. Der bekämpft den Hustenanfall, sagte sie und setzte sich müde auf die Truhe neben dem Bett. Da fiel dem Leibdiener ein, dass Berte die ganze Nacht gearbeitet hatte, ohne etwas gegessen zu haben. Er rief laut nach einem Knappen und befahl ihm, für Berte irgendetwas aus der Küche zum Essen und Trinken zu holen. Berte schaute dem jungen Burschen dankbar nach.

Sie war hungrig, denn sie hatte den ganzen Tag, als sie unterwegs waren, und die Nacht bisher nichts gegessen. Der Knappe brachte eine Platte mit zwei kalten Fleischscheiben, Brot, ein Stück Käse und einem Krug Wasser. »Das war schon fertig und stand dort«, sagte der junge Bursche und verschwand rasch wieder. Gieswein reichte Berte die Platte und sah zu, wie genussvoll sie das Brett leerte. Der Morgen dämmerte herauf. Gemeinsam begannen sie die Prozedur noch einmal von vorn. Dampfbad, Wadenwickel, Teeaufguss. Der Herzog war eingeschlafen, Gieswein schickte Berte in ihre Kammer, damit sie ein wenig ruhen konnte. Er selbst legte sich auf sein Lager, in der Nähe des Herzogs. Die Müdigkeit und die Sorge um seinen Herrn hatten ihn erschöpft. Gieswein fiel in einen kurzen, aber tiefen Schlaf. Zwei weitere Tage und zwei Nächte kämpften Gieswein und Berte um den Herzog, dann sank das Fieber, die Hustenanfälle endeten nicht mehr im Würgereiz und der Herzog begann, sich langsam zu erholen. Dann, es war ein Sonntag, eilte Gieswein morgens vor dem Gottesdienst zur Herzogin, um ihr die gute Botschaft zu vermelden. Er fand die Herzogin und bei ihr wie üblich die Mädchen und Kammerfrauen. Schon als Gieswein in die Kemenate eintrat hatte er das Empfinden, dass hier etwas nicht stimmte. Die Hofdamen unterhielten sich untereinander über Handarbeiten, manche kicherten leise und andere saßen untätig am Kamin. Niemand von ihnen achtete auf die Herzogin. Nur Gieswein bemerkte, dass sie sehr blass war und wie es schien, hatte sie abgenommen. War sie auch krank? Gieswein nahm sich vor, die Berte zu befragen. Er berichtete der Herzogin vom langsamen Genesungsprozess des Herzogs und lobte dabei die Fähigkeiten von Berte. Die Herzogin von Schwaben hörte ihm schweigend zu, dann stand sie auf und wollte Richtung Fenster gehen, aber nach ein paar Schritten brach sie plötzlich zusammen. Gieswein ließ nach Mechthild rufen, der vertrauten Kammerfrau der Herzogin, und er befahl Eile. Mechthild unterwies ausnahmsweise selbst die jüngsten Mädchen, die erst vor Kurzem an Friedrichs Hof gekommen waren. Als Mechthild kam, schickte sie die Hofdamen aus der Kemenate. Zusammen mit Gieswein legten sie die Herzogin auf ihr Lager. Mechthild setzte sich auf die Bank am Fenster. »Ich weiß nicht, was die Herrin hat. Sie kann nichts bei sich behalten«, sagte Mechthild und es war ihr anzumerken, dass sie auf Gieswеins Hilfe hoffte.

»Bleibt bei ihr, ich schicke die Berte herüber«, sagte Gieswein und verließ schnell die Kammer. Berte schickte auch Mechthild aus der Kammer als sie die Herzogin, die bald wieder bei Bewusstsein war, ausfragte und untersuchte. Judith war froh über Bertes Besuch. Sie berichtete der vertrauten Kräuterfrau, dass sie vor zwei oder drei Wochen dachte, dass sie schwanger sei, aber dann habe sie eine Blutung gehabt und eigentlich konnte sie seit dieser Zeit nichts mehr bei sich behalten. Berte ließ sich die letzte Blutung genauer beschreiben und empfahl der Herzogin nur noch Fencheltee und bei Übelkeit und Brechreiz Ingwertee zu trinken. Kamillentee geht später auch, aber bitte keine Brennnesseln und keine Pfefferminze. Die Herzogin sah Berte erwartungsvoll an, dann fragte sie zaghaft: »Bin ich krank?« – »Nein, Hoheit, Ihr seid schwanger und in den Anfängen kann es auch zu Schmierblutungen kommen. Die werden jetzt aufhören. Die Tees werden Magen und Darm beruhigen und Ihr werdet Euch langsam wieder erholen. Esst regelmäßig leichte Kost und geht mit Eurer Leibdienerin an die frische Luft und schlaft viel. Wenn Ihr nicht einschlafen könnt, lasst Euch einen Lavendeltee oder einen Kamillentee bringen. Ihr müsst Euch unbedingt für die Schwangerschaft stärken und wieder zu Kräften kommen. Wenn ich es recht bedenke«, überlegte Berte, »seid Ihr jetzt in der fünften oder sechsten Woche. Dann wäre, wenn alles gut geht, Ende August mit der Geburt zu rechnen.« Berte schaute die junge Frau an. »Ich wünsche Eurer Hoheit alles Gute«, sagte Berte und erwartete, dass die Herrin sie nun entlassen würde. Judith von Schwaben strich sich die Kleider zurecht und bot Berte einen Becher mit Wasser verdünnten Würzwein an, dann sagte sie: »Ich danke Euch, Ihr habt mir mit Euren Kräutern und Kenntnissen bei der ersten Geburt geholfen. Friedrich ist ein gesundes und fröhliches Kind, der Herzog und ich sind sehr glücklich mit dem Buben. Ich bitte Euch, kommt schon Anfang August auf die Burg und steht mir wieder bei. Ein Knecht wird Euch aus Waiblingen abholen. Wenn Ihr hier seid, bin ich beruhigt.« Berte versprach zu kommen. »Der treue Gieswein hat mir berichtet, dass es dem Herzog besser geht. Habt auch dafür meinen Dank.« Die Herzogin entließ Berte mit dem Hinweis, sich in der Küche ordentlich zu stärken. Bevor Berte die Tür hinter sich schloss, bot sie der Herzogin an, am nächsten Tag noch einmal nach ihrem Befinden zu schauen. Die Herzogin nickte. Die Kräuterfrau ging über den Burghof und freute sich, endlich die alten Freunde in der Gesindeküche zu treffen. An Hannes hatte sie oft gedacht und eigentlich wollte sie ihn und die Köchin bereits im vergangenen Sommer besuchen, aber da kam immer etwas dazwischen. Die Gesindeküche war voll und es war sehr laut. »Komm später wieder«, rief die Köchin ihr zu.

Berte ging zur Kammer des Herzogs und klopfte. Gieswein öffnete ihr leise und fragte besorgt nach der Herzogin. »Haben wir hier auf der Burg eine Seuche?« – »Nein, was die Herzogin hat, ist nicht ansteckend und sie wird sich bald erholen. Aber in den nächsten Wochen muss sie sich schonen, regelmäßig essen und an die frische Luft gehen.« Was mag das für ein Krankheit sein?, grübelte Gieswein.

Der Herzog war aufgewacht und hatte gerade noch die Worte gehört »muss sich schonen, regelmäßig essen und an die frische Luft gehen«. »Was redet Ihr über meine Gemahlin, ist sie krank?«, fragte er. Er schien besorgt, dachte er auch an eine Seuche? Seit dem Morgen ging es ihm besser, das Fieber war gesunken, die Schmerzen im Rücken und beim Husten waren weniger geworden, aber er war noch schwach und konnte das Bett nicht verlassen. »Nein, Eure Hoheit«, reagierte Berte schnell, »Eure Gemahlin ist nicht krank. Wenn Ihr aufstehen könnt, solltet Ihr die Herzogin besuchen. Ich vermute, sie wartet darauf.«

Mit Gieswein zusammen machte Berte gemeinsam noch einmal das Dampfbad, legte die Wadenwickel an und reichte frisch aufgebrühten Tee aus Huflattich. Der Herzog legte sich zurück in die Kissen und schloss die Augen. »Vormittags Spitzwegerich und nachmittags Huflattich, das ergänzt sich gut. Nur muss der Spitzwegerich doppelt so lange ziehen wie Huflattich«, erklärte Berte Gieswein. »Wenn Ihr damit einverstanden seid, gehe ich in die Küche und lasse von der Köchin ein stärkendes Mahl für den Herzog vorbereiten. Es wird ein bisschen dauern«, sagte Berte und verschwand. Dem Kammerherrn und Leibdiener Gieswein war es recht. Seine Nerven lagen blank und seine Kräfte waren am Ende. Er legte sich nieder und war sofort eingeschlafen.

In der Küche hatte die Köchin schon auf Berte gewartet. Berte bekam eine deftige Brotzeit mit kaltem Huhn und danach ein großes Stück Kuchen. »Wo ist Hannes?«, fragte Berte. »Der kommt bald«, versicherte die Köchin.

Die Frauen erzählten einander, was sie im vergangenen Jahr erlebt hatten, was sie erfahren hatten von draußen aus dem Reich und welche Ängste sie plagten. Die Köchin vertraute Berte an, dass sie geträumt habe, der Herzog würde sterben und seinem Halbbruder Konrad würden die Reichsfürsten das Herzogtum rauben. Als sie das erzählt hatte, bekreuzigte sich die Köchin sofort. »Du machst doch den Herzog wieder gesund?«, fragte sie. Als Berte sie beruhigen wollte, kam Hannes herein. Er grüßte die Köchin, gab Berte die Hand und verneigte sich kurz. »Ich freue mich, dich wiederzusehen, ist es dir gut ergangen?« Hannes schaute Berte an und schaute ihr ins Herz. Seine Augen fragten: Hast du einmal an mich gedacht? Warum bist du nicht schon früher gekommen, wie du es uns gesagt hattest? Weißt du nicht, dass du mir gefehlt hast? Er sagte aber nichts. Die drei saßen am großen Tisch der Gesindeküche und Berte konnte die Köchin beruhigen, dass der Herzog wieder gesund werden würde und dass sie im letzten Sommer wirklich vorhatte, auf die Burg zu kommen, aber sie hatte so viel zu tun. »In Waiblingen und einem Dorf in der Nähe grassierte das Antoniusfeuer. Es begann schon im Juni und dauerte bis Ende August. So viele Menschen sind in den drei Monaten an dieser Krankheit gestorben. Jetzt lebt ein kleiner Junge bei mir, der seine ganze Familie verloren hat. Ich weiß noch nicht, was mit ihm werden soll.« Die Köchin bekreuzigte sich schnell. »Der Schmied wäre eine gute Familie für ihn. Sie bekommt keine Kinder. Aber ich muss zuerst mit seiner Frau reden, wenn ich zurück bin. Jetzt habe ich ihn bei der Nachbarin gelassen.« Berte schwieg, grübelte und biss in den trockenen Kuchen.

»Die Amme sagte mir gestern, dass die Herzogin auch nicht gesund sei«, fuhr die Köchin fort. Da winkte Berte ab. »Mach dir keine Sorgen, das ist nichts Ernstes. Aber wie entwickelt sich der kleine Friedrich, was sagt die Amme oder die Kinderfrau?« – »Ich weiß nicht viel«, sagte die Köchin als sie aufstand und verdünnten heißen Würzwein in die Becher goss. »Die Kinderfrau meint, das wird ein richtiger Welfe.« Oje, dachte Berte, ich hätte es lieber gesehen, wenn sich die staufische Lebensart mit der fröhlichen Heiterkeit durchgesetzt hätte. Den welfischen Hochmut, die leidenschaftliche Unberechenbarkeit und die bisweilen brutale Härte der

Welfen schreckte die Menschen ab. Ihre Gedanken wanderten zur nächsten Schwangerschaft der Herzogin. Wird das nächste Kind staufischer Natur sein?, fragte sie sich und schickte ein Stoßgebet zum Himmel: »Lieber Gott verschone uns vor maßlosen und grausamen Herren.«

Hannes hatte den Frauen zugehört und Berte nicht aus den Augen gelassen, aber als er von den welfischen Anlagen des Kindes hörte, zogen dunkle Gedanken in ihm auf. Er mochte die Welfen nicht. Sie passten seiner Meinung nach nicht zu den Staufern, die ausgleichend und diplomatisch agierten. Schließlich war es Friedrich II. von Schwaben, der maßgeblich beteiligt war, den jahrzehntealten Streit zwischen Papst und Kaiser, der das Reich fast zerrissen hatte, beizulegen. Man hatte in Worms einen Kompromiss gefunden. Seitdem war klar, deutsche Könige können bei der Auswahl der Bischöfe mitwirken, aber die formale Wahl blieb der Kirche vorbehalten. Erst vor wenigen Monaten hatte sein Herzog Friedrich II. das Protokoll über die Vereinbarung für die Einsetzung von Bischöfen und Erzbischöfen für den Papst bezeugt. Hannes war stolz auf seinen Herrn. Und was tat in dieser Zeit Heinrich der Schwarze, dieser Welfe, auf seiner Stammburg in Altdorf? Er hatte vor drei Jahren seinen Halbbruder beerbt und den Bayernthron übernommen und hoffte auch noch auf den Sachsenthron, weil seine Mutter eine Tochter des sächsischen Herzogs war. Hannes hasste die Welfen, dieses macht- und landgierige Geschlecht aus dem Süden. Sollten sie doch dort in der Ferne bleiben.

Was hatte Berte gesagt?, seine Gedanken fanden nur langsam den Weg zurück. »Wie geht es dir, Hannes?«, wiederholte Berte. »Was machen die Schmerzen in deinem Bein?« Hannes schaute sie an und hätte gern gesagt, wenn du in meiner Nähe bist, fühle ich mich gut. »Geht so«, mehr bekam er nicht heraus. Die Köchin erzählte von einem Mädchen, das verheiratet worden war und nun die Gemahlin eines alten Markgrafen im Süden geworden ist, um ihm einen Sohn und Erben zu schenken. Berte stöhnte. »Es ist immer das Gleiche. Ehen sind nichts anderes als Zweckbündnisse nur zum Nutzen der Familien. Die Frauen, oder soll ich Mädchen sagen, sind, wenn sie einen Stand haben, nur kostbare Gefäße, um Erben und Nachkommen zu gebären, die wiederum den Stand des Gatten sichern. Wenn ich mir Adelchen vorstelle, jedes Jahr eine Schwangerschaft und ein Kind, könnte ich vor Wut schreien«, fuhr die Köchin fort. »Wie alt ist Adele denn?«, interessierte sich Berte. »In diesem Jahr wurde sie dreizehn und der Gemahl ist über fünfzig.« Beide Frauen schwiegen und dachten an das zierliche Mädchen und ihr Schicksal.

Die Köchin hatte unterdessen eine kräftigende Hühnersuppe für den Herzog zubereitet und quirlte noch ein Ei hinein. Berte griff eine Scheibe helles Brot und brachte alles zusammen hinauf in die Kammer des Herzogs. Sie klopfte an die Kammertür, der Topf war heiß, wieso öffnete Gieswein die Tür nicht? Berte klopfte noch einmal, diesmal etwas lauter. Ist Gieswein nicht da, was soll ich denn machen?, überlegte sie. Leise öffnete Berte die Tür einen Spalt und sah, dass Gieswein schlief. Sie rief einen Knappen herbei und trat mit ihm ein. »Lasst den Leibdiener schlafen, er hat die letzten Nächte gewacht und ist erschöpft«, sagte Berte zum Knappen. »Wir versorgen zusammen den Herzog und dann kannst du gehen.« Berte ging zum Bett und wollte die Wadenwickel erneuern, da wachte der Herzog auf. »Wo ist Gieswein?«, fragte er mürrisch. Berte erklärte ihm, dass Gieswein zwei Nächte nicht geschlafen habe und am Ende seiner Kräfte war. Der Herzog roch die Hühnersuppe und bekam Appetit. Er aß sie auf. Ja, es ging ihm besser. »Ich werde aufstehen und kurz zu meiner Gemahlin gehen und sehen, wie es ihr geht. Der Knappe soll mich baden und ankleiden. Wie heißt du?« – »Veit von Lengenfeld.« – »Ein Sachse also, auch gut. Der Knappe genügt mir«, sagte der Herzog und damit war Berte entlassen.

Sie ging noch einmal in die Gesindeküche zur Köchin und hoffte, auch Hannes dort zu treffen. Sie hätte sich gern mit ihm noch unterhalten, aber worüber konnten sie reden?, überlegte sie und das Grübeln ließ sich nicht abstellen. Sollte sie ihm sagen, dass sie ihn mochte? Dass sie oft an ihn gedacht hatte. Dass sie gern seine Nähe gespürt hätte und vielleicht auch seine Berührung. Sie atmete tief durch, ich bin eine alte Frau, was für Gedanken schleichen sich in meinen Kopf und was für Gefühle dringen in mein Herz? Ich muss das, was meine Seele beglücken würde, abtun und verleugnen. Oh, Hannes, vielleicht nur ein einziges Mal deine Hand auf meinem Arm spüren. Mehr Zuneigung brauche in nicht mehr für mein Leben. Der Küchenmeister schrie nach einer Magd, und die Köchin hatte alle Hände voll zu tun, zwei Mägde holten Wasser vom Brunnen und Vorräte aus der Kammer. »Setz dich hierher auf die Bank, hier ist es warm und ruhe dich aus. Wenn das Essen fertig ist, können wir uns unterhalten.« – »Mach dem Herzog zum Abend eine leichte, aber kräftigende Suppe, und etwas Getreidebrei mit Eiern, er wird Hunger haben«, empfahl Berte der Köchin. Dann lehnte sie sich an die warme Wand des Kamins, ich bin so müde, dachte sie noch und war bald eingeschlafen.

Am nächsten Tag meldete sich Berte noch einmal bei Gieswein, der sie zum Herzog führte. Das Fieber war verschwunden und die Hustenanfälle weniger geworden und nicht mehr so schmerzhaft, berichtete er. Dem Herzog ging es besser, er hatte bereits das Bett verlassen und saß in eine warme Decke gehüllt am Kamin. Als Berte hereinkam, gebot er ihr, sich zu setzen. »Ich danke Euch. Meine Gemahlin erzählte mir, dass Ihr auch ihr beigestanden habt. Zu Beginn des Augusts werde ich Euch abholen lassen, das wünscht die Herzogin. Ruht Euch heute auf der Burg aus und morgen lasse ich Euch nach Hause bringen. Gieswein wird Euch reichlich entlohnen.« Berte war damit entlassen.

Sie ging über den Burghof Richtung Pforte. Vielleicht traf sie Hannes an. Hannes schloss gerade das große Tor. Zwei Ritter waren gekommen, die er begrüßte, als würde er sie kennen.

Als er Berte sah, veränderte sich sein Gesicht. »Ich bin noch bis morgen hier auf der Burg, wollen wir uns ein bisschen unterhalten?«, fragte sie statt einer Begrüßung. »Komm, setz dich zu mir auf die Bank«, bat Hannes, »ich freue mich, dass du hier bist.« Dann verstummte er, hatte er zu viel von seinen Wünschen verraten, war es vielleicht nicht schicklich oder gar plump. Verlegen strich er sich die Haare aus dem Gesicht. Ich alter Mann kann nicht mehr mit einer Frau Umgang pflegen. Ich bin ein Tölpel, ging es ihm durch den Kopf. Berte war nahe an ihn herangerutscht, ihr war nicht entgangen, wie unsicher Hannes war. »Hannes, wir sind beide alt und unsere Tage hat der Herrgott gezählt«, begann sie. »Ich wollte dir sagen, dass ich oft an dich gedacht habe und dass ich gern mit dir zusammen bin und mit dir rede. Du weißt so viel.« Dann schwieg sie eine kurze Weile. »Habe ich recht, dass du auch an mich denkst?« Hannes schaute sie an, alles, was er sagen wollte, sagten seine Augen und dann legte er seine Hand auf ihren Arm. »Berte«, mehr brachte er nicht heraus. Mehr war auch nicht nötig. »Ich weiß«, sagte sie, »wir sind alt und du lebst hier auf der Burg und ich in Waiblingen. Aber wir können aneinander denken, uns aufeinander freuen und für den anderen beten. Es gefällt mir, wenn du mich berührst.« Hannes streichelte mit seiner Hand ihren Arm von der Hand bis zur Beuge. Ihre Zärtlichkeit lag in ihren Blicken und Berührungen. Als Berte am nächsten Tag mit dem Knecht aufbrach, schaute Hannes lange dem Pferdewagen hinterher. Komm gesund wieder, andere Wünsche hatte er nicht mehr.

Im Sommer des nächsten Jahres tobte ein Sommergewitter über der Schwäbischen Alb, Stürme umkreisten den Hohenstauf und auf der Burg heulte der Wind wie eine grausame Bestie in den Gängen und Treppen. Die Kammerfrauen und Mädchen hatten Angst. Keine wollte allein sein. Sie versammelten sich in der Kemenate der Herzogin, stickten oder beteten still. Sie duckten sie vor den Gewalten der Natur oder vor Gott. Hatte er ihnen das Grauen geschickt? Warum? Sie suchten ihr Heil im Gebet. Wetterleuchten zuckte über den Himmel. Der Donner rollte allmählich näher. Blitze und Donner vereinigten sich, der Himmel verdunkelte sich und wie die Androhung des Weltuntergangs entluden sich die Wolken und schütteten sintflutartigen Regen auf die Erde.

In diesem Unwetter kam Judith, die Herzogin von Schwaben, nieder. Man hatte die Wehmutter Hildegard aus Göppingen geholt und die war froh, Berte wieder an ihrer Seite zu haben. Die beiden Kammerfrauen, die alte Gräfin von Bregenz und die Pfalzgräfin aus der Nordmark blieben als Geburtszeugen anwesend. Ebenso Mechthild, die vertraute Kammerfrau, aber alle drei hatten panische Angst vor dem Unwetter. Sie saßen am Kamin und beteten laut und ununterbrochen, bis die Herzogin sie anschrie und ebenfalls hinausschickte. Im Laufe der Nacht beruhigte sich das Gewitter, bis nur noch heftiger Regen fiel und den Burghof überschwemmte. Es war, als hätte die Geburt der Herzogin hier oben in der Kammer etwas mit dem Unwetter zu schaffen, aber zur Mitternacht war das Gewitter beendet, der Sturm hatte sich gelegt und die Herzogin hatte einem Kind das Leben geschenkt. Sie hatte ihr zweites Kind geboren. Es war eine Tochter und die stolzen Eltern nannten sie Bertha, aber Friedrich fügte noch einen zweiten Namen hinzu, sie sollte

Bertha Judith heißen, bestimmte er, dann ließ er die Glocke läuten. Die Welt sollte vom Glück auf der Burg erfahren. Die Mutter übergab das Neugeborene der Amme, ohne vorher noch einmal auf das Bündel Menschlein zu schauen. Die Amme würde sich in den folgenden Monaten um das kleine Wesen kümmern.

Eigentlich war es keine so schwere Geburt wie beim ersten Kind, aber Berte ahnte, dass die Herzogin künftige Schwangerschaften vermeiden würde. Was war mit der jungen Frau passiert?, grübelte Berte. Wollte sie sich gegen die Mutterrolle mit den ewigen Schwangerschaften wehren, wollte sie sich dagegen wehren, den Sinn ihres Lebens nur im Gebären zu finden oder war sie der Schwermut verfallen? Berte kannte diese langwierige unsichtbare Krankheit und wusste, dass es dagegen keine Heilung gab. Die Herzogin drehte sich in ihren Kissen um und verlangte nach Ruhe. Das war die Aufforderung für alle, sie allein zu lassen, nur Mechthild, die vertraute alte Kammerfrau, setzte sich schweigend zu ihr.

Berte blieb, solange es auf der Burg möglich war, bei Hannes. Es war der Spätherbst ihres Lebens. Jeder hatte Leiden und Krankheiten erfahren und jedem waren viele Tode begegnet. Das Leben, das früher selbstverständlich war, schien ihnen heute gefährdet. Gehörte es ihnen überhaupt noch oder war es inzwischen nur noch ein sehr kurzfristig geliehenes Gut? Aber beide hielten fest am Leben, am Ungewissen und Bedrohtem. Sie hielten fest, weil sie an die Freundschaft glaubten und an die Kraft der Zuneigung. »Mein großes Glück ist, dass wir einander Beistehen, wenn der letzte Abschied kommt. Ich habe keine Angst vor dem Sterben, aber der Tod sollte nicht einen Vergessenen oder einen Verlorenen antreffen«, sagte Hannes und streichelte Berte wieder über ihren Arm.

Dann brachte der Knecht Berte zurück nach Waiblingen. Sie fuhren die alte Römerstraße diesseits der Rems entlang. Der Sommer hatte bisher nichts von seiner Schönheit verloren, bemerkte Berte zufrieden. Der Regen hatte den Staub von den Bäumen und Büschen gewaschen, alles sah sauber und einladend aus. Nur die Rems führte noch Hochwasser. Als sie durch Beinstein fuhren, winkte ihr aus der Töpferwerkstatt an der Straße eine junge Frau zu und Berte winkte zurück. Nun war es nicht mehr weit bis nach Hause. In der Ferne sah sie den Turm der Nikolauskirche, bald auch das Kirchendach und die Spitze der kleinen Apsis.

Der Knecht fuhr gleich wieder zurück. Er war maulfaul und Berte hatte keine Lust, mit ihm immer nur ein einseitiges Gespräch zu führen. Trotzdem hätte sie sich gern bei ihm bedankt. Sie war endlich allein. In ihrem kleinen Häuschen hatte sich der Duft von getrockneter Kamille ausgebreitet. Berte öffnete die Tür zum Gärtchen hinter dem Haus und wollte frische Luft hereinlassen. Sie trat hinaus und erschrak. Was war das? Neben der Tür lag ein Kind. Das sie mit großen Augen anschaute.

BERTES GAST

»Wie heißt du und woher kommst du?«, fragte Berte. Das Kind zeigte auf den Gartenzaun am Flussufer. »Du bist vom Flussufer gekommen und über den Gartenzaun geklettert?«, fragte Berte. Das Kind nickte.

»Wie heißt du, sage mir deinen Namen?«, fragte Berte noch einmal, aber das Kind schüttelte wild seinen Kopf. »Hast du Hunger?«, versuchte es Berte noch einmal. Das Kind schaute nach unten, wohl weil es sich schämte, und nickte. »Komm herein, du hast Glück, ich habe in meinem Korb Mundvorräte, die ich heute geschenkt bekam. Komm zu mir in die Stube.« Als das Kind sich erhob, sah Berte die Kleiderfetzen. Zerrissen und schmutzig. Bist du ein Mädchen? Bevor wir essen, musst du dich waschen. Hier sind eine Schüssel und ein Tuch zum Abtrocknen. Hol Wasser aus der Rems und wasch dich im Garten. Ich richte in der Stube etwas zum Essen. Das Kind verschwand im Garten und Berte packte ihren Korb aus. Was für wunderbare Sachen hatten der gute Gieswein und die Köchin ihr mitgegeben! Dann kochte sie einen Pfefferminztee und schnitt zwei große Scheiben von dem Brotlaib ab, legte etwas Käse dazu und wartete. Wo blieb das Kind nur?, fragte sie sich nach einer Weile. Sie schaute hinaus in den Garten und sah, wie das kleine Wesen draußen im Gras am Ufer kniete und vermutlich betete. Berte räumte inzwischen den Korb aus und legte die Vorräte in die Truhe, den Schinken hängte sie an den Haken an der Decke. Ein wohlriechender appetitlicher Duft breitete sich in der Stube aus. Der frisch aufgebrühte Tee schmeckte herrlich. Dann stand Berte wieder auf und zog die alte Truhe unter ihrem Bett hervor. Da lagen noch

Stofffetzen, auch ein altes Tuch und Wollreste, vielleicht reicht es für ein neues Hemd und eine neue Hose?, überlegte sie. Das Kind kam herein. »Setz dich an den Tisch, iss dein Brot und trink etwas Tee. Danach wollen wir überlegen, wie wir für dich neue Kleidung anfertigen können.« Gewaschen sah das Kind nicht mehr so verwahrlost aus. Aber es machte einen merkwürdigen und verschreckten Eindruck, den Berte nicht verstand. War es weggelaufen, hatte es sich verlaufen oder war es verlorengegangen bei dem Markttag in Waiblingen? Berte wollte helfen, aber es gelang ihr nicht, weil das Kind sich ihr verweigerte. »Wie soll ich mit dir reden, wenn du mir nicht deinen Namen sagst.« Es saß unbeweglich und stumm am Tisch und schaute Berte auch nicht an. War es vielleicht taubstumm? Langsam wurde Berte ärgerlich. Dann sagte sie: »So, ich räume jetzt hier auf und dann lege ich mich auf mein Bett zu einer kleinen Mittagsruhe. Wenn ich wieder aufstehe, redest du mit mir oder du verlässt sofort mein Haus, dann will ich dich nicht wiedersehen. Du hast genug Zeit, deine Entscheidung zu treffen.«

Sie nahm ihren Umhang ab, zog die Bänder aus den Schuhen und legte sich nieder. Was für ein Tag, dachte sie müde, dann war sie eingeschlafen.

Als Berte aufwachte, saß das Kind auf der Türschwelle und weinte stumm. Berte hatte Mitleid: »Also, ich nenne dich Gunda oder Guntram.« Bei Guntram schüttelte es den Kopf. »Dann bleibt es bei Gunda, weil meine Schwester auch Gunda hieß. Komm Gunda, wir gehen auf den Markt, und machen noch einige Besorgungen.« Sie gingen zu den Ständen der Fischer und kauften Fisch für die Abendmahlzeit, gingen weiter bis zum Tuchmacher. Der Tuchmacher hatte auch einige Kleidungsstücke. Berte kaufte ein Hemd und eine Hose und als der Händler sie beiläufig fragte, für wen sie das brauchte, antwortete sie nur, das sei für das Kind ihrer Schwester in Schorndorf. In der Nachbarschaft standen einige Frauen zusammen und tauschten Neuigkeiten aus. Berte schickte Gunda mit dem Korb nach Hause und gesellte sich zu den Klatschweibern. Sie war neugierig, was sich in der Zwischenzeit in Waiblingen zugetragen hatte. Die Frau des Tuchmachers erzählte, dass die Frau des Herrn von Bouch mit ihren vier Kindern ins Wasser gegangen sein soll. Sie hat es wohl bei diesem gewalttätigen Mann nicht mehr ausgehalten. Er hat sie, wenn er betrunken war, vor den Kindern genommen und dann hat er sich an den Kindern vergangen. Als sie das ausgesprochen hatte, stöhnten alle auf und bekreuzigten sich schnell. Eine zahnlose Alte erwiderte: »Aber sie war doch seine Frau, sein Eigentum, wie kann sie da so etwas machen, einfach ins Wasser gehen?« Die Frau des Fischers sagte, sie habe sie immer nur mit blauen Flecken gesehen und sie war noch so jung. Berte wandte sich ab und ging eiligst nach Hause. Sie hatte einen gefährlichen Verdacht und wenn sich der bestätigte, lebte sie in großer Gefahr. Gunda war zu Hause, hatte den Korb ausgepackt und saß seitlich auf dem Schemel neben der Gartentür. Als Berte kam, stand das Mädchen auf und umarmte sie fest. Berte setze sich an den Küchentisch und zog es zu sich heran, aber Gunda saß nur mit dem halben Po auf dem Stuhl. »Also, du bist eine Tochter des Grafen von Bouch«, das Mädchen riss vor Schreck die Augen weit auf. »Hab keine Angst, ich verrate dich nicht.« Das Mädchen nickte ängstlich. »Deine Mutter ist in der Rems ertrunken und deine Geschwister auch? Wie viele Geschwister hattest du?« Drei zeigte Gunda mit den Fingern. Dann zeigten die Finger zwei, fünf und sieben, dann machte sie eine Handbewegung über den Bauch. »Also deine Mutter erwartete wieder ein Kind und die anderen waren zwei, fünf und sieben Jahre alt.« Gunda nickte zur Bestätigung und rutschte merkwürdig auf dem Stuhl hin und her. »Und du, wie alt bist du?« Mit den Fingern zeigte Gunda zehn. »Kannst du denn nicht ruhig sitzen?«, fragte Berte und erwartete eigentlich keine Antwort. Gunda schüttelte den Kopf. »Wie, du kannst nicht ruhig sitzen?« Gunda flossen die Tränen übers Gesicht. »Komm, zieh dich aus, ich untersuche dich und helfe dir«, sagte Berte wie zur Beruhigung. Gunda zog die alte kaputte Hose aus und dann auch den Kittel. Als sie nackt in der Stube stand, schlug Berte beide Hände entsetzt vors Gesicht. Die blaugrünen Flecken und die Blutergüsse überall waren noch das Harmloseste. Auf der linken Brust klaffte neben der Brustwarze ein schorfiges, vereitertes Loch, Fleischstreifen hingen vom Rücken herab. Berte bat, dass sich Gunda auf ihr Bett legten sollte. Der Muskel des Afters war eingerissen, ungleich zusammengewachsen, vernarbt, wieder eingerissen und blutig verschmiert. Die Scheide dieses kleinen Mädchens war brutal aufgerissen, vernarbt und wieder aufgerissen, war eitrig und entzündet. »Das war dein Vater?« Gunda nickte. »Deinen Vater müsste man aufhängen«, sagte Berte kalt. »Du bleibst fortan bei mir, als meine Nichte, und hilfst mir bei den Kräutern. Jetzt wasche ich dich mit einem warmen Kamillensud. Das wird deine Schmerzen lindern und die Heilung vorantreiben, dann machst du warme Sitzbäder und ich verbinde deine Brust. Gunda umarmte Berte, die spürte, wie Tränen in ihren Nacken liefen. Als Gunda gebadet hatte und verbunden worden war, schlug Berte vor, ihr die Haare kurz zu schneiden, damit sie nicht erkannt werden würde. Gunda lächelte ihr zu und Berte schnitt es ins Herz. »Leg dich in mein Bett, damit die Feuchtigkeit aus dem Wickel im Rücken und auf der Brust einziehen kann«, ordnete sie an. Gunda schlief sogleich ein. Berte saß neben ihr am Bett und machte Pläne. Sie würde eine Ecke von der Stube mit einem Tuch abteilen und dort einen Strohsack hinlegen. Vielleicht finde ich noch bis zum Winter zwei Felle, dann hätte Gunda wenigstens ein eigenes Lager und warm wäre es auch. Berte brühte Kamillenblüten auf und räumte anschließend die Kamille und die Schafgarbe wieder zu den anderen Kräutern ins Regal.

Der Tee war für das Sitzbad und die nächsten Wickel heute Abend gedacht. Als sie fertig war, ging sie hinaus in den Garten, ließ aber die Gartenpforte geöffnet. Gunda schlief fest. Sie wachte auch nicht zur Abendmahlzeit auf. Berte aß allein von ihrem gebratenen Fisch und gönnte sich noch eine Scheibe des hellen Brots. Dann ging sie zu Gunda in ihr Bett und legte ihren Arm um den kleinen geschundenen Körper. »Gibt es eine Gerechtigkeit auf dieser Erde?«, fragte sie sich, »gibt es eine Gerechtigkeit für Frauen und Mädchen?« Sie wusste die Antwort und die machte sie wütend. »Nein, Gerechtigkeit gibt es nur im Jenseits.« Gunda wachte auf, aber sie rührte sich nicht. Sie dachte an ihre Geschwister, mit denen sie immer das Bett teilen musste, manchmal auch mit der Mutter, wenn der Vater sie verjagt hatte. Die Geschwister und Mutter sind tot. Ach, Mutter, rief etwas in ihrem Herzen. Gunda kamen die Tränen. Sie erinnerte sich. Die Mutter hatte sich Elisabeth, das jüngste Kind mit einem Strick an den Leib gebunden und die drei größeren Kinder hatte sie zusammengebunden, um sicherzugehen, dass sie zusammen ertranken. Sie sprachen gemeinsam noch ein Gebet, dann sagte sie: »Im Himmelreich wartet auf jedes Kind das große Glück und eine süße Eierspeise.« Die Mutter hatte Elisabeth auf dem Arm, watete in das Wasser und zog den Strick mit den anderen dreien hinter sich her. Irgendwie konnte sich Gunda im Wasser befreien und als sie den großen Ast vor sich sah, griff sie in ihrer Not nach dem Holz und ließ sich mit ihm forttreiben. Dann spürte sie plötzlich Sand unter den Füßen und erreichte das Ufer. Ein Garten lag nahe beim Fluss. Sie schob eine lose Zaunlatte zur Seite und schlüpfte in den Garten hinein. Hier legte sie sich auf die Erde und betete, dann verkroch sie sich. Sie wusste nicht, wo und bei wem sie sich nun befand.

Würde man sie zurückbringen auf die Burg – zu ihrem Vater? Nein, die Berte würde sie behalten und beschützen. Sie kuschelte sich fest an die alte Muhme und schloss noch einmal die Augen.

Beim Frühstück fragte Berte Gunda aus. »Warst du schon immer stumm?« Gunda schüttelte den Kopf. »War der Siebenjährige ein Junge? Gunda nickte. War der Fünfjährige ein Junge? Gunda schüttelte den Kopf. War der Zweijährige ein Junge? Gunda schüttelte wieder den Kopf. Dann kam eine heikle Frage. Berte wagte bei dieser Frage Gunda nicht in die Augen zu sehen. »Hat der Vater mit der Fünfjährigen das Gleiche gemacht wie mit dir?« Gunda weinte und nickte. »Dieser Teufel, soll er in der Hölle schmoren!« Berte war außer sich. Sie zeigte Gunda die Hose und den Kittel, die sie gestern auf dem Markt für sie gekauft hatte und bemerkte ihre Freude darüber. Als Gunda gewaschen, verbunden, mit kurzen Haaren und mit frischer Hose und Kittel neben ihr saß, war aus dem zerstörten und verängstigten Kind eine Gunda geworden. Gunda fortan und Gunda für jedermann. Gunda legte ihren Kopf auf Bertes Arm und Berte fuhr mit ihrer Hand über die neue Haartracht. Zärtlichkeit und Zuneigung zu diesem Mädchen machten sich in ihrem Herzen breit.

In den letzten Tagen des Augusts erfuhr Berte von den Klatschweibern auf dem Markt, dass man stromabwärts die Herrin von Bouch und zwei ihrer Kinder gefunden hatte. Die anderen beiden vermissten Kinder, so vermutete man, hat die Rems in den Neckar getragen, wo sie nie wieder auffindbar sein würden. Diese Nachricht beruhigte Berte. Von nun an würde niemand nach Gunda suchen und niemand würde sie hier vermuten und erkennen. Die drei Wasserleichen wurden in der Nähe, wo man sie gefunden hatte, in ungeweihter Erde, begraben. Sie waren Selbstmörder und hatten das Recht auf eine ordentliche Bestattung auf einem christlichen Friedhof verwirkt.

Der Spätherbst brachte schöne Tage. Berte und Gunda sammelten Schafgarbe, Kamille, die letzten Blüten vom Sonnenhut und von den Gänseblümchen, Ackerschachtelhalme und Eichenrinde. Sie waren den ganzen Tag unterwegs und hatten mit Heilkräutern die Körbe gefüllt. In den nächsten Tagen wurden die Kräuter sortiert, gewaschen und zum Trocknen aufgehängt. Als die beiden mit den letzten Bündeln von der Kamille beschäftigt waren, wurde Berte zum Schmied gerufen. Der Knecht meinte, sein Herr habe sich verbrannt. Berte packte rasch einige Kräuter zusammen und eilte in die Schmiede. Gunda begleitete sie, falls es etwas zu holen gäbe.

Der Schmied lag auf dem Boden, war bewusstlos und hatte sich mit dem glühenden Eisen, das er in der Hand hielt, Bauch und Oberschenkel verbrannt. Es stank fürchterlich nach verbrannter Kleidung und verbranntem Fleisch. Berte schnitt die Kleidung des Schmiedes auf und untersuchte die Brandverletzung, aber warum war er bewusstlos geworden?, grübelte sie. Gunda stand neben ihr, schnell kniete sie sich nieder und legte kalte Umschläge auf die Stirn des Verletzten. Berte prüfte den Puls, der war sehr schwach. Sie sprach den Schmied laut an, sie nahm seine Hand und klopfte darauf. Sie legte ihr Ohr an seine Nase und seinen Mund, um seinen Atem wahrzunehmen. Als Gunda den kalten Umschlag auf der Stirn erneuerte, öffnete der Schmied die Augen. Gunda kniete immer noch neben ihm, sie blickte ihn an und es schien, als blickte sie tief in seine Augen hinein. Einen Wimpernschlag lang sah sie in den Augen des Schmieds den Tod. Der Tod, dem sie schon einmal begegnet war, schaute sie mit den Augen des Schmieds an. Gunda zitterte. Der Schmied wird sterben, das wusste sie. Sie legte ihre Hand auf Bertes Schulter und schüttelte den Kopf. Berte verstand nicht, sie reinigte die Brandwunde, die am Oberschenkel bis zum Knochen reichte, und versorgte danach die Verletzung am Bauch, die weniger gefährlich war. Als die Frau des Schmieds kam und Berte fragte, ob ihr Mann sterben würde, sagte Berte: »Ich weiß es nicht«, Gunda schaute sie überrascht an. Dann ergänzte Berte: »Aber ich habe auch keine Hoffnung. Es ist vermutlich sein Herz, die Verbrennung allein, wäre nicht tödlich gewesen.« – »Ich habe es befürchtet, dass sein Herz nicht in Ordnung ist. Oft war ihm schwindlig, dann sagte er, mein Herz stolpert.« Die Schmiedin schnäuzte sich und weinte. Der kleine Karl, den sie in der Schmiede wie einen eigenen Sohn aufgenommen hatten, fasste sie an der Hand und weinte mit ihr. »Komm, mein Sohn«, sagte die Schmiedin, »wir holen den Pfarrer.« Am Abend starb der Schmied.

Gunda und Berte waren wieder zu Hause. Die Schmiedin war bekannt für ihre Großzügigkeit, sie hatte Berte ein kleines Essmesser geschenkt und Gunda hatte einen Umhang bekommen. Aber Gunda war bedrückt und Berte noch immer vollkommen verunsichert. Nach einer Weile fragte sie direkt heraus: »Du hast wirklich in seinen Augen den Tod gesehen?« Gunda nickte. »Wir werden dieses Geheimnis für uns behalten. Niemand im ganzen Reich würde dich verstehen.« Gunda war es recht. Dieser Tod schmerzte und lastete auf ihr, bis sie sich erschöpft hinlegte und in einen tiefen Schlaf fiel.

In den folgenden Wochen bestellten sie den kleinen Garten hinter dem Haus. Sie säten Schafgarbe, Bilsenkraut, Rosmarin, Thymian, Pfefferminze und Hirtentäschel. An einer wenig einsehbaren Stelle säte Berte auch Schlafmohn. Mit Tannenzweigen wurde alles für den Winter abgedeckt. Dann bereiteten sie das Beet für die Zwiebeln und den Knoblauch vor und beschlossen, im nächsten Jahr am Zaun entlang Lavendel zu pflanzen. Vielleicht würde Hannes ihnen einige Lavendelbüsche geben können, denn auf der Burg standen sie zuhauf.

Die Monate vergingen. Hin und wieder wurden sie zu kleineren Unfällen gerufen, zu Niederkünften oder bei Krankheiten um Hilfe gebeten. Das Jahr 1123 ging mit einem Schneesturm und eisigen Temperaturen zu Ende. Gunda und Berte teilten sich die Arbeit und das Wenige, was sie zum Essen und Leben brauchten.

In den Wintermonaten hatte sie früher Schafwolle gesponnen und dann verarbeitet, aber in diesem Jahr hatte sie keine. Im letzten Jahr hatte sie eine wundervolle Decke gewebt, die sie zu einem guten Preis verkaufen konnte. Als sie Gunda davon erzählte, zog sie diese in den Garten hinaus und zeigte auf den Nachbargarten. Der war gänzlich verunkrautet. Die Nachbarin war Schneiderin und hatte keine Zeit für Gartenarbeit. Das wenige, was sie aß, holte sie vom Markt. »Du meinst, wir sollten die Nachbarin fragen? Warum sollte sie uns den Garten überlassen?« Gunda zeigte mit einer Hand einen Finger und mit der anderen Hand zwei Finger. »Ach so, ein Schaf für die Nachbarin und zwei Schafe für uns. Ich werde sie gleich fragen«, sagte Berte und verschwand. Nein, die Nachbarin war nicht erbaut von dem Vorschlag. »Warum sollte ich dir meinen Garten geben?«, fragte sie mürrisch zurück. »Du bekommst meinen Garten und hast zwei Schafe, und ich?«

Berte erklärte ihr noch einmal in Ruhe. »Du stellst deinen Garten leihweise zur Verfügung. Dort halte ich drei Schafe. Wir, Gunda und ich, kümmern uns um die Schafe und um deinen Garten. Du hast überhaupt keine Arbeit. Am Jahresende kannst du ein Schaf schlachten und hast außerdem noch Wolle oder du verkaufst das Tier. Dann bekommst du noch Geld für etwas, womit du keine Arbeit hattest. Und wenn ein Tier krank wird oder stirbt, teilen wir den Rest. Ein Drittel für dich und zwei Drittel für uns.« Die Nachbarin nickte zufrieden und Berte und Gunda freuten sich schon auf ihre Schafzucht.

DAS GROSSE UNGLÜCK

Mit seinem Bruder Konrad zusammen sollte es eine vergnügliche Jagd werden und anschließend wollte der Herzog in großer Runde mit einem Wildschwein am Spieß das Fest der Auferstehung auf der Burg feiern. In allen Gebäuden und Stallungen war emsiges Treiben. Der Bruder des Herzogs von Schwaben wurde jeden Augenblick für die Jagd erwartet. Auf dem Burghof lärmten die Hunde und Helfer. Endlich wurde von der Pforte verkündet, dass die Gefolgschaft des Herzogs von Ostfranken sich der Burg näherte. Friedrich und Judith traten gemeinsam hinaus auf die Treppe vor dem Palas, um die Ankommenden standesgemäß zu begrüßen und ihnen den Willkommenstrunk zu reichen. Dann betraten Friedrich und Konrad allein den Palas, um die Jagd zu besprechen. Die Herzogin aber stieg hinauf in ihre Kemenate. Als die Brüder allein waren, fragte Konrad, wie es Judith nach der Geburt des Töchterchens geht. Friedrich antwortete kurz. »Was erwartest du, sie ist eine Welfin, den Knaben hat sie seit drei Monaten nicht besucht und bei der Amme war sie bisher auch nicht. Sie verschließt sich und zürnt. Ich weiß nicht einmal wem und warum.« Konrad tat die schöne junge Frau leid. »Man sieht ihr an, dass sie Gram in sich trägt«, erwiderte er.

Friedrich hatte zwei Silberbecher mit starkem süßem Würzwein gefüllt, den der Mundschenk soeben gebracht hatte, und reichte Konrad einen. »Komm, lass uns auf den Heiligen Hubertus trinken, möge uns das Waidglück hold sein.« – »Was werden wir jagen?«, wollte Konrad wissen und ergänzte, »ich sehe du hast die Helfer mit den Hunden schon eingewiesen. Dann also eine Treibjagd? Ich bin gespannt, wer zuerst einen Keiler oder einen Bock erlegt.« – »Ich habe Vorsorge getroffen, dass wir zum Abend wieder zurück sind«, erläuterte Friedrich. »Die Helfer werden mit den Hunden das Unterholz durchkämmen und das Wild aufscheuchen. Sie ziehen in einem Halbkreis in Richtung Breitwiesen und treiben das Wild zur Rems. Vielleicht ist Hochwild dabei. Ein oder zwei Stück Rotwild und eine Bache oder einen Keiler brauchen wir auf der Burg. Wenn angeblasen wird, so schlage ich vor, reiten wir beide zum Mönchsgarten, ich voraus, und warten dort und stoßen dann seitlich in die aufgebrachte Rotte hinein.«

Die Brüder prosteten sich noch einmal zu, dann befahlen sie, ihre Pferde zu satteln und ihnen Spieße und Schwerter zu reichen. Die Begleitmannschaften rüsteten ebenfalls zum Aufbruch. Das Gedränge von Menschen, Hunden und Pferden, der Lärm der vielen Kreaturen verwandelten den Burghof in ein unerträglich lautes Chaos. Dann plötzlich ertönte das Anblasen, die große Pforte öffnete sich und die Helfer mit der Meute stürzten hinaus und den Burgberg hinab. Die beiden Herzöge brachen mit ihren Begleitmannschaften zur Parforcejagd auf. Das erste Stück sollte eine Hetzjagd zu Pferde werden. Ein wahres Vergnügen, auf das kein Jäger verzichten würde. Herzog Friedrich stürmte allen voran. Er kannte jede Anhöhe, jede Lichtung und jede Schneise. Auf sein Pferd konnte er sich immer verlassen. Es war folgsam, schnell und unaufgeregt. Bald hatte er den breiten Waldweg verlassen und hielt sich links am Rande des alten Buchenwaldes. Hier hatten die Knechte Holz eingeschlagen. Neben gefällten Bäumen lagen auch einige Stämme, die bereits entästet waren. Es war ein undurchdringliches und gefährliches Dickicht. Der Herzog orientierte sich an der Waldkante und hatte bald den Holzeinschlag verlassen. Der Wald wurde lichter und hinter der nächsten großen Lichtung würde hinter einem kleinen Buschwerk eine tiefe Senke kommen, er kannte sie und hielt mit seinem Pferd darauf zu. Von dort ging ein gerader Weg zu den Mönchsgärten. Er würde der Erste am Ziel sein und seinen Bruder dort einweisen. Herzog Friedrich trieb sein Pferd erneut zur Eile an. Schnell und noch schneller wollte er sein. Seine Begleiter konnten ihm nicht folgen und er genoss die Wildnis und in der Wildnis seine Überlegenheit. Sein Pferd jagte auf die Senke zu. Die Zügel fester nehmen, die Gefahr anzeigen, Friedrich dachte den Gedanken nicht zu Ende, als plötzlich sein Pferd stieg, auf den Hinterbeinen eine kleine Drehung zur Seite machte, ihn abwarf und mit hoher Geschwindigkeit durchging. Es jagte erschreckt zurück zur Lichtung. In der Senke hatte sich eine Wildschweinrotte mit Frischlingen im Unterholz verkrochen. Gestört und bedroht hatte der Keiler das Pferd erschreckt und angegriffen. Friedrich war mitten in die Rotte mit den Frischlingen gestürzt. Die Keiler gingen gleich auf ihn los, er wurde bewusstlos. Als man ihn fand, war das Gesicht blutverschmiert, ein Auge herausgerissen, auf der Wange ein langer Riss, ein Arm blutete, zwei Finger gebrochen und das rechte Bein unnatürlich angewinkelt. Seine Begleitmannschaft holte sofort Hilfe. Sein Bruder Konrad ordnete an, ihn auf einen Wagen zu legen und zur Burg zu bringen. Sollte er auf der Burg sterben und nicht hier im Morast bei den Schweinen. Konrad selbst hob seinen Bruder zusammen mit einem Ritter auf und legte ihn in den Wagen. »Stirb nicht, Friedrich, Allmächtiger rette und behüte ihn«, betete Konrad auf dem ganzen Rückweg. Wie ein Leichenzug wandte sich der Tross durch den Wald und dann den Berg zur Burg hinauf. Friedrichs Kammerherr und Leibdiener, der treue Gero von Gieswein, stand allein vor dem Palas. Der Truchsess kümmerte sich um die Gäste und der Marschall um die Tiere. »Bringt den Herrn sofort in seine Kammer«, bestimmte Gieswein. »Die Hunde und die Helfer gehen nach Hause auch die Begleitmannschaft wird nicht mehr gebraucht.« Die Ritter und Knappen suchten ihre Arbeit auf. »Und die Sterbesakramente?«, fragte Konrad. »Hoheit, die können warten, dafür ist immer noch Zeit«, erklärte Gieswein. Konrad überließ Gieswein die Entscheidung. »Ich gehe zur Herzogin und berichte, was vorgefallen ist.« – »Marschall, schickt sofort den schnellsten Wagen nach Waiblingen zur Berte, sie soll sofort kommen und ihre Kräuter mitbringen. Der Herzog liegt auf den Tod und hat offene Wunden«, sagt ihr das. »Und sie muss heute Abend noch hier sein«, befahl Gieswein. Der Marschall bestimmte den Stallknecht Ruthard, der kannte sich in der Gegend gut aus und der wusste welches Gespann das schnellste und sicherste war. »Los und beeil dich. Seine Hoheit stirbt«, war sein Befehl.

Berte und Gunda wuschen und untersuchten zusammen mit Gieswein den Herzog. Der lag in seinem Bett und hatte sein Bewusstsein kurzzeitig wiedererlangt, aber durch die Schmerzen drohte die nächste Ohnmacht. Er hatte so viele Verletzungen, tiefe Bisse von den Wildschweinen und Brüche vom Sturz. Das linke Auge war unrettbar zerstört. Hatte der Keiler mit dem Stoßzahn das Gesicht des Herzogs angegriffen? Hatte er sich beim Sturz das Auge ausgestochen? Berte erklärte Gieswein, dass sie das Auge des Herzogs nicht retten könne, aber sie würde versuchen, den Augapfel zu entfernen, um die Augenhöhle zu retten. »Hoffentlich ist dahinter das Gehirn nicht beschädigt«, gab sie zu bedenken. Sie tröpfelte aus einer kleinen Phiole einige Tropfen in den lauwarmen Tee und gab ihn dem Herzog zum Trinken. Dann sterilisierte sie ihr kleines Essmesser mit kochendem Wasser und schälte bei der nächsten Ohnmacht das zerstörte Auge aus der Höhle heraus. Die Flüssigkeit war unterwegs schon fast vollständig ausgelaufen. Dann spülte sie die Wunde mit Kamille und legte einen feuchten Umschlag auf die leere

Augenhöhle. Die Augenhöhle selbst war, wie es schien, nicht durchgestoßen. »Der Umschlag muss immer feucht sein, das befördert die Heilung«, erklärte sie Gieswein. Heimlich schaute Berte immer wieder zu Gunda, würde sie wieder wie beim Schmied den Kopf schütteln? Nein, bisher half sie ihr mit den Umschlägen und sterilisieren. Berte legte dem Herzog einen Kopfverband an, der die linke Gesichtshälfte verdeckte. Gieswein hatte den Verletzten vollständig entkleidet, zahlreiche Bissverletzungen an Händen und Armen kamen zum Vorschein. Jede Wunde wurde gesäubert und verbunden. Die Brüche der Finger wurden geschient und das Bein, stellte Berte fest, war mittig zwischen Knie- und Fußgelenk gebrochen. Sie wies Gieswein an, den Oberschenkel des verletzten Beines festzuhalten, während sie mit aller Kraft unterhalb des Bruches am Bein zog. Die beiden Enden des beschädigten Knochens sollten exakt aneinanderstoßen, damit sie wieder zusammenwachsen. Der Herzog wurde wieder ohnmächtig. Die Brüche wurden geschient und verbunden. Als der Kammerdiener den Kranken umdrehen wollte, stöhnte der heftig auf und schrie. Er hatte sich außerdem noch eine oder zwei Rippen gebrochen. Irgendwann, mitten in der Nacht, waren sie mit dem Verbinden und Behandeln fertig. Berte und Gunda schliefen bei der Köchin und Gieswein blieb auf seinem Platz in der Kammer des Herzogs. Am nächsten Morgen, kaum war die Dämmerung da, ließ er Berte rufen, weil der Herzog hohes Fieber hatte. Berte hatte damit gerechnet und war vorbereitet. Mit Gunda und Gieswein kümmerte sie sich täglich und anfangs auch jede Nacht um den Herzog.

Es dauerte sechs Wochen, dann verließ Herzog Friedrich das erste Mal sein Bett und ging vorsichtig mit dem geschienten Bein wenige Schritte durch die Kammer zum Fenster, setzte sich auf die Fensterbank und schaute mit seinem einen Auge hinunter auf den

Burghof. Es war ein sommerlich warmer Tag. Unten auf dem Burghof sah er seinen kleinen Sohn mit der Kinderfrau, mit einem Holzpferd und einem Holzschwert spielen. »Du bist mein ganzes Glück und mein Stolz«, dachte er und ein Lächeln ging über sein Gesicht. Seine Judith, die Herzogin, war nicht zu ihm gekommen. Warum hatte sie ihn in all den Wochen nicht ein einziges Mal besucht? Was ging in ihr vor? Er wusste es nicht. »Aber ich verehre dich und ich bin dir für unsere beiden gesunden Kinder dankbar.«

Er saß noch immer auf der Fensterbank und dachte an seine Gemahlin, als Gieswein einen Eilboten des Kaisers ankündigte. Der Bote kam aus Utrecht. Er wurde sofort vorgelassen. Ein Bote des Kaisers, das kam nicht oft vor und meist verkündete er nichts Gutes. Dieser aber teilte Friedrich mit, dass der Kaiser Heinrich V. verfügt habe, dass sein gesamtes Eigentum und die Sorge für seine Gemahlin an Friedrich II., Herzog von Schwaben, in dieser Stunde als Erben übergehe. Friedrich spürte eine Kälte, die bis zum Herzen reichte. Dann fuhr der Bote fort, »Der Kaiser, Heinrich V., ist vor wenigen Tagen in Utrecht gestorben.« Mehr sagte der Bote nicht. Nicht woran? Nicht warum? Heinrich war noch nicht einmal vierzig Jahre alt. Wieso der Tod, hatte er ihn vermutet, geahnt oder kommen sehen? Der Kaiser ist tot und was wird aus dem Reich? Wird es Streit unter den Fürsten geben? Es waren so viele verschiedene Gedanken und Ängste auf einmal in Friedrichs Kopf. Er ging hinüber zu seinem Hausaltar und betete im Stehen zu Gott für einen verlorenen Freund. Als er sich vom Altar abwandte, hatte er plötzlich die Idee, dass Heinrich vielleicht an ihn als seinen Thronnachfolger gedacht haben könnte. Ob Judith das gewollt hatte? Aber das wäre nur möglich, grübelte er, hätte ich die körperliche Unversehrtheit. Die Unversehrtheit, hämmerte es in seinem Kopf. Friedrich ließ sich einen Becher Wein reichen und setzte sich ans Fenster. Sein Blick war in die Ferne gen Utrecht gerichtet. Dort suchte er eine Antwort, dort hinter dem Horizont, wo sein toter Freund ruhte. Habe ich beide, Judith und Heinrich, enttäuscht? »Es tut mir so leid«, sagte er leise und trank den Becher aus. Er hatte die königliche Unversehrtheit verloren. War es aus Hochmut und Selbstüberschätzung oder aus Unüberlegtheit und Spiel? Wie viel Schmerz und Verzweiflung hatte Gott, der Allmächtige, ihm deswegen zugedacht. Eine einzige Träne lief wie glühendes Erz über seine rechte Wange. Die Sonne ging allmählich zwischen den Hügeln im Westen der Alb unter, mehr Trost fand er an diesem Tag nicht.

Gunda hatte dem Herzog eine schwarze Augenklappe genäht, mit der er seine leere Augenhöhle abdecken konnte. Gieswein konnte sie ihm anlegen und nur Gieswein wusste, wie die Augenhöhle zu reinigen und zu pflegen war. Die Rippenbrüche begannen zu heilen und waren weniger schmerzhaft, das Bein wurde täglich neu verbunden, aber die Schiene sollte noch zwei Monate den Knochen stabilisieren.

Der Herzog dankte Berte und Gunda, sie hatten ihm das Leben gerettet. Der gute Gieswein fragte Berte zum Abschied, was sie sich wünschte. Berte erbat sich ein oder zwei oder vielleicht sogar drei Schafe oder Lämmer, und entschuldigte sich für den großen Wunsch. Sie erklärte, was sie und Gunda vorhatten, da lächelte Gieswein und nickte.

Bevor Berte die Burg verließ, verabschiedete sie sich von Hannes. »Es war wieder eine schöne Zeit für mich«, sagte er traurig. Er streichelte Bertes Arm und legte seine Hand auf die ihre. »Du weißt, die Gunda wohnt jetzt bei mir, aber wenn du einmal die Burg verlassen musst, ist meine Tür immer offen für dich.« Sie schauten sich beide an und ihre Blicke waren voller Zuneigung und Freundschaft.

ENDE UND NEUBEGINN

Jahre vergingen, Berte hatte auf dem Markt erfahren, dass ein neuer König gewählt worden war. Man sagte, er soll Lothar III. von Supplingenburg heißen. Berte und Gunda war es egal. Was ging sie der König an.

Die Idee mit den Schafen brachte jedes Jahr etwas ein. Sie hatten für die Tiere sogar einen kleinen Unterstand gebaut, der sie vor Regen und im Winter vor der Kälte schützte. Die Wolle wurde gesponnen und verarbeitet oder verkauft. Jedes Jahr zogen sie ein Lamm auf, damit sie ein Tier schlachten konnten und Fleischvorräte hatten. Die Nachbarin, der eigentlich der Garten gehörte, war zufrieden mit der zusätzlichen Einnahme.

Lange hatte Berte nichts von Hannes gehört. Ob er noch an sie dachte? Sie hatte aus der Schafwolle eine Decke gewebt und wollte sie Hannes bringen, aber sie fand niemanden, der sie mit dem Wagen wenigsten bis Schorndorf mitnahm. Den Rest des Weges würde sie zu Fuß gehen müssen. Würde sie das noch schaffen? Sie war nicht mehr so gut auf den Beinen. Dann kam eines Tages ein Knecht von der Burg des Herzogs. Er wolle zur Berte, aber die war gerade nicht da. »Die Herzogin liegt krank darnieder. Sehr krank sogar«, mehr sagte er nicht. Gunda winkte ihn in die Stube und stellte ihm einen Tee hin. »Ich heiße Ruthard und bin eigentlich der Stallmeister auf der Burg, aber es musste schnell gehen, deshalb hat mich der Marschall geschickt.« Ruthard schaute das junge Mädchen an, sie gefiel ihm. »Wann kommt die Berte?«, fragte er ungeduldig. Sie brachte den Korb mit den Kräutern herein, holte zwei Phiolen aus dem Regal, wickelte sie vorsichtig in ein Tuch ein und tat sie im

Korb oben auf. Dann legte sich ihren Umgang um und schnell war sie aus der Stube hinaus. Nach wenigen Augenblicken kam sie mit Berte, der Heilerin, zurück. Sie ist hübsch und dabei so umsichtig und flink, überlegte Ruthard.

Es war Abend, als sie sich der Burg näherten. Der Wind schob dunkle Gewitterwolken zusammen, die ein Unwetter verhießen. Ruthard trieb das Pferd an. Der Weg hinauf zur Pforte war schon in der Dunkelheit versunken. Bald erkannte man seine Hand nicht mehr vor den Augen. »Die Pferde finden den Weg zum Stall«, beruhigte Ruthard die Frauen. Dann zischte ein Blitz nahe vor ihnen in den Wald und ein gewaltiges Krachen bestätigte einen Einschlag. Wieder ein Blitz und sofort danach grollender Donner. Das Gewitter stand über ihnen. Ringsherum Blitze und Donner. Dann fiel hinter ihnen ein Baum auf den Weg. Gunda zitterte vor Angst. Berte betete. Als sich der Himmel öffnete, prasselte ein Regenguss nieder. Die Blitze schwirrten wie Gespenster über den Berg, verschwanden zwischen den Bäumen oder rissen sie um. Die Pferde drohten durchzugehen. Ruthard stieg vom Wagen ab und führte die Tiere durch die gespenstische Nacht. Die Frauen hielten sich eng umschlungen fest. Das kalte Wasser lief über ihre Körper, verklebte Haare und Kleidung. Sie waren durchnässt bis auf die Haut und bibberten vor Kälte und Angst. Ruthard rief ihnen etwas zu. Wollte Mut machen, aber Donner und Regen verschluckten seinen Trost. Wenig später schlug eine vertraute Glocke und die große Pforte wurde geöffnet. Sie waren endlich in Sicherheit.

Die Herzogin lag in der Kemenate und nur die Kammerfrau Mechthild war bei ihr. Sie lag wie aufgebahrt in ihrem Bett. Eine Fürstin, unvergleichlich schön und mädchenhaft jung, dachte Berte. Der Herzog trat hinter ihnen leise ein. »Was fehlt meiner Gemahlin?«, fragte er und es klang tiefe Sorge aus seinen Worten. »Verzeiht

Hoheit, ich weiß es noch nicht«, erwiderte Berte ehrlich. »Wenn ich sie untersucht habe, kann ich vielleicht eine Antwort geben.« – »Bitte, macht meine Gemahlin wieder gesund, ich vertraue Euch und Eurer Tochter«, sagte der Herzog, bevor er die Kammertür leise hinter sich schloss. Das Herz ist schwach, der Atem ist kaum spürbar, was hat die Herzogin?, grübelte Berte. Versagt ihr Herz, ist es krank, weshalb sind die Herzschläge so ungleich. Berte grübelte, sie hatte so etwas noch nicht erlebt. Plötzlich öffnete die Herzogin die Augen, schaute an die Decke und flüsterte. »Ich höre die Musik und möchte mit Heinrich tanzen«, dann schloss sie wieder die Augen wie zu einem Dämmerschlaf. Berte grübelte noch, wer »Heinrich« war, und schaute zufällig zu Gunda hinüber. Gunda hatte der Herzogin in die Augen gesehen. Sie schüttelte den Kopf. Berte versetzte es einen Stich ins Herz. Nein, das konnte doch nicht sein. Vielleicht hatte sich Gunda dieses Mal geirrt. Gunda legte ihre Hand auf Bertes Arm und ihr Kopf verneinte alle Mühe und alles Hoffen. Hier gab es nichts mehr zu tun. Als der Abt die Kammer verlassen hatte, sagte Berte: »Verzeiht, Hoheit, es war ihr schwaches Herz, das keine Kraft mehr hatte.«

Die beiden Frauen gingen in die Gesindeküche. Eine junge stämmige Frau jagte sie gleich wieder hinaus. »Wo ist die Köchin?«, fragte Berte zaghaft. »Ich bin die Köchin, was wollt ihr Bettelpack.« – »Ich meine die alte Köchin«, versuchte es Berte noch einmal mit mehr Freundlichkeit. »Die ist tot. Sie ist beim Kochen umgefallen und war tot.« – »Und der Pförtner Hannes?«, fragte Berte weiter. »Den kenne ich nicht.« Berte ging hinaus und sah bei den Ställen einen Stallburschen, der gerade ein edles Pferd striegelte. Sie ging hinüber zu ihm und fragte ihn, ob er einen Hannes von der Pforte gekannt habe, aber der schüttelte nur den Kopf.

Berte kehrte traurig zurück nach Waiblingen. Ihre Lieben waren von dieser Welt gegangen. Würde sie auch bald gehen? Die kommenden Tage und Monate waren mit Traurigkeit angefüllt, die Hannes hieß und fest im Herzen saß und die Zeit überdauerte.

Es kam das Jahr 1132. Friedrich II. saß am Kamin. Sein Kammerherr, der treue Gieswein, hatte ihm einen Becher mit Würzwein gereicht. Unverdünnt und heiß, denn er wusste, was seinem Herrn jetzt guttun würde. Dann legte er drei Scheite Holz in den Kamin und zog sich in seine Ecke zurück. Der Herzog war heute wieder bei ihr gewesen, aber etwas war heute anders als sonst.

In der Morgenstunde waren sie beide nach Lorch geritten, wo die Grablege der Herzogin war. Das alte, von Friedrichs Vater gestiftete Kloster war ursprünglich eine Klosterkirche. Sie bestand aus einer schlichten dreischiffigen Pfeilerbasilika und einem breiten Querschiff. Im Westen hatte die Kirche einen Vorbau, ähnlich einer Vorhalle, mit zwei runden Türmen rechts und links neben dem Westbau. Im Norden schloss sich an die Klosterkirche der Kreuzgang des Klosters an. Lange hatte heute der Herzog in der eisigen Klosterkirche gekniet und gebetet. Währenddessen hatte sich Gieswein bei den Benediktinern umgesehen und mit Erstaunen festgestellt, dass die Mönche Großartiges geschaffen hatten. Wunderschöne Fresken schmückten die Wände und Decken. Da gab es ein Fresko, das übergroße Sirenen und Kentauren darstellte. Was genau hatten diese Wesen in der Kirche zu suchen?, fragte sich Gieswein. Daneben hatte ein Künstler die Taufe Christi und Moses als Gesetzesgeber so farblich brillant dargestellt, dass Gieswein fasziniert stehen blieb. Der Moses kommt mir bekannt vor, dachte Gieswein einen Augenblick, dann ging er durch die schmale Pforte, die ein Christopherus-Fresko zierte. Von hier aus gelangte man in die Räume der Mönche, zum Refektorium, zum Dormitorium und zum Necessarium. Als

Gieswein durch den Kreuzgang schlenderte, kam der Abt auf ihn zu. »Darf ich Euch unsere Bibliothek zeigen?«, fragte er nicht ohne Stolz. Gieswein trottete hinter dem alten Abt her. Da fiel es ihm ein, der Moses sah aus wie der Abt. Sie durchquerten den Abt-Bereich des Klosters. Gieswein wusste, dass die Benediktiner sehr fleißige und fromme Mönche waren, aber er staunte über so viel kostbaren Schmuck in den Räumen, mit Edelsteinen besetzte Decken, mit Goldfäden durchwirkte Wandbehänge, über erlesene Weine auf dem Tisch des Abtes und über die kostbaren Ringe an den Händen des Kirchenmannes. Er konnte sich nicht sattsehen an dem unbeschreiblichen Reichtum. Sie gingen durch das Skriptorium in die Bibliothek. Gieswein betrachtete die Bücher an den Wänden, dann zeigte der Abt ihm ein Evangeliar, die Buchstaben aus Gold und die Bebilderung überaus farbenprächtig. »Könnte ich wohl den Herzog bitten, dass er uns erlaubt, eine Fähre über die Rems zu bauen?«, fragte der Abt listig. Eine Fähre, dachte Gieswein, noch mehr Einnahmen und noch mehr Reichtum. Mit wenigen, aber angemessenen Worten verabschiedete sich Gieswein vom Abt und ging hinaus, am Wirtschaftshof vorbei, wo die Pferde, Kühe und Schweine zu hören waren, zurück zur Klosterkirche.

Der Herzog kniete noch immer am Altar, aber er betete nicht mehr. »Leb wohl, Judith«, hörte Gieswein den Herzog sagen. Dann richtete der sich auf und sie gingen zurück zu ihren Pferden. Sie ritten den Klosterberg hinab. Der dichte Laubwald erstreckte sich bis zur Rems hinunter. Hier im Remstal, wo die Rems einen Bogen macht, sollten die Mönche eine Brücke bauen, dachte Friedrich II., als sie durch die Furt ritten. Die Rems führte kein Hochwasser, aber trotzdem tauchten Reiter und Pferd in die kalten Fluten. Auch Gieswein hätte lieber eine Fähre oder Brücke gehabt. Dann, vollkommen durchnässt, nahmen sie den Weg über die Breitwiesen hinauf zur Burg. Gieswein grübelte, leben und sterben, Burg und Grablege, wie nah sie doch beieinander liegen, und dieses reiche Kloster und dann noch die Bitten um noch mehr. Gieswein mochte die Äbte und Bischöfe, die Erzbischöfe und Kardinäle nicht. Sie waren in seinen Augen gierig nach Macht und Reichtum und das konnte nicht gottgefällig sein, da war er sich sicher.

Bis zur Abendmahlzeit saß der Herzog am Kamin. Dann ließ er den Mundschenken einen guten Wein bringen und wünschte aus der Küche kalten Braten vom Wild, ein großes Stück Käse und Brot. Den Wein hatte der Herzog schnell ausgetrunken und die Platte war auch leer. Gieswein hatte am Fenster Platz genommen und schaute auf den Burghof. »Ich habe mich entschlossen, noch einmal zu heiraten«, sagte Friedrich II. im weinseligen Plauderton. »Meine Gemahlin ist jetzt zwei Jahre tot und ich bin zweiundvierzig Jahre alt, eine junge Braut könnte mir noch Kinder schenken. Gieswein, sagt dem Marschall, er soll morgen einen Boten zu meinem Bruder schicken. Ich will ihn in einer wichtigen Angelegenheit sprechen.«

Konrad, der Herzog von Ostfranken, war missgelaunt und seine Verärgerung sah man ihm an. Er berichtete seinem Bruder von der neuerlichen Auseinandersetzung mit König Lothar III. Aber Friedrich wollte nichts über den König hören. »Das ist nicht mein König«, sagte der Herzog wütend und dann fuhr Konrad fort. »Der hat tatsächlich Anspruch auf unser salisches Erbe erhoben, weil er sich einbildet, das sei unvererbbares Reichsgut. Wir müssen jetzt zusammenstehen und uns gemeinsam wehren.« Friedrich nickte: »Du weißt es, du kannst immer auf mich zählen.«

Die Brüder tranken starken Würzwein und ließen sich von dem Getränk ablenken und beruhigen. »Ich will wieder heiraten«, platzte plötzlich der Herzog von Schwaben heraus. »Kennst du eine junge Braut für mich? Nicht aus der Ostmark, die sind so steif, und nicht wieder eine Welfin.« Konrad dachte eine Weile nach. »Aus Kärnten, aus Thüringen, aus Sachsen vielleicht?« Friedrich schüttelte den Kopf. »Das ist alles so weit entfernt und so anders.« Dann lächelte Konrad. »Ich hab's. Vor einigen Wochen war ich mit dem Grafen von Saarbrücken auf der Jagd.« Er schluckte, als er das Wort JAGD verwendete. »Abends habe ich seine Familie kennengelernt. Er hat eine Tochter im heiratsfähigen Alter, vielleicht hat der Graf gedacht, sie wäre etwas für mich. Unsere Ländereien grenzten einmal aneinander. Aber ich habe mich schon anderweitig umgesehen und meine Wahl fiel auf die blonde Sulzbacherin.« – »Der Graf von Saarbrücken – ist der nicht auch gegen König Lothar III.?« Konrad nickte. »Das gefällt mir«, sagte der Herzog. »Ich werde dem Grafen einen Besuch abstatten, das Mädchen in Augenschein nehmen und die Vertragsbedingungen mit dem Vater aushandeln. Mein lieber Bruder, bitte triff umgehend die Vorbereitungen für meine Brautschau.«

Noch im Jahr 1132 heiratete Friedrich II., Herzog von Schwaben, die fünfundzwanzig Jahre jüngere Agnes von Saarbrücken. Agnes konnte lachen und singen und mit ihr zog endlich eine heitere Lebensart auf der Burg ein. Agnes nahm Friedrich die Schwermut der letzten Jahre und gab ihm Frohsinn und Lebensglück zurück. Sie wurde bald schwanger und als die Zeit ihrer Niederkunft heran war, schickte der Herzog nach Waiblingen und holte Berte erneut an seinen Hof. Berte war alt geworden, sie kam wieder zusammen mit Gunda, die inzwischen ebenso kundig und erfahren war, wie ihre Lehrmeisterin. Auf eine Wehmutter wollte Gunda jedoch verzichten. Agnes hatte Vertrauen zu der jungen Frau, die nicht älter als sie selbst zu sein schien und die heilende Hände besaß. Die Geburt verlief ohne Schwierigkeiten. Als der Tag zu Ende ging, hielt Agnes ihr kleines Mädchen im Arm. Sie reichte dem Herzog stolz das winzige Bündel, als er zu ihr ans Bett trat. Meine Agnes, die fröhliche und jetzt auch die glückliche Agnes, dachte der Herzog, als er zuerst sie und dann das Neugeborene auf die Stirn küsste. Er schenkte ihr einen goldenen, mit Edelsteinen besetzten Reif. »Zur Geburt unseres ersten Kindes. Ich danke Euch, meine liebe Gemahlin«, sagte er und räusperte sich verlegen.

Das Herzogpaar ließ das kleine Mädchen auf den Namen Jutta Claricia taufen. Bertha, ihre Halbschwester, war schon sieben Jahre alt und lebte im Kloster Lorch. Ihre Mutter wollte zwar, dass sie am Hofe ihres Bruders, des Herzogs Heinrich dem Stolzen, von dessen Gemahlin Gertrud erzogen wurde, aber das war Friedrich II. zu viel welfischer Einfluss und er wählte für ihre Erziehung das Kloster. Dort wurde Bertha gut betreut, erhielt von einer Schulmeisterin Unterweisung in Gottestreue, wurde in höfischen Sitten, Handarbeitstechniken und auch Hauswirtschaft unterrichtet. Das Kloster bot darüber hinaus die Möglichkeiten, Lesen und Schreiben zu lernen oder sich sogar mit der lateinischen Sprache zu beschäftigen. Aber Friedrich II. plante nicht, dass seine Tochter ihr Leben hinter klösterlichen Mauern verbringen sollte. Er würde sie, wenn sie das Alter und die Reife dazu hätte, gern mit einem Herzog verheiraten, mit dem ein politisches Bündnis sinnvoll wäre.

Jutta Claricias Halbbruder Friedrich war schon elf Jahre alt, als sie geboren wurde. Er weilte zufällig mit seinem Oheim, dem Herzog Konrad von Ostfranken, zu Besuch bei seinem Vater auf der Burg. Der Knabe lebte, seit er sieben Jahre alt war, am Hofe seines Oheims. Dort wurde er erzogen und zunächst als Page, inzwischen aber als Knappe ausgebildet. Stolz erzählte sein Oheim von seinen Fortschritten. Bevor diesmal der junge Friedrich von seinem Vater entlassen wurde, führte ihn der zur Begrüßung seiner neuen Schwester in die Kemenate Ihrer Hoheit, Herzogin Agnes. Der Junge fühlte sich sehr unwohl. Frauengemächer. Was sollte er hier.

Dann schaute er auf das kleine Mädchen. So einen winzigen Menschen hatte er noch nicht gesehen. War das überhaupt schon ein Mensch? Schnell bekreuzigte er sich, waren das sündige Gedanken? Er wollte nur die winzige Hand vorsichtig berühren, da griff Jutta Claricia zu und hielt den Halbbruder fest, als würde sie ihm sagen, ›du bist mein Halbbruder, ich halte mich immer an dir fest. Dir vertraue ich‹. Diese kleine Geste fuhr dem Knaben bis ins Mark und etwas in seinem Inneren antwortete: »Ich bin für dich da.«

Friedrich war Knappe und er war stolz darauf. Er hatte von seinem Zucht- und Waffenmeister in den letzten vier Jahren alles gelernt, was ein Knappe wissen musste. Leibesübungen, Kunst der Jagd, Kunst des Turniers und des Krieges, Schießen mit Armbrust und Bogen, dazu höfischer Anstand und Gottestreue. Alles beherrschte Friedrich vorbildlich. Nun sollte er als Knappe für den praktischen Lehrkurs einem erfahrenen Ritter dienen. Der Ritter würde ihn mit auf einen Kreuzzug, auf einen Italienfeldzug oder zu einem Kampf gegen die Slawen mitnehmen. Dabei würde er kriegerische Erfahrung sammeln, vielleicht sich sogar mit seinem Können und Mut hervortun und bald selbst zum Ritter geschlagen werden. Wie jeder Knappe träumte er von seiner Schwertleite. Aber ob Knappe oder Ritter, Friedrich hielt es für seine Pflicht, seine kleine Schwester Jutta Claricia zu beschützen. Diese Kleine, die so zerbrechlich aussah und die hilflos war wie ein junges Kätzchen. Schon als Knappe wusste er, die vornehmste Aufgabe eines Ritters besteht darin, für die Schwachen und Bedürftigen zu sorgen. Er würde für die kleine Jutta Claricia immer sorgen, das war seine ritterliche Aufgabe, die erste, die er sich für sein Leben vornahm.

Zwei Jahre später, es war das Jahr 1135, wurden Berte und Gunda erneut auf die Burg gerufen. Agnes lag wieder in den Wehen. Als die

Heilerinnen die Kemenate betraten, wurden die Hofdamen hinausgeschickt. Alle, auch wenn es unüblich war. Dieses laute Geplapper und die geheuchelte Anteilnahme, konnte die Herzogin nicht mehr ertragen. Was hatte sie nicht schon für Schauermärchen von den Hofdamen gehört. Die jeden Tag von einer größeren Katastrophe berichteten und die von so vielen Unglücken im Kindbett wussten, dass es Agnes wunderte, dass die Menschheit noch nicht ausgestorben war. Obwohl Gunda stumm war, wusste sich Agnes bei ihr in den besten Händen. Gunda war ihre Wehmutter und Berte half. Agnes hatte vor der Geburt keine Angst, aber es wäre ihr lieber gewesen, wenn ihr Gemahl nicht gerade jetzt in Bamberg weilen würde. Bamberg, wo lag das überhaupt? Eine neue Wehe unterbrach die Überlegung. Gunda führte die Herzogin in der Kammer herum, bis die nächsten Wehen auftraten und die Fruchtblase platzte. Ich muss mich ablenken und ausruhen, dachte Agnes zwischen den Wehen. Bamberg, ach ja. Friedrich musste dorthin reisen, um, wie er mir erklärte, vor Kaiser Lothar III. Buße zu tun, ihm ein Treueversprechen und eine Zusage der Unterstützung einer Italienfahrt zu geben. Der Kaiser und der Welfe, Heinrich der Stolze, hatten gleichzeitig den staufischen Besitz angegriffen. Nürnberg und das ganze Umland waren schon verloren und nun das gesamte Elsass. Ihr Gemahl hatte ihr die Notlage erklärt und Agnes wusste, dass es nur diesen einen Weg für Herzog Friedrich II. gab, seinen Besitz zu retten und wieder in die königliche Huld aufgenommen zu werden. Er hatte seinen schweren Weg und sie hatte ihren schweren Weg. Behüte uns Gott, der Allmächtige, dachte sie demütig zwischen zwei Wehen.

Gunda hatte ihr das Pressen vorgemacht und Agnes presste und atmete, wie Gunda es ihr gezeigt hatte. Nach nur zwei Stunden hatte Agnes einem kleinen Erdenbürger sein Leben geschenkt. Berte wusch das Kind und legte es Agnes auf die Brust. Ein Knabe, sagte

Agnes leise und Tränen liefen über ihr verschwitztes Gesicht. Gunda nickte, dann wurde der Kleine gewickelt und in seine Wiege gelegt. Am nächsten Tag kam der Abt von Kloster Lorch und in einer Nottaufe wurde der Knabe auf den Namen Konrad getauft. Es starben so viele Kinder während oder nach der Geburt, deshalb war es üblicher Brauch, unmittelbar nach der Geburt eine Nottaufe durchzuführen.

Agnes erholte sich schnell. Nach zwei Tagen verließ sie das Bett und besuchte die Kinderstube, kontrollierte die Amme und erfreute sich an ihrem kleinen Sohn und ihrer Tochter. Komm nach Hause, lieber Gemahl, dachte sie jedes Mal, wenn sie den kleinen Konrad anschaute. Sie hätte ihm gern von ihrem Glück ein Stück abgegeben. Sie liebte ihre Kinder und sie liebte ihren Mann.

Gunda und Berte wurden mit je einem Silberstück und köstlich duftenden Mundvorräten reich beschenkt und ein Knecht, den sie nicht kannten, brachte sie zurück nach Waiblingen. Unterwegs erzählte er, dass er aus der Siedlung Bouch komme und er zeigte hinter Schorndorf nach Norden. Berte sagte, sie kenne die Siedlung nicht. »Dort haben die Bauern den Burgherrn erschlagen.« Er machte eine Pause. »Das war der Leibhaftige«, sagte er und bekreuzigte sich rasch. »Die Mädchen wurden immer jünger, bis er sich die fünfjährige Tochter seines Knechtes nahm, die wie ein Tier schrie und dann an der Misshandlung starb. Daraufhin haben ihn die Bauern totgeprügelt.« Berte fragte: »Wurden der Täter bestraft?« – »Nein, es war ja das ganze Dorf. Alle zusammen wurden ernsthaft verwarnt und jetzt gibt es dort einen neuen Burgherrn, den alten Ritter Enzo von Bouch, vielleicht ein Onkel.« Der Knecht hatte seine Geschichte erzählt und schwieg bis Waiblingen. Berte hatte auch keine Lust auf ein Gespräch. Gunda sah sie kurz an und schaute dann hinauf zu den Türmen der Kirche von Beinstein. Sie hatten genug erfahren und die Neuigkeit stimmte sie beide froh. Sie fuhren über die hölzerne Brücke. Nun ist es nicht mehr weit bis nach Hause. Ich will nach Hause, mich hinlegen, dachte Berte müde.

Berte legte sich in ihr Bett und schlief gleich ein. Hannes und die Köchin erschienen ihr im Traum, dann winkte ihr sogar Gernot zu. Wie jung er aussah. Sie wollte ihm auch winken, aber der Arm bewegte sich nicht. Sie wollte rufen, aber die Bilder lösten sich auf. Gunda kniete neben dem Bett. Sie wollte Berte bitten, noch bei ihr zu bleiben, wollte ihr danken, für sie beten, aber sie hatte keine Stimme. Sie hatten nur Tränen. Dann öffnete Berte noch einmal die Augen, »Gunda, mein Kind, du bist eine wirklich große Heilerin. Ich bin stolz auf dich.« Gunda schaute Berte in die Augen und dort sah sie den Tod. Er hatte gewartet, hatte geworben wie um eine Liebende, hatte sie willkommen geheißen und sie wie auf Vogelschwingen durch das große dunkle Tor getragen. Berte war frohen Mutes fortgegangen von den Rastlosen und fort von Kummer und Leid. Über den Abgrund dieser Welt hatte der Tod sie zum menschlichen Frieden geführt, dem einzig wahren.

Am Abend nach Bertes Beerdigung auf dem Waiblinger Friedhof saß Gunda bei den Wildkräutern, sortierte die Pflanzen und hängte die Trockenkräuter an die Decke. Natürlich dachte sie an ihre Lehrerin und an die gemeinsamen Jahre, in denen ihre Seele heilte. Sie holte tief Luft und plötzlich sagte laut eine Stimme: »Ach, Berte«. Es war ihre Stimme.

Von nun an ging das Sprechen jeden Tag etwas besser. Gunda übte es, indem sie sich mit Berte unterhielt. Sie fragte und dann sagte sie die Antwort selbst. Das Gespräch mit anderen Menschen fiel ihr noch schwer. Deshalb redete sie leise, unsicher im Wortgebrauch und ängstlich, sich zu blamieren. Dann ging sie eines Tages auf den Markt. Sie hatte sich vorbereitet, sie hatte viele Male den Satz geübt, den sie sagen wollte. Der Fischhändler gab ihr den Fisch, sie bezahlte und ging nach Hause. Er hatte sie wie jeden anderen behandelt.

Man schrieb das Jahr 1136, der Winter hatte bereits Einzug gehalten, da wurde Gunda noch einmal auf die Burg gerufen. Die Herzogin Agnes erwartete ihr drittes Kind und sie wollte auf Gundas Hilfe und Beistand nicht verzichten. Ruthard übernahm gern den Auftrag des Marschalls und holte sie mit dem Wagen ab. Er fragte nach Berte, aber da fiel ihm sofort ein, dass Gunda stumm war. Also fragte er gleich hinterher, ist sie gestorben? »Ja«, sagte Gunda leise, aber Ruthard überhörte es. Er erzählte, dass der Herzog vor einem halben Jahr mit dem Kaiser nach Italien aufgebrochen sei, deshalb sei die Herzogin wieder allein. Gunda fragte wieder leise: »Hat sie nach einer Wehmutter geschickt?« – »Ist mir nicht bekannt, der Marschall hat nur mich in die Kälte hinausgejagt.« Da erst bemerkte Ruthard, dass Gunda etwas gesagt hatte. Kurz überlegte er, wie er reagieren sollte, aber dann schaute er sie nur an und lächelte zwischen den dichten großen Schneeflocken hindurch.

Agnes lief in der Kemenate auf und ab. Dann ging sie zum Fenster. Angst befiel sie. Kalter Schweiß bedeckte ihre Stirn. Würden Gunda und Berte rechtzeitig eintreffen? Seit dem Morgen schneite es. Der Burghof und sicher auch alle Wege draußen waren unter den Schneemassen versunken. Agnes lief zum Bett und dann wieder zum Fenster. Die Hände hatte sie in den Rücken gestemmt, der Bauch war schwer und er zog die Last nach unten. Dann wieder zum Bett, dann wieder zum Fenster. Agnes setzte sich auf die Bank und betete. Aber Sitzen ging auch nicht. Sie lief wieder hin und her. Vor Aufregung und Angst hatte sie alle Hofdamen aus ihrer Gegenwart verbannt. Sie bewegte sich langsam und atmete, wie Gunda es ihr gezeigt hatte. Bewegen und atmen. Dann endlich klopfte es und ihre Kammerfrau meldete Gunda an. Alles ging schnell. Und noch bevor der Tag zu Ende war, legte Gunda der Herzogin ein kleines, aber gesundes Menschlein auf die Brust. Es ist wieder ein Mädchen, ein wunderschönes Mädchen, freute sich die Herzogin. Sie hatte zwar bemerkt, dass Gunda manchmal mit ihr redete, aber sie überging diese Neuigkeit und war nur dankbar für ihre Hilfe. Die Kammerfrau der Herzogin rief am nächsten Tag wieder den Abt vom Kloster Lorch zur Nottaufe. Agnes bestimmte den Namen Luitgard für ihre kleine Tochter, so hatte ihre liebste Tante geheißen.

JUTTA CLARICIA UND IHR OHEIM, DER KÖNIG

Die kleine Jutta Claricia war eine schwäbische Frohnatur. Sie war intelligent, sprachlich und künstlerisch begabt und wissbegierig. Am herzoglichen Hofe ihres Vaters erhielt sie die erste standesgemäße höfische Erziehung und Bildung. In den Frauenzimmern wurde sie mit anderen Mädchen, die am Hof ihres Vaters lebten, von der Hofmeisterin in höfischer Geselligkeit unterrichtet. Die Mädchen lernten tanzen, singen, Harfe oder Geige spielen und sie mussten auch in der Literatur und Dichtung ihrer Zeit bewandert sein. Jutta Claricia lernte wie ihr Halbbruder Friederich Lesen, Schreiben und sogar die lateinische Sprache. Bei allem, was Jutta Claricia tat und was sie interessierte, war ihr die Hofmeisterin immer eine gute Lehrerin und eine verständnisvolle Vertraute. Obwohl es am herzoglichen Hofe einen Truchsess und einen Küchenmeister gab, die sich um die Verpflegung der Tafel und die Hofhaltung kümmerten, und auch einen Mundschenken, der über den Ausschank und den Hofkeller wachte, wurden alle Mädchen auch für den Hauswirtschaftsbereich ausgebildet. Die Unterweisung in Hofhaltung erschien Jutta Claricia noch einigermaßen wichtig, aber die Beschäftigung mit Handarbeit fand sie überflüssig. Dafür hatte sie nicht das geringste Interesse und war weder geschickt noch für neue Entwürfe begabt. Aber sie bewunderte die Kunstfertigkeit im Nähen und Sticken bei einem jüngeren Mädchen, das Dorothea hieß. Dorothea sprach wenig, sie zog sich meist von den anderen Mädchen zurück und vertiefte sich in wunderbare fantasievolle Muster. Entwarf neue Verzierungen oder erdachte komplizierte Ergänzungen bestehender

Vorlagen. Sie konnte mit Nadel und Faden zaubern. Ihre Borten waren die schönsten auf der ganzen Burg, vielleicht sogar im ganzen Herzogtum. Jutta Claricia mochte die stille Dorothea und sie liebte die mit der hübschen Stickerei verzierte Kleidung. »Du wirst mein Hochzeitskleid besticken«, sagte sie oft zu ihr, wenn sie sich ein fertiges Muster anschaute. Jutta Claricia schätze auch kunstvoll gewebte oder bestickte und mit Edelsteinen versehene Wandbehänge und Altardecken, aber statt stundenlang am Fenster zu sitzen, um ein einziges Blumenmuster oder eine halbe Blätteranke auf einen Ärmel zu sticken, las sie lieber Heldenepen. Am meisten liebte sie das Rolandslied. Die Hälfte der viertausend Verse konnte sie auswendig aufsagen. Beim Aufsagen, dem Betonen der Silben konnte sie dem Helden Roland ihre Bewunderung und Zuneigung ausdrücken. Als er ermordet wurde, spürte sie schmerzhaft Mitleid und Trauer und die Klage in dem Gedicht war ihr persönlicher Schmerz. Der Held des Rolandsliedes war ihr Held. Er war der größte Held aller Zeiten, davon war sie überzeugt. Im Rolandslied hatte Roland die Intrige der Heiden gegen seinen König Karl den Großen durchschaut und schließlich, weil all seinen Warnungen nicht geglaubt wurde, kämpfte er allein gelassen, aber mutig mit seinen Mannen gegen das übermächtige feindliche Heer der Heiden aus Saragossa. Rolands Ritter starben und schließlich wurde auch Roland auf den Tod verwundet. Als er auf dem Schlachtfeld verschied, richtete er seinen Blick nach Saragossa. Ein Erzengel erschien bei ihm und trug seine Seele zum Dank ins Paradies. Karl der Große kehrte bald auf das Schlachtfeld zurück und mit Hilfe eben dieses Erzengels besiegte er die Heiden in Saragossa und bekehrte sie zum Christentum.

Alle ritterlichen Eigenschaften, die Jutta Claricia sich vorstellen konnte, verkörperte Roland. Er war ehrlich, mutig, tapfer, selbstlos, kriegskundig und er kämpfte für seinen christlichen Glauben.

Sie kannte auch andere Heldengedichte, wie das Annolied, das war nicht so lang und handelte vom Leben des Kölner Erzbischofs Anno, aber es gefiel ihr nicht. Die alte ritterliche Poesie prägte und begeisterte sie viel mehr. Sie durchlebte in diesen Geschichten die Gedanken und Gefühle des höfisch-ritterlichen Standes, die ihrer eigenen idealen Lebensform und Lebenswirklichkeit nahekamen. In diese Welt der tapferen Helden und ritterlichen Tugenden gehörte auch ihr Halbbruder Friedrich. Sie wusste, er würde eines Tages der größte Held sein, vielleicht sogar noch größer als Roland.

Es war Anfang April 1138 und die Tage und Nächte waren noch eiskalt, Jutta Claricia hatte erfahren, dass ihr Oheim Konrad vor wenigen Wochen zum König gewählt und sogar schon in Aachen von einem Gesandten des Papstes gekrönt worden war. In Aachen war die Krönung erfolgt. Sie wusste, dort stand der Thron Karls des Großen und jetzt hatte ihr Oheim Konrad auf dem Thron Karls des Großen gesessen. Gleich fiel ihr auch das Rolandslied wieder ein. Ihr Oheim, der Herzog von Ostfranken, war wie Karl der Große zum König gewählt worden und ihr Halbbruder Friedrich wurde an seinem königlichen Hof als Knappe ausgebildet. Sie war stolz auf ihren Halbbruder und auf ihren Oheim Konrad, den neuen König. Auch wenn Stolz eine Sünde war … Sie bekreuzigte sich rasch und fühlte sich gleich wieder gut.

Wenige Tage später, es war noch April, bekam Jutta Claricia plötzlich ein neues Gewand. Sie wurde herausgeputzt und geschmückt. Über ihr Seidenhemd zog ihr eine Hofdame ein langes weitschwingendes Unterkleid mit einem blaugolden bestickten Saum, dann darüber das etwas kürzere Obergewand. Beide lagen bis zur Hüfte eng am Oberkörper an, sodass ihr Körperbau und ihre kindliche Figur vorteilhaft betont wurden. Von den Hüften fiel faltenreich das Oberkleid und ließ den Blick auf den kunstvoll von Dorothea bestickten Saum des Unterkleides frei. Die Ärmel des Untergewandes schmiegten sich eng an die Arme, während die Ärmel des Obergewandes sich nach unten weiteten. Die Ankleidedamen legten ihr einen goldenen Gürtel um und stellten dazu passende Schuhe aus weichem Hirschleder bereit. Da die Tage noch kalt waren und es sich um einen höfischen Anlass handelte, legte man Jutta Claricia einen mit Feh gefütterten halbkreisförmig geschnittenen Radmantel über die Schultern. Sie verschlossen die beiden Mantelecken unter dem Kinn mit einer goldenen Fürspange in der Form einer Blüte. Eine andere Hofdame kämmte ihr blondes Haar, scheitelte es in der Mitte und ließ die gewellten Haare offen über ihren Rücken fallen. Sie riet ihr, zu dem blauen Seidenstoff des Gewandes einen schmalen Stirnreif zu tragen. Jutta Claricia fühlte sich in diesen kostbaren Gewändern fremd, aber edel und schön. Anschließend wurden ihre Sachen sorgfältig zusammengelegt und in den Truhen verpackt, denn am nächsten Tag würde sie mit ihrem Vater, dem Herzog von Schwaben, ihrer Mutter Agnes und dem Gefolge an den Königshof nach Mainz reisen. Ihr Vater hatte ihr und ihrem Bruder Konrad erlaubt, dass sie an der Schwertleite ihres Halbbruders Friedrich teilnehmen durften. Was für ein Fest würde sie erleben! Sie war seit dem Augenblick, an dem sie diese Neuigkeit erfahren hatte, voller Ungeduld und Aufregung.

Die Reise des herzoglichen Hofes nach Mainz zur Schwertleite dauerte mehrere Tage. Sie übernachteten in Klöstern oder auch einmal in einem Gasthof. Als sie in Mainz ankamen, war Jutta Claricia von der Stadt überwältigt. So viele Menschen, so viel Lärm und so viele Pferde. Am nächsten Morgen versammelten sich viele Besucher im Mainzer Dom. Bis zum Mittag dauerte die Zeremonie der Messe. Jutta Claricia und ihr Bruder Konrad standen in der ersten Reihe neben den Eltern und neben ihrem Vater stand ihr Oheim, der

König. Sie war müde, hatte Hunger, ihr war langweilig und sie wollte sich setzen, auch Konrad zog aufgeregt an ihrer Hand. Er flüsterte leise: »Komm, lass uns gehen«, aber der Erzbischof stimmte noch einen Gesang an und noch ein Gebet und noch eine Belehrung. Sie sehnten beide das Ende der Messe herbei. Ihr Halbbruder Friedrich und sein Freund waren mit einem weißen Gewand bekleidet und knieten während der ganzen Messe vor dem Altar. Dann endlich sprach der Erzbischof seinen Segen und alle Besucher konnten den Dom verlassen.

Der Vater hatte Jutta Claricia erklärt, wie eine Schwertleite ablaufen würde, aber sie wusste es längst von Roland und all den anderen Rittern, über die sie gelesen hatte. Ihr Halbbruder und sein Freund würden jetzt vor dem Dom und vor allen Versammelten ihr Rittergelübde ablegen. Darin gelobten sie, die Kirche zu schützen, ihrem Lehnsherrn treu, hold und gewärtig zu sein, keine ungerechte Fehde zu beginnen, Witwen und Waisen zu schirmen und Frauen zu ehren. Jutta Claricias Halbbruder Friedrich sprach als Erster das Gelübde. Dann wurde ihm die Ritterrüstung, das waren Panzer, Halsschutz, Arm- und Beinschienen, angelegt, die Sporen wurden an seine Fersen geschnallt und das Wehrgehänge wurde um die Hüfte gelegt. Mit der Rüstung kniete Friedrich sich vor dem königlichen Oheim nieder und wartete auf den Ritterschlag. In der Zwischenzeit sprach sein Freund, der Sohn des Dänenkönigs, das Gelübde und auch ihm wurde die Ritterrüstung angelegt. Der Höhepunkt des Festes stand jetzt bevor. Auf dem großen Platz herrschte plötzlich gespenstische Stille. Alle Versammelten erwarteten den Ritterschlag des Königs. Das waren drei Schläge des Königs mit der flachen Klinge auf die Schulter des werdenden Ritters. Zuerst bekam Friedrich die Ritterschläge von seinem Oheim, danach sein Freund. Niemand auf dem Platz wagte ein Wort zu sagen. Jutta Claricia hielt sogar die Luft an, als man den beiden neu geschlagenen Rittern Helm, Schild und Lanze reichte und sie zu ihren Schlachtrössern führte. Sie mussten sich in voller Wehr und ohne den Steigbügel zu berühren auf ihr Pferd schwingen, um es dann reiterkunstgemäß im Kreis zu führen. Jutta Claricia bestaunte ihren Halbbruder und bewunderte sein Können. Friedrich war wie Roland, oder sogar noch besser, bestimmt aber viel schöner, davon war sie in diesem Augenblick fest überzeugt.

Auch Friedrich II. von Schwaben war mit dem Festakt der Schwertleite seines ältesten Sohnes zufrieden und Zuversicht machte sich auf seinem Gesicht breit. Sein Sohn war jetzt fünfzehn Jahre alt und ein guter Ritter, wie er erfahren hatte. Eines Tages würde er die Nachfolge des väterlichen Herzogtums antreten. Was für ein Segen war ihm mit zwei gesunden Erben geschenkt, dachte er beglückt. Aber gleichzeitig mischte sich familiäre Sorge in seine Gedanken. Wie stand es um seinen Bruder, dem König Konrad, wirklich? Der hatte einen gefährlichen und mächtigen Gegner, der ihm allgegenwärtig die Krone streitig machte und dieser Gegner war Friedrichs eigener Schwager, der Bruder seiner ersten Gemahlin Judith. Es war der Welfe Heinrich der Stolze. Nach dem Tod seines Schwiegervaters, des Kaisers Lothar III., hatte er die Reichsinsignien den Fürsten nicht übergeben und bis jetzt hatte er König Konrad die Huldigung und den Treueid verweigert. Heinrich hatte erwartet, selbst König zu werden, ja er hatte fest damit gerechnet und die Anerkennung von den Fürsten rücksichtslos eingefordert. Doch den Fürsten war er zu anmaßend. Sie entschieden sich deshalb für einen anderen Fürsten, für Konrad. Als König musste Konrad den Welfen in die Schranken weisen und ihn maßregeln. Als das nichts half, entzog er ihm das Herzogtum Sachsen und wenige Monate später auch das Herzogtum Bayern. Schließlich wurde sogar über Herzog Heinrich den Stolzen die Acht verhängt. Aber der Welfe war stark und er wehrte sich. Wütend und zum Kampf entschlossen zog er mit einem großen Heer zum Reichstag nach Augsburg. Wollte er die Fürsten und den König nur einschüchtern oder wollte er den Kampf? Das fragte sich der Herzog von Schwaben auch heute wieder. König Konrad hatte sich der kriegerischen Auseinandersetzung durch Flucht entzogen, aber sein Bruder, der Herzog von Schwaben, wusste, dass es bald Krieg geben würde, denn niemals würde der Welfe den Lehnsentzug von Sachsen und Bayern anerkennen. Dieser Welfe würde kämpfen und er hatte bekanntermaßen das größte Heer im Reich. Mühelos und schnell konnte er eintausend gut bewaffnete Ritter aufbieten, während sein Bruder, der König, dringend Hilfe brauchte. Friedrich von Schwaben zählte in Gedanken mögliche Bündnispartner des Königs zusammen. Dann fasste er den Entschluss, seine Tochter Bertha mit dem Sohn des Lothringers zu vermählen. Der war zwar schon älter, aber Bertha war immerhin bereits sechzehn Jahre alt und ein hübsches Mädchen. Die Verbindung zum Herzogtum Lothringen sicherte den Staufern und damit seinem Bruder, dem König, einen weiteren starken Bündnispartner und dem Reich eine feste Verbindung mit Lothringen, und die Lothringer waren bekanntermaßen gute Kämpfer. Diese Überlegung gefiel auch dem König.

Tage und Monate vergingen, es war 1139. Da kam Bertha zu Jutta Claricia in die Kammer und bat, mit der Halbschwester reden zu dürfen. Die beiden Mädchen schickten die anderen Hofdamen hinaus, nur die Kammerfrau von Jutta Claricia, Reglindis von Spät, blieb am Fenster sitzen. Eigentlich kannten die Halbgeschwister einander kaum, denn Bertha lebte noch immer im Kloster. Bertha weinte und erzählte, dass sie bald den alten Herzog von Lothringen heiraten müsse. Vom Heiraten hatte Jutta Claricia überhaupt keine Ahnung und schaute hilfesuchend zu Reglindis. Schließlich fragte Reglindis

Bertha, wie viel älter, denn der Herzog sei. Bertha floss vor Selbstmitleid über und sagte dann: »Na, dreizehn Jahre.« Jutta Claricia konnte niemanden weinen sehen. Sie umarmte die Schwester und wiegte sie eine kleine Weile, dann sagte Reglindis: »Dein Vater ist zehn Jahre älter als deine Mutter, Bertha, und er ist fünfundzwanzig Jahre älter als deine Mutter, Jutta Claricia. Bertha, du wirst dann Herzogin von Lothringen, es hätte dich auch viel schlechter treffen können. Vertrau deinem Vater, er will dich glücklich sehen.« Das leuchtete Jutta Claricia ein und sie überredete Bertha, zum Beten in die Kapelle zu gehen. »Dann fühlst du dich besser.« Die Mädchen verschwanden und knieten lange vor dem Altar in der kalten Kapelle. Bertha berichtete Gott in einem langen Gebet von ihrer Angst vor dem zukünftigen Gemahl, von ihrer Angst vor den Schwangerschaften, von ihrer Angst, als Herzogin zu versagen und von ihrer Angst, die Heimat verlassen zu müssen. Auch Jutta Claricia hatte gebetet. Sie hatte Gott gebeten, dafür zu sorgen, dass der Vater ihr selbst später einen Gemahl auserwählt, der ebenso ritterlich ist, wie der Ritter Roland war.

Wenig später nach diesem Gespräch heiratete Bertha den Herzog Matthäus I. von Lothringen und Jutta Claricia durfte mit dem ganzen Hofstaat zur Vermählung fahren. Bertha war eine wunderschöne Braut und Jutta Claricia fand, dass sie glücklich aussah.

Aber die Freude über die Vermählung dauerte nicht an. Jutta Claricia, die immer wissbegierig war, schnappte in einem Gespräch an der Tafel auf, dass das Heer Heinrichs des Stolzen im thüringischen Creuzburg an der Werra gelagert hatte, um kampfbereit gegen das Heer des Erzbischofs von Trier und das des böhmischen Herzogs Soběslav in die Schlacht zu ziehen. Der Erzbischof und der Herzog wollten vermitteln, aber bevor der Kompromiss auf dem nächsten Hoftag von den Fürsten verhandelt werden konnte, war der Welfe überraschend im Alter von nur dreiunddreißig Jahren gestorben. Er hinterließ einen minderjährigen Sohn, Heinrich der Löwe genannt. »Nein, die Welfen würden keine Ruhe geben im Ringen um die Herzogswürde in Bayern und Sachsen«, sagte der fremde Herzog, der Jutta Claricia an der Tafel am nächsten saß. Dann ergriff er seinen Kelch und prostete dem Brautpaar zu: »Auf das Brautpaar und auf das Reich, möge es sich zum Guten wenden.«

Noch bevor der Hofstaat wieder nach Schwaben abreiste, hatte der Herzog Friedrich von Schwaben in einem langen Gespräch von seinem Bruder erfahren, dass es bei dem Konflikt mit den Welfen nicht allein um die Ansprüche Heinrichs des Stolzen und jetzt um die Ansprüche seines Sohnes Heinrich des Löwen ging, sondern auch dessen Oheim, Welf VI., erhob neuerdings Ansprüche auf ein Herzogtum. Und wieder gingen die beiden Brüder gedanklich alle Fürstenhäuser durch, die sie im Falle eines Krieges gegen die Welfen unterstützen würden. Es waren trotz Lothringen nicht genug. Die Brüder tranken den unverdünnten Moselwein und schwiegen. In solchen Situationen der Schwäche quälten Konrad Gewissensbisse, war seine Königswahl wirklich rechtens gewesen? Friedrich von Schwaben stellte plötzlich den Kelch ab. »Zwischen Bayern und Sachsen sind die Thüringer, die müssen wir uns zu Verbündeten machen«, sagte er spontan. »Dann haben wir dem Welfen einen Keil ins Fleisch getrieben«, schlug er vor. Der König schaute ihn an und ein Lächeln huschte über sein Gesicht. »Ich werde meine Tochter Jutta Claricia mit dem Thüringer verloben. Sie ist bald sieben Jahre alt und recht vernünftig. Wenn sie älter ist, werde ich sie mit dem Ludowinger verheiraten. Damit binden wir die Ludowinger an uns.« Der Herzog war mit seinem Einfall sehr zufrieden und goss den Becher wieder voll. »Ich weiß deine Bemühungen zu schätzen und danke dir von ganzem Herzen, Bruder«, sagte Konrad. »Nein, du musst mir nicht danken. Wenn du unterliegst, unterliegt auch Staufen – unterliege ich auch. Deine Machtstellung ist eng mit der reichsfürstlichen Rangstellung meines Herzogtums verbunden. Morgen rede ich mit meiner Gemahlin und Jutta Claricia und in einem Monat geben wir die Verlobung bekannt.«

EIN FOLGENREICHER PLAN FÜR THÜRINGEN

⟡✱⟡

Jutta Claricia wurde im Jahr 1140 mit Ludwig II., Landgraf von Thüringen, verlobt. Ob er so aussah wie der Ritter Roland, konnte ihr niemand auf der Burg und im Kloster sagen. Bald fragte sie auch nicht mehr danach. Als zukünftige Gemahlin eines bedeutenden Reichsfürsten begann für sie nun eine besondere Ausbildung, die sie auch befähigen sollte, eine mögliche Regentschaft zu übernehmen.

Wenn es die Zeit erlaubte und die Hofdamen sich mit Handarbeiten beschäftigten, suchte Jutta Claricia mit Hilfe der Hofmeisterin in der Bibliothek des Klosters Lorch Schriften, die ihr etwas über Thüringen aussagen sollten. Sie fanden ›Die Geschichte der Franken‹. Darin beschreibt Gregor von Tours den Untergang des Thüringer Königreiches. Er überlieferte, dass die Thüringer von den Franken bedroht wurden und nachdem ihr Bündnispartner sie verraten hatte, wurden sie angegriffen. Das Heer der Franken besiegte im Jahr 531 die Thüringer in der Schlacht an der Unstrut. Sie metzelten die Thüringer bestialisch nieder. Die Leichen der flüchtenden Thüringer verstopften die Unstrut, sodass die Franken den Fluss trockenen Fußes überqueren konnten. Die Schwester des Königs, Radegunde, wurde von König Chlothar ins Frankenreich verschleppt und musste diesen dort heiraten. Der Thüringer König Herminafried wurde gefangen genommen und fiel zwei Jahre später einem Mordanschlag zum Opfer. Als Radegunde von dem Mord erfuhr, flüchtete sie in den Schutz der Kirche. Sie gründete das Kloster Poiters, in dem sie bis zu ihrem Tode blieb. Das Königreich Thüringen hatte damit aufgehört zu existieren. Als Jutta Claricia das las, schmerzte sie die Wahrheit. Sie hatte Mitleid mit dem Volk, das zuerst verraten, dann geschlagen, seiner Krone beraubt und fast ausgelöscht worden war. Aus anderen Schriften erfuhr sie, dass Thüringen zu einem Randgebiet des deutschen Reiches wurde und für fast fünfhundert Jahre tributpflichtig war. Die Thüringer mussten jährlich fünfhundert Schweine an die Franken liefern. Mit dem Schweinezins hatte man die Entwicklung Thüringens für lange verhindert und das Land für alle Zeit in Armut gestürzt.

Als die Ottonen ihren Herrschaftsbereich bis zur Oder ausdehnten und fortan die Markgrafschaft Meißen Thüringen vorgelagert war, rückte Thüringen immer mehr in die Mitte des Reiches, aber es konnte sich nicht von den Tributzahlungen befreien. Jutta Claricia las alle Geschichten über Thüringen, die sie in der Bibliothek finden konnte. Das waren die Lex Thuringorum und sogar Abschriften des römischen Geschichtsschreibers Tacitus, Vegetius und des gotischen Geschichtsschreibers Jordanis. Einmal, so erinnerte sie sich, hatte ihr Vater, der Herzog von Schwaben, von der Reichsburg Kyffhausen gesprochen, die im Thüringischen liegen soll. Das ist eine Höhenburg, deren Baukunst eines Kaisers würdig ist, hatte er gesagt. Der Kaiser Lothar III. von Supplingenburg und sein Nachfolger, sein Bruder Konrad, sollen noch vor wenigen Jahren dort Hof gehalten haben, ergänzte er. Obwohl Jutta Claricia die Klosterbibliothek daraufhin durchsah, fand sie keine Schriften über Kyffhausen oder Werke, die von einem Thüringer selbst geschrieben worden waren. Es gab dort nur Berichte über das Land und die waren nur wenig den Thüringern zugetan. Das empfand sie als ungerecht und ärgerte sie.

Wenn ich die Gemahlin des Landgrafen von Thüringen bin, nahm sie sich vor, werde ich dort auf der Reichsburg Kyffhausen meinen Oheim, König Konrad II., empfangen. Sie träumte von der Zukunft in Thüringen und ihre Zukunft war friedlich, schön und gerecht.

Auch wenn ihr immer wieder gesagt wurde, dass eine Frau nichts von Politik versteht und dass es nicht ihre Aufgabe sei, sich einzumischen oder mitzureden, wollte Jutta Claricia die Vergangenheit zwischen Franken und Thüringen kennen und Zusammenhänge verstehen. Vielleicht würde es ihr dann besser gelingen, Gutes in diesem Land zu bewirken. Ja, Gutes bewirken, war das nicht die dringendste und vornehmste Aufgabe der Gemahlin eines Fürsten. Das hatte man ihr doch oft genug gesagt und nur das wollte sie. Also fragte sie weiter, ihren Vater, ihre Mutter und ihre Erzieherinnen, Lehrerinnen, aber hauptsächlich die Hofmeisterin. Eines Abends im Winter saß sie mit dem Vater allein vor dem Kamin. Sie berichtete ihm, was sie alles über Thüringen schon gelesen hatte und dass sie Mitleid mit diesem Volk verspürte. Der Herzog strich ihr über den Kopf, es freute ihn, dass seine kleine kluge Tochter ihre Verlobung so ernst nahm und sich schon jetzt darauf vorbereitete. Er erklärte ihr, dass Ludwig I. von Thüringen, der Vater ihres Verlobten, als erster und einziger Fürst des deutschen Reiches erst im Jahr 1131, also zwei Jahre vor ihrer Geburt, zu einem Landgrafen erhoben worden war. »Damit schied Thüringen aus dem Reichsgebiet Sachsens aus«, sagte er. »Ein Landgraf war den Herzögen ranggleich. Er war nur vom König abhängig und hatte höchstrichterlichen Rang und reichsfürstliche Autorität. Die Landgrafenwürde war eigens für ihn geschaffen worden. König Lothar III. von Supplingenburg beabsichtigte damals, ein regionales Machtzentrum in Thüringen zu schaffen, das zugleich Ordnung und Landfrieden, aber auch Königstreue durchsetzen konnte. Thüringen war in den zurückliegenden Jahrzehnten immer wieder Schauplatz blutiger Ausschreitungen. Da waren der lange andauernde Thüringer Zehntstreit, der sächsisch-thüringische Adels- und Bauernaufstand, die Erhebungen gegen Heinrich IV. und Heinrich V., die unlängst niedergeschlagenen Bauernunruhen in Mittelthüringen und schließlich die ketzerischen Katharer. Es musste jemand den Landfrieden durchsetzen. Aber leider starb 1140 der Landgraf und hinterließ seinen erst zwölfjährigen Sohn Ludwig II., deinen Verlobten.« Der Herzog machte eine Pause, er war müde, aber Jutta Claricia war ungeduldig und bat ihn weiterzureden. »Dein Oheim und ich haben ihn kennengelernt und uns schien, dass er ehrgeizig und gut auf sein Amt vorbereitet war. Wie schon sein Vater, wollte auch er seine Herrschaft in Thüringen festigen und die ererbten reichen Besitzungen im Hessengau und um Kassel sowie mehrere Klostervogteien, darunter das Stift Fritzlar und die Reichsabtei Hersfeld, ausbauen. Wir waren von seiner Persönlichkeit und von seinen Zielen beeindruckt, deshalb verlieh dein Oheim, König Konrad, anlässlich deiner Verlobung mit dem jungen, noch unmündigen Ludwig II. auch ihm die Landgrafenwürde über Thüringen. Ich glaube, die Ludowinger und auch die Thüringer sahen in der Verleihung des Titels Landgrafschaft eine vom König sanktionierte Obrigkeit. Endlich, nach mehreren Hunderten von Jahren bekamen sie die Chance, wieder eine nationale Einheit, ein Landesbewusstsein zu entwickeln. Fortan konnten die Thüringer wieder an ihr historisches Erbe eines Königreichs oder eines Herzogtums anknüpfen.« Jutta Claricia hörte ihrem Vater interessiert zu. »Übrigens«, fuhr der Vater fort, »ist die Stammburg der Ludowinger die Wartburg bei Eisenach. Sie war ursprünglich der westliche Hauptstützpunkt, aber sie rückte im Zusammenhang mit der Gebietsausdehnung nach Hessen immer weiter ins Zentrum Thüringens. Die Landschaft in Thüringen ähnelt unserer Heimat, es gibt dort sanfte Hügel, dichte Wälder und versteckte kleine Täler, ich glaube, du wirst dich dort wohlfühlen.« Ihr Vater stand auf, als der Kämmerer erschien. »Geh zu deiner Mutter, ich komme später zur Abendmahlzeit.« Jutta Claricia stieg hinauf in die Frauengemächer. Sie hatte vieles über ihren künftigen Gemahl, seine Familie und die Landgrafschaft Thüringen erfahren. Das meiste beeindruckte sie sehr. Nur als jemand ihr erzählte, dass der Stammsitz der Ludowinger noch eine Burg aus Holz war, irritierte sie das. Keiner der Herzöge, die sie kannte, residierte in einer Burg aus Holz. Die Burg ihres Vaters war seit Jahrzehnten aus Stein, die des Herzogs Matthäus I. von Lothringen, mit dem ihre Schwester Bertha verheiratet war, war eine überaus große und prächtige Burganlage und natürlich aus Stein. Einmal war Jutta Claricia mit auf einem Hoftag in Bamberg bei ihrem Oheim, dem König Konrad. Was für eine Stadt, was für schöne Häuser aus Stein und dort gab es sogar eine Brücke aus Stein. Und sie sollte in eine Burg aus Holz einziehen, aber das ließe sich ja bestimmt ändern. Sie beschloss ihren Halbbruder zu fragen, wo es im Reich noch Burgen aus Holz gab.

Im Herbst des Jahres 1144 erzählte ihr Halbbruder Friedrich bei einem Ausritt an der Rems entlang, dass die Muslime die Grafschaft Edessa von den Kreuzfahrern zurückerobert hatten. Jutta Claricia überlegte, ob sie schon einmal etwas über Edessa gehört hatte, aber es fiel ihr nichts ein, doch ihren Halbbruder empörte die Eroberung maßlos. Er berichtete, dass die bedrängten Kreuzfahrer in Palästina daraufhin den Papst um Unterstützung gebeten hatten und der würde bestimmt einen Kreuzzug ins Heilige Land schicken, mutmaßte er. »Bei dem nächsten Kreuzzug bin ich dabei und kämpfe gegen die Ungläubigen«, ergänzte er mit großer innerer Überzeugung. Friedrich hatte sich in Rage geredet. »Weißt du«, fuhr er fort, »unser Oheim, König Konrad III., kann gar nicht anders. Als künftiger römisch-deutscher Kaiser und ranghöchster Herrscher der Christenheit wird er das Kreuz nehmen müssen. Und ich bin dabei.« – »Was wird Vater sagen?«, wandte Jutta Claricia ein, aber Friedrich winkte ab. »Ich bin ein Ritter und ich bin der Beste.« Dann jagte er mit seinem Rappen davon. Jutta Claricia war eine gute Reiterin und als sie ihren Halbbruder nicht mehr sah, gab auch sie ihrem Fuchs die Sporen. Wenig später galoppierten sie nebeneinander über die Breitwiesen, bis sie ins Untere Remstal gelangten. Als die Pferde wieder im Schritt gingen, fragte sie Friedrich, ob ihr Verlobter Ludwig II., der Landgraf von Thüringen, auch das Kreuz nehmen muss. »Was denkst du denn, natürlich wird er sich dem Kreuzzug anschließen. Ich kenne Ludwig, der wurde doch ebenfalls am Hofe unseres Oheims erzogen und als Ritter ausgebildet. Der ist ein genauso guter Ritter wie ich. Und mein Oheim, Welf VI., der eigentlich mehr ein Halbbruder als ein Oheim für mich ist, weil er ja nur sieben Jahre älter ist, wird uns auch begleiten. Schade, dass der Dietrich von Wettin nicht mit uns kommt, der wird an dem Wendenkreuzzug teilnehmen und Sven von Dänemark auch. Vermutlich wird auch Heinrich der Löwe gegen die Slawen und Wenden ziehen. Schwester, bedenke doch, wir sind die jungen Ritter, wir werden uns im Kampf beweisen müssen. Und es ist für uns eine heilige Pflicht, gegen die Muslime, die Ungläubigen, zu kämpfen, die die Christen zu Tausenden ermordetet und versklavt haben.« Jutta Claricia überlegte einen Augenblick, dann fragte sie: »Wird sich auch unser Vater in das Heer der Kreuzfahrer einreihen? Er ist doch schon fünfundfünfzig Jahre alt.« – »Ich glaube, er kann nicht anders. Er muss seinem Bruder, dem König, beistehen.« – »Und wenn ihm etwas passiert oder dir oder Ludwig von Thüringen?«, fragte Jutta Claricia ängstlich. »Was soll geschehen, wir sind die Besten«, antwortete Friedrich und lachte laut auf. Sie schlugen den Rückweg über den Hügelkamm ein und galoppierten noch ein Stück durch den Wald. Friedrich vorneweg. Weit hinter ihnen hörte Jutta Claricia, dass sich die Begleitmannschaft näherte. Friedrich hielt plötzlich seinen Rappen an, sprang ab und hob den hinteren linken Huf des Tieres an. Tatsächlich, es hatte sich etwas eingetreten. Friedrich fluchte, er stieg wieder auf, ließ aber den Rappen im Schritt laufen. »Hoffentlich ist der Ruthard auf der Burg, der muss sich sofort um mein Pferd kümmern. Meine besten Pferde würde ich nur ihm anvertrauen, er versteht viel von Pferden, mehr als der alte Marschall. Ich sollte ihn auf den Kreuzzug mitnehmen. Er könnte meine Pferde versorgen«, dann schwiegen beide. »Warum ist eigentlich der Ruthard jetzt so oft unterwegs?«, fragte Friedrich, aber seine Schwester wusste es nicht, sie kannte ihn nicht einmal.

Ruthard war auf der Burg. Er empfing die Reiter und sah schon von Weitem, dass der Rappe lahmte. »Ich werde mich um das Pferd kümmern, Eure Hoheit«, sagte er und führte beide Tiere in den Stall des Herzogs. Ach, Gunda, dachte Ruthard, wie gern hätte ich dich heute noch besucht, aber die Tiere brauchen mich. Ruthard reinigte die Hufe des Rappens und sah, dass sich das Tier etwas eingetreten hatte. Vorsichtig entfernte er einen langen Dorn und reinigte die Wunde. Abends stand der Rappe vor seiner Krippe, fraß nicht und hielt das verletzte Bein immer noch in Schonhaltung. Ruthard untersuchte noch einmal den Huf. Die Wunde hatte sich entzündet. Wenn ich Gunda fragen könnte, überlegte er. Gunda, Gunda immer wieder schlich sie sich in seine Gedanken. Er war verliebt und er hätte gern dieses Mädchen geheiratet. Nur, wie sollte er das anfangen? Ruthard nahm sich vor, am nächsten Morgen dem Marschall mitzuteilen, dass er nach Waiblingen reiten würde, um Rat und Medizin für das verletzte Tier einzuholen. Ruthard schlief schlecht, er war aufgeregt. Morgen würde er zu Gunda reiten. Ob sie sich freute, ihn zu sehen?

Gunda war nicht zu Hause. Ruthard setzte sich auf die Bank in dem kleinen Garten und schaute den Schafen zu. Warum hatte er nichts zu essen mitgenommen? Ich bin ein Tölpel, sagte er leise zu sich selbst. Er verließ das Häuschen, ging auf den Markt und kam bald mit einem großen Fisch zurück. Gunda war immer noch nicht gekommen. Bald war Mittag vorbei. Er legte den Fisch auf die Bank und führte sein Pferd hinter den Garten und ließ es auf der Wiese, die sich bis hinunter an die Rems erstreckte, weiden. Dann legte er sich ins Gras. Alle seine Gedanken, seine Hoffnungen und Wünsche drehten sich um Gunda. Er schloss die Augen und hielt die Welt in seinen Träumen fest. Gunda kam mit ihrem Korb von einer Kranken zurück. Als sie die Gartenpforte öffnete, sah sie am Fluss das Pferd weiden und Ruthard im Gras schlafen. Oh, Ruthard. Am liebsten wäre sie zu ihm gelaufen und hätte sich neben ihn ins Gras gelegt. Ruthard. Aber da waren immer auch die schmerzhaften Gedanken: Du bist beschädigt und unvollkommen. Du hast kein Recht auf einen Mann. Du bist keine richtige Frau, aber was war sie dann? Sie wischte sich die kurzen struppigen Haare aus dem Gesicht. Sie war nur eine Heilerin, die sich auch mit dem Tod auskannte. Gunda bereitete aus dem Fisch ein leckeres Mittagsmahl, dann weckte sie Ruthard. Er nahm sie in den Arm und hätte sie am liebsten geküsst, aber Gunda zog ihn in die Küche. Sie aßen gemeinsam den Fisch, dann erzählte er von der Wunde, die ein Dorn dem Pferd zugefügt hatte. Gunda erklärte ihm, dass er die Wunde noch einmal reinigen müsse, und anschließend sollte er Umschläge machen, um sie zu desinfizieren. Sie gab Ruthard Kamille für die Reinigung und Ringelblumenblüten für die Versorgung der offenen Verletzung mit. Dann stieg Ruthard auf sein Pferd und als er sich von Gunda verabschiedete, sich zu ihr herabbeugte, sah er in ihren Augen Liebe und Sehnsucht. Komm bald wieder, sagten ihre Augen, aber sie schwieg. Ruthard grübelte, während er zur Burg zurückritt, warum Gunda sich ihm verschloss. Sie liebte ihn doch, da war er sich sicher. Er hatte es gesehen und gefühlt. Was hast du, geliebte Frau? Diese Frage drängte sich ihm täglich auf. Brauchte sie Zeit, hatte sie Angst, gab es einen Anderen? Aber dann hätte sie ihn nicht so angeschaut. Das mit einem Anderen, nein, das wollte er nicht glauben. In der nächsten Woche würde er sie wieder besuchen. Er würde ihr Zeit geben, Zeit, so viel sie brauchte.

DER KREUZZUG INS HEILIGE LAND

Man schrieb das Jahr 1146. Im Sommer herrschte auf der Burg des Herzogs Friedrich II. von Schwaben geschäftiges Treiben. Jeden Tag kamen neue Botschafter, die neue Kunde brachten von den schrecklichen Ereignissen im Reich und auch im Herzogtum. Jutta Claricia beobachtete mit großer Sorge ihren Vater. Seine Hoheit Friedrich II. war krank, müde und erschöpft. Ihr Halbbruder Friedrich nahm dem Vater vieles ab, aber die Unruhen im Reich machten nicht vor dem Tor der Burg halt und die Aufregungen tröpfelten wie Gift ins Leben des alten Herzogs. Seitdem der Papst Eugen zu einem neuen Kreuzzug ins Heilige Land aufgerufen hatte, mehrten sich auch die Judenpogrome. Entweder wurden die Juden zwangsweise getauft oder sie wurden umgebracht. Tausende Juden starben in Mainz, Worms und Würzburg. Es war nicht nur der Mob von der Straße, es waren auch zahlreiche Ritter, die im Gefolge des Kreuzfahrerheeres bereits im Blutrausch waren. Erst als die Kirche selbst diese Taten verurteilte, ebbte die Judenverfolgung langsam ab, aber sie hörte nicht auf.

Die Familie wusste es, die Kraft und der Lebenswille von Friedrich II. von Schwaben waren geschwunden. Er konnte das Kreuz nicht mehr nehmen. Notgedrungen überließ er es anderen, insbesondere jungen Rittern. Um die Weihnachtszeit bestimmte der alte Herzog in einer herzoglichen Urkunde, seinen Sohn Friedrich als den jüngeren Herzog von Schwaben zu titulieren. Friedrich nannte sich selbst nun Herzog. Sein Vater wollte, wie es schien, sich von der irdischen Verantwortung verabschieden. Der alte Herzog war ein guter Krieger, aber das erlebte Gemetzel an Juden, an unschuldigen

Menschen hatte ihn gebrochen, denn das war nicht seine Art, Krieg zu führen. Er zog sich zurück, auch sein Bruder, der König, war entsetzt und deshalb zögerte er vor weiterem Blutvergießen. Erst nachdem viele Ritter aus dem ganzen Reich, dazu aus Frankreich, Italien, England, Flandern und Böhmen sich für den Kreuzzug bereiterklärt hatten, nahm König Konrad III., und mit ihm andere Fürsten, die bisher gezögert hatten, in der Weihnachtsmesse im Dom zu Speyer das Kreuz. Der König bestimmte als Beginn des Kreuzzuges den Monat Mai, das Fest der Auferstehung, des Jahres 1147.

Die Vorbereitungen für die bewaffnete Pilgerfahrt begann augenblicklich im ganzen Land. Auf der Burg in Schwaben herrschte chaotisches Treiben. Alle Kreuzfahrer hatten ihr Gelübde abgelegt und begannen mit den Vorbereitungen für ihre Ausrüstung. Da galt es, Waffen und Rüstungen kampfbereit zu machen, Proviant und notwendige Gegenstände einzupacken sowie die Schlachtrösser und Ersatzpferde zu bestimmen und die Fuhrwerke zu beladen. So ging es überall an den Fürstenhöfen zu und mancher Fürst musste sich noch Geld beschaffen, um seine Ausrüstung bezahlen zu können. Bis Ostern blieb nicht viel Zeit.

Jutta Claricia dachte auch an ihren Verlobten, den Landgrafen Ludwig II., in Thüringen. Der war jetzt achtzehn Jahre alt und würde auch an dem Kampf im Heiligen Land teilnehmen. Vielleicht hatte ihr Halbbruder Friedrich recht, vielleicht waren sie die besten Ritter, aber es waren auch schon gute, sogar sehr gute Ritter im Kampf getötet worden, grübelte sie. Plötzlich gab es etwas in ihrem Herzen, dass schmerzte, wie eine kleine, aber tiefe Wunde. »Bitte, komm gesund zurück«, flüsterte sie. In den vergangenen Jahren, so stellte Jutta Claricia fest, war durch ihre Beschäftigung mit dem Land Thüringen zwischen ihr und den Thüringern eine Verbindung entstanden und sie empfand so etwas wie Zugehörigkeit.

In diesem turbulenten Frühjahr sollte noch die Vermählung ihres Halbbruders Friedrich mit der Markgrafentochter Adela von Vohburg stattfinden. Jutta Claricia kannte das junge Mädchen, das am Hofe ihres Oheims, des Königs, erzogen worden war.

Adela war die Erbin des reichen Egerlandes. Als sie heiratete, war sie zwanzig Jahre alt. Sie war bescheiden im Auftreten, rücksichtsvoll gegen jedermann und ergeben ihrem Vormund. Auch war sie still und lebte zurückgezogen. Jutta Claricia erkannte schnell, dass sie das Gegenteil ihres Halbbruders war. Es wunderte sie nicht, dass Friedrich von der bevorstehenden Hochzeit wenig begeistert war. Aber der Oheim, König Konrad III., wollte diese Verbindung. Die prächtige Hochzeit sollte im Egerland stattfinden. Jutta Claricia reiste mit der ganzen schwäbischen Hofgesellschaft ins Egerland. Obwohl ihr Vater, der alte Herzog Friedrich II. von Schwaben, inzwischen sehr krank war, begleitete er die Familie. »Warum tut man das Adela an?«, fragte Jutta Claricia unterwegs ihre Hofmeisterin. »Im letzten Jahr, als ihr Vater dort starb, durfte sie nicht zu seinem Begräbnis, ihre Mutter ist schon lange tot und jetzt soll dort ihre Vermählung gefeiert werden. Ich finde das nicht angemessen«, sagte Jutta Claricia. »Sie ist die Herrin des Egerlandes und das ist ihre Mitgift«, erklärte die Hofmeisterin. König Konrad III. selbst nahm die Vermählung seines Neffen mit Adela vor. Adela war bei dem Fest glücklich, das konnte man sehen, aber Jutta Claricias Halbbruder verhielt sich so ablehnend und verletzend seiner jungen Braut gegenüber, dass sie Mitleid mit ihr hatte. Jeder anderen Frau an der Tafel schenkte ihr Halbbruder mehr Aufmerksamkeit als Adela. Nein, das konnte nicht gut gehen, davon war Jutta Claricia fest überzeugt. Die Ehe wurde am gleichen Tag vollzogen und das Egerland wurde von der Krone eingezogen, denn es gab nun keine Erbin mehr.

Kaum war der Hofstaat wieder zu Hause auf der Burg in Schwaben angekommen, die Wagen standen noch beladen mit dem Reisegepäck auf dem Burghof, als der Herzog mit der engsten Familie wieder aufbrach. Es sollte zur Krönung gehen. Jutta Claricia wusste, auf welchem Wagen sich ihr Gepäck befand und ihre Schwester Luitgard hatte ohnehin nur eine Truhe. Schnell waren die Hofdamen mit der Reisevorbereitung fertig. Sie brachen Mitte März auf. Es war ein schöner sonniger Tag. Jutta Claricias Vater war mit einer Begleitmannschaft vorausgeritten, ihr Halbbruder Friedrich war wieder bei seinem Oheim, dem König. Jutta Claricia, Luitgard, Ihre Hoheit Herzogin Agnes und die Hofdamen waren fröhlich und freuten sich auf das bevorstehende Erlebnis. Sie fuhren nach Aachen zur Krönung von Heinrich, dem zehnjährigen Sohn ihres Oheims. Der Oheim hatte bestimmt, seinen älteren Sohn noch vor dem Kreuzzug zum König krönen zu lassen. War es Sorge um das Reich oder Sorge um seine Familie? Für Jutta Claricia war es ein schönes Erlebnis. Am zweiten und dritten Reisetag regnete es. Wer unter einem Leder reiste, war vor der Nässe geschützt, aber die Kälte und der Wind verschonten keinen Reisenden. Die Hofdamen husteten, Luitgard hatte Halsschmerzen und auch Jutta Claricia nieste in einem fort. Es war mittags, sie hatten gerade Alzey erreicht, da suchte der alte Herzog schnell sein Quartier auf. Er war erkältet, hatte Fieber und fühlte sich krank. Der gute Gieswein war bei ihm und ein Knappe ging ihm zur Hand. Gieswein dachte an Gunda und Berte, was würden die beiden jetzt machen? Welche Heilkräuter hätten sie dafür? Aber er wusste auch, der Herzog war des Lebens müde und er, Gero von Gieswein, konnte das gut verstehen. Er reichte seiner Hoheit einen Becher mit heißem Würzwein. Der Herzog winkte ihm zu, wie er es immer getan hatte, wenn Gieswein mit ihm trinken sollte. Sie tranken beide die Becher leer. Dann schlief der Herzog ein.

Als die Dunkelheit sich ausbreitete schlief der Herzog immer noch. Seine Gesichtszüge waren entspannt und zeugten von Frieden und Versöhnung. Der Schlaf der Ewigkeit war zu ihm gekommen. Friedrich II. von Schwaben war hier in Alzey im Alter von siebenundfünfzig Jahren gestorben.

Jutta Claricia, ihre Schwester Luitgard und ihr Bruder Konrad trauerten um den Vater. Herzogin Agnes von Schwaben hatte sich seit dem frühen Morgen in die nahe Kapelle zurückgezogen und betete. Als die Schwestern sie suchten, lag sie ausgestreckt vor dem Altar im Gebet. Mittags war sie immer noch in der Kapelle. Ihre Kammerfrau betrat die Kapelle, ging leise zu ihr und berührte sie an der Schulter, da bemerkte sie, dass die Herzogin ohnmächtig geworden war. Man trug sie in ihr Quartier und die Leibdienerin forderte einen Medicus an. Ihre Hoheit, die Herzogin von Schwaben, fieberte stark und hatte laute Atemgeräusche. Als Gero von Gieswein, davon erfuhr, bat er die Kammerfrau, nicht nach einem Medicus, sondern nach einer Heilerin zu fragen. Am nächsten Tag kam der Medicus, ließ Agnes von Schwaben zur Ader und empfahl nach dem Priester zu schicken.

Jutta Claricia und Luitgard blieben am Bett ihrer Mutter. Der Schmerz war so groß, dass sie einander bei der Hand hielten, als könnten sie ihr Leid teilen. Röchelnd vor Schmerzen beim Atmen und im Fieberwahn rief die Herzogin nach ihrem Gemahl, dann nach ihren Kindern. Als ein Abt aus dem nahegelegenen Kloster in die Kammer trat, spürte Jutta Claricia, dass in diesem Moment die Welt um sie herum zerbrach. Ihre Mutter empfing das Sterbesakrament, verließ diese Welt und hinterließ eine große unbekannte Leere.

Was für ein trauriges Jahr, dachte Jutta Claricia, als sie wieder auf der elterlichen Burg angekommen war. Der Kreuzzug und die

Gräuel an den Juden, dann die Unglück verheißende Vermählung ihres Halbbruders und nun der Tod der Eltern. Alles versinkt um mich herum im Schmerz. Vielleicht ist auch der Kreuzzug ein Fehler. Jutta Claricia stand am Fenster und schaute auf den Hof hinab. Die Wagen wurden beladen, Vieh wurde aus den Ställen geholt und geschlachtet. Was für ein Geschrei, Gequieke und Geblöke. Dazu der Gestank und das Blut, das sich mit allem auf der Burg vermischte. Mittendrin führte Friedrich seine beiden geputzten Schlachtrösser zum Burgtor und übergab sie zwei Rittern, damit sie die Tiere draußen im Wald bewegten und trainierten. Die Rösser schnaubten, sie kannten den Blutgeruch aus Kriegen und waren daran gewöhnt.

Jutta Claricia wandte sich vom Fenster ab. Ich werde meine ganze Hoffnung auf meinen Verlobten Ludwig richten, beschloss sie. An der Hoffnung kann ich mich festhalten. Immer und überall. Denn wo Hoffnung ist, gibt es auch Vertrauen und Geborgenheit. Ich werde für ihn beten und ich glaube fest daran, dass er gesund zurückkommt. Zurück zu mir!

Ruthard war noch einmal nach Waiblingen zu Gunda geritten. Er wollte sich verabschieden. Und sie fragen, ob sie ihn heiraten würde. Unterwegs in Beinheim hatte er bei einem Töpfer einen schön verzierten Krug und zwei dazu passende Becher gekauft. Als er ankam, war Gunda wieder nicht zu Hause. Er wartete hinten auf der Bank im Garten und überlegte sich, wie er diese wichtige Frage stellen sollte. Was genau sollte er sagen? Dann grübelte er, würde sie ihn vielleicht sogar auslachen? Was konnte er ihr bieten? Er hatte nichts, arbeitete als Freier bei dem Herzog. Er war dumm, nichts hatte er gelernt. »Ich bin ein Tölpel«, dachte er. Es ist besser, wenn ich den Mund halte. Die Gedanken gingen hin und her. Aber Gunda? Empfand sie etwas für ihn? Und wenn ja, würde das für eine Ehe reichen?

Und würde sie überhaupt auf ihn warten? Endlich kam sie. Er hörte, wie sie die Haustür öffnete und den Korb in der Stube abstellte. Als sie ihn erkannte, war Freude in ihrem Gesicht. Er sah es ganz genau. Sie schaute müde aus, aber sie lächelte ihn an. Ruthard umarmte sie und schenkte ihr die Töpferwaren aus Beinheim. Gunda erzählte, dass sie die ganze Nacht gewacht und eine alte Frau beim Sterben begleitet hatte. »Ich konnte nichts mehr für sie tun. Schließlich bat sie mich, sie nicht allein zu lassen. Sie wollte nur jemandes Hand halten. Nur noch einmal das Leben spüren.«

Ruthard saß still neben ihr. Die Worte, die er sagen wollte, waren verschwunden. Sein Hals war zugeschnürt. Dann sagte Gunda, der Kreuzzug bringe die Menschen durcheinander. »Was passiert, wenn er misslingt? Wenn die vielen Menschen nicht zurückkehren, weil sie an Krankheit, an Erschöpfung oder im Kampf gestorben sind? Ist das dann Gottes Strafe? Vielleicht ist es das. Oder ist es nur eine gefahrvolle riskante Unternehmung, von Menschen gemacht und von Menschen verschuldet und es hat nichts mit Gott zu tun? Wer weiß das schon.«

Ruthard musste jetzt reden. Er musste Gunda gegenüber ehrlich sein. Er musste ihr sagen, dass auch er mit ins Heilige Land zog. Aber die Angst, das Falsche zu sagen, lähmte seine Gedanken und seine Zunge. Ruthard schaute Gunda an und sie sah in seinen Augen, dass es da noch etwas Wichtiges gab. »Ruthard, wolltest du mir etwas sagen?«, fragte Gunda direkt. »Lass uns offen über alles reden. Wir kennen uns schon so lange. Sage es frei heraus.« Ruthard senkte seinen Kopf und schaute auf seine Hände, die im Schoß lagen. Da erblickte Gunda hinten an seinem Halsansatz ein großes Muttermal, das wie ein Ei aussah. Er wirkte auf einmal so verletzlich. Ruthard sprach stockend. »Gunda ich muss den Herzog auf dem Kreuzzug begleiten.« Er holte tief Luft. »Und Gunda, ich wollte dich fragen, ob du mich heiratest, wenn ich wiederkomme?« So, nun war es heraus. Aber gleich fiel ihm ein, dass er vorher hätte sagen sollen, dass sie ihm vom ersten Tag an gefallen hatte. Gunda nahm seine Hände. »Ich mag dich auch, Ruthard, und ich werde Angst um dich haben, solange du fort bist. Aber Ruthard, ich kann dich nicht heiraten.« Er schaute sie an, und sie sah den Schmerz in seinem Blick. »Warum nicht? Magst du mich nicht, weil ich so dumm bin? Oder weil ich nichts habe? Bist du einem anderen versprochen? Wem?« – »Nein, Ruthard, ich bin niemandem versprochen und ich freue mich immer, wenn du mich besuchst, weil ich dich auch gernhabe. Du bist ein guter Mann und ich weiß, jede Frau würde mit dir glücklich werden«, dann stockte sie einen Augenblick. »Nur ich nicht«, sagte sie. Ruthard spürte, wie Verzweiflung in ihm aufstieg. »Was ist es, Gunda, was uns hindert?« Seine Verletztheit rührte sie. »Ruthard«, begann Gunda, »ich liebe dich genauso, wie du mich liebst. Aber es gibt einen Grund, weshalb ich nicht heiraten kann. Weder dich noch irgendeinen andern Mann. Würde ich dich heiraten, würde ich dich sehr unglücklich machen. Das weiß ich.« Gunda schwieg, ihre Gedanken rebellierten. So konnte sie Ruthard nicht wegschicken. So hatte sie ihm alle Hoffnungen zerstört. Er litt für das Unrecht, das man ihr angetan hatte. Gibt es keine Gerechtigkeit, für sie und für ihn? Sie küsste ihn zärtlich und flüsterte: »Ruthard, komm gesund zurück, ich werde auf dich warten und ich werde mich auf dich freuen. Wenn du mich dann immer noch heiraten willst, habe ich vielleicht die Kraft, dir die Wahrheit zu sagen.« – »Ja, meine Gunda, ich komme zu dir zurück und ich werde dich nicht bedrängen, irgendwann ist die Zeit zum Reden da.« Ruthard stieg auf sein Pferd und Gunda schaute ihm nach, bis er zur Rems-Niederung abbog.

Dann endlich kam der Tag. Jutta Claricia zog ihren kostbaren, mit Goldfäden bestickten Bliaud über und trat mit allen Hofdamen hinaus vor den Palas, um die Teilnehmer des Kreuzzuges zu verabschieden. Was war das für ein Schauspiel! Fast alle trugen das Kreuzzeichen auf ihrer Kleidung, damit erkannte jedermann, dass sie das Gelübde abgelegt hatten. Friedrich hatte das Kreuz auf seinem Mantel über der Rüstung. Er umarmte sie kurz und sagte im vertrauten Ton: »Ich weiß, die Burg und das Herzogtum liegen bei dir in guten Händen.« Dann stieg er auf seinen Rappen und der schier endlose Tross setzte sich in Bewegung. Zum Schluss rumpelten die Ochsengespanne über den gepflasterten Hof zum Burgtor. Sie zogen nach Regensburg, denn von dort aus sollte im Mai des Jahres 1947 das Heer der Kreuzfahrer unter König Konrad III. aufbrechen. Ruthard war Stallmeister und seine Aufgabe war, die Pferde des Herzogs gut zu versorgen. Er hatte sich selbst auch ein gutes Pferd ausgesucht und ritt im Begleitschutz des Herzogs.

Vor den Toren Regensburgs standen viele bunte Zelte. Vor jedem war das entsprechende fürstliche Banner aufgesteckt. Tausende Ritter waren mit ihrem Gefolge hier versammelt. Der Herzog von Schwaben ließ an herausragender Stelle sein Zelt aufbauen und sein Gefolge lagern. Man sollte ihn sehen und man sollte die Größe seiner Streitmacht erkennen. Die Tage vergingen. Immer neue Ritter kamen hinzu, auch bewaffnete Erzbischöfe mit einer großen Ritterschar und edlen Schlachtrossen. Dann endlich war es so weit und der Zug von etwa zwanzigtausend Rittern, dazu Tausende arme Pilger, die Ablass für ihre Sünden wollten, viele Unberittene und Unbewaffnete, die zum Tross gehörten und schließlich die Ochsenkarren mit Proviant, Futter und Ausrüstungsgegenständen setzten sich in Bewegung. Wie eine riesige Raupe wälzte sich der Zug entlang der Donau, durchquerte Österreich, Ungarn und den südlichen Balkan und zog bis vor die Tore von Konstantinopel. Es war Sommer und der Balkan ächzte unter der Hitze, dem Wassermangel, den Mücken und zahlreichen anderen Insekten. Ruthard sah, wie sich die armen Pilger durch den Staub quälten. Sie waren erschöpft, durstig und hungrig. Immer mehr Pilger sonderten sich vom Tross ab, lagerten am Wegesrand und starben in der Hitze oder an den erlittenen Strapazen. Das Kreuzfahrerheer hinterließ eine Schneise der Verwüstung und des Todes. Ruthard hatte gehofft, dass ihnen ihr erstes Ziel Konstantinopel eine Erholung bringen würde. Dass sie dort lagern könnten, frisches Wasser für die Menschen und Tiere bekämen und in Ruhe ihre Verletzungen versorgen könnten. Es wurde auch unter den Rittern gemunkelt, dass das französische Heer unter König Ludwig VII. bald hier einträfe und die Heere sich in Konstantinopel vereinigen würden. Dann wären sie doppelt so stark. Je verzweifelter und erschöpfter die Pilger waren, umso größer wurden die Wünsche und Hoffnungen.

Vier Monate waren sie bereits unterwegs. Das Heer der deutschen Kreuzfahrer unter König Konrad lagerte nördlich der orientalischen Stadt auf einem baumlosen Hochplateau. Ruthard sah die Stadt in der Ferne liegen, er sah die vielen goldglänzenden Dächer und Kuppeln und die Haine mit den zahlreichen Schatten spendenden Bäumen. Nein, da war er sich sicher, Konstantinopel würde von seinem Reichtum, dem Wasser und dem Grün nichts abgeben. Sie, die Bürger der Stadt, wollten das schmutzige, nach Schweiß und Ausdünstungen stinkende Heer, die Kranken und die zahllosen hungrigen Armen nicht in ihrer schönen sauberen Heimat beherbergen. Deshalb wunderte sich Ruthard auch nicht, als nach wenigen Tagen befohlen wurde, die Zelte abzubauen und zum Aufbruch zu rüsten. Zwei Pferde hatte Ruthard bisher verloren. Eines war in den Bergen gestürzt und hatte sich das Bein gebrochen, das andere war vor Erschöpfung zusammengebrochen. Ruthard sorgte sich. Wenn es nicht bald eine längere Ruhepause für die Tiere geben würde, könnten sie weitere Pferde verlieren. Der Herzog empfing ihn nicht. Dann wurde plötzlich sogar Eile befohlen. Ruthard ging zu seinen Pferden. Am nächsten Tag schon wurden sie mit Fähren des Kaisers von Konstantinopel nach Kleinasien übergesetzt. Was für ein Chaos. Die Pferde hatten Angst, auf die schaukelnden Fähren zu steigen. Panik brach unter den Tieren aus. Bei dem älteren Stallknecht, der vor ihm auf die Fähre gehen sollte, brach ein Pferd aus und sprang ins Wasser. Ruthard sprang sofort hinterher, erreichte das verängstigte Tier, hielt sich an der Mähne fest und schwamm mit ihm ans andere Ufer. Der Stallknecht bedankte sich überschwänglich und gab Ruthard einen Sack mit Hafer für die Tiere. Endlich waren alle Pferde übergesetzt worden. »Ich heiße Utz und bin der Stallknecht von Herzog Welf VI.«, sagte der Ältere. »Ich stehe in deiner Schuld, vielleicht kann ich dir auch einmal helfen.« – »Ich bin der Ruthard und diene dem Herzog Friedrich II. von Schwaben. Lass uns einander im Auge behalten«, sagte Ruthard, »dass hilft uns beiden.« Am Abend erzählte Utz, dass er gehört hatte, dass der Kaiser von Konstantinopel nicht die versprochenen Hilfstruppen bereitgestellt und dass er auch nicht die ortskundigen Führer geschickt hatte. »Versprochen und nicht eingehalten, das verstehe ich nicht. Und dieser Kaiser ist sogar noch mit unserem König verwandt«, Utz hatte sich in Rage geredet. Ruthard stand auf, ging zu den Pferden und beruhigte sie. »Irgendetwas war los, die Tiere waren unruhig«, stellte Ruthard fest und setzte sich wieder zu seinem neuen Freund. Dann legten sie sich nieder. Ruthard dachte an Gunda und wünschte sich weit weg von diesem Ödland, das sie Kleinasien nannten. Jeder Tag war voller Qualen. Das Bergland war mit dem Tross schwer zu überwinden. Futter für die Tiere gab fast nirgendwo und das Wasser für

Mensch und Tier hatten die Sonne und die Hitze verdunsten lassen. Als wären sie in der Hölle angekommen. Überall lagen die Leichen der verdursteten Pilger, wenn ein Pferd oder ein Ochse zusammenbrach, wurden sie sofort geschlachtet und gegessen. Aber als wären diese Leiden für die armen Menschen nicht genug, wurden sie täglich von Bogenschützen angegriffen. Die Seldschuken hatten eine besondere Taktik der Kriegsführung. Wenn die berittenen Bogenschützen kamen, griffen sie sofort an und wichen rasch wieder zurück, bevor die schwerbewaffneten Panzerreiter und Ritter ihnen nachsetzen konnten. Es war ein zermürbender, ungleicher Kampf. Verzweiflung machte sich unter den Kreuzfahrern breit. Ruthard und Utz beschlossen, sich auch einen Bogen und Speere zu besorgen, um sich besser schützen zu können. Sie beobachteten einen Angriff der Seldschuken und erkannten, dass die Angreifer sich immer in zwei verschiedene Richtungen wieder zurückzogen. Jeden Tag um die Mittagszeit, wenn der Tross eine Pause machte, suchte sich Utz mit einem langen Seil einen Hinterhalt. Tatsächlich, nach wenigen Tagen kamen sie wieder. Sie beschossen den Tross, töteten Pferde und Menschen und zogen mit einem grauenhaften Gebrüll wieder davon. Zwei Angreifer kamen auf dem Rückweg nahe bei Utz vorbei. Er schwang das Seil, warf die Schlinge dem zweiten Pferd über den Kopf und zog mit einem schnellen Ruck die Schlinge zu. Das Pferd überschlug sich und begrub seinen Reiter unter sich. Der andere wendete sein Pferd, zog einen Krummsäbel, aber Utz konnte ihm ausweichen, dann flüchtete der Angreifer. Ruthard und Utz übten jeden Abend Bogenschießen. Sie trafen nicht. Selbst nach zwei Wochen verfehlten ihre Pfeile jedes Ziel. Utz gab verzweifelt auf. Er hatte sich Säbel und Schild des Seldschuken unter dem Pferd hervorgezogen und übte damit seine Verteidigung. Waren anfangs nur die unbewaffneten und unberittenen Kreuzfahrer den Strapazen erlegen, mehrte sich nun auch die Zahl der Ritter, Knappen und der Berittenen des Begleitschutzes, die vor Erschöpfung starben oder die Angriffe der Muslime nicht überlebten. Überall lagen die Toten. Niemand hatte die Kraft, sie zur Seite zu schaffen oder gar zu begraben. Die Sonne, die Hitze und die Insekten würden sich ihrer erbarmen. Das Bergland Kleinasiens war mörderisch. Als sie nach Nicäa kamen, wurde der Tross geteilt. Die große Schar der Pilger zog unter der Führung von Bischof Otto von Freising an der Küste entlang nach Süden. Nur einige wenige Ritter begleiteten diesen Zug von ungefähr fünftausend Pilgern. Sie hatten keinen Proviant mehr, kein Wasser und keine Hoffnung. Eigentlich war es gleich, so dachten viele unter ihnen, ob sie heute oder morgen starben. Ob sie verdursteten, verhungerten, vor Erschöpfung zusammenbrachen oder gar ermordet wurden. Dann schon besser heute. Bischof Otto hielt regelmäßig seine Messen und versuchte, den Glauben an die Pilgerfahrt aufrechtzuerhalten oder wenigstens Trost zu spenden.

Das ehemals große Heer König Konrads III. mit den besten Rittern war durch Hunger, Durst, Hitze, Krankheit, Erschöpfung und durch die kräftezehrenden Strapazen des Weges geschwächt. Die Ausrüstungen waren ungepflegt und verschlissen. Die andauernden feindlichen Angriffe und die ständigen Niederlagen zermürbten die noch Lebenden und dezimierten das Heer. Von den anfangs zwanzigtausend Rittern und Berittenen war nur noch die Hälfte am Leben und davon war nur die Hälfte einsatzfähig.

Erst als das Heer in die Nähe von Doryläum kam, verbesserte sich die Stimmung. Dann hieß es plötzlich: »Wir sind in Doryläum!« Und alle jubelten. Hier wurden vor genau fünfzig Jahren die Seldschuken besiegt. »Hier wird uns Erfolg beschieden sein«, so sagten es die meisten, weil sie es sich wünschten. Vor ihnen lag ein grünes Tal. Sie stiegen hinab und ruhten an einem schönen Fleckchen, an dem es sogar Wasser gab und genügend Gras für die Pferde. Es war ein schöner Tag im Oktober 1147. Ruthard ließ seine Pferde neben denen von Utz weiden. Die Männer saßen zwischen den Tieren. Sie hatten endlich wieder frisches Wasser getrunken und teilten sich einen Kanten trockenes Brot. »Wir sitzen hier wie in einer Falle«, sagte Ruthard, schaute nach oben zu den Hängen und streckte sich ins Gras. »Du liegst in der Falle«, erwiderte Utz und streckte sich ebenfalls aus. Sie hörten ein Rauschen, die Pferde waren von Angst gepackt, dann vielstimmiges Geschrei, das Stöhnen Sterbender, Hilferufe. Ruthard sah, wie die Mehrzahl der christlichen Ritter die Seldschuken verfolgte. Sie jagten ihnen blindlings hinterher und merkten nicht, wie sie gezielt vom Heer weggelockt und separiert wurden und dann für die Ungläubigen eine leichte Beute waren. Sie merkten nicht, dass sie in eine zweite Falle gelockt worden waren. Die Ritter, die den Angreifern gefolgt waren, wurden alle getötet. Keiner kam zurück. Das restliche Heer geriet in Panik und stürzte zum Ausgang des Tales. Herzog Friedrich von Schwaben, sein Oheim Welf VI. und König Konrad kämpften gegen das Chaos im Heer an. Sie wollten den Rückzug organisieren und die verbliebenen Ritter schützen. Deshalb bildeten sie aus den besten Rittern eine Nachhut, die ihren Rückzug decken sollte. Dann floh die kleine Schar der Überlebenden in Richtung Küste, wo auch immer die Küste war.

Ruthard und Utz hatten noch insgesamt fünf Pferde bei sich. Sie ritten ihren Herren hinterher. Ruthard hatte den Bogen und seine Pfeile mitgenommen. Sie waren noch nicht weit gekommen, als die Seldschuken plötzlich hinter ihnen waren. Wo war die Nachhut? Aber es war klar, wenn die Seldschuken da sind, gab es keine Nachhut mehr. Die zu Fuß Flüchtenden gerieten in Panik und liefen hierhin und dorthin. Sie wurden leichte Ziele für die feindlichen Bogenschützen.

Dann stürzte der König von einem Pfeil getroffen zu Boden. Sein Pferd ging sofort durch. Ruthard sprang von seinem Pferd und in Deckung hinter seinem Tier spannte er den Bogen und erschoss den Verfolger. Inzwischen war der König wieder im Sattel und konnte mit den anderen fliehen. Irgendwann, Tage später, gaben die Seldschuken die Verfolgung auf. Eine kleine Schar Berittener erreichte endlich Nicäa an der Küste. Hier waren sie vor den Seldschuken sicher. Mit dem Schiff reisten sie zurück nach Konstantinopel.

Der Bischof Otto von Freising war mit seinem Heer und den etwa fünftausend armen, halbverhungerten und erschöpften Pilgern, die zu Fuß aufgebrochen waren, nach Süden unterwegs. Sie kamen bis Laodikeia und lagerten am kleinen Flüsschen Lykos. Dort wurden sie von den Seldschuken angegriffen und niedergemetzelt. Bischof Otto selbst und nur eine Handvoll Getreuer konnten sich im letzten Augenblick durch Flucht retten. Alle anderen Pilger fanden hier einen grausamen Tod. Sie wurden von den Bogenschützen mit Pfeilen durchbohrt und von den Krummsäbeln gnadenlos in Stücke gehauen. Als die Schlacht vorbei war, vermischte sich das Blut der Tausenden Toten mit dem Wasser des Lykos und färbte es tiefrot. Bis ins entfernte Mittelmeer flossen die Farbe und das Leid des Krieges.

Ruthard und Utz wussten es längst, dieser Kreuzzug war verloren, aber sie hatten ihn überlebt. Sie zogen sich mit dem kleinen verbliebenen Rest des Heeres nach Konstantinopel zurück. König Konrad ließ dort seine Verletzung behandeln, alle anderen erholten sich ebenfalls. Das Jahr 1147 ging für die deutschen Kreuzfahrer in Konstantinopel zu Ende. Im Palast des Kaisers Manuel I. Komnenos wurde der fünfundzwanzigste Geburtstag von Herzog Friedrich II. von Schwaben gefeiert. Friedrich II., sein Schwager Matthäus I. von Lothringen, Welf VI. und Ludwig II. von Thüringen tranken starken Wein und aßen dazu Feigen, Datteln und Mandeln. Die jungen

Männer prosteten sich zu. Der Wein und die Trinksprüche verbreiteten langsam wieder Zuversicht. Tänzerinnen mit durchsichtigen Gewändern kamen und fesselten die Aufmerksamkeit der jungen Ritter. Niemand wollte an die Vergangenheit denken oder gar von den Toten reden und keiner fragte nach Fehlern. Dann hob Welf sein Glas und trank auf das Geburtstagskind und trank gleichzeitig darauf, dass sie, die neuen jungen Reichsfürsten, es einmal besser machen würden als ihre Väter, sie würden das Reich befrieden. »Wir werden erfolgreich sein!«, riefen alle durcheinander und es klang wie ein Versprechen.

Die Wenigen, die im Norden von Konstantinopel lagerten, waren froh, noch am Leben zu sein. So viel Elend, so viele Tote, so viele Verluste, Ruthard wollte nicht darüber nachdenken. Er dachte an zu Hause, an das Leben auf der Burg. Es war ein gutes Leben, stellte er fest und war dankbar. Aber wie würde es weitergehen? Der alte Herzog und die Herzogin waren gestorben, der neue Herzog war verheiratet. Es waren neue Zeiten angebrochen. Ruthard träumte von Gunda und musste lächeln. Mit ihr zusammen würde er die neuen Zeiten bestehen und die neuen Herren aushalten. Seine Gunda, er würde sie heiraten, ganz gleich, was sie für einen Hinderungsgrund angeben würde.

Zu Beginn des neuen Jahres erkrankte König Konrad III. an Sumpffieber. Wochenlang lag er todkrank nieder und niemand wusste, wie es weitergehen würde. Aber im Frühjahr 1148 reiste der König mit seinen verbliebenen Kreuzfahrern mit dem Schiff zurück nach Kleinasien, nach Akkon und zog nach Jerusalem. Hier vereinigte er sich mit dem Heer des Königs von Jerusalem, dann endlich auch mit den Truppen des französischen Königs Ludwig VII. und den Templern und Johannitern, um endlich die Stadt Damaskus zu erobern und die Muslime doch noch zu besiegen. Im Sommer trafen die Heere nacheinander nahe der Stadt Damaskus ein. Die Franzosen waren bereits in Kämpfe verwickelt und wurden von den Ungläubigen stark bedrängt, als die deutschen Ritter ankamen. König Konrad ließ, wie es bei den Deutschen in solchen Notsituationen üblich war, von den Pferden absetzen und mit vorgehaltenem Schild und Schwert Mann gegen Mann kämpfen. Der König selbst war ein hervorragender Kämpfer, der mutigste und beste. Ruthard und Utz versammelten an einem sicheren Platz die Pferde. Während Utz bei den Tieren blieb, versuchte Ruthard auch die Pferde anderer Ritter und die Pferde der gefallenen Ungläubigen einzufangen, um den Rittern zu helfen oder den eigenen Bestand zu vergrößern. Fünf Schlachtrösser führte er gerade von den Kämpfen weg, als ihn ein Pfeil ins Bein traf. Ruthard schwang sich auf ein Tier und ritt, die anderen Tiere am Seil führend, rasch davon. Utz half ihm aus dem Sattel, der Pfeil steckt noch immer unterhalb des Knies fest. Ruthard legte sich zu den Pferden ins Gras. »Ich muss den Pfeil herausziehen, Gunda«, sagte er, dann wurde er ohnmächtig. Utz nutze die Zeit. Der Pfeil hatte schlimmstenfalls den Knochen nur gestreift, also war es eine Fleischwunde und die würde heilen, so vermutete er. Er riss den Pfeil mit einem Ruck aus dem Bein. Die Wunde war jetzt so groß wie eine Handfläche und blutete in einem fort. Utz suchte etwas, womit er sie verbinden konnte. Aber er fand nichts. Er schaute sogar den Pferden unter die Sättel, ob er dort vielleicht ein Stück Stoff fand. Nichts. Dann schlich er sich vorsichtig in die Nähe des Kampfes. Tatsächlich fand er einen toten Seldschuken. Er riss ihm Hemd und Hose vom Leib und ergriff auch das bunte Tuch, das der sich um den Kopf gewickelt hatte. »Das Kopftuch würde sich gut eignen«, dachte er und nahm von einem anderen Toten auch noch dessen Kopftuch mit. Es war ein kostbarer dünner Stoff, so wie die Kleider der vornehmen Damen sind, stellte er fest. Zwar recht bunt, aber als Verband gut geeignet. Ruthard war noch immer ohnmächtig. Die Wunde blutete jetzt weniger stark. Utz drückte die Wundränder zusammen und legte einen Verband an. Ruthard wachte auf, als Utz bereits den Pfeil säuberte. »Den können wir noch verwenden, der ist prima«, stellte er fest. Ruthard danke seinem Freund. Am nächsten Tag blieb Ruthard bei den Pferden zurück und Utz rettete allein die herrenlosen Tiere. Er brachte zwei herumirrende Schlachtrösser von deutschen Rittern in Sicherheit. Fünf lange Tage im Juli 1148 dauerten die Belagerung und die Kämpfe vor Damaskus. Dann gaben König Konrad III., König Ludwig VII. und auch der König von Jerusalem auf. Der Kreuzzug war gescheitert.

SCHWABEN VERSINKT IM LEID

Jutta Claricia war, seit ihr Halbbruder mit den Kreuzfahrern aufgebrochen war, für alles Leben auf der Burg verantwortlich. Der Truchsess Enzo von Speyer hatte bereits viele Jahre ihrem Vater gedient. Jutta ließ ihn kommen, befragte ihn nach der Menge und dem Zustand aller Vorräte. Der Truchsess kniete vor ihr nieder und ersuchte um seine Entlassung. Jutta Claricia bat ihn, sich zu erheben und dies zu erklären. Er berichtete, dass die Kreuzfahrer fast die gesamten Vorräte für das Jahr mitgenommen hatten. Auch das Saatgut für die Bauern wurde aufgeladen und die Tierställe sind nahezu leer. Es gibt kein Futter für die verbliebenen Tiere, denn auch das wurde mitgenommen. Dem alten Mann flossen Tränen über das Gesicht. »Hoheit, ich kann die Verpflegung des Hofes nicht mehr aufrechterhalten. Und da die Bauern kein Saatgut bekommen können, werden sie auch nichts ernten. Dann haben wir dazu noch eine Hungersnot. Eure Hoheit, bitte entlasst mich aus Euren Diensten«, bat Enzo von Speyer erneut. Jutta Claricia dankte dem alten Mann für seine Ehrlichkeit. »Nein, Enzo von Speyer, ich brauche Euch hier. Ich brauche Unterstützung. Vielleicht haben wir Geld, um uns Vorräte und Saatgut zu kaufen. Wir werden den Kämmerer befragen.« Und sofort schickte sie eine Hofdame los, um Gero von Gieswein zu holen. Der Kämmerer kam unverzüglich. Als er den Truchsess in der Kemenate Ihrer Hoheit sah, ahnte er, worum es hier ging. Auch er kniete nieder und fragte, ob er ehrlich berichten dürfe. »Natürlich, Ihr müsst ehrlich sein«, entgegnete Jutta Claricia. Der Kämmerer schilderte, wie der junge Herzog Friedrich vor Beginn des Kreuzzuges größere Summen aus der Schatulle des Vaters genommen hatte. »Dann«, erst stockte er, fuhr aber fort, »unmittelbar vor dem Aufbruch nahm er die letzten Silberstücke. Die Schatulle ist jetzt vollkommen leer. Es tut mir sehr leid, dass wir in so einer schwierigen Lage sind«, endete Gero von Gieswein. Jutta Claricia dankte auch Gieswein für seinen Bericht. »Wir müssen gemeinsam überlegen, wie wir die Hofhaltung in den nächsten Wochen und Monaten sichern. Ich brauche Eure Hilfe.« Das war die Bitte einer verzweifelten jungen Frau, erkannten die Männer. Jutta Claricia war ratlos und sehr erbost. So viele Menschen waren von der Burg abhängig. Das wusste ihr Halbbruder genau, warum hat er alle Vorräte und dazu noch alles Geld genommen? Wie sollten sie hier leben? Der Kämmerer schlug vor, Schmuck bei den Juden zu verkaufen und für das Geld Saatgut für die Bauern zu kaufen. Dann wäre wenigstens die größte Hungersnot vermieden. Der Truchsess meinte, man könnte die noch vorhandenen Hühnereier der wenigen Hühner ausbrüten und Küken aufziehen, dann hätte man wieder einen stabilen Hühnerbestand mit Eiern und Hühnerfleisch. Er würde sich auch darum kümmern. »Schweine und Ochsen haben wir nicht mehr, die brauchen wir auch nicht zu füttern. Wir haben im Pferdestall noch drei Pferde, Eures, Hoheit, mitgerechnet«, ergänzte Enzo von Speyer und senkte den Blick. »Und das Futter reicht höchstens noch eine Woche. Wir sollten die Pferde jeden Tag auf die Weide bringen und erst abends wieder reinholen, dann brauchen wir sie in den nächsten Monaten nicht zu füttern. Der taubstumme Pferdeknecht könnte das übernehmen.« Jutta Claricia nickte. »Was sollen wir essen?«, fragte sie. »Wie viele Menschen leben überhaupt hier und müssen versorgt werden?« Der Truchsess zögerte, dann sagte er. »Es sind dreiundsechzig Männer, Frauen und Kinder.« Gero von Gieswein meldete sich zu Wort. »Wäre es möglich, die Gemahlin des Herzogs, Adela von Vohburg, und ihre Hofdamen auf ihre Stammburg ins Egerland zu schicken? Dort wäre sie zu Hause und dort sind sicher auch mehr Vorräte vorhanden. Vielleicht geht der eine oder andere Bedienstete sogar mit ihr.« Jutta Claricia schwieg. Das war eine gute Idee, überlegte sie, aber wie würde ihr Halbbruder es auffassen? Würde er denken, sie wollte Adela verstoßen? »Ja, so machen wir das«, sagte sie mit fester Stimme. »Mit Adela von Vohburg rede ich gleich heute. Und Ihr, Gero von Gieswein, seht euch den Schmuck an, den wir verkaufen können. Es muss für die Aussaat reichen. Am Sonntag nach der Messe setzen wir uns wieder zusammen.« Damit waren die beiden Männer entlassen. Jutta Claricia ging in die große Kemenate, in der bis vor wenigen Wochen ihre Mutter gelebt hatte. Sie traf Adela bei der Handarbeit. »Ich besticke für dich einen Almosenbeutel«, sagte Adela und zeigte das fast fertige Geschenk. »Adela, komm, setz dich zu mir, ich muss mit dir reden«, begann Jutta Claricia. »Der Truchsess und der Kämmerer waren bei mir, wir haben keine Vorräte und wir haben kein Silber. Die Schatulle ist leer. Alles, was wir hatten, ist für den Kreuzzug verwendet worden. Ich weiß nicht, wie ich alle hier auf der Burg versorgen soll. Sogar das Saatgut für die Bauern haben sie mitgenommen. Der Kämmerer wird meinen Schmuck verkaufen, um wenigstens Geld für Saatgut zu erhalten. Adela, du weißt, dass ich dich verehre und dass es mir schwerfällt, diese Bitte vorzutragen. Würdest du dich mit deinen Hofdamen auf die Burg deines Vaters zurückziehen können? Vielleicht habt ihr dort Vorräte? Es tut mir so leid, dass ich dich darum bitten muss.« Adela war aufgestanden und nahm Jutta Claricia in den Arm. »Es muss dir nicht leidtun. Ich weiß, dass du eine liebe Schwägerin bist, aber alles hier auf der Burg erinnert mich an meinen Gemahl und du weißt, er liebt mich nicht. Ich würde mich gern ins Egerland zurückziehen und um meinen Vater trauern.« – »Adela, ich danke dir. Für mich bleibst du eine wunderbare Freundin. Wir haben noch drei Pferde, deshalb können wir dich und deine Hofdamen mit einem Wagen und einer berittenen Begleitperson bringen.«

Zwei Tage später verließ Adela von Vohburg mit vier Hofdamen und drei Bediensteten die Burg ihres Gemahls in Schwaben. Beim Abschied überreichte sie Jutta Claricia den bestickten Almosenbeutel und umarmte die Schwägerin herzlich. Beiden Frauen standen die Tränen in den Augen. »Es tut mir so leid. Lebewohl, geliebte Schwägerin«, flüsterte Jutta Claricia. »Nein, das muss es nicht, lebe auch du wohl. Ich wünsche euch viel Glück.« Dann fuhr der Wagen los, das Burgtor schloss sich wieder, aber Adela schaute nicht zurück. Sie wollte weg von der Burg. Ahnte sie, dass sie nie wieder diese Burg betreten und dass sie nicht wieder nach Schwaben zurückkehren würde?

Jutta Claricia öffnete den Almosenbeutel. Er war voller Ringe mit Edelsteinen, Goldketten und zwei Goldfibeln. Adela hatte ihren kostbaren Schmuck ihr überlassen. Jutta Claricia würgte ein Kloß im Hals, als sie diese Schätze auspackte. Nach wenigen Tagen kamen Reiter und Wagen aus dem Egerland zurück. Adela hatte ihnen Mundvorräte, etwas Saatgut und zwei Fässer mit Wein mitgeschickt.

Nach Adelas Abreise lebten noch fünfzig Männer und Frauen und fünf Kinder auf der Burg. Gero von Gieswein hatte bei einem Juden drei Schmuckstücke verkauft und wollte Saatgut erwerben. Mit dem Preis war er zufrieden, aber als er bei dem Händler das Saatgut bezahlen wollte, bekam er weniger als die Hälfte des Erhofften. Das sei wegen des Kreuzzuges, sagte man ihm. Auch ein anderer Händler wollte ihm nicht mehr Saat geben. Der Kämmerer nahm die kleine Portion Saatgut mit auf die Burg. Was würde Ihre Hoheit sagen?, überlegte er missgelaunt.

Der Truchsess hatte inzwischen Hans, den Knecht, bestimmt, sich um die Hühnerzucht zu kümmern. Von den vorhandenen neun

Hühnern und einem Hahn hatte er bereits dreizehn Eier gesammelt. Der Truchsess hatte Hans ein Ultimatum gestellt, wenn die Hühnerzucht gelingt, kann er auf der Burg bleiben, sonst muss er zum Winter die Burg verlassen. Die Burg verlassen, nein, das wollte Hans keinesfalls. Wohin sollte er denn gehen? Er war schon immer hier. Nein, er musste es schaffen. Zuerst baute er für die wenigen Hühner ein prächtiges großes Hühnerhaus mit Sitzstangen und Nestern. Dann fragte er den Truchsess, ob die Hühner auch in den Garten der Damen dürften, denn dort gäbe es gutes Futter. Hans durfte einen Teil des Gartens für die Hühner abtrennen. Schon wenige Wochen später bemerkte er, dass ein Huhn brüten wollte. Er baute ein Nest, überdachte es, legte Stroh hinein und darauf die Eier, es waren inzwischen zwanzig. Hans liebte seine Tiere, sprach mit ihnen und verwöhnte seine Glucke. Als drei Wochen herum waren, tippelte die Glucke mit vierzehn Küken durch den Garten. Hans war stolz auf seine Arbeit. Als er das dem Truchsess berichtete, sah er, wie ein altes Huhn auf ein Küken einhackte. Das kleine Tier war fast tot. Sofort baute Hans ein großes Wildgehege für die Jungtiere und einen extra Hühnerstall. Das verletzte Küken nahm er mit in die Küche. Ein paar Krumen Brot und ein bisschen Wasser. Das Küken überlebte.

Der Truchsess errechnete, dass in ungefähr einem halben Jahr zwanzig bis fünfundzwanzig Hühner und Hähne als Legehühner oder zum Verzehr zur Verfügung stehen würden. Die Versorgung der Pferde war auch gesichert, aber die Nachrichten aus dem Dorf waren alarmierend. Die Bauern hungerten. Sie gingen in die Wälder, suchten Beeren und Eicheln. Jutta Claricia schaute Enzo von Speyer ungläubig an. »Sie mussten auch für den Kreuzzug bluten«, sagte der Truchsess resigniert. »Am dringendsten brauchen sie jetzt Saatgut. Eigentlich sofort.« Der Kämmerer ritt mit weiteren

Schmuckstücken nach Gmünd. Er suchte den gleichen Juden auf, den er bereits kannte und der ihm vertrauenswürdig erschien. Der Betrag, den er erhielt, war annehmbar, aber die Menge des Saatgutes, war noch geringer als beim letzten Mal. Der Händler sagte, es gäbe kein Saatgut mehr. Gero von Gieswein ritt schlecht gelaunt zurück. Jutta Claricia saß in ihrer Kemenate. Sie wusste, es war bereits Anfang des Sommers und die Saat musste schnellstens ausgebracht werden. Was der Kämmerer berichtete und was er mitbrachte, war niederschmetternd. Jutta Claricia ordnete an, dass der Truchsess selbst mit den Bauern reden, ihnen ihre Notlage erklären und das Saatgut verteilen müsse. Sie beschloss, dass die Abgaben an den Hof den Bauern bis zur Ernte im Herbst erlassen werden sollen. Mehr konnte sie im Augenblick nicht versprechen.

Hans hatte beim Bau seines Hühnerstalls eine alte Armbrust gefunden. Er bekam die Erlaubnis des Truchsesses, dass er sie behalten durfte, weil er damit die Raubvögel von den Küken abwehren konnte. Der Truchsess gab ihm sogar noch richtige Pfeile dazu. Nun übte Hans jeden Tag, mit der Armbrust zu schießen. Nein, das war nicht einfach, erkannte er schnell. Dann, eines Tages schoss er ein Taube und brachte sie in die Küche. Nach wenigen Tagen war es sogar eine Wildente. Seine Treffsicherheit wurde immer besser. Dann fragte er den Truchsess, ob er in den Wald gehen dürfe, um ein Reh zu erlegen. Der Truchsess erlaubte es und schickte den Küchenmeister mit auf Jagd. Wie erlegt man ein Reh? Hans und der Küchenmeister fanden keine Rehe. Dann hörten sie Wildschweine im Dickicht. Sie schlichen sich an, knieten im Dickicht und Hans zielte mit der Armbrust auf das größte Tier. Die Rotte fühlte sich sicher und unbeobachtet. Die dunklen Tiere waren ein schöner Anblick, aber Hans musste schießen, er musste töten. Hans erlegte das große Tier und die anderen rannten rasch davon. Was für eine Freude auf der Burg.

Es gab Wildschwein gegrillt, gebraten, gekocht, als kalten Braten, Suppe und Schinken. In der folgenden Woche gingen Hans und der Küchenmeister noch einmal auf Jagd und sie erlegten wieder einen Keiler. Das Tier wurde ins Dorf gebracht und dort für die Bauern am Spieß gebraten. Es gab jetzt Fleisch auf der Burg und einmal im Monat wurde auch ein erlegtes Tier ins Dorf gebracht. Aber es fehlte an Mehl für Brot und Brei. Der Küchenmeister schickte alle Kinder in den Wald, damit sie Eicheln sammelten. Am Abend hatte er einen Korb voll. Die Eicheln mussten getrocknet und aufgebrochen werden, das Innere musste gewaschen und zu Mehl zerkleinert werden. Zuerst backte der Küchenmeister einige Plätzchen für die Kinder. Wer Eicheln sammelt, bekommt Plätzchen, hieß es auf der Burg. Auch die Hofdamen sammelten Eicheln.

Dann kam die Zeit der Heuernte. Drei Hofdamen waren erkrankt. Sie sahen blass aus und konnten keine Nahrung bei sich behalten. Jutta Claricia bat alle drei zu sich in die Kemenate. Ihre Kammerfrau schickte sie hinaus. Clementina, die jüngste der Hofdamen, weinte. »Der Ritter Peter hat mich, bevor er zum Kreuzzug aufgebrochen ist, vergewaltigt«, sagte sie. »Er meinte, dass stünde einem Ritter zu, der für die Ehre des Reiches kämpft.« Clementina weinte immer noch. »Ich bin schwanger. Was wird mein Vater sagen. Ich habe die Ehre unseres Hauses beschmutzt. Was soll ich nur tun?« – »Wie alt bist du, Clementina«, fragte Jutta Claricia. »Ich werde im Winter dreizehn Jahre alt.« – »Und ihr?« – »Ida, wie alt bist du?« – »Vierzehn.« – »Und du, Hedwig, wie alt bist du?« – »Auch vierzehn.« – »Wie konnte das geschehen?«, fragte Jutta Claricia. »Die Ritter Ortwin und Friedhelm haben uns gesagt, wir hätten beide etwas im Garten vergessen. Tatsächlich fehlten mein Almosenbeutel und Hedwigs Stickerei. Als wir in den Garten kamen, haben sie gelacht und uns gegriffen, in die Büsche gezerrt und uns vergewaltigt. Jede musste beiden zu Willen sein. Wir lagen nebeneinander und hielten uns an den Händen.« Ida schluchzte. »Dann sagte Ritter Ortwin: ›Das ist keine Vergewaltigung, ihr seid doch von selbst gekommen. Hier sind der Almosenbeutel und die Stickerei, die könnt ihr gerne zurückhaben, die brauchen wir nicht mehr.‹ Er hatte beides in seiner Tasche.« – »Wie sollen wir mit der Schande weiterleben? Ich werde ins Kloster gehen müssen. Zum Glück habe ich noch Geschwister«, sagte Hedwig. Und es klang gut überlegt. Jutta Claricia, die auch erst vierzehn Jahre alt war, saß wie erstarrt auf der Fensterbank. Eine solche Ungeheuerlichkeit auf dieser Burg! Eine solche Ungerechtigkeit, die niemand ahnden würde. Dann machte sie den Vorschlag: »Ihr bleibt hier, bekommt eure Kinder und dann suchen wir euch einen Mann, der euch heiratet. Vielleicht nimmt er euch mit Kind oder wir geben das Kind in Pflege. Wenn jemand von euch zur Adela von Vohburg ins Egerland möchte und dort in Heimlichkeit ihr Kind zur Welt bringen will, helfe ich gern dabei.« – »Bitte, ich möchte gern weg von hier«, antwortete Clementina sofort.

Es war August 1147, als eines Tages eine Fuhre auf den Burghof rumpelte. Jutta Claricia erkannte das Banner nicht und trat vor den Palas, die Gäste zu empfangen. Der Kämmerer stand neben ihr. Ein Bote verneigte sich vor ihr und sagte: »Das schickt Euch Ihre Hoheit, die Herzogin des Egerlandes.« Der Kämmerer ließ den Wagen ausladen und der Truchsess überschlug die Vorräte. Sechs Säcke mit Mehl, Honig, Käse, Öl und Äpfeln. In dem Verschlag auf dem Wagen befanden sich zwei Ziegen. Jutta Claricia bekreuzigte sich und dankte dem Herrn, besonders aber dankte sie Adela. Clementina hatte einen Brief für Adela in ihrem Beutel und fuhr mit dem Wagen zurück ins Egerland. Sie wollte fort von diesem unheilvollen Ort.

Auch sie blickte nicht noch einmal zurück, als der Wagen durch das Tor fuhr.

Nun musste niemand mehr auf der Burg hungern. Jutta Claricia, der Truchsess und der Kämmerer kontrollierten alles genau, jeder hatte zu essen und zu trinken. Die Ziegen gaben Milch, sodass die Kinder und die schwangeren Frauen auch mit Milch versorgt werden konnten. Hans ging regelmäßig mit dem Küchenmeister auf Jagd, mal erlegten sie einen Fasan, Wildenten oder kleine Frischlinge, von denen es genügend gab. Jutta Claricia hatte sich ein Glas Wein aus dem Egerland bringen lassen und prostete ihrer fernen Freundin zu. »Adela, was geschieht mit uns Frauen? Wir sind aus Staub gemacht und wir werden wieder zu Staub werden. Aber was geschieht dazwischen? Gab Gott nicht das Versprechen der gerechten Beurteilung? Wann, wo und wie kommt für uns Gerechtigkeit? Bald liegen wir in der Erde, der Gerechte neben dem Ungerechten, der Schuldige neben dem Unschuldigen, der Christ neben dem Ungläubigen und das Gewürm frisst uns alle auf, bis wir wieder Staub sind, so wie es uns prophezeit wurde.« Jutta Claricia bekreuzigte sich. »Allmächtiger Gott, ich liebe dich, aber es fällt mir schwer zu glauben, dass du mich, die drei schwangeren Hofdamen und Adela auch liebst. Es fällt mir auch schwer zu glauben, dass du das Schicksal von uns Frauen bestimmst. Allmächtiger Gott, erbarme dich unser. Erbarme dich bitte, solange wir leben, Amen.«

Anfang Februar war für die Hofdamen die Zeit ihrer Niederkunft. Hedwig war die Erste. Sie brachte einen gesunden Jungen zur Welt, aber schon am nächsten Tag verließ sie die Burg und ging nach Buchau ins Kloster. Sie wollte ihr Kind nicht sehen, sie wollte fort von der Burg, sie wollte fort aus der Welt. Hedwig entschied sich für die klösterliche Gemeinschaft. Das war von nun an ihre Familie. Eine andere brauchte sie nicht und hier würde man ihr kein Unrecht zufügen. Wenige Tage später kam Ida nieder. Sie lag in ihrer Kammer und schrie. Die Wehmutter aus Göppingen war bei ihr. Idas Vater war ebenfalls angereist, weil Jutta Claricia ihn darum gebeten hatte, aber er wollte seine Tochter nicht sehen. Er wolle nicht der Schande begegnen, sagte er missmutig. Jutta Claricia erklärte ihm die Vergewaltigung, erklärte ihm die Hinterhältigkeit, mit der die beiden Mädchen in die Falle gelockt worden waren, aber der Vater sah nicht das Unrecht und die Unschuld, er sah nur die Schande, die allen Blick auf Vergebung verstellt.

Ida schrie am zweiten Tag noch lauter und noch verzweifelter. Abends kam Gero von Gieswein zu Jutta Claricia und bat, die Heilerin Gunda aus Waiblingen zu holen. »Die Gunda ist die Einzige, die helfen kann, sie hat dem alten Herzog das Leben gerettet, sie hat alle Geburten, auch die Eurer Hoheit, begleitet, holt sie, bevor Ida stirbt«, bat der alte Kämmerer. »Was soll hier eine Heilerin, Ida ist doch nicht krank. Eine Wehmutter ist genug, der Alte weiß doch nicht, was er redet«, sagte Idas Vater. Gero von Gieswein verbeugte sich, als er die Kammer verließ. Jutta Claricia überlegte, sie ist nicht einmal fünfzehn und sie wird sterben, wenn ihr niemand hilft. »Schickt sofort einen Boten mit Wagen nach Waiblingen«, wies sie an und schickte die Kammerfrau zum Truchsess. Spät abends kam Gunda auf der Burg an. Ida schrie nicht mehr. Sie lag ohnmächtig in ihrem Bett. Der riesige Bauch wölbte sich unter der Decke. Die Wehmutter begrüßte Gunda unfreundlich. »Hier kann man nichts mehr machen. Die is hie. Was lässt sie sich auch mit Männern ein. Holen Sie den Abt«, beauftragte sie Gunda. Gunda ging zum Bett, schlug die Decke weg und sah eine riesige Blutlache. Sie hörte den Bauch ab, konnte aber keine Herzgeräusche des Kindes vernehmen. »Das Kind kommt nicht«, sagte die Wehmutter, »ich hole jetzt den Abt wegen der Sterbesakramente.« Dann war die Wehmutter verschwunden. Gunda rief nach einer Hofdame, die ihr bei der Geburt helfen sollte. Aber keine traute sich in Idas Zimmer. »Ich brauche Hilfe, bitte«, rief Gunda laut in den Flur hinaus. Dann kam Ihre Hoheit Jutta Claricia selbst. »Ich werde Euch helfen«, sagte sie. »Ida trägt vermutlich Zwillinge unter dem Herzen. Eines davon ist tot, ich habe keine Herztöne gehört, aber das andere könnte noch leben. Ida ist noch sehr kindlich und zart. Hoffentlich bekommen wir das Kind aus dem Becken, deshalb brauche ich Hilfe.« Ida öffnete für einen Augenblick die Augen und starrte die beiden Frauen an. Gunda bereitete einen Saft für Ida zu und Jutta Claricia gab ihr löffelweise davon zu trinken. Ida wurde wieder bewusstlos. Dann, zwischen Weiten, Drücken und Ziehen hielt Gunda das tote Kind in den Händen. Und wirklich, da gab es noch ein Kind. Die beiden Frauen schwitzten und kämpften, langsam ließ die Wirkung des Saftes nach. Ida schrie auf und krümmte sich. »Weiter schnell, wir haben keine Zeit«, sagte Gunda. »Auf los: Gleichzeitig drücken und schieben.« Jutta Claricia tat, wie ihr gesagt wurde. Gunda zog ein kleines Menschlein ins Leben. Es wimmerte kläglich, aber Ida war wieder ohnmächtig geworden. Jutta Claricia wusch das Neugeborene und wickelte es in saubere Tücher. Die Nachgeburtsphase stagnierte. Nichts löste sich von selbst. Gunda musste handeln. Sie entfernte den Mutterkuchen und die Fruchtblase aus der Gebärmutter. Ida kam zu sich und schrie vor Schmerzen. »Ida, du hast einem kleinen Mädchen das Leben geschenkt«, sagte Jutta Claricia und legte ihr das kleine Bündel auf die Brust. Ida beruhigte sich. »Sie soll Beatrix heißen, das war der Name meiner Mutter«, sagte sie. Gunda setzte sich zu Ida ans Bett und schaute sie an. »Ihr hattet eine schwere Geburt, manches ist in Eurem Bauch jetzt nicht mehr so, wie es einmal war. Ida, ich muss Euch sagen, dass Ihr keine Kinder mehr bekommen könnt, aber Ihr werdet leben.« Als das kleine Mädchen auf Idas Brust sich bewegte, huschte ein Lächeln über ihr Gesicht. Ihr Vater fragte nicht nach Ida und dem Kind. Er reiste wortlos ab.

»Bitte, Gunda, trinkt mit mir einen Becher Wein«, sagte Jutta Claricia. »Wir haben zusammen ein Kind auf die Welt geholt und wir haben einer Frau das Leben gerettet, das verbindet.« – »Was wird aus Ida, wenn ihr Vater und ihre Familie sie verstößt?«, fragte Gunda. »Sie bleibt mit dem Kind hier bei mir. Vielleicht hätte ich mehr achtgeben sollen auf die Mädchen, aber ich hatte mir solche Gemeinheit und Brutalität einfach nicht vorgestellt. Sozusagen ist es auch mein Kind, die kleine Beatrix.«

Zum Fest der Auferstehung des Herrn kam erneut ein vollbeladener Wagen aus dem Egerland. Die gute Adela hatte wieder Mundvorräte, Wein und Öl sowie Säcke mit Mehl und sogar Saatgut für die Bauern geschickt. Der Bote gab Jutta Claricia einen Brief.

Liebe Schwägerin, leider muss ich dir berichten, dass wir die kleine Clementina am Letzten des Februars begraben haben. Sie konnte das Kind nicht gebären. Es starb im Mutterleib und Clementina starb wenige Tage danach.
Es tut mir aufrichtig leid. Gott möge dich behüten.
Ich umarme dich, deine Adela

Das Frühjahr 1148 war kalt und regnerisch. Immer wieder schneite es. Der Bodenfrost hielt bis in den April hinein die Bauern von der Feldarbeit ab. Jutta Claricia unterstützte immer noch die Dorfbewohner. Auf der Burg hatte sich das Leben dank Adelas Unterstützung gebessert. Trotzdem gingen Hans und der Küchenmeister einmal in der Woche auf Jagd. Außerdem betreute Hans seine Hühner und hatte soeben dem Truchsess den Vorschlag unterbreitet, demnächst zwei Glucken auf Eiern brüten zu lassen. Das würde den

Hühnerbestand in einem halben Jahr auf ungefähr vierzig bis fünfundvierzig Hühner und Hähne vermehren. Dann könnte man auch mal die alten Hühner schlachten. Der Truchsess nickte.

Jutta Claricia war mit ihrem Pferd im Dorf unterwegs. Sie wollte selbst sehen, was den Dörflern fehlte. Sie ritt die kleine Straße zwischen den Häusern der Bauern entlang. Kein Hund, keine Katze, nichts begegnete ihr unterwegs, außer einem eisigen Wind. Wieder begann es zu schneien. Als sie zurückritt, traf sie am Ende des Dorfes einen Bauern, den sie fragen konnte, warum das Dorf wie ausgestorben aussah. Der Bauer kniete sich nieder, »Verzeiht, Hoheit, sie sind alle zu Hause und frieren«, sagte er. »Gibt es hier keine Hunde und Katzen mehr im Dorf?«, wollte Jutta Claricia wissen. »Nein, Hoheit, die wurden geschlachtet, weil die Menschen das Fell brauchten, um nicht zu erfrieren.« Wieder war Not und wieder musste sie handeln. Jutta Claricia trieb ihr Pferd an. Im Galopp erreichte sie das Burgtor. Sie ließ den Kämmerer und den Truchsess rufen. Mit knappen Worten berichtete sie Gero von Gieswein und Enzo von Speyer von der Situation im Dorf. »Haben wir trockenes Holz, das wir entbehren können?«, fragte sie die beiden. »Ja«, sagte der Truchsess »wir haben viel Holz liegen. Aber wenn wir das weggeben, was verbrennen wir dann im Herbst und Winter?« Der Kämmerer hatte die Idee: »Wir geben ihnen einen Wagen voll Holz, damit niemand erfriert. Wer Holz bekommen hat, muss im Sommer vor der Ernte im Wald mithelfen, einen Wagen voll Holz für die Burg zu sammeln.« So wurde es gemacht.

Spät konnte die Saat eingebracht werden. War es schon zu spät?, fragten sich viele. Dann zeigte sich, dass alles in diesem Jahr später war, aber, Gott sei gedankt, nicht zu spät. Sommer und Herbst entschädigten die Bauern für das verlorene Frühjahr. Es gab eine gute Getreideernte und es gab viel Obst. Äpfel, Birnen und Pflaumen hingen überall. Der Küchenmeister und die Köchin hatten alle Hände voll zu tun. Das Vorratslager auf der Burg füllte sich endlich wieder. Es schien, als hätte die Not ein Ende. Den Menschen dort, auch den Dörflern, ging es wieder besser. Nur Ida und ihre kleine Beatrix kränkelten. Jutta Claricia befragte den Kämmerer, ob noch genug Schmuck vorhanden sei, dass sie eine Kuh kaufen könnten. Gero von Gieswein nickte. »Hoheit, wir haben noch den Schmuck von Adela von Vohburg. Sollen wir diesen oder ein Teil davon verkaufen? Ich könnte mich kundig machen, was eine Milchkuh kostet.« Jutta Claricia nickte und wickelte sich in eine Decke. Kaum hatte sie sich vor den Kamin gesetzt, bekam sie plötzlich Schüttelfrost. Sie ist krank, dachte der alte Kämmerer besorgt. »Bitte, Gero von Gieswein, wir brauchen eine Milchkuh«, antwortete sie müde. Der Kämmerer schickte einen Boten mit Wagen zu Gunda und bat sie zu kommen. »Ihre Hoheit hat Fieber und Schüttelfrost«, ließ er ausrichten. Er selbst nahm einige Schmuckstücke aus dem Almosenbeutel und ritt los, um eine Milchkuh zu kaufen.

Das Jahr 1148 ging mit klirrender Kälte zu Ende. Jutta Claricia hatte einen körperlichen Zusammenbruch. Sie war durch die Sorgen und den Hunger so sehr erschöpft, dass die Kräfte sie verließen. Gunda blieb bei ihr. Sie kümmerte sich auch um Ida und ihr Kind. Der Kämmerer hatte endlich in Schorndorf eine Milchkuh aufgetrieben. Ein Glücksfall für ihn, der Bauer, dem sie gehört hatte, war gestorben und sein Sohn wollte ins Kloster gehen. Von nun an bekamen die Kinder und die Alten jeden Tag Milch, Ida und Ihre Hoheit erhielten Milch mit Honig.

Jutta Claricia dachte schon lange nicht mehr an Ritter Roland aus dem Epos. Sie hatte die Ritter, die in den Krieg zogen oder ziehen mussten kennengelernt. Nichts war daran bewundernswert. Hatte denn der Sänger niemals ein Land gesehen, das ein Heer aufstellen musste? Die Dörfer und Städte waren ausgeblutet und die Menschen in Armut und Not gestürzt. Von Verzweiflung und Elend sollte er singen und berichten! Jutta Claricia war verzweifelt. Sie wünschte sich jeden Tag das Ende des Kreuzzuges herbei und sie wünschte sich sehnlichst, dass ihr Verlobter gesund zurückkäme und sie mit ins unbekannte ferne Thüringen nähme. Sie gehörte dorthin. Schwaben war ihr Zuhause, als ihr Vater und ihre Mutter noch lebten. Als sie sorglos sein konnte, bei diesem Gedanken bekreuzigte sie sich rasch. Zwei Jahre sind die Eltern jetzt tot und alles hat sich seitdem verändert. Jetzt gehört Schwaben ihrem Halbbruder Friedrich und sie beide haben unterschiedliche Vorstellungen von der Zukunft. »Nein, mein künftiges Leben wird in Thüringen sein, auch wenn es eine Burg aus Holz ist«, beschloss sie und freute sich auf einen Neuanfang.

Dann endlich, im Sommer des Jahres 1149, kam Friedrich II. von Schwaben vom Kreuzzug zurück auf seine Burg Hohenstaufen. Den meisten Hofdamen und fast allen Mägden musste er berichten, dass ihre Männer für Gott, den Allmächtigen, und für die Christenheit im Kampf gegen die Muslime gefallen waren. Die Frauen weinten und waren verzweifelt, weil sie ihre Zukunft verloren hatten. Keine von ihnen wusste, wie es mit ihnen weitergehen sollte. Der Herzog aber ließ Wein und Wildbret kommen und tafelte tagelang mit seinen Freunden im Palas. »Wir haben viele Gefahren erlebt und mussten schwere Kämpfe bestehen. Kommt, lasst uns feiern«, sagte Friedrich in die fröhliche Runde seiner Anhänger.

Als die Geschwister endlich allein waren, fragte Jutta Claricia nach ihrem Verlobten Ludwig II. von Thüringen. »Ja, der lebt und ist nach Thüringen aufgebrochen. Er hat sich mutig geschlagen – ist ein guter Kämpfer vor Damaskus gewesen«, antwortete ihr Halbbruder. Dann fragte sie nach den Rittern Peter von Rosen, Ortwin von Studt und Friedhelm von Mosbach. »Sie sind tot, aber wo sie gefallen sind, weiß ich nicht mehr. Was willst du von ihnen?«, fragte Friedrich zurück. »Du solltest sie bestrafen, sie haben brutal Hofdamen vergewaltigt, bevor sie losgezogen sind«, erklärte Jutta Claricia. Friedrich lachte. »Ach so, du musst das verstehen, die Männer wollten nur noch einmal Spaß haben.« Jutta Claricia wandte sich von Friedrich ab, um ihre Wut zu verbergen. »Wenn des einen Spaß für den anderen den Tod bedeuten kann, ist das schreiendes Unrecht«, sagte sie und verließ den Palas. Dass die Ritter ihren Tod gefunden hatten, änderte nun auch nichts mehr. Sie hatten die jungen Mädchen mutwillig und egoistisch zerstört. Vielleicht hatte Gott bei ihnen diesmal Gerechtigkeit geübt, grübelte Jutta Claricia auf dem Weg in ihre Kemenate. Sie setzte sich ans Fenster und schaute hinunter auf den Hof. Chaos überall. Befehle, Geschrei und wütende Erwiderungen. Nein, dass alles hier waren nicht mehr ihre Aufgaben. Ihre Zukunft und ihre Hoffnung lagen in Thüringen. Ihr Verlobter Ludwig II. lebte. Er war zurückgekommen, das war ein Grund, sich zu freuen. Aber ob ihr Verlobter sich auch so verändert hatte wie Friedrich? Nein, das wollte sie sich nicht vorstellen. Was war bloß aus ihrem Halbbruder geworden? Er hatte nicht einmal gefragt, wie es ihr ergangen ist, wie sie die Not überstanden hatten. Mit keinem Wort hat er nach seiner Gemahlin Adela gefragt. Sie war aufgeregt und die Hände fühlten sich schweißig an. Ich werde jetzt für mich eine Entscheidung treffen, beschloss sie, stand auf und ging zu Friedrich zurück in den Palas. »Ich werde im nächsten Jahr siebzehn und ich will zu meinem Geburtstag meinen Verlobten heiraten. Ich möchte möglichst bald zu ihm nach Thüringen gehen.« – »Einverstanden, mit Ludwig kommt einer der besten Ritter in die Familie und das

Bündnis mit Thüringen macht uns noch einflussreicher und stärkt uns kämpferisch.« Mehr sagte Friedrich II. nicht dazu. Jutta Claricia begann zusammen mit ihren Hofdamen Hochzeitsvorbereitungen zu treffen. Da wurden Kleider aufgetrennt und neu zugeschnitten, Spitzen und Bordüren verändert. Als ihr königlicher Oheim wenige Tage später auf die Burg kam, war die Aussteuer fertig genäht und bereits in einer großen Truhe verpackt.

König Konrad III. versprach ihr, dass er als ihr Vormund sie selbst im Dom zu Erfurt zum Traualtar führen und die Trauformal für sie sprechen würde. Jutta Claricia kniete vor ihrem Oheim nieder und dankte ihm. Sie blieb auf den Knien und hätte ihn gern um etwas gebeten, aber es war unschicklich und anmaßend. Doch dann fragte er sie direkt: »Was gibt es, das du mich fragen oder um das du mich bitten willst? Sei im Namen meines Bruders und deines Vater Willen aufrichtig zu mir. Komm, setzen wir uns ans Fenster.« Jutta Claricia erzählte ihrem alten Oheim von den Sorgen und Nöten der vergangenen Jahre auf der Burg. Sie erzählte ihm auch, wie der alte Kämmerer Gero von Gieswein und der Truchsess Enzo von Speyer ihr treu zur Seite gestanden und immer geholfen hatten. »Ja, der alte Gero von Gieswein, der hat meinem Bruder treu gedient und hat ihm sogar mit einer Heilerin das Leben gerettet, den kenne ich. Und den Enzo von Speyer kenne ich auch, sein Vater war schon bei unserem Vater im Dienst, wir sind hier auf der Burg zusammen aufgewachsen. Was ist mit beiden?« Jutta Claricia holte tief Luft, dann sagte sie geradeheraus: »Sie passen nicht zu meinem Halbbruder. Sie haben mich gebeten, sie zu entlassen. Sie wollen weg von der Burg.« Jutta Claricia schwieg und schaute in ihren Schoß. Sie hatte schon zu viel gesagt. Das war ihres Standes nicht angemessen. Würde der Oheim sie jetzt tadeln? Die Minuten schlichen dahin. Dann richtete sich der Oheim auf: »Was hälst du davon, wenn ich sie als Burgvögte einsetze? Sie werden dann königliche Ministeriale und können für sich selbst sorgen.« Jutta Claricia wollte sich wieder niederknien und Dankbarkeit zeigen, aber ihr Oheim hob sie auf und umarmte sie. »Ich verstehe dich sehr gut, du bist wie dein Vater. Umsichtig und verantwortlich. Das gefällt mir. Dein Halbbruder bringt welfischen Charakter mit, er hat nicht unsere schwäbische Lebensart. Schicke mir die beiden herein, damit ich ihnen das Angebot mache.«

ANKUNFT IN THÜRINGEN

Im ersten Monat des Jahres 1150 brachen Jutta Claricia, ihre fünf Hofdamen, dazu Ida mit ihrem Kind sowie zwei Mägde und der Begleitschutz nach Thüringen auf. Zwei Wagen, einer mit den Frauen beladen, der andere mit der Aussteuer und mit Proviant für Mensch und Tier für unterwegs. Jutta Claricia ritt nebenher. Ruthard hatte zwei Knechte ausgewählt, die die Wagen kutschierten und die sich auch auf Reparaturen verstanden, falls es unterwegs notwendig werden sollte. Er ritt allein als Beschützter der Frauen. Sie blieben auf den großen Handelsstraßen über Ulm, Rothenburg, Würzburg und Fulda und übernachteten in Klöstern oder in den Städten. Nach einer Woche hatten sie endlich Fulda erreicht. Es war zwar eisig kalt, aber die Wege waren nicht verschneit. Jutta Claricia beschloss, hier im Kloster zu verweilen und sich für das Treffen mit ihrem Verlobten vorzubereiten. Ruthard sollte allein zur Wartburg reiten und die Ankunft Ihrer Hoheit Jutta Claricia von Schwaben melden.

Was für ein Wald, was für ein Land und was für eine Burg. Er sei zwei Tage geritten, ohne eine Siedlung zu treffen, erzählte Ruthard, als er zurückkam, und den Landgrafen selbst habe er auch nicht gesehen. Der soll bei seinem jüngeren Bruder auf der Burg in Thamsbrück gewesen sein. Er habe mit der Schwester des Landgrafen gesprochen, und die machte einen zugewandten Eindruck. Der König, sagte sie, hätte den Thüringern die Ankunft seiner Nichte bereits angekündigt. Der liebe Oheim, dachte Jutta Claricia, ich bin so froh, dass ich ihn habe.

Ab Fulda ritten sie durch dichten, dunklen und verschneiten Wald. Die Berge stiegen an und die Wege wurden schmaler und holpriger. Links der Felsen und rechts ein Abgrund. Schneeglätte überall. Die Pferde gingen vorsichtig, bei jedem Schritt suchten sie Halt. Die Knechte waren abgestiegen und führten die Tiere. Dann ging es steil abwärts. Die Wagen mit ihrer Last schoben sich ins Tal hinab, sodass die Pferde sie nur mit großer Mühe halten konnten. Das hier soll ein wichtiger Handelsweg sein, überlegte Jutta Claricia. Sie durchquerten ein enges Tal und einen steinigen zugefrorenen Bachlauf. Das Eis hielt nicht. Der Wagen mit der Aussteuer sank auf einer Seite ein und die Pferde zogen forsch an, dem Ufer entgegen. Kaum atmeten die Kutscher auf, als es knirschte und am Wagen ein Rad brach. Der Kutscher hatte, als sie mit Tempo aus der Furt herausfuhren, einen zugeschneiten Feldstein übersehen. »Das Rad ist entzwei«, sagte er, »aber wenigstens ist die Truhe nicht in den Bach gekippt.« Es half nichts. Sie mussten eine Rast einlegen. Ruthard entzündete ein kleines Feuer, damit die Damen sich wärmen konnten. Die Wärme reichte nur für die Hände. Die Knechte entluden den Wagen, entfernten das kaputte Rad und packten passendes Holz, Streben und Werkzeuge aus. Die zerbrochene Strebe wurde ersetzt und bald war das neue Rad fertig, die Fahrt konnte fortgesetzt werden. Es ging weiter, hinauf zum Pass. Jutta Claricia war aufgeregt. Von oben könne man die Burg sehen, hatte Ruthard gesagt. Die Gespanne quälten sich die Steigung hinauf. Die Hofdamen mussten laufen, trotzdem mussten immer wieder Pausen eingelegt werden, damit die Pferde sich erholen konnten. Es waren Stunden vergangen. Dann endlich erreichten sie ein kleines Hochplateau. Wieder eine Pause für Mensch und Tier. Hier endlich sah Jutta Claricia eine kleine dunkle Spitze, die am Horizont in den Himmel ragte. Es war die Spitze eines Burgturms. Die der Wartburg. Jetzt waren alle gespannt und drängten zur Eile. Ruthard trug das Banner der Schwaben voran. Landgraf Ludwig II. ritt mit einem großen

Gefolge seiner Braut entgegen. Jutta Claricia war erfreut über das herzliche Willkommen auf der Wartburg. Nebeneinander ritten sie die Schanze hinauf, durch das dreitorige Burgtor unter dem Torhaus hindurch und erreichten den Hof der Vorburg. Vorbei am Ritterhaus, der Vogtei und dem Wehrgang überquerten sie den länglichen Burghof. Die Torhalle zur Hauptburg stand offen. Ein großer Burghof lag vor ihnen. Gleich neben dem zweiten Torhaus befanden sich der Bergfried und dahinter die Gebäude des Landgrafen und der Palas. Gegenüber dem Palas stand das Gadem, das Gästehaus. Am südlichen Ende des Burghofes ragte der große Südturm weit über die Burgmauern hinaus. Tatsächlich war die Burg aus Holz und sie war viel kleiner als Hohenstaufen, aber alles war sauber, gepflegt und strahlte Gemütlichkeit aus. Ludwig hielt selbst den Steigbügel, als Jutta Claricia abstieg. Er war ein wenig größer als sie und von kräftiger Statur. Sein Gesicht war länglich und eher schmal zum Kinn zulaufend. Unter einer hohen Stirn hatte er große blaugraue Augen, in denen etwas Warmherziges leuchtete. Unter und neben den dunklen Augenbrauen zeigten sich erste Fältchen. Seine Mundwinkel zuckten bisweilen nach oben und zeigten rechts und links Grübchen in den Wangen. Schwarze gewellte Haare fielen auf seine Schultern herab. Er war nicht eigentlich schön, aber er wirkte freundlich und ihr ehrlich zugetan. Dann reichte er ihr seine Hand und begleitete sie in den Palas. Wie er auf sie achtete und sie führte, zeigte ihr eine gewisse Fürsorge und Behutsamkeit. Jutta Claricia gefiel, wie er sie trotz höfischer Sitte behandelte und es gefiel ihr auch, wie er sie zwischendurch mit einem Lächeln beschenkte. Vor dem Palas erwartete sie eine junge Frau, die Jutta Claricia den Willkommenstrunk reichte und niederkniete. Das ist meine jüngste Schwester, sagte Ludwig mit einer tiefen, aber angenehm klingenden Stimme. Das ist Mechtild. Sie wird in wenigen Wochen Graf

Dietrich von Werben heiraten. Dann gibt es noch die Schwestern Cäcilia und Jutta, die beide in Böhmen verheiratet sind, und Adelheid, die hier im Kloster lebt. Im Palas brannten Kerzen und Fackeln und beleuchteten die aus dunklem Holz gefertigten Schnitzereien an den Stühlen, an der Decke und an den Wänden. Alles passte gut zusammen. Es war wie eine Harmonie aus verschiedenen Holztönen. Es gefällt mir hier, dachte Jutta Claricia. Als sie Platz genommen hatten, schenkte Ludwig II. ihr einen goldenen, mit Edelsteinen besetztem Armreif und einen golddurchwirkten blauen Seidenstoff. Was für ein Blau? Wusste er, dass sie Blau liebte? Im Kamin loderte das Feuer und die Hofdamen konnten sich endlich aufwärmen. Der Mundschenk brachte heißen Würzwein und dann begann im Palas das erste gemeinsame Abendessen. Jutta Claricia war in einem fremden Land, an einer fremden Tafel, bei fremden Menschen angekommen, aber sie spürte Hochachtung, Freundlichkeit und Herzlichkeit. Ludwig II. erzählte, dass seine Mutter, als er auf dem Kreuzzug war, vor zwei Jahren gestorben war. Sie hatte wenige Monate vorher das Chorfrauenstift Annaberg gestiftet und war dann nicht wieder nach Hause zurückgekehrt. Es war ihm anzumerken, dass er noch immer um seine Mutter trauerte. Jutta Claricia erzählte von ihren Eltern, die gestorben waren, bevor der Kreuzzug begann. Ludwig II. lächelte sie wieder an. »Wir werden einander trösten«, sagte er. Sie nickte ihm zu. Nach dem Abendessen führte er Jutta Claricia durch die Burganlage und zeigte ihr das Obergeschoss des Palas. Hier war die Kapelle und von hier aus gelangte man auch zu den Frauenräumen. Müde und voller Eindrücke zog sich Jutta Claricia in ihre Kemenate zurück. Ihre Leibdienerin hatte ihr einen heißen Stein ins Bett gelegt, zwei Kerzen angezündet und sich in ihre Ecke zurückgezogen. Im Kamin brannte noch ein dickes Holzscheit. Das ist die erste Nacht in meinem neuen Zuhause. Er ist freundlich zu mir und es ist schön hier, dachte Jutta Claricia und fiel in einen erholsamen Schlaf.

Die Frauengemächer waren geschmackvoll hergerichtet. Durch die bunten Fensterscheiben leuchtete der neue Tag herein. Was würde dieser Tag bringen? Der Landgraf Ludwig war gestern so freundlich und fröhlich, das war ihr Halbbruder manchmal auch, aber dann konnte er auch hartherzig und rücksichtslos sein. Sind alle Männer so? Wäre Ludwig auch hartherzig wie Friedrich? Sie wusste es nicht. Die Unwissenheit machte ihr plötzlich Angst. Sie ging zum Fenster, um sich abzulenken, setzte sich auf die kunstvoll geschnitzte Fensterbank und schaute hinab ins verschneite Tal. Was für eine schöne Siedlung sah sie dort. Sie suchte mit den Augen den Horizont ab, der im schneebedeckten Wald versank. Es klopfte leise und die Leibdienerin meldete Seine Hoheit Landgraf Ludwig. »Ich bitte, mein Eindringen zu entschuldigen«, sagte er. »Das entschuldige ich gern«, antwortete Jutta Claricia. »Was ist das für eine schöne Siedlung dort unter im Tal?«

Ludwig II. trat zu ihr und zeigte nach links, zu einem Gehöft, das etwas abseits lag und erklärte: »Dort hat der Ritter Bertold von Esinacha, ein erzbischöflicher Ministeriale, gelebt. Er ist vor wenigen Wochen gestorben und seine Grablege erfolgte in Fulda.« Ludwig erzählte, dass er beabsichtige, die Siedlung Eisenach zu stärken, denn sie liegt an dem wichtigen Ost-West-Handelsweg. Jutta Claricia interessierte sich sehr für seine Pläne, nur wagte sie nicht, ihre Gedanken dazu zu sagen oder eigene Vorschläge zu machen. Sie war nur eine Frau und Frauen hatten von so etwas nichts zu verstehen. Also schwieg sie.

Ludwig erzählte weiter. »Ich dachte, wenn wir heiraten, sollten wir der Siedlung das Recht der Münzprägung gestatten. Sie könnten Hohlpfennige mit deinem und meinem Bildnis anfertigen?«

Das war eine direkte Frage an sie. Niemand hatte sie jemals gefragt, wenn Männer anwesend waren. Jutta Claricia errötete. »Verzeiht, aber ich bin nicht gewöhnt, gefragt zu werden«, antwortete sie unsicher. Ludwig legte seine Hand auf ihren Arm. »Du bist bald die Landgräfin dieses Landes, du bist nicht nur meine Gemahlin. Mich interessiert, was du denkst.« Da huschte zum ersten Mal, seit sie auf der Burg war, ein Lächeln über ihr Gesicht. Ludwig sah es und er freute sich. Er trat näher zu ihr heran und zeigte aus dem Fenster. »Dort, ganz links, siehst du den Hellgravenhof, den Ministerialensitz. Gegenüber auf der anderen Seite der Siedlung, direkt an der Stadtmauer, steht die Nicolaikirche mit dem seit einem Jahr bestehenden Nonnenkloster. In dem Kloster ist meine Schwester Adelheid Äbtissin. Du siehst das Tor daneben, hier geht der Handelsweg entlang. Es ist der Handelsweg, der von Leipzig kommt. Du musst wissen, in Leipzig treffen zwei große Handelswege zusammen. Einer, der aus dem Osten, aus Breslau, kommt und der andere, der aus dem Norden, von der Ostsee, kommt. Dann führt dieser große Handelsweg über Naumburg, Erfurt und Gotha bis nach Eisenach. Hier in Eisenach trennen sich die Handelswege wieder. Von hier geht ein Handelsweg nach Süden, Richtung Bamberg, und der andere geht nach Westen, nach Köln. Siehst du den Marktplatz und dort die kleine Gasse der Goldschmiede, daneben die Judengasse und die Gassen der Weber und Färber? Den südlichsten Teil der Siedlung bilden die Klöster der Dominikaner und der Franziskaner.« Ludwig schwieg und schaute sie an. »Ich danke Euch, mein Herr«, sagte Jutta Claricia höflich und senkte den Blick. »Wenn du möchtest, können wir gern zusammen hinunterreiten und ich zeige dir die Siedlung«, fuhr er fort. Wieder huschte das Lächeln über ihr Gesicht und Ludwig gefiel es. »Was hälst du von morgen Vormittag?«

Sie ritten hinab in die kleine Siedlung und besuchten die Nicolaikirche. Jutta Claricia kniete nieder und betete am Altar. Adelheid empfing ihren Bruder und seine Verlobte herzlich. Sie zeigte stolz die Steinmetzarbeiten für den Kreuzgang. Dann gingen sie die kleinen Gassen entlang und kamen zum Markplatz. Die Pferde hatten sie dem Geleitschutz übergeben. Die Menschen, die hier handelten, sprachen einen fremden Dialekt mit einem tiefen und rollenden R, aber sie wirkten sehr freundlich und ehrlichen Herzens ehrerbietig gegenüber ihrem Landesherrn. Jutta Claricia kaufte eine kleine Holzschnitzerei, die aussah wie ein Drache, es sollte für die Tochter von Ida sein, dann suchte sie für sich das blaue Tuch aus. Was für eine herrliche Farbe, war dieses Blau. Ludwig II. erklärte ihr, dass es das Blau ist, das aus Waid gewonnen wird. »Waid ist eine Pflanze, die hier wächst und viele Händler kommen zu uns und kaufen das blaue Tuch.« Der Händler verbeugte sich vor Ludwig und fragte, ob er das Tuch Ihrer Hoheit schenken dürfe. Ludwig kaufte ihm einen ganzen Ballen von dem blauen Tuch ab und bezahlte großzügig. »Das ist für die Hofdamen«, sagte er, »sie können sich damit einkleiden.« Wieder musste Jutta Claricia an ihren Halbbruder denken. Würden die Bauern in seinem Dorf ihm auch so freundlich begegnen? Würde er auch so großzügig sein? Als sie zur Burg zurückkamen, war ein Bote des Königs eingetroffen. Ludwig II. empfing ihn im Palas und Jutta Claricia zog sich zurück. Beatrix ergriff die kleine Tierfigur und sagte »Wau.« – »Es sollte eigentlich ein Fabeltier sein«, meinte Jutta Claricia, »aber von jetzt an ist es ein Hund.« Die Hofdamen bewunderten das blaue Tuch. Es war eine Aufregung in den Frauengemächern, doch plötzlich kam der Kämmerer herein und bat Jutta Claricia in den Palas zu seinem Herrn.

Im Palas waren der Bote des Königs und Landgraf Ludwig. »Ich habe dich hergebeten, verehrte Jutta Claricia, weil der König uns beiden eine Botschaft geschickt hat«, sagte Ludwig und fuhr fort, »König Konrad wird im März in Merseburg einen Hoftag abhalten und auf dem Rückweg Ende März über Erfurt reisen. Er schlägt uns vor, dass uns der Erzbischof Heinrich I. von Mainz im Dom zu Erfurt traut. Der König wird dich selbst zum Altar führen wollen, an seines Bruders, deines Vater statt.« Jutta Claricia bekam vor Freude rote Wangen, es schickte sich nicht, seine Gefühle zu zeigen, aber das Leuchten und die Freude in ihrem Gesicht, konnte sie nicht verbergen. Ludwig schaute sie an und er war sich sicher, eine wirklich gute und schöne Frau zu bekommen. Sie war klug, zurückhaltend und schöner, als er sie sich je vorgestellt hatte. Wenn sie lächelte, ging ein Zauber von ihr aus. Ludwig zögerte nicht lange, er schaute ihr in die Augen und gab dem Boten den Auftrag auszurichten, dass sie beide gern dem Vorschlag des Königs folgen wollen und Ende März Seine Königliche Hoheit und den Erzbischof von Mainz im Dom zu Erfurt erwarten würden.

Jutta Claricia begann mit den Hochzeitsvorbereitungen. Mechthild, ihre künftige Schwägerin, half ihr und bei dieser Gelegenheit lernten sich die jungen Frauen kennen. Mechthild war klug und hatte eine fröhliche Lebensart. Sie lachte gern, konnte aber auch schnell die Gedanken anderer erfassen. Sie liebte die Literatur und sagte den Hofdamen von ritterlicher Minne und der kleinen Beatrix von allerlei Tieren viele Verse auf.

Dann, Ende März, kam der große Tag und sie brachen eines Morgens zeitig mit dem ganzen Hof nach Erfurt auf. Am Nachmittag kamen sie vor den Stadttoren an. Durch das im Westen gelegene Brühler Tor gelangten sie an der Martinskirche vorbei geradewegs zu einem Berg, auf dem der Dom stand. Was war das für eine große schöne Stadt. Sie ritten zum Brühlmarkt. Rechts die Anhöhe, der Petersberg mit dem Kloster Peter und Paul und mit der wunderschönen von außen bunt bemalten Peterskirche. Hier war die Kaiserpfalz. Ihr Oheim König Konrad III. würde hier mit seinem Hof einkehren. Überrascht hielt Jutta Claricia vor den großen Stufen, die hinauf zum Dom und zum Severistift führten, ihr Pferd an. Morgen oder übermorgen würden sie und Ludwig hier getraut werden. Jutta Claricia dachte an ihren Vater und ihre Mutter, die sie gern dabeigehabt hätte. Sie dachte an die Vermählung ihrer Schwester Bertha mit Matthäus I. von Lothringen, damals hatte die ganze Familie zusammen gefeiert. Traurigkeit überfiel sie. Mechthild ritt neben ihr. »Denkst du an deine Familie?«, fragte sie leise. »Ja, ich wünschte, sie wären hier«, erwiderte Jutta Claricia. »Sie haben den Weg für dich bis hierher geebnet, nun musst du ihn allein gehen. Zeige ihnen, dass du es schaffst. In deinem Herzen sind sie bei dir«, dann schwieg Mechthild wieder. Ja, sie hat recht, dachte Jutta Claricia, ich schaffe es allein.

Obwohl der März des Jahres 1150 fast vorbei war, fielen am Tag der Vermählung dicke Flocken. Man sah es Mechthild und den Hofdamen an, dass sie froren. Jutta Claricia trug ein dunkelblaues Seidenkleid, aus dem Stoff, den Ludwig ihr bei ihrer Ankunft geschenkt hatte. Das Kleid ließ den Blick auf eine breite Goldborte des Unterkleides frei. Auch das Obergewand war an den stark nach unten erweiterten Ärmeln mit der gleichen Borte verziert. Ebenfalls dunkelblau, mit Goldfäden durchwirkt, vervollkommnete der Radmantel mit der goldenen Fibel ihre Kleidung. Die Fibel hatte Mechthild ihr geschenkt. Sie hatte die Form zweier übereinanderliegender Dreiecke. Jutta Claricia ließ ihre blonden Locken über den Rücken herabwallen. Sie wusste, diese Mähne war nicht zu bändigen. Der Mittelscheitel teilte die Locken. Ein schmaler Stirnreif aus Gold, den Ludwig ihr geschenkt hatte, und der zu ihrem Armreif passte, war ihr ganzer Schmuck. Es war, Mechthilds Fibel mitgerechnet, auch ihr einziger, aber daran wollte sie jetzt nicht denken.

An der Seite ihres Verlobten stand sie frierend, aufgeregt und ängstlich vor dem Altar. Der alte Erzbischof Heinrich I. von Mainz hatte die Messe gelesen. Dann trat ihr Oheim, König Konrad III., neben sie an den Altar und sprach für alle hörbar zu Landgraf Ludwig II. gewandt:

»Ich befehle als Vormund der Braut, mein Mündel Jutta Claricia zu Eurer Treue und zu Eurer Gnaden. Ich bitte Euch um der Treue willen, mit der ich sie Euch befehle, dass ihr ein rechter, gnädiger und sorgender Gemahl ihr seid. Ich befehle Euch zusammen auf thüringischer Erde, dass Euer keines das andere lassen soll um Liebe noch um Leid, noch um keinerlei Ding, das Gott, der Allmächtige, ihm beschieden oder noch bescheiden mag.«

Der Erzbischof legte beider Hände ineinander und segnete sie. Dann segnete er alle Anwesenden. Landgraf Ludwig II. von Thüringen und Jutta Claricia von Schwaben waren nun vor Gott und der Welt vermählt.

Die fröhliche Feier fand am nächsten Tag auf der Wartburg statt. Der Truchsess hatte den Palas festlich schmücken lassen. Es waren Wildbret und Wein in großen Mengen bereitgestellt. Unter den vielen Gästen war auch Jutta Claricias Halbbruder Friedrich von Schwaben. Vom Hoftag in Merseburg kommend, wollte er am nächsten Tag nach Bamberg weiterreiten. Friedrich gratulierte dem Brautpaar und schlug jovial seinem Freund Ludwig auf die Schulter. »Die Ehe ist wie eine Schlacht, man siegt oder verliert«, sagte er und prostete seinen Freunden zu. Jutta Claricia vermied es, nach Adela zu fragen, und sie wollte auch nicht wissen, wie es zu Hause auf der Burg zugeht. Zu Hause – nein, das war nicht mehr ihr Zuhause, erkannte sie und die Worte blieben ungesagt.

Aber als hätte Friedrich ihre Gedanken gelesen, sagte er, als er neben ihr stand: »Es hat sich manches auf der Burg getan. Der alte

Gero und der alte Enzo sind weg. Das langsame Dahinschlurfen und ständige Hüsteln konnte ich nicht mehr ertragen. Der Küchenmeister und ein Junge waren eines Tages auch verschwunden. Ruthard den Stallknecht, den du kennst, habe ich entlassen müssen, weil er so stark hinkte. Ach, und dann gab es in Waiblingen ein großes Feuer, die halbe Stadt ist abgebrannt. Viele Menschen sind in die Kirche geflüchtet, aber die ist zusammengestürzt und hat sie erschlagen.«

Jutta Claricia wurde schwindlig. Kalter Schweiß rann ihren Rücken herab. Der Kloß im Hals drohte, sie zu ersticken. Sie griff unter der Tafel nach der Hand ihres Gemahls und hielt sich fest. Ludwig sah und spürte, dass etwas seine Gemahlin verletzt hatte, und es tat ihm leid. Bald hob er die Tafel mit dem Hinweis auf, dass zahlreiche Gäste morgen einen weiten Weg hätten. Wer aber trotzdem weiterfeiern möchte, durfte dies gern tun. Bemerkungen wegen seiner Eile ins Brautbett zu gelangen, ignorierte Ludwig. Er wollte mit Jutta Claricia allein sein, er wollte ihren Schmerz verstehen und sie trösten. Als sie im Brautgemach waren, schickte er die Leibdiener hinaus. Sie setzte sich auf sein Bett und konnte ihre Tränen nicht mehr zurückhalten. Sie weinte ihre ganze Verzweiflung heraus. Ludwig hielt sie in seinen Arm und wiegte sie wie ein Kind. Sie hatte sein Bett gewählt, dachte er, sie will meinen Schutz, sie braucht mich. Bald wurde es in der Stube kalt, das Feuer im Kamin war ausgegangen, auch die Kerzen waren heruntergebrannt. »Komm, wir legen uns hin und decken uns zu. Ich behalte dich fest in meinem Arm.« Sie lagen beieinander. Die Dunkelheit kroch aus allen Ecken und verschluckte alles Tröstliche. Draußen pfiff laut der Wind, der sich um die Burg wickelte. Jutta Claricia weinte nicht mehr, sie versank in Ludwigs Nähe in ein neues Leben. Ludwig konnte sie wärmen und trösten. Leise begann sie zu erzählen von Ruthard, Gunda, Gero, Enzo und von Hans, dem Jäger und Erbauer des Hühnerstalls.

Stunden waren vergangen. Der Kloß in ihrem Hals hatte sich aufgelöst und der Druck in ihrer Brust war verschwunden. Ludwig küsste sie zärtlich. »Wir werden sehen, wie wir helfen können.« Jutta Claricia schlang ihre Arme um seinen Hals und gab ihm einen leidenschaftlichen Kuss. Sie liebte ihn und sie spürte seine Liebe.

Er ist nicht wie Friedrich, erkannte sie, als sie in Ludwigs Bett und in seinen Armen einschlief. Am nächsten Morgen liebten sie sich. »Wir sind Mann und Frau und eben haben wir den Bund der Ehe geschlossen.« Sie freute sich.

Wenige Wochen später schickte Ludwig einen Boten nach Waiblingen. Er sollte erkunden, ob die Heilerin Gunda noch am Leben war und ob sie bereit wäre, nach Thüringen zu kommen. Dann sollte der Bote auch nach dem Stallmeister Ruthard fragen und auch ihn nach Thüringen einladen. Wochen vergingen. Der Bote kam auch im nächsten Monat nicht zurück.

Der Frühsommer hatte warme Tage und Jutta Claricia und die Hofdamen unternahmen lange Spaziergänge. Sie waren gerade in Richtung Eisenach unterwegs. Die kleine Beatrix pflückte Blumen, brachte sie ihrer Mutter, die einen Kranz daraus band. Ein Bote des Königs kam ihnen entgegen und ritt auf die Burg. Jutta Claricia verabschiedete sich von den Damen und kehrte um. Sie eilte zum Palas. Ludwig lief schnell zu ihr, nahm sie in den Arm und sagte, König Heinrich VI., der Sohn des Königs, deines Oheims, ist gestorben. Jutta Claricia ging in ihre Kemenate und weinte. »Eine Mutter und auch ein Vater sollten ihr Kind nicht verlieren. Er war doch erst dreizehn Jahre alt«, sagte sie zur Leibdienerin und schickte sie dann hinaus. Dann ging sie in die Kapelle und betete lange. Beim Abendessen hatte sie plötzlich einen Widerwillen gegen das Wildbret. Sie aß nichts, aber die Gegenwart ihres Gemahls beruhigte ihren Magen und ihre Gedanken.

Am nächsten Morgen aß sie Brei und trank einen Becher Milch. Kaum hatte sie getrunken, musste sie auf die Heimlichkeit und sich übergeben. Ludwig machte sich Sorgen. Hatte sie der Tod des Sohnes ihres Oheims so aufgeregt? Waren die letzten Wochen zu anstrengend gewesen? Er begleitete sie ins Schlafgemach. Sie legte sich wieder in sein Bett und schlief schnell ein. Wenn sie sein Bett wählte, brauchte sie ihn, dass hatte er schon verstanden. Zärtlich deckte er sie zu, bevor er den Raum verließ. Am folgenden Tag ging es Jutta Claricia wieder gut. Aber dann kam ein Tag, an dem sie in ihrer Kemenate zusammenbrach. Sie war so dünn geworden, die Haut auf ihren Wangen schien durchsichtig zu sein. Ludwig hob sie auf und erschrak, es war, als trüge er ein Skelett. Liebevoll legt er sie in sein Bett und küsste sie. Sie braucht einen Medicus, dachte er. Dann öffnete sie die Augen und sagte: »Die Gunda soll kommen. Bitte lass die Gunda holen.« – »Ich verspreche es dir und bitte werde du wieder gesund, sonst zerbricht mein Herz.« Ludwig schickte seinen schnellsten Boten hinterher nach Waiblingen. Dann suchte er die Kapelle auf, kniete vor dem Altar nieder und bat mit seiner ganzen Gläubigkeit Gott um Hilfe.

WAIBLINGEN

Es war Anfang des Sommers 1149. Noch immer dauerte der Kreuzzug. Gunda spürte die Not in Waiblingen. Da waren die Abgaben an die Kirche, die Sonderabgaben für den Kreuzzug, die Abgaben für den Vogt und die Abgaben an das Kloster. Den Menschen blieb nichts. Vielen nicht einmal ihr Leben. Die alte Näherin von nebenan hatte ihr Schaf geschlachtet, aber inzwischen war nichts mehr zu essen im Hause. Sie lag tagelang im Bett, wenn Gunda ihr einen Tee und ein Stück Brot brachte, lächelte sie bisweilen. »Ich schenke dir mein Haus, wenn ich tot bin«, sagte sie immer wieder vor Dankbarkeit. »Aber mein Totenhemd habe ich noch nicht fertig.« Dann kam das große schreckliche Feuer. Es begann in Gundas Gasse, genauer gesagt, es begann im Haus der Näherin. Wollte sie ihr Totenhemd fertig nähen und die Kerze ist umgefallen? Niemand wird es jemals erfahren. Das Feuer brach nachts aus. Gunda war zu einer Geburt nach Beinheim gerufen worden. Es griff auf Gundas Haus über, die trockenen Pflanzen, die Wolle der Schafe, alles nährte die Flammen. Bald brannte die ganze Gasse. Der Wind trug die Flammen über die Dächer von Nebengasse zu Nebengasse. Die Menschen schrien vor Schmerz und Not und flüchteten in die Kirche. Die Letzten, die aus ihren Häusern flüchteten, wurden von herabfallenden Balken erschlagen. Verbrannt und halb erstickt suchten Eltern in dem Feuer nach ihren Kindern, bis auch sie von Trümmern erschlagen wurden. Die Schmiedin und ihr Sohn Karl schafften es nicht bis in die Kirche, dann liefen sie zur Rems hinunter. In dem allgegenwärtigen Prasseln der Flammen gab es plötzlich einen gewaltigen Donner. Zuerst stürzte das Kirchendach herab, dann gaben die Wände in der Hitze nach und sanken in sich zusammen. Keiner hatte in der Kirche überlebt. Das Gotteshaus war zum Grab geworden. Hatte Gott sie strafen wollen? Wofür? Hatte Gott sie verlassen? War das ein Zeichen für den Kreuzzug? Tote, Trümmer und Angst beherrschten die Menschen in Waiblingen.

Als Ruthard im Herbst 1149 im Gefolge des Herzogs zurück nach Hohenstaufen kam, zog es ihn zu Gunda. Gleich anderntags brach er nach Waiblingen auf. In einer Woche würde er zurück sein, hatte er dem Marschall gesagt. Er wollte sie wiedersehen, sie umarmen und sie heiraten. Aber allmächtiger Gott, wie sah es hier in Waiblingen aus! Er führte sein Pferd durch eine verbrannte Stadt. Sein Herz schrie zum Himmel. Gunda. Gunda. Mein Gott, hilf mir, betete er, als er an den Ruinen der Kirche vorbeikam. Er hatte den Kreuzzug überlebt und wollte nun seine Geliebte nie wieder verlassen. Nur dieser Wunsch trug ihn durch Kleinasien, ins Heilige Land, und trug ihn bis hierher zurück. Nur dieser Wunsch gab ihm die Kraft, alle Gräuel, alle Not und alle Entbehrungen zu überleben. Aber hier fand er seine Gunda nicht. »Sie ist verbrannt, wie alle anderen auch«, sagte man ihm. Ihre Gasse lag voller verkohlter Balken und Schutt, dazwischen verkohlter Hausrat. Wo war Gundas Haus? Vielleicht lag sie darunter, dann würde er sie wenigstens beerdigen können. Er räumte Balken und Bretter zur Seite schleppte Steine weg, aber er fand ihr Haus nicht und er fand auch Gunda nicht. Am nächsten Tag grub er mit seinen Händen an einer anderen Stelle. Ruthard gab nicht auf, aber er suchte vergeblich.

Eine Woche blieb er in Waiblingen, dann musste er zurück zur Burg. Der neue Herzog war streng und würde ihn strafen. Er ritt zurück, als er nach Beinheim kam, erinnerte er sich an den Krug mit den Bechern, den er Gunda zum Abschied geschenkt hatte. Er ging in die Töpferei und wollte sich die Keramik noch einmal anschauen und an Gunda denken, an den schönen Tag und an ihr Versprechen.

Der Töpfer fragte ihn, ob er diesen Krug kaufen möchte, Ruthard schüttelte den Kopf. Nein, ich habe so einen schon einmal gekauft für meine Liebste, bevor ich zum Kreuzzug aufgebrochen bin. Jetzt wollte ich sie heiraten, aber … Ruthard konnte nicht weitersprechen. »Sie hat einen anderen«, sagte der Töpfer. »Mann, das kommt doch vor. Vielleicht hat sie nicht damit gerechnet, dass du zurückkommst.« – »Nein, nicht meine Gunda«, sagte Ruthard trotzig. »Versprochen ist versprochen.« Er hielt den Krug in den Händen, als könnte er mit dem irdenen Krug die Zeit zurückdrehen. »Wahrscheinlich ist meine Gunda auch verbrannt, als das große Stadtfeuer in Waiblingen war.« – »Man sagt, mehr als die Hälfte der Menschen soll umgekommen sein«, ergänzte der gesprächige Töpfer. »Komm, du armer Kerl, wir trinken einen Becher Roten.«

Sie tranken und schwiegen. Dann plötzlich sagte der Töpfer: »Moment mal, als das Stadtfeuer war, ist meine Schwägerin niedergekommen und weil das Kind falsch im Bauch lag, hat mein Bruder Ansgar eine Heilerin aus Waiblingen geholt. Ich glaube, die hieß auch Gunda, aber sicher bin ich mir nicht.« Ruthard brach auf, zuerst zu Ansgar, dem Bruder des Töpfers. »Ja, die Heilerin hieß Gunda und die wohnte neben einer Schneiderin, die hatte so ein Schild an der Tür mit einer Schere drauf.«

Ruthard ritt wieder zurück nach Waiblingen. Jeden Menschen, den er traf, fragte er nach Gunda der Heilerin. Dann sagte ihm jemand, die Heilerin wohnt vielleicht bei der Schmiedin. Am Nachmittag fand Ruthard sie endlich. Er nahm ihre Hand und sagte: »Ich möchte dich nie mehr verlieren.« Sie saßen beieinander und schwiegen. Es gab keine Worte, die gleichzeitig Glück und Schmerz und Liebe und Leid ausdrücken konnten. Gunda berichtete, dass sie bis zum Christfest noch hier bei der Schmiedin wohnen dürfe, aber dann müsse sie sich etwas anderes suchen. Ruthard versprach bald wiederzukommen und eine kleine Hütte für den Winter zu bauen. Vielleicht erlaubte auch der Herzog, dass sie bei den Mägden auf der Burg wohnen könnte. Ruthard musste schnellstens wieder auf die Burg. Nach zwei Tagen war er aber wieder zurück bei Gunda. Der Herzog war wütend und hatte ihn sofort entlassen. Nun musste er sich in Waiblingen etwas suchen. »Wir haben nichts, nicht einmal ein Dach über dem Kopf und meine sämtlichen Kräuter sind verbrannt.« – »Ich kümmere mich um eine Bleibe«, sagte Ruthard und lief durch die verbrannte Stadt. Dann kam er zurück. Er hatte ein abgebranntes Haus gefunden, das konnten sie für den Winter herrichten. »Ich habe mich auch erkundigt, es gehört niemanden mehr.« Und sofort begann er mit den provisorischen Baumaßnahmen und zum Fest der Geburt des Herrn zogen beide ein. Ruthard hatte auch Arbeit gefunden. Er verdingte sich als Helfer bei einem Müller. Der brauchte dringend Hilfe, denn sein Geselle war bei dem Brand ums Leben gekommen. Der Müller war geizig, aber manchmal erhielt Ruthard ein kleines Säckchen Mehl. Die Arbeit in der Mühle war für Ruthard besonders schwer. Mit seinem hinkenden Bein schleppte er die schweren Getreidesäcke die Leiter hinauf, um sie oben in den Trichter zu schütten. Abends war sein Bein angeschwollen und er konnte kaum noch gehen. Im Frühjahr sammelte Gunda wieder die Wildkräuter am Ufer der Rems. Wusch und trocknete sie und stellte Tees und Tinkturen her. Sie war auch in den Garten ihres alten Hauses gegangen, hatte Geröll und Schutt weggeräumt und unter den verbrannten Brettern fand sie einige Pflanzen Schlafmohn, Lavendel und manches andere. Ruthard hatte einen Ofen gefunden und Gunda hatte brauchbares Holz aus ihrem alten Haus und aus dem der Nachbarin zusammengetragen. Sie hatten ein Dach über dem Kopf, sie hatten es warm im Haus und sie hatten sogar etwas zum Essen. Nur Ruthard konnte sein Bein nicht schonen und Gunda befürchtete, dass der angegriffene Knochen eines Tages brechen würde. Die Ungewissheit machte ihr Angst. Arbeitsame Wochen vergingen.

Dann kam eines Tages ein Bote des Landgrafen von Thüringen nach Waiblingen. Schnell sprach sich der ungewöhnliche Besuch in der Stadt herum. Nur Gunda und Ruthard hörten davon nichts, bis es eines Morgens am Fenster klopfte und der herzogliche Bote Einlass erbat.

Mit den Worten »morgen früh brechen wir auf, ich besorg einen Wagen und ein Pferd« verabschiedete sich der Bote. Es war inzwischen Mittag geworden. Als sie allein waren, fragte Gunda: »Weißt du, wo das ist, Thüringen?« – »Nein«, entgegnete Ruthard, »Gott wird uns führen und von hier führt er uns weg.« Gunda packte getrocknete Kräuter und Tees in ihren Korb und holte aus dem alten Garten die Mohnpflanzen, den Lavendel und manches andere, dass sie obenauf legte. Ruthard verabschiedete sich vom Müller und erhielt einen Sack Mehl. Als er die Mühle verließ, schaute der ihm lange hinterher. Er drehte sich noch einmal um und winkte. Einen großen Sack Mehl hatte er bekommen, wie konnte er nur denken, der Müller sei geizig. »Ich habe ihm Unrecht getan«, murmelte er und schämte sich. Das Mehl teilte Gunda mit der Schmiedin und sagte auch ihr Lebewohl.

Am nächsten Morgen rumpelte der Wagen mit ihrer geringen Habe durch das Tor von Waiblingen, der Rems entlang in Richtung Schorndorf und weiter und weiter. Sie wussten nicht, wohin es ging. Sie wussten nur, es hieß dort Thüringen.

Sie waren schon eine Woche unterwegs, als ihnen in Fulda ein zweiter Bote des Landgrafen entgegenkam. »Die Landgräfin ist erkrankt und braucht dringend Hilfe. Seid Ihr Gunda?«, fragte er. »Dann solltet Ihr euch beeilen.« Woher kennt mich die Landgräfin von Thüringen? Das ist bestimmt eine Verwechslung, dachte Gunda, auch Ruthard wunderte sich. »Wie heißt die Landgräfin?«, fragte Gunda, um das Missverständnis aufzuklären. »Unsere Landgräfin ist Jutta Claricia von Schwaben«, sagte der Bote und drängte den Kutscher zur Eile.

So wie sie ankamen, schmutzig, hungrig und müde eilte Gunda ans Bett der Kranken. Jutta Claricia war schwach, ausgehungert und kraftlos. Landgraf Ludwig II., fragte sie, ob er einen Medicus holen sollte oder einen Priester. »Nein, Eure Hoheit, keinen Medicus, der macht nur Aderlässe und die würde die Landgräfin noch mehr schwächen.« Das leuchtete dem Landgrafen ein. »Und auch keinen Priester«, betonte sie. Dann bat Gunda den Landgrafen höflichst, seine Gemahlin allein untersuchen zu dürfen. Das war ihm nur recht. Jutta Claricia war froh, als sie Gunda sah. »Gunda, sagt, muss ich sterben oder könnt Ihr mir helfen?«, fragte sie und atmete schwer. »Ich möchte Eure Hoheit zuerst untersuchen, dann bereden wir, was wir tun können«, antwortete die Heilerin. Gunda schickte die Leibdienerin hinaus. »Ich möchte Euch nackt untersuchen, wenn es erlaubt ist.« Die Landgräfin nickte. Gunda zog sie aus. Die junge Frau war bis auf die Knochen abgemagert. »Wann war die letzte Blutung?« – »Vor etwa vier Wochen, aber die war sehr schwach.« Gunda ließ sich die Blutung beschreiben. »Was trinkt Ihr üblicherweise?« – »Seit es mir nicht so gut geht, trinke ich nur noch Pfefferminztee.« Gunda tastete ihren Bauch ab. Dann zog sie die Landgräfin wieder an. »Eure Hoheit ist nicht krank, Ihr seid schwanger. Aber Euer geschwächter Körper braucht dringend Stärkung. Wenn die Übelkeit Euch überfällt, trinkt schluckweise Ingwertee. Sonst nur Fencheltee mit etwas Honig darin. Zum Einschlafen genügt eine Tasse Kamillentee oder Lavendeltee.« Jutta Claricia nahm Gundas Hand. »Ich bin schwanger, sagt Ihr. Oh, Gunda, ich bin Euch so dankbar.« Die Frauen lächelten sich zu, dann ließ Jutta Claricia ihren Gemahl rufen und Gunda verließ die Kemenate.

Der Landgraf wies Gunda und ihrem Mann vorübergehend zwei Räume im Gästehaus zu und er versprach ihnen, sich in Eisenach um ein Häuschen zu bemühen. Ruthard hatte sich inzwischen den Pferdestall zeigen lassen. Da standen wunderbare Tiere. Er kannte die Rasse überhaupt nicht. Aus alter Anhänglichkeit ging er zum Pferd der Herzogin. Das Tier war alt, stand aber gut im Futter. Er untersuchte die Hufe und die Zähne und wollte sich gerade zufrieden abwenden, da sah er es. Er stellte sich vor den Kopf des Tieres und prüfte mit der Hand einmal und zweimal. Dann war er sich sicher, das Pferd war auf einem Auge blind. Als der Landgraf zufällig über den Burghof lief, bat er höflich ums Wort. Er berichtete, dass das Pferd der Landgräfin auf einem Auge erblindet sei. Das kann gefährlich werden, wenn das Tier ein Hindernis nicht oder zu spät erkennt. Reiterin und Tier könnten stürzen. Der Landgraf ließ sich genau erklären, wie Ruthard das herausgefunden hatte und er war beeindruckt. »Ich danke Euch«, sagte er, »Ihr könnt meinem Stallmeister helfen und dabei nach einem guten neuen Pferd für meine Gemahlin Ausschau halten.« Oje, dachte Ruthard, der wird nicht begeistert sein, wenn ich hier eingestellt bin. Der Landgraf rief zwei Ritter herbei und teilte ihnen mit, dass er jetzt zum Landding nach Mittelhausen reiten müsse, und sie sollten ihn dorthin begleiten.

Gunda fragte den Truchsess, ob sie sich im Garten nach Wildkräutern umschauen dürfe und ob es hier Lavendel gäbe oder Schlafmohn. »Davon verstehe ich nichts, aber schaut ruhig selbst nach.« Er zeigte mit der Hand in die Richtung des Gartens.

DER PLATZ DER LANDGRÄFIN

Gunda kam regelmäßig auf die Burg und untersuchte die Landgräfin. Die wurde wieder kräftiger und bald zeigten sich auch die üblichen Rundungen. Aber Jutta Claricia hatte damals die Niederkunft von Ida miterlebt und dabei hatte sich ein Rest Angst tief in ihre Seele gegraben. Sie traute sich nicht, mit ihrem Gemahl und auch nicht mit Gunda über ihre Sorgen zu reden und je näher die Geburt kam, umso größer wurden ihre Befürchtungen. Gunda ahnte, dass die Ungewissheit der Geburt die Landgräfin bedrückte, deshalb blieb sie in den letzten vier Wochen auf der Burg, redete viel mit ihr, lenkte sie ab, ging mit ihr auf dem Burghof, der vom Schnee beräumt war, spazieren und machte an der frischen Luft bestimmte Atemübungen mit ihr.

Dann endlich war es so weit. Der Landgraf war vom Landding zurückgekommen und berichtete Jutta Claricia am Nachmittag von den Verhandlungen, den Streitereien und den Ärgernissen mit dem niederen Adel. Er war wütend, weil er den Rittern, die raubten und plünderten, nicht Einhalt gebieten und den Schutz der Bauern, Händler und Reisenden nicht gewährleisten konnte. »Der Landfrieden in Thüringen ist brüchig«, fasste er die Situation zusammen. »Soll ich mit eiserner Hand durchgreifen und den Adel bestrafen?«, fragte er. »Aber was mache ich bei der nächsten Heerfolge, wenn ich die Ritter wieder brauche?« Jutta Claricia lief im Palas auf und ab. Der Leib hatte sich bereits gesenkt, deshalb tat es gut zu laufen. »Trotzdem«, sagte sie »der Landfrieden ist das Wichtigste, was Thüringen jetzt braucht.« Sie machte einige Atemübungen, wie Gunda es ihr gezeigt hatte. »Thüringen braucht Sicherheit, die Handelswege müssen sicherer werden.« In diesem Moment meldete der Kämmerer die Ankunft der Schwester des Landgrafen. Adelheid, die Äbtissin aus Eisenach, trat ein und brachte einen eisigen Luftzug mit. Sie setzte sich frierend an den Kamin. Der Mundschenk reichte ihr einen Becher mit heißem Würzwein, den sie rasch austrank. Dann berichtete sie ihrem Bruder, dass der Abt vom Dominikanerkloster auf seiner Reise nach Gotha zu einem Sterbenden überfallen worden war. »Er war nur mit einem kleinen Geleit unterwegs. Die Räuber nahmen ihm sein Pferd, seinen Rosenkranz, ein kleines goldenes Kreuz, das Öl für die Salbung, einige Kerzen und seine Mundvorräte. Die Mönche, die ihn begleiteten, bekamen vor der Überzahl der Angreifer Angst und flohen zurück nach Eisenach. Den Abt hatten die Räuber eingekreist und zwangen ihn, vom Pferd zu steigen. Als sie seine Satteltaschen untersuchten, wollte der Abt ebenfalls fliehen, aber er stürzte einen Abhang hinab. Später suchten die Mönche nach ihm und fanden ihn verletzt. Jetzt soll er wieder im Kloster sein.« Schweigen herrschte im Palas. Dann sagte Adelheid: »So kann es nicht weitergehen. Ludwig, du musst etwas tun.« Jutta Claricia nickte und setzte ihren Weg vom Fenster zur Tür und von der Tür zum Fenster fort. »Geht es dir gut?«, fragte Adelheid, als sie Jutta Claricia hinterherschaute. »Oh ja, es ist alles in Ordnung, beim Laufen fühle ich mich besser als beim Sitzen.« Der Kämmerer hatte große Holzscheite in den Kamin gelegt und das Feuer neu entfacht. Nur das Prasseln des Feuers begleitete die Gedanken des Landgrafen, der immer noch das Für und Wider eines strengen Durchgreifens abwog. Als der Mundschenk die Becher erneut gefüllt hatte, wurde die Abendmahlzeit hereingebracht.

Stunden später, nachdem die Glocke auf der Burg läutete und das neue Jahr willkommen hieß, hatte der Landgraf einen Entschluss gefasst. Er hätte gern mit Jutta Claricia darüber gesprochen, aber, seit der Abendmahlzeit, sah sie blass und müde aus. Er streichelte über ihren Arm und küsste sie auf die Wange. »Fehlt dir etwas?« Jutta Claricia lächelte ihn an, und er wusste, dass dieses Lächeln die schönste Liebeserklärung für ihn war. »Meine Füße sind geschwollen und der Rücken schmerzt, ich möchte mich gern zurückziehen und hinlegen. Gunda sollte hier sein.« Sie stand auf und bevor sie die Tür erreicht hatte, bat sie ihren Gemahl, noch heute Nacht nach Gunda zu schicken.

Gunda und Ruthard hatten ein kleines Häuschen in Eisenach bezogen. Ruthard ritt jeden Tag auf die Burg hinauf und Gunda kümmerte sich um die Kranken. Als der Bote von der Burg an die Haustür klopfte, war Gunda vorbereitet und hatte ihren Korb bereits gepackt, denn sie wusste, dass die Landgräfin jetzt täglich mit ihrer Niederkunft rechnete. Schnell war sie zum Aufbruch bereit. Als sie in den frühen Morgenstunden auf der Burg eintraf, begrüßten sie der Pförtner und Ida. Die beiden Frauen umarmten sich und wünschten einander ein gutes neues Jahr. Dann stiegen sie die knarrende Treppe hinauf in die Kemenate der Landgräfin. »Die Landgräfin schläft«, sagte die Leibdienerin. Gunda und Ida nahmen am Kamin Platz, streckten die Füße aus und nach wenigen Augenblicken waren sie eingenickt. Jutta Claricia erwachte bald und musste auf die Heimlichkeit. Sie sah Gunda und Ida am Kamin sitzen und war froh, beide in der Nähe zu wissen. Die Rückenschmerzen waren nach dem Aufstehen verschwunden, aber da war so ein unbestimmter Druck auf die Blase, stellte Jutta Claricia fest, als sie von der Heimlichkeit zurückkam. Sie hatte die Blase geleert, aber der Druck war nicht verschwunden. Hinzu kam, dass sich der Leib noch stärker gesenkt hatte und die Schwangere die Last des Bauches mit dem Hohlkreuz abfing. Gunda schickte alle aus dem Raum und untersuchte die Landgräfin. »Nein, es ist noch nicht so weit.

Vielleicht einen oder zwei Tage werden wir noch warten müssen. Kommt, Eure Hoheit, bewegt Euch und atmet so, wie ich es Euch gezeigt habe.« Gunda und Ida führten Jutta Claricia durch die Räume der Burg. Treppauf und treppab mit langsamen Schritten. In der Kapelle blieben sie für die Länge eines Gebetes auf der Bank sitzen. Dann gingen sie weiter. Im Palas öffnete Ida alle Fenster und ließ frische kalte Waldluft herein. Dann war Jutta Claricia müde und ruhte aus. Die nächsten beiden Tage verliefen ebenso. Gleichmäßig und eintönig. »Ich möchte noch einmal hinaus in den Wald gehen«, bat die Landgräfin. »Nur ein kurzes Stück. Nur die Waldluft atmen und den Schnee auf den Tannen berühren.« Gunda hatte zwar Bedenken, aber sie kannte die sonderbaren Wünsche von werdenden Müttern. Also bereiteten Ida und Gunda den Ausflug vor. Der Landgraf selbst wollte seine Gemahlin in den Wald begleiten. Er ließ ein Stück Waldweg vom Schnee räumen und dann brachen sie gemeinsam auf. Ludwig führte seine Gemahlin am Arm und Gunda und Ida liefen hinterher. Ein Knecht trug einen Stuhl hinterher, für den Fall, dass die Schwangere sich setzen musste, ein zweiter hatte eine warme Decke. Sie waren ein Stück gegangen, als Gunda die Landgräfin lachen hörte. Sie ist glücklich, dachte Gunda und sie sollte es bleiben. Eben hatte Jutta Claricia sich auf dem Stuhl niedergelassen und der Landgraf hatte ihr die Decke um die Schultern gelegt, als er sah, dass sich eine Pfütze unter dem Stuhl gebildet hatte. Sofort rief er Gunda heran. Gunda beruhigte ihn. »Die Fruchtblase ist geplatzt. Jetzt geht es los.« Ludwig war blass geworden. »Die beiden Knechte müssen die Landgräfin auf dem Stuhl in ihre Kemenate zurücktragen«, ordnete Gunda an. »Sie sollte jetzt nicht mehr laufen.« Jutta Claricia wurde in ihr Bett gelegt. Gunda schickte die Hofdamen außer Ida hinaus. Ida wollte die Landgräfin ablenken, sie saß am Bett und erzählte von der kleine Beatrix. Jutta Claricia hatte keine

Schmerzen, sie ließ sich noch einmal ihre Haare richten und mit frischer Wäsche einkleiden. Gegen Abend stellten sich die Wehen ein. Erst unregelmäßig und verhalten, dann, es war gegen Mitternacht, jagte eine Wehe die andere. Brutal und unbarmherzig. Als der Landgraf nach seiner Gemahlin sehen wollte, hörte er vor ihrer Tür dumpfes Stöhnen, dann lautes Atmen und wieder einen dumpfen unterdrückten Schrei. Er kehrte um und ging in das Landgrafenzimmer, nahm eine warme Decke und setzte sich an den Kamin. Er wollte in Gedanken bei seiner Jutta Claricia sein und ihr beistehen, aber wie sollte er das machen? Seine Aufregung ließ sich kaum zügeln. Ein lauter Schrei schreckte ihn auf. Dann gleich noch einmal. Ein Schrei wie von einem verletzten Tier. Die Türen klapperten. Laute aufgeregte Frauenstimmen waren zu hören. Wieder schallte ein langgezogener verzweifelter Hilferuf durch die Burg. Der Landgraf kannte solche Schreie von Schwerverletzten und sterbenden Menschen im Kampf. Er ging hinüber in die Kapelle, um zu beten, aber der Schrei dröhnte noch immer in seinem Kopf. Würde seine Jutta Claricia sterben? »Nein, bitte Allmächtiger«, betet er, »lass sie nicht sterben. Nimm sie mir nicht weg. Sie ist für mich das Wichtigste und das Schönste in meinem Leben.« Aber trotz des Gebetes, verschwand der Schrei in seinem Kopf nicht. Er kniete noch vor dem Altar und hielt seinen Kopf mit beiden Händen umfasst. Die Kälte des Bodens spürt er nicht. Plötzlich berührte ihn eine Hand an der Schulter. Es war Ida. »Bitte kommt, Eure Hoheit, Eure Gemahlin möchte Euch sehen.«

Was hatte sie gesagt. Er konnte nichts hören. Sein Gehör, seine Gedanken, seine Sinne waren wie betäubt. Ida nahm seine Hand. »Kommt, Hoheit«, wiederholte sie leise und zog ihn fort. Jutta Claricia lag in ihrem Bett, verschwitzt, kraftlos und müde. Er beugte sich zu ihr und flüsterte. »Es tut mir so weh, dich leiden zu sehen.«

Da reichte sie ihm ein kleines Bündel, das neben ihr gelegen hatte. »Ludwig, wir haben einen Sohn bekommen.« Der Landgraf nahm das Menschlein auf den Arm und strich ihm mit einem Finger ein Kreuz auf die Stirn. Dann trat er ans Fenster und sagte: »Dort draußen ist Thüringen. Es ist unser und dein Thüringen. Liebe es, mein Sohn, so wie wir dich lieben werden, und sorge für Thüringen, wie wir für dich sorgen werden.« Er schaute auf den verschneiten Wald, der am Horizont hinauf in den Himmel stieg. Dann setzte er sich neben das Bett seiner Gemahlin. »Wollen wir ihn nach der Familientradition Ludwig nennen, Ludwig III.?« – »Ja, er soll Ludwig heißen«, erwiderte sie und lächelte ihn an. Dieses Lächeln, war das Glück einer Frau, die ein gesundes Kind geboren hatte. Immer und überall würde der Landgraf dieses dankbare Lächeln seiner Gemahlin in seinem Herzen tragen. Er küsste sie und legte den kleinen Ludwig in ihren Arm. Die Glocke auf der Burg wurde geläutet und bald erklangen, wie eine Antwort darauf, die vier Glocken aus Eisenach.

Der kleine Ludwig war ein kräftiger Junge. Die Mutter liebte ihn über alle Maßen und der Vater war stolz auf den kleinen Kerl. Anlässlich der Geburt schenkte der Landgraf seiner Gemahlin ein neues, junges Pferd, einen besonders schönen Schimmel. »Das ist ein typisches thüringisches Rassepferd«, erklärte er ihr und damit fiel es ihr leichter, von ihrem alten erblindeten Wallach, der sie eine lange Zeit und schließlich bis hierher getragen hatte, Abschied zu nehmen.

Nach einigen Monaten ritt der landgräfliche Hof auf die Neuenburg und Ruthard sollte den Hof begleiten. Zum Herbst würde man wieder auf der Wartburg eintreffen und den Winter hier verbringen. Jutta Claricia ritt auf ihrem Schimmel neben ihrem Gemahl. Wenn sie zu ihm hinübersah, lächelte er sie jedes Mal an. Die

Amme mit dem kleinen Ludwig war hinter ihnen auf dem Wagen, auf dem auch die Hofdamen und die kleine Beatrix fuhren. Für eine Tagesreise war die Neuenburg, wo die Unstrut in die Saale fließt, zu weit entfernt. Sie machten ein großes Stück hinter Erfurt Rast. »Das war die halbe Strecke«, erklärte der Truchsess. Der Landgraf ließ die Zelte für die Übernachtung auf einem kleinen Hügel aufstellen und der Truchsess ließ das Essen vorbereiten. Es war ein schöner Platz. Während die Knechte mit den Zelten beschäftigt waren, ließ Ruthard die Pferde in der Niederung am Fuße des Hügels grasen. Vor ihm lag ein großer See und etwas südlich davon ein weiterer kleiner See. Es gab hier viele Enten, die unaufgeregt im Wasser ihre Kreise zogen. Er ließ die Pferde im See saufen, legte sich ins Gras und dachte an Gunda. Er war heute im Streit fortgegangen. Immer wieder verschloss sie sich und lenkte ab, wenn er von Heirat sprach. Dabei war er sich doch sicher, dass sie ihn liebte. Er verstand sie nicht und heute Morgen war er vor Ungeduld wütend geworden. Vielleicht ist sie schon verheiratet, vielleicht ist sie eine Verbrecherin, vielleicht lügt sie. Egal, ich will es wissen. Ruthard atmete tief durch. Selbst wenn sie eine verheiratete Verbrecherin wäre, würde ich trotzdem bei ihr bleiben. Ich muss nur wissen, was mit ihr ist.

Das landgräfliche Paar hatte sich zur Ruhe begeben, alles schien zu schlafen. Zwei Wachen kontrollierten das Lager und die Pferdekoppel. Nach wenigen Stunden wachte Jutta Claricia auf. »Ich muss auf die Heimlichkeit«, sagte sie zu ihrem Gemahl. Jutta Claricia trat aus ihrem Zelt heraus. Es war Vollmond und das helle Mondlicht fiel auf den großen See und ließ ihn strahlen wie geputztes Silber. Sie atmete die frische klare Nachtluft ein. Da war es wieder, das Gefühl zu Hause zu sein. Es drang in alle Nervenbahnen und durchströmte sie mit einem Glücksempfinden. Sie ging wieder hinein zu ihrem Gemahl, streichelte ihn und flüsterte: »Komm, schau dir diesen wunderbaren Platz an. Der See glänzt wie ein Spiegel.« Ludwig stand auf und folgte ihr nach draußen. Sie umarmte ihn. »Wenn wir noch mehr Kinder bekommen«, sagte sie, »baust du hier eine Burg.« Ludwig lachte. »Gut, so machen wir das. Nach dem dritten Knaben bauen wir hier eine Burg.« – »Ich schlage vor, wir sollten spätestens im September zurück sein, damit wir hier wieder rasten können.« Ludwig nahm seine Frau auf den Arm und trug sie ins Zelt. »Jetzt verstehe ich, meine geliebte Frau ist in diesen Platz verliebt.«

Die Neuenburg oberhalb von Freyburg war die größte Burg der Thüringer Landgrafen. Schon von Weitem kündeten die massiven, groben Stützmauern von der Uneinnehmbarkeit der Burganlage. Die Neuenburg war gleichzeitig die östlichste Burg Thüringens und für lange Zeit eine Wehrburg gegen die Slawen. Die Wartburg war die westlichste Burg Thüringens. Die dicken Steinmauern der Neuenburg stützten die Gebäude und umgaben den Burghof. Alles wirkte roh und grob behauen. Dagegen waren die Steinmetzarbeiten in der Doppelkapelle überaus filigran ausgeführt. Die Blätterornamentik zeugte von hohem Können der Steinmetze. Das war das Werk von Steinmetzen, die schon in Kirchen und Klöstern gearbeitet hatten, vermutete Jutta Claricia. Sie stiegen den Wohnturm hinauf. Er war geräumig, aber weniger schmuckvoll gehalten und wirkte kalt und muffig. Obwohl zwei Kamine vorhanden waren, fehlte es hier an Gemütlichkeit. Jutta Claricia sehnte sich sofort nach der Wartburg mit den schönen Holzarbeiten und den vielen Wandteppichen zurück. Ich muss hier etwas ändern, überlegte sie und machte einen Plan. Drei oder vier schöne große, aus Holz geschnitzte Kerzenleuchter, zwei mit Schnitzereien verzierte Bänke und Teppiche und Stoffe, das werde ich als Erstes besorgen. Bei einem Weber in Naumburg bestellte sie anderntags einen großen Wandteppich für den Palas und zwei kleinere Wandteppiche für ihre Kemenate und für die Frauengemächer. Dabei lernte Jutta Claricia Naumburg kennen. Der kleine Marktflecken mit dem schönen Kloster und der Bischofskirche gefiel ihr. Es hieß überall, das sei alles das Verdienst von Bischof Wichmann. Er hatte für das Domstift Marktzoll durchgesetzt, dem Kloster Pforta einen großen Weinberg geschenkt und seitdem würden Handel und Handwerk gut gedeihen. Die Landgräfin spürte, wie die Menschen ihren Bischof verehrten. Als sie sich beim nächsten Besuch in der Stadt das Kloster anschaute, bewunderte sie die Arbeit der Steinmetze. Er hatte die besten in die Stadt geholt, davon war sie überzeugt. Sie arbeiteten gleichzeitig im Kloster in Pforta und in der Bischofskirche. Sie würde mit Ludwig über den Marktflecken Naumburg und über Bischof Wichmann reden und ihn bald einladen.

Ludwig brachte zwei braunweiße Kuhfelle, die sie vor die beiden Kamine legten. Aus Freyburg wurde am Ende der Woche eine Truhenbank geliefert. Sie war wunderschön. In das helle Lindenholz waren an der Frontseite fünf Kinderfiguren geschnitzt, die einander an den Händen hielten und sich tanzend im Kreis bewegten. Jutta Claricia ließ die Bank in ihrer Kemenate am Fenster aufstellen. »Ja, hier sollten Kinder spielen«, dachte sie. In den folgenden Tagen richtete sie mit den Hofdamen den Palas her. Den großen Wandteppich ließ sie an der Giebelseite aufhängen, sodass der Blick darauf fiel, wenn man den Palas betrat. Es war eine Jagdszene mit Hunden und berittenen Jägern, einer trug einen Falken auf seinem Arm, andere machten Rast auf einer Lichtung im Wald. Die drei großen Kerzenleuchter standen zwischen den Fenstern und vor dem Kamin lagen zwei dunkelbraune Wildschweinfelle. Ihre struppigen Borsten passten gut zu der Jagdszene auf den Wandteppich. Die Hofdamen pflückten zum Schluss einen Strauß Feldblumen, den sie auf den großen Tisch stellten. Bald war die Burg wohnlich und sogar gemütlich. Während die Frauen auf der Burg werkelten, war der Landgraf häufig mit den Rittern unterwegs und besichtigte den Weinanbau an der Unstrut. Er ritt über Naumburg bis Pforta. Auch hier wuchs der Wein gut. Das Kloster der Zisterzienser war fast fertig. Die Niederungen an der Saale hatten die Mönche weitgehend trockengelegt. Der Landgraf kehrte müde im Kloster ein, trank einen edlen Tropfen vom roten Wein und ruhte im Schatten einer Linde aus. Etwas später besichtigte er die Arbeit der Mönche und lobte sie ob ihres Fleißes und ihrer Fachkunde. Er würde sie unterstützen, versprach er, als er mit seinem Geleit am Abend wieder aufbrach.

Am Sonntag nach der Messe erschien Bischof Wichmann auf der Neuenburg. Ein großer schlanker Mann mit schönen Gesichtszügen und gepflegten Kleidern. Er trat bescheiden auf. Man aß und trank zusammen und spazierte hinab in die Weinberge. Im Gespräch stellte sich bald heraus, dass Wichmann ein enger Vertrauter des verstorbenen Königs Konrad III. gewesen war und dass er von der ehelichen Verbindung der Nichte mit dem Thüringer Landgrafen wusste. Ja, er kannte sogar ihren Vater. Jutta Claricia war Wichmann sehr zugetan. Sie hatte endlich in ihm einen Menschen gefunden, der sogar ihren Vater und ihren Oheim gekannt hatte, sie schätzte und dem das Unglück dieser Familie ebenso wie ihr zu Herzen ging. Wichmann war Thüringer und er war einer der Klügsten im Reich, stellte Landgraf Ludwig fest, als sein Gast gegangen war. »Ich wünsche mir, dass er noch lange in Thüringen bleibt«, fügte sie an.

An sonnigen Tagen ging Jutta Claricia mit den Hofdamen in den Weinbergen an den Hängen der Burg spazieren. Manchmal liefen sie bis nach Freyburg zur Fähre hinunter. Die Unstrut war hier breit und hatte eine gefährliche Strömung. Ida schaute jedes Mal, wenn sie hier an der Unstrut waren, gebannt in die Wellen, als würde der

Fluss sie locken. Ob sie an Selbstmord dachte, überlegte Jutta Claricia. Beatrix wuchs heran und einige Hofdamen kümmerten sich liebevoll um das Kind, aber niemand kümmerte sich um Ida. Wir sollten ihr einen Gemahl suchen, beschloss Jutta Claricia. Als sie mit Ludwig über Ida sprach, schlug Ludwig nach einigen Überlegungen vor, den Burgherrn Berthold von Tuteleben einzuladen. Das war ein Ministerialer, der auf einer benachbarten Burg lebte. So viel allgemein bekannt war, lebte er allein.

Schon am übernächsten Sonntag nach der Messe in Freyburg erschien Berthold auf Burg Neuenburg. Er war ein stattlicher Mann, mit freundlichem Gesicht, guten Umgangsformen und einem vertrauenswürdigen Lächeln. Ludwig ließ den Mundschenken Wein bringen. Es war eine fröhliche Runde auf dem Burghof. Die Hofdamen trugen ihre schönsten Kleider. Man trank und man unterhielt sich. Berthold war gesprächig. Er berichtete von seiner Burg, dass sie zwar alt, aber nicht beschädigt war. Damals im Frankenreich wurde sie zur Sicherung der Außengrenze errichtet. Das Dorf Buttstedt gehörte einst zum Kloster Fulda, jetzt ist es Reichslehen. Jutta Claricia beobachtete Ida und auch Berthold. Dann erzählte Berthold, dass er schon einmal verheiratet war. Seine Frau war gestorben und sein einziger Sohn wurde im Kloster Pforta erzogen, denn er hatte sich für den geistlichen Lebensweg entschieden. Berthold schaute Ida an. Sie gefiel ihm, das war offensichtlich. »Verzeiht«, sagte Ida plötzlich und wurde dabei bis zum Halsansatz rot. »Ich bin achtzehn Jahre alt und habe eine dreijährige Tochter. Mein Vater hat mich verstoßen, weil er mich in Schande wähnte. Ihr solltet das gleich zu Anfang wissen.« – »Mich freut, dass Ihr so ehrlich seid, und nein, ich bin nicht auf eine Mitgift aus.« Berthold kam noch einige Male in diesem Sommer. Mal brachte er Himbeeren für Beatrix aus seinem Garten mit, mal hatte er ein Spielzeug dabei. Aber Ida blieb vorsichtig. Eines

Tages, als die kleine Beatrix fragte: »Kommt der Oheim wieder?«, musste sie sich auch eingestehen, dass sie sich auf ihn freute. Als der September gekommen war und der Hof aufbrach, fragte Jutta Claricia Ida, ob sie wieder mit auf die Wartburg kommen würde. Ida erzählte, dass sie und Beatrix gern zu Berthold gehen würden. Es sollte nur für diesen Winter sein, um sich kennenzulernen. Ida war weiter vorsichtig. Sie hatte noch immer Angst vor Männern. Landgraf Ludwig hatte Berthold am Anfang des Sommers die ganze Wahrheit über Ida und Beatrix erzählt. Aber Berthold hatte nur geantwortet: »Das ist Vergangenheit. Ida und die kleine Beatrix verdienen eine Zukunft und ich würde sie ihnen gern bieten wollen.«

Am letzten Sonntag vor der Abreise von der Neuenburg kam Berthold mit einem Wagen und holte Ida und Beatrix ab. Jutta Claricia umarmte die beiden und versprach ihr, dass sie im nächsten Sommer wieder zu ihnen kommen können, wenn sie unglücklich werden sollte.

Ida weinte, einige Hofdamen weinten auch, nur die kleine Beatrix lachte und hielt ein neues Spielzeug in der Hand. Als der Wagen durch das Burgtor gefahren war, ging Jutta Claricia in die Kapelle und betete. Sie wünschte Ida von Herzen alles Glück und sie wünschte ihr auch, dass sie die Kraft finden möge, wieder zu vertrauen und einen Mann zu lieben, auch wenn er fünfundzwanzig Jahre älter war. Und sie bat Gott um seinen Segen für diese kleine Familie.

Als Ruthard im Herbst wieder zu Hause eintraf, war Gunda krank. Sie war abgemagert und zitterte vor Schwäche. Bei der Begrüßung brach sie zusammen. Ruthard trug sie ins Bett, kochte einen Tee und bereitete eine Suppe zu. Er setzte sich zu ihr und gab ihr löffelweise von der Suppe zu essen. Nach einer Weile sagte Gunda: »Das, was zwischen uns steht, zerstört meine Seele. Hilf mir, Ruthard, sonst sterbe ich.« Ruthard nahm sie in seinen Arm und wiegte sie wie ein Kind. Dann begann Gunda zu erzählen. Anfangs stockend von ihrem gewaltsamen Vater, von seinen schlimmen Vergewaltigungen und Misshandlungen der Mutter und den brutalen Vergehen an den beiden kleinen Mädchen. Dann vom Freitod der Mutter und ihrer Geschwister. Als Gunda eine Pause machte und er sah, wie sie zitterte, trug er sie hinüber auf ihr Lager und deckte sie mit einem Schaffell zu. Aber Gunda fror immer noch. Er legte sich neben sie und hielt sie in seinem Arm fest. Ihre Zähne klapperten aufeinander. War es die Kälte oder war es der Schock, in das Erlebte hinabtauchen zu müssen? Ruthard streichelte über ihren Rücken und rückte eng an sie heran, um sie mit seinem Körper zu wärmen. Er spürte das Leid der armen Frau und ihrer Töchter, wie einen Messerstich in der eigenen Brust. Dann erzählte Gunda leise weiter, wie sie zu Berte gekommen war. Wie Berte sie anfangs versteckt und gesund gepflegt hatte. »Mit Berte konnte ich nicht sprechen, ich brachte kein Wort mehr heraus, weil alles, was Berte sah, mein Leben war. Für das ich mich jeden Tag geschämt habe. Dafür gab es keine Worte.« Ruthard war erschüttert, er spürte das Leid, das Gunda ausgehalten hatte, und ihre unendlich große Scham, darüber zu reden. Was war er doch für ein Idiot. »Es tut mir so leid, Gunda. Ich liebe dich und ich möchte dich heiraten. Ich möchte mit dir zusammenleben und alt werden.« – »Ja das möchte ich auch«, sagte sie, als sie ihr Arme um seinen Hals schlang.

Die Herbststürme im Jahr 1151 entwurzelten im Thüringer Wald Tannen und Fichten, rissen die Laubbäume aus dem Boden und brachen zahlreiche Äste ab. Es war gefährlich, im Wald unterwegs zu sein. Der Wind heulte wie ein waidwundes Tier. Jutta Claricia beobachtete ihren Sohn, der seine ersten Krabbelversuche startete und dachte an Ida. Hoffentlich würden Berthold von Tuteleben und Ida zueinanderfinden. Auf dem Burghof war Lärm zu hören. Ludwig trat bei diesem Wetter allein vor den Palas und begrüßte den Boten des Königs mit dem üblichen Willkommenstrunk. Der Bote berichtete: »König Konrad III. wird Ende Februar 1152 seinen sechsjährigen Sohn Friedrich zum König wählen lassen und danach soll der neue König am 9. März 1152 in Aachen gekrönt werden. Der Landgraf Ludwig II. und seine Gemahlin Jutta Claricia werden zum Reichstag, zur Wahl des neuen Königs in Bamberg und zur Krönung in Aachen erwartet.«

EIN FURCHTBARER TOD UND EIN UNGEWISSER NEUANFANG

Mit einem kleinen Gefolge brachen Landgraf Ludwig und Jutta Claricia im Februar nach Bamberg auf. Die verschneiten, schnee- und eisglatten Wege und die umgestürzten Bäume behinderten ein zügiges Vorankommen. Ein Handpferd brach sich beim Durchqueren der Hörsel das linke Bein. Immer wieder rutschten die Pferde aus, obwohl man ihnen Säcke um die Hufe gewickelt hatte. Am 16. Februar des Jahres 1152 kamen sie in Bamberg an. Hier in Franken waren Eis und Schnee verschwunden. Nieselregen und Windböen bestimmten das Wetter. Stille, Betrübnis und etwas Schweres lagen drohend über der menschenleeren Stadt. Die Bamberger waren in ihren Häusern geblieben. Etwas Unheilvolles war hier geschehen. Die Thüringer suchten rasch ihr Quartier auf und wechselten die nassen Kleider. Im Gasthaus erfuhren sie, dass tags zuvor, am 15. Februar König Konrad III. an den Folgen des Sumpffiebers, das er sich auf dem Kreuzzug, zugezogen hatte, gestorben war. Jutta Claricia weinte. Ihr Oheim, der sie immer behütet hatte und der sich, als ihr Vater gestorben war, persönlich um sie sorgte, hatte sie, das Reich, ja die ganze Welt verlassen. »Oheim, es tut mir so leid«, betete sie. »Du hast deine Frau Gertrud begraben müssen, als du zum Kreuzzug aufgebrochen bist. Du hast so viel Leid in der Familie und im Reich ausgehalten. Du warst immer gut zu mir und gerecht zu allen, die dich um Hilfe baten.« Jutta Claricia kniete noch immer vor dem Hausaltar und dachte an ihren Oheim und fragte Gott: Warum musste der Mann sterben, der niemals an sich selbst, sondern immer nur an das Reich gedacht hatte. Warum er, der für den gerechten Glauben seine Gesundheit gab? Sie verstand es nicht. Der Schmerz fühlte sich an wie eine einzige große Ungerechtigkeit. Er dröhnte im Kopf. Schwindel drückte sie nieder auf den kalten Boden, bis aus den Fragen schließlich Anklagen wurden. »Gott, du Allmächtiger, warum hast du dieses Leid zugelassen. Warum?« Dann hielt sie ein Fürbittgebet und rief die Heilige Mutter Maria an. »Mutter Maria, du bist selbst Mutter, du kennst den Schmerz und die Verzweiflung, wenn das eigene Kind leidet. Was soll jetzt aus dem kleinen Sohn des Oheims, meinem Neffen, werden? Hilf ihm! Beschütze ihn vor Falschheit, Krankheit und Verrat.« Gott sah ihre Tränen, aber er behielt seinen Trost für sich. Der sechsjährige Friedrich war nun der einzige Überlebende dieser Familie und Jutta Claricia sorgte sich um ihn. Am Abend ging die landgräfliche Familie in die Kapelle des Domes und betete gemeinsam für den Seelenfrieden des Königs und hielt ein weiteres Fürbittgebet für seinen Sohn Friedrich. Jutta Claricia dachte plötzlich an ihren Vater, der ein Bruder des Königs war, und an ihre Mutter, die beide fast gleichzeitig gestorben waren. Alle ihre Altvorderen hatten sie jetzt verlassen. Alle. Sie waren in die Ewigkeit gegangen, nur der Schmerz war in der Welt geblieben.

Wenige Tage später wurde der König im Sankt-Peter- und Sankt-Georgs-Dom zu Bamberg feierlich zur Ruhe gebettet. Es war ein prachtvolles Begräbnis. Die bedeutendsten Reichsfürsten waren erschienen und begleiteten ihren König auf seinem letzten Weg. Der kleine Friedrich weinte und seine Kinderfrau versuchte, ihn zu trösten und ihm zu erklären, was unverständlich war. Der Knabe fühlte sich verlassen und allein. Und tatsächlich, er war allein. Neben dem Kind stand Jutta Claricias Halbbruder Friedrich, der Herzog von Schwaben. Er war wieder ohne Adela angereist. Als sie ihn sah, stieg maßloser Ärger in ihr auf. Warum hatte er sie nicht mitgebracht?

Adela war so viele Jahre bei dem Oheim und seiner Frau, hatte sogar die beiden Kinder Heinrich und Friedrich aufgezogen und nun wurde sie wie unerwünscht ausgeschlossen? Mit seiner linken Hand hielt ihr Halbbruder die kleine Hand der Waise umklammert. Sie beobachtete, wie ihr Halbbruder zu den Fürsten, hauptsächlich den jüngeren, hierhin und dorthin nickte, lächelte und versteckte Handzeichen gab. Die Messe dauerte zwei Stunden, keinen einzigen Augenblick ließ ihr Halbbruder die Hand seines Neffen los. Als der Erzbischof den Segen sprach, war es nicht mehr nur eine Ahnung, dann wusste Jutta Claricia, welchen Plan ihr Halbbruder verfolgte. Er würde nicht das Kind Friedrich zum König wählen und krönen lassen. Ihr Halbbruder Friedrich würde die Gunst der Stunde für sich selbst nutzen. Friedrich war von Geburt an ein halber Welfe, aber in diesem Augenblick war er ein ganzer Welfe. Während der Feierlichkeiten zur Beerdigung ihres Oheims hatte er Absprachen, Versprechungen und Zusicherungen mit den wichtigsten und meisten Fürsten des Reiches getroffen. Sie waren zu seinen Unterstützern geworden. Herzog Friedrich III. von Schwaben ergriff am folgenden Tag die Gelegenheit und lud alle Fürsten zum Reichstag nach Frankfurt ein. Landgraf Ludwig und seine Gemahlin Jutta Claricia blieben noch zwei Tage in Bamberg, besuchten noch einmal die Grablegen des Oheims, seiner Frau Gertrud und seines Sohnes Heinrich im Dom. Am Altar knieten sie nieder und beteten für deren Seelenheil. Es war Jutta Claricias Abschied von Menschen, die ihr lieb waren. Von Bamberg aus reisten sie weiter zum Reichstag nach Frankfurt. Hier, vor allen Großen des Reiches, verkündete Herzog Friedrich von Schwaben, dass der sterbende König, sein Oheim, ihn gebeten habe, an seines Sohnes statt das Reich zu regieren und für seinen Sohn zu sorgen. Er, Friedrich von Schwaben, nimmt den Auftrag des Verblichenen ernst. Dabei hielt der Herzog von Schwaben wieder die kleine Hand seines Neffen, der starr neben ihm stand, fest umklammert. Man sah dem Jungen an, dass er Angst hatte. Auch mancher Fürst in diesem Raum fürchtete um die Gesundheit oder gar das Leben dieses Knaben.

Am nächsten Tag, es war der 4. März im Jahr 1152, wurde mit großer Mehrheit und der Unterstützung von Heinrich dem Löwen und Welf VI. Jutta Claricias Halbbruder Friedrich von Schwaben zum römisch-deutschen König gewählt. Jutta Claricia schaute ihrem Halbbruder in die Augen, aber er hielt ihrem Blick nicht stand. Er wusste, dass sie mehr sah und mehr verstand als alle anderen hier im Saal.

Am 9. März 1152, dem Tag, an dem König Konrad seinen Sohn Friedrich krönen lassen wollte, fand in Aachen die Krönungsfeier für einen anderen statt. Im Hochmünster der Marienkirche empfing der Erzbischof von Köln den gewählten König Friedrich I. Er führte ihn in die Mitte des Münsters und ließ die Fürsten dem König ihre Huldigung aussprechen. Dann übergab der Erzbischof die Reichsinsignien, das Schwert, den Mantel, das Zepter und die Spange, dem König. Der König wurde gesalbt und anschließend führte der Erzbischof den gesalbten König bis zu den Stufen, die zum Thron Karls des Großen hinaufführten. Hier oben, auf dem alten ehrwürdigen Thron aus Marmor, nahm der gewählte und gesalbte römisch-deutsche König Platz. Die Chorgesänge ertönten vielstimmig und das Hochamt begann. Jutta Claricia traf auch den alten Erzbischof Heinrich I. von Mainz wieder, der sie und Ludwig vor zwei Jahren in Erfurt getraut hatte. Friedrich, ihr kleiner Neffe, war bei der Krönungsfeier nicht anwesend. Aber nicht nur Jutta Claricia dachte an den Knaben und seinen verstorbenen Vater. Viele Getreue seines Vaters argwöhnten im Geheimen auch Unrecht. Manche tuschelten hinter vorgehaltener Hand oder fragten sich, ob der neue König

Heinrich dem Löwen Bayern versprochen und Welf VI. die Sicherung seiner herzoglichen Stellung zugesagt hat. Und was er dem Bamberger Erzbischof in Aussicht gestellt hat. Diese Fragen wurden schnell beantwortet. Der Bamberger erhielt für seine Stimme die vermögende Reichsabtei Niederaltaich. Bayern ging an Heinrich den Löwen und Welf VI. bekam die Toskana.

Das Krönungsmahl in der Pfalz dauerte zwei Tage. Der Wein hatte manche Zunge gelockert und mancher Unmut anwesender Fürsten überdeckte die zuvor geäußerten Huldigungen. Zweifel an der Rechtmäßigkeit der Königswahl und der Krönung mehrten sich und wurden hörbar. Wie die Schrift an der Wand bei Belsazar war plötzlich eine Mahnung im Raum. Unausgesprochen, aber vernehmbar. Da ergriff König Friedrich I. das Wort. Jutta Claricia beobachtete ihren Halbbruder, auch er schaute zu ihr herüber. »Mein Vetter Friedrich«, so begann er, »der Sohn des verstorbenen Königs Konrad III., soll die Markgrafschaft Egerland erhalten und das Herzogtum Schwaben. Vormundschaftlich werde ich selbst bis zu seiner Volljährigkeit für ihn entscheiden.« Mit dieser scheinbaren Großzügigkeit hatte der neue König seine Zweifler überwältigt, auch seine Halbschwester Jutta Claricia war zunächst von seiner Milde beeindruckt.

Landgraf Ludwig und seine Gemahlin brachen am Ende der Woche auf. Sie ritten wieder über Bamberg nach Thüringen. Beide ritten große Strecken schweigend nebeneinander. Jeder überdachte die Ereignisse der letzten Tage. Was für eine turbulente Zeit lag hinter ihnen. Welche Wendungen hatte das Schicksal genommen. Ludwig erinnerte sich an den alten König Konrad, an die Schrecken des Kreuzzuges. Und er erinnerte sich auch, dass der König, um das Leben eines anderen zu schonen, selbst zur Waffe griff. Er war der beste, mutigste und tapferste Kämpfer in der Schlacht. Warum wurde ihm eine entsprechende Hochachtung zu Lebzeiten so versagt? Warum zeigten immer nur alle auf ungelöste Probleme. Dass er nicht Kaiser wurde, dass er nicht mit den Welfen fertig wurde, dass er die Auseinandersetzung mit dem Papst nicht beenden konnte. König Konrad erkaufte sich keine Macht, er schuf Bündnisse durch Verlobung und Heirat und da erkannte der Landgraf, dass der tote König anders war, als es der neue König sein würde. Und hatte er ihm nicht auch seine wunderbare Gemahlin zu verdanken. Er schaute zu Jutta Claricia hinüber und lächelte ihr zu. Auch sie hing unterwegs ihren Gedanken nach. Das Herzogtum Schwaben, das war ihrer beider Heimat, Friedrich hatte es so leicht aus der Hand gegeben. Sie erinnerte sich an die schwere Zeit des Kreuzzuges. An die Menschen, die mit ihr zusammen auf der Burg und im Dorf gehungert, gefroren und ums Überlegen gekämpft hatten. Hatte ihr Halbbruder auch an sie gedacht? Und dann das Egerland. Adela war nicht da gewesen, wahrscheinlich war sie nicht einmal eingeladen worden und es war offensichtlich seine Absicht, dass seine Gemahlin nicht gekrönt werden sollte. Er hatte ihr Egerland genommen und nun weggegeben, um seine Großzügigkeit zu zeigen. Zusammengerechnet, überlegte Jutta Claricia nüchtern, haben ihr kleiner Vetter Friedrich, Adela und sie selbst die Rechnung für diese Krönung beglichen. Sie atmete die kalte Luft ein. Bis Bamberg waren es bestimmt noch zwei Stunden Ritt. Wind machte sich auf und Jutta Claricia fror. Ludwig schaute zu ihr und sah ihre blauen Lippen. Vor ihnen lag das Kloster Sankt Maria und der Landgraf befahl, hier Rast zu machen und am nächsten Tag weiterzureiten. Er sorgte sich. Jutta Claricia ärgerte sich, dass sie es war, die den großen Umweg über Bamberg vorgeschlagen hatte. Nur weil sie sich noch einmal von ihrem Oheim verabschieden wollte, mussten heute alle frieren, und die Pferde brauchten auch Futter und einen guten Stall. Als sie in den geschützten Klosterhof einritten, war sie müde und schwach. Alles in den letzten Tagen hatte an ihren Kräften gezehrt. Nach den vergangenen Ereignissen fühlte sie sich verletzt und leer. Aber es musste auch eine andere Seite geben. Vielleicht war ihr Halbbruder Friedrich doch ein geeigneter König. Er verband in seiner Person die welfische mit der staufische Seite. Vielleicht könnte er die Interessen der Fürsten besser ausgleichen. Dann hätte alles einen Sinn gemacht. Ihr Kopf schmerzte und als Ludwig ihr vom Pferd half, zitterten ihre Knie vor Kälte. Am nächsten Tag kamen sie nach Bamberg. Jutta Claricia betete an der Grablege der Familie ihres Oheims. Sie weinte um die Menschen, die sie geliebt und verloren hatte und sie weinte um verlorene Hoffnungen.

Zahlreiche Gedanken flogen in wirren Bahnen durch ihren Kopf. Was würde aus ihrem kleinen Vetter werden? Friedrich hatte ihn nach Rothenburg zur Erziehung und zur Ausbildung zum Ritter gegeben. Rothenburg war sein familiäres Stammland. Der Knabe wird hin- und hergeschoben, grübelte Jutta Claricia. Wohin würde man unseren kleinen Ludwig schieben, wenn mit mir und mit Ludwig etwas passieren würde? Die Landgrafenwürde und Thüringen waren Lehen, sie würden an den König zurückfallen. Und unser kleiner Ludwig? Wohin würde er gehen können? Wem konnten sie ihren Sohn anvertrauen? Ich werde, wenn wir zurückkommen, mit Ludwigs Schwester Mechthild sprechen, nahm sie sich vor. Dieser Plan beruhigte sie.

Der Thüringer Wald war Ende März noch tief verschneit. Die Kälte drang durch die mit Fell verbrämten Mäntel. Jutta Claricia ritt wieder an der Seite ihres Gemahls. Er war stumm, schaute auch nicht zu ihr herüber, lächelte nicht wie sonst, wenn er sie ansah. Sie ritten seit vier Stunden den schneeglatten Waldweg bergauf. Als sie die kleine Anhöhe erreicht hatten, rasteten sie, damit die Pferde sich ausruhen konnten. Der Marschall ließ den Tieren Futtersäcke umhängen. Ludwig strauchelte plötzlich und wurde von seinem Leibdiener gerade noch aufgefangen. Jutta Claricia breitete schnell ein Fell aus, auf das ihr Gemahl niedersank. Seine Stirn war schweißbedeckt, aber eiskalt. Er hatte Fieber und vielleicht sogar Schüttelfrost. Jutta Claricia fragte den Marschall, wie weit es noch bis zur Wartburg wäre. »Wenn wir flott reiten bis zum Abend«, sagte der Marschall. »Schickt einen schnellen Reiter sofort los«, ordnete Jutta Claricia an, »damit er die Heilerin Gunda auf die Burg holt. Und er soll uns einen Wagen für den Landgrafen entgegenschicken. Gibt es hier eine Siedlung, in der wir warten können, bis der Wagen kommt?« – »Das nächste Haus ist das Kloster Reinhardsbrunn. Das ist etwa eine Stunde entfernt, ich könnte von dort einen Wagen kommen lassen und wir warten im Kloster.« – »Gut, so machen wir das und sagt dem Reiter, er findet uns im Kloster.« Ludwig stöhnte und riss sich den Mantel und den Wams auf. »Mir ist so heiß.« Jutta Claricia kühlte seine Stirn mit Schneebällen. Der Kämmerer legte mehrere Felle übereinander und machte ein provisorisches Lager für den Landgrafen. Dann begann es zu schneien. Die Flocken wurden rasch immer dicker und dichter. Das Zelt drohte bald unter der Schneelast zusammenzubrechen. Ludwig fantasierte im Fieberwahn. Jutta Claricia rieb ihm mit kaltem Schnee das Gesicht ab und sprach beruhigend auf ihn ein. Dann endlich kam der Wagen aus dem Kloster. Ludwig begann zu husten und zu keuchen. Alle anderen bekamen im Kloster einen heißen Tee und eine warme Suppe. Ludwig behielt nichts bei sich. Dann, es war inzwischen weit in die Nacht hinein, kam der Wagen von der Burg. »Wir brechen sofort auf«, beschloss Jutta Claricia. Die Mönche versorgten sie mit Fackeln und Laternen.

Erst als der Morgen heraufdämmerte, trafen sie in der Burg ein. In der Zwischenzeit war Gunda, die Heilerin, bereits auf der Burg angekommen. Aber ihre schlimmen Befürchtungen wurden durch die Wirklichkeit noch übertroffen.

Sie untersuchte den Landgrafen und dann sagte sie zu Jutta Claricia: »Hoheit, Euer Gemahl leidet unter Stickhusten, der auch Blauhusten genannt wird. Das ist sehr ansteckend und für Kinder meist tödlich. Sie ersticken qualvoll. Alle Personen, die mit dem Landgrafen zusammen waren, dürfen in den nächsten zwei Wochen keinen Kontakt mit ihren Familien oder anderen Menschen haben. Ihr selbst solltet Euch einen Schleier vor das Gesicht binden, wenn Ihr zum Krankenlager geht. Ich werde versuchen, den Hustenreiz zu lindern und den Schleim zu lösen. Wenn wir die Vorsichtsmaßnahmen nicht beachten, kommt es zum allgemeinen Sterben hier.« Gunda sah Jutta Claricia in die Augen. Hatte sie die Gefahr verstanden?, fragte sie sich. Dann gab sie ihr eine Tasse mit starkem Beruhigungstee. Jutta Claricia suchte ihre Kemenate auf und schlief gleich ein. Am nächsten Tag erwachte sie erst, als es auf Mittag ging. Gunda war bei ihr. »Wie geht es meinem Gemahl?« – »Unverändert, aber nicht schlechter. Hoheit, verzeiht mir, ich habe die ganze Gefolgschaft, die mit ihm unterwegs war, für zwei Wochen im Gadem untergebracht«, sagte Gunda. Jutta Claricia nickte nur. »Der Kinderfrau Eures Sohnes habe ich angeordnet, ihre Tür verschlossen zu halten und niemandem zu öffnen. Das Essen wird ihr vor die Tür gestellt und die Heimlichkeit ebenfalls.« So langsam ahnte Jutta Claricia, mit was für einer furchtbaren Krankheit sie es hier zu tun hatten. Nach zwei Tagen erkrankte ein Ritter und sein Knappe ebenfalls am Stickhusten. Sie wurden gleich in zwei einzelne Kammern gelegt und dort ebenfalls von Gunda versorgt. Nach einer Woche kam Gunda zu Jutta Claricia. »Der Knappe kämpft um sein Überleben. Er hat die Hälfte seines Körpergewichtes abgenommen, seine Lungen sind schwer geschädigt. Sein Vater sollte kommen, vielleicht finden wir zusammen einen Weg für den Jungen.« Jutta Claricia schickte einen Boten zu Wolfram von Bilstein zur Illburg mit der Botschaft: »Euer Sohn ist schwer erkrankt und ist seinem Tod nahe.« Der alte Vater hetzte sein Pferd zur Wartburg. Wollte Gott ihm sein einziges Kind nehmen? Im letzten Winter hatte er seine Sofia beerdigt. Und jetzt sein Kind? Nein, das konnte nicht sein. Er betete, er fluchte, er kämpfte sich Meile für Meile vorwärts. Als er auf der Wartburg eintraf, sagte ihm die Heilerin, er könne seinen Sohn nur von Ferne sehen. Dann erklärte sie, dass der Knabe schwach sei und seine Lungen lange Zeit brauchen werden, um zu gesunden. In dieser Zeit dürfe der Sohn nicht in den Stall, nicht zu Tieren und nicht Staub ausgesetzt werden. Der Vater sah seinen Sohn liegen und es brach ihm fast das Herz. Gunda erläuterte, wenn er sich ein bis zwei Jahre lang erholt, keine körperliche Arbeit verrichtet, gut isst, an frischer Luft Spaziergänge macht und möglichst nur saubere Luft atmet, könnte er wieder gesund werden. Der Vater kniete vor Jutta Claricia nieder und dankte ihr für die Hilfe. Er würde, wenn es seinem Sohn besser ging, mit einem Wagen kommen und ihn abholen. »Hoheit«, sagte er zu Jutta Claricia, »das ist mein einziges Kind. Er ist das Einzige, was mir nach dem Tod meiner Gemahlin geblieben ist. Ich danke Euch.«

Nach drei Wochen war die Angst vorbei. Alle hatten überlebt und in den nächsten Tagen würde auch der Knappe von seinem Vater abgeholt werden. Endlich konnte Jutta Claricia zu ihrem kleinen Ludwig gehen. Als sie in die Kinderstube kam, war sie entsetzt. Wie sah es denn hier aus. Teller standen auf dem Boden, ein Stuhl war umgeworfen und die Tischdecke hing über den Stuhlbeinen. Ihr Ludwig lachte und sie nahm ihn auf den Arm und drückte ihn liebevoll an sich. Der Kleine sagte stolz »Wauwau« und hielt ihr ein unförmiges Holzstück entgegen. Die Kinderfrau erklärte, dass sie ihm einen Hund geschnitzt habe, weil ihnen sonst so langweilig gewesen wäre. »Und mit dem Hund hat er jeden Tag gespielt. Das ist der Zwinger«, die Kinderfrau zeigte auf den umgeworfenen Stuhl, »und das sind die Schüsseln für das Fressen und Saufen. Wauwau war Ludwigs erstes und lange Zeit liebstes Wort.« – »Bringen wir deinen Wauwau in den Zwinger?«, fragte die Mutter, Ludwig holte aus und warf den Holzklotz unter den Stuhl. Dann folgte sein »Wauwau.« – »Dein Vater schenkt dir einen richtigen Hund, das verspreche ich dir, mein kleiner Schatz.«

Das Fest der Auferstehung des Herrn war vorüber und überall auf der Burg wurden Vorbereitungen getroffen für die Übersiedlung auf die Neuenburg. Jutta Claricia hatte den Hofdamen ein Treffen mit Berthold und Ida in Aussicht gestellt. Sie selbst war auch gespannt, wie es Ida ergangen war. Ob sie ein gutes Jahr hatten? Dann war es so weit. An einem der folgenden Sonntage brach der ganze Hof nach der Messe auf. Sie ritten wieder bis zu der Stelle an den beiden Seen und machten auf dem bekannten Hügel Halt. Jutta Claricia spazierte über den Hügel, sie liebte diese Anhöhe, diese Aussicht und die Seen, in denen sich nachts der Mond spiegelte. Auch dem kleinen Ludwig gefiel der Berg. Er rannte seinem Hund hinterher, der bellend davonjagte. Vor wenigen Wochen hatte er von seinem Vater diesen Hund geschenkt bekommen. »Das ist der erste und der heißt Adam«, hatte der Vater gesagt. »Dam«, wiederholte der kleine Sohn. »Dam, Dam.« Dabei blieb es auch. Dam war ein anhänglicher Hund. Er schlief mit in der Kinderstube und hier im Zelt des Sohnes.

Vor der Abendmahlzeit stieg Jutta Claricia mit den Hofdamen hinab zum großen See. Die Enten flogen erschrocken aus dem Schilf auf. In der Ferne, am anderen Ufer des Sees, sahen die Frauen Pferde grasen. Es waren alles Schimmel. »Wem gehören diese wunderschönen Tiere?«, fragte sie spätabends ihren Gemahl. »Ich weiß es nicht, aber das Land hier gehört dem Grafen von Beichlingen. Die Tiere sind wild. Sie lieben das Wiesengras an der Unstrut-Niederung und an den Seen hier. Es gab hier schon immer diese weißen Pferde. Es wird erzählt«, fuhr er fort, »dass der letzte Thüringer König Herminafried dem Ostgotenkönig Dietrich von Bern einhundert weiße Rosse schenkte, als er um dessen Nichte Amalaberga freite. Und dein Pferd hat Ruthard auch aus dieser Gegend geholt.« – »In unserem Land gibt es so wunderschöne Pferde«, stellte sie verblüfft fest. »Was für ein Schatz.« Jutta Claricia hatte einen weiteren Grund gefunden, diesen Platz zu lieben. Bevor sich die Hoheiten niederlegten, tranken sie gemeinsam zur Nacht einen heißen Würzwein, denn die Nächte waren in diesem Jahr besonders feucht und kalt.

Trotzdem stand Jutta Claricia mitten in der Nacht auf. Der Vollmond schien auf den See, der sich wie ein glänzender und spiegelnder Teppich zu ihren Füßen ausbreitete. Es war wie ein stilles Willkommen, wie eine herzliche Einladung zum Verweilen und Jutta Claricias Herz nahm diese Einladung an. Die Nacht war sternenklar und ihr schien, als würde jeder einzelne Stern ihr eine Botschaft senden. Bald ging sie wieder zurück ins Zelt und kroch zu ihrem Gemahl unter das Fell. Ludwig wickelte sie in seine Decke, legte das Schaffell darüber, streichelte und liebte sie bis zum Anbruch des Morgens.

Die starken Mauern der Neuenburg grüßten von Ferne vom massigen Berg herab. Es war heute der erste sonnige Frühlingstag. Gelbe, blaue und weiße Frühblüher bekundeten, dass der Winter endlich vorbei war. Das letzte Stück des Weges von Freyburg hinauf wollten die Hofdamen laufen. Jutta Claricia ritt Seite an Seite mit ihrem Gemahl auf den Burgberg. Es fiel kein Wort zwischen ihnen, aber beide trugen die Liebe und das Glück in sich und sie trugen sie auf die Burg und füllten damit alle Räume und alle Tage.

Berthold von Tuteleben und Ida wurden zum Sommerfest auf der Neuenburg erwartet. Nachmittags traf endlich der Wagen von der Burg Tuteleben ein. Berthold und ein Gefolgsmann ritten durch das Burgtor, der Wagen polterte hinterher. Während Bertold Ida beim Aussteigen half, sprang Beatrix vom Wagen herunter und lief auf die Hofdamen zu. Was für ein hübsches Mädchen sie geworden war. Jutta Claricia rechnete schnell nach. Sie war 1148 geboren, dann würde sie bald vier Jahre alt werden. Sie hatte die dunklen gewellten Haare und das hübsche Gesicht ihrer Mutter, aber sie war groß und konnte mühelos von einem Wagen springen. Sie rannte und sprang wie ein Knabe und würde sicher bald reiten wollen. Das war das andere Blut, grübelte Jutta Claricia. Berthold führte Ida am Arm. Ihr Gesicht war rundlicher und die unnatürlich dünne Leibesmitte war fülliger geworden. Die Veränderungen standen ihr gut und sie sah glücklich aus. Berthold machte ebenfalls einen glücklichen Eindruck. Die Tafel war unter einem Baldachin auf dem Burghof errichtet. Der Mundschenk hatte gerade die Becher mit dem Willkommenstrunk gefüllt, als die Kinder herumtobten und mit Ludwigs Hund Dam spielten. Der Landgraf verzichtete auf seine Begrüßungsrede, denn das Geplauder unter den Hofdamen hatte längst begonnen. Die sonst so schüchterne Ida wandte sich plötzlich an Jutta Claricia, stand auf und ergriff vor allen anderen an der Tafel das Wort. »Wir danken Eurer Hoheit von Herzen. Wir, Berthold, Beatrix und ich, haben uns als kleine Familie zusammengefunden und Beatrix und ich möchten gern bei Berthold auf der Burg Tuteleben bleiben. Für immer.« Ida schaute zu Berthold und lächelte. Jutta Claricia umarmte sie und Ludwig lud von nun an die neue Familie zu jedem Sommerfest auf die Neuenburg ein. Die Hofdamen klatschten Beifall und die eine oder andere wischte sich auch eine Träne aus den Augen. Sie wünschten Ida und ihrer Familie Glück.

Der gemeinsame Sommer auf der Neuenburg war kurz, schon bald musste Landgraf Ludwig nach Merseburg zum Hoftag aufbrechen. Jutta Claricia blieb auf der Neuenburg bei ihrem Sohn und wollte sich, wenn sie allein war, die neuen Steinmetzarbeiten in Pforta und Naumburg ansehen. Sie hatte eine Idee, die sie konkretisieren wollte. Der Palas auf der Wartburg musste vergrößert werden, vielleicht könnte man ein weiteres Obergeschoss ergänzen, überlegte sie. Dann würden im Erdgeschoss der Rittersaal und der Speisesaal sein. An der Westseite des Palas führte eine große Außentreppe ins erste Obergeschoss. Dort blieben die Kapelle und das Landgrafenzimmer und die Wohnräume. Vom Landgrafenzimmer aus könnte eine breite, mit Schnitzereien versehene Holztreppe in das geplante zweite Obergeschoss führen. Hier würden sie einen großen Festsaal mit einer schmuckvollen Fenstergalerie errichten. Diese Galerie sollten die besten Steinmetze erschaffen. Die Naumburger vielleicht, überlegte sie. Von ihr aus würde man weit über die Wälder des Landes blicken können. Jutta Claricia dachte über die Detailgestaltung dieser Galerie nach und interessierte sich deshalb für die Steinmetzarbeiten. Nach der Abreise des Landgrafen ritt sie mit kleinem Gefolge an einem sonnigen Tag nach Pforta und nach Naumburg. Was für wunderbare Arbeiten fertigten die Steinmetze hier an. Blumen, Blüten und Blätter entfalteten sich im Sandstein. In der Werkstatt sah sie einen Baumstumpf stehen. Es war eine Säule, die wie ein Baumstumpf mit Rinde und Astgabeln aussah. Sie fuhr mit der Hand über den kalten Sandstein und schloss die Augen. Nein, ihre Fingen spürten nicht den Stein, sie spürten den Baum, seinen Wuchs und seine Stärke. Das war es, was sie gesucht hatte. Neues und Schönes. Sie ritt beglückt zurück auf die Neuenburg.

Landgraf Ludwig traf nach einer Woche wieder auf der Burg ein. Er war verärgert und zog sich gleich zurück. Erst nach dem Abendessen, als die Eheleute allein waren, berichtete er vom Hoftag.

»Der neue König, dein Halbbruder, hat die Verhältnisse im Reich deutlich verschoben und ich weiß nicht, ob das gut ist«, begann er. »Seinem Freund Welf VI. hat er den Herzogtitel gesichert. Er hat ihn zum Herzog von Spoleto und Markgrafen von Tuscien und Fürsten von Korsika und Sardinien erhoben und seinem Vetter Heinrich dem Löwen übertrug er die Reichsvogtei über Goslar. Goslar!«, Ludwig stöhnte, »mit dem Silber aus dem Rammelsberg wird Heinrich der Löwe der reichste Herzog unter allen deutschen Reichsfürsten. Dagegen sind die Askanier und Wettiner, die bisher immer treu zur Krone gestanden haben, vergleichsweise leer ausgegangen. Als einzige Entschädigung wurde Wichmann von Seeberg, den du kennengelernt hast und der ein Neffe des Markgrafen von Meißen ist, zum Erzbischof von Magdeburg ernannt.« Der Landgraf stürzte den Wein hinunter, den der Mundschenk ihm hingestellt hatte. »Die Fürsten sind verärgert«, fuhr er fort, »und am schlimmsten ist, dass sich zwei Lager herausbilden werden. Für den neuen König und für die Welfen oder gegen die Welfen und damit auch gegen den König.« Dann schwieg er und ging unruhig auf und ab. Schließlich fuhr er fort. »Man erzählt sich, dass der Stickhusten viele Opfer im Reich gefordert hat. Ganze Adelsgeschlechter sollen am Rhein und an der Donau verschwunden sein, darunter besonders viele Kinder.« Ludwig schwieg und setzte sich neben Jutta Claricia. Sie umarmte ihren Gemahl. »Ich kenne ihn«, sagte sie, »Friedrich verfolgt sein Ziel und merkt nicht, oder es ist ihn egal, wenn er dabei andere verletzt.« Sie dachten beide über die Entwicklung im Reich nach und dabei war die Landgräfin froh, dass Gunda ihren Gemahl vor dem Tod gerettet hat.

Der Sommer war zu Ende. Berthold von Tuteleben brachte noch einen Korb mit Äpfeln und Birnen auf die Burg und verabschiedete sich bis zum nächsten Jahr. Der Hof des Landgrafen brach zur Wartburg auf. Die Rast an den weißen Seen, wie Jutta Claricia liebevoll die Stelle auf dem Hügel nannte, war verregnet. Der Spaziergang hinunter zum See blieb aus. Nur Dam machte sich auf den Weg und verscheuchte die aufgeregten Enten. Abends ließ der Regen nach und Jutta Claricia trat hinaus vor ihr Zelt. Die Luft war klar. Das Mondlicht spiegelte sich in der Wasserfläche. Als sie zu ihrem Gemahl unter die warme Decke kroch, fragte sie: »Wann wolltest du die Burg hier bauen?« – »Wenn wir mehrere Kinder haben und es sich lohnt«, brummte er im Halbschlaf. »Du könntest jetzt anfangen«, sagte sie leise und kroch an ihn heran. Er nahm sie in den Arm und deckte sie liebevoll zu. Als sie gerade eingeschlafen war, fuhr er plötzlich auf. »Wie, verstehe ich das richtig, meine Gemahlin ist schwanger?« Jutta Claricia führte seine Hand über ihren Bauch, der sich zu wölben begann.

Im Februar 1153 starb überraschend Landgraf Ludwigs jüngerer Halbbruder Heinrich Raspe und nur wenige Tage später brachte Jutta Claricia mit Gundas Hilfe einen gesunden Knaben zur Welt. Die glücklichen Eltern nannten ihren Sohn Heinrich Raspe. Einmal zur Erinnerung an Ludwigs Oheim Heinrich Raspe I., der in jungen Jahren ermordet worden war, und nun an seinen Bruder Heinrich Raspe II., der ebenfalls jung war, als er starb.

Bald nach der Geburt musste Landgraf Ludwig zum Hoftag nach Konstanz aufbrechen. Der März, der April und der Mai, also das ganze Frühjahr war vorüber, als Ludwig wieder auf der Wartburg eintraf. Jutta Claricia hatte inzwischen alle Vorbereitungen für den Umzug auf die Neuenburg getroffen, aber weil es ununterbrochen regnete, hatte sie ihn auf Ende Mai verschoben. Ab Mitte Mai zeigte sich die Sonne und es wurde deutlich wärmer. Jutta Claricia ritt mit einem kleinen Gefolge hinunter nach Eisenach und besuchte ihre Schwägerin im Nikolaikloster, um sich für die Sommerzeit zu verabschieden. Adelheid wirkte nachdenklich. Jutta Claricia fragte sie direkt, worüber sie sich Sorgen machte. Adelheid berichtete von zwei Witwen, einer jungen Gräfin und einer betagten Herzogin, die bei dem großen Sterben ihre Familien verloren hatten. Dann kamen plötzlich andere und erhoben Anspruch auf ihr Hab und Gut und sie mussten gehen. Sie waren ja nur Frauen. Sie mussten von einem Tag auf den anderen ihre Burg und ihr Anwesen verlassen. »Aber gehen wohin?«, fragte Adelheid. »Ich habe sie hier aufgenommen, obwohl sie keine Nonnen sind und es auch nicht werden können. Das Kloster kann sie ernähren und sie verlieren nicht ihren Stand und ihr Ansehen. Außerdem habe ich mich mit dem Kloster Drübeck abgesprochen, dort werden sie künftig auch solche Witwen aufnehmen.« Jutta Claricia nickte. »Ich würde es auch so machen«, sagte sie und umarmte die Schwägerin. Auf dem Rückweg dachte sie über das Problem nach. Tatsächlich gab es nicht wenige Frauen, die ohne Hilfe, ohne Schutz und oftmals auch ohne Vermögen zurückblieben. Sie gab ihrem Pferd die Sporen und trieb es zur Eile. Danke, Adelheid, Gott der Allmächtige hat dich auf den richtigen Platz gestellt, dachte sie, und ich bin stolz auf dich. Am Tag, bevor sie zur Neuenburg aufbrechen wollten, traf der Landgraf auf der Wartburg ein.

Er und sein Gefolge hatten in schnellem Ritt die riesige Entfernung von Konstanz bis zur Wartburg zurückgelegt. Was hatte den Landgrafen angetrieben? Ärger? Angst? Ohnmacht? Er wusste es wohl selbst nicht zu deuten, aber er bemühte sich, sich heute während seines Berichtes noch einmal an die Details der Eskalation und an seine Empfindungen zu erinnern. Jutta Claricia saß ihm gegenüber in der Fensternische und hörte interessiert zu. »Als auf dem Hoftag die beiden Kaufleute aus Lodi erschienen waren«, begann der Landgraf, »und sich über die Machtansprüche Mailands gegenüber ihrer Stadt und anderen kleineren italienischen Städten beschwerten, befürchtete ich, dass das Reich in einen Städtekrieg mit oberitalienischen Städten hineingezogen werden könnte. Ein ungleicher Kampf und jenseits der Alpen.« Er räusperte sich und trank aus dem Becher. »In einem solchen Krieg konnten meiner Meinung nach nur Verlierer übrigbleiben. Nein, ich war gegen einen Krieg in Oberitalien. Ich wollte kein Verlierer sein, ich hatte doch Thüringen und eine Familie, aber andererseits hatte ich auch keine Lösung für das Problem. Dann geschah es noch während des Hoftages, wie Zug um Zug. König Friedrich I. sandte von Konstanz aus einen Boten mit einem Brief nach Mailand, mit dem Auftrag, den Markt in Lodi wieder wie bisher zu gestatten. Die Mailänder Konsuln warfen den Brief des Königs und sein Siegel auf den Boden und zertraten es öffentlich. Sie scherten sich nicht um den König. Wegen dieser Missachtung der Mahnung des Königs, der Missachtung des Königs selbst und der Missachtung des Reiches, dessen König er war, wurde für das folgende Jahr ein Italienfeldzug gegen die Stadt Mailand beschlossen.« Wieder machte der Landgraf eine Pause, er stöhnte hörbar. »Aber ich hatte von anderen Fürsten gehört, dass es nicht allein die Stadt Mailand war, die sich gegen die Reichsinteressen wehrte. Mailand hat einen großen Verbündeten, so sagte man. Den Lombardischen Städtebund. Dass waren die stolzesten, stärksten und mächtigsten Städte in der Lombardei. Dagegen standen nur wenige kleinere Städte als Verbündete auf der Seite des Reiches. Viele Fürsten und auch ich erkannten, dass die großen Städte in Oberitalien Eigeninteressen verfolgen. Sie waren wirtschaftlich erstarkt, sie hatten ein militärisches Bündnis – sie konnten sich ihre Eigeninteressen leisten und wollten auf den Machtanspruch des Königs verzichten. Sie brauchen keinen König, wohl aber andersherum. Der König will und braucht ihr Gold.« Der Landgraf grübelte und schwieg. Dann fuhr er fort. »Der König kann kein Recht über italienische Städte sprechen.« – »Wie meinst du das?«, fragte die Landgräfin. »Er ist entweder mit der Stadt verbündet oder mit ihr im Krieg. Immer aber ist er parteiisch.« Als Ludwig das Problem mit den oberitalienischen Städten dargelegt hatte, aß er sein Brot, die Scheibe Schinken, trank den Becher leer und schwieg. »Was gab es noch?« Der Landgraf hatte die Frage seiner Gemahlin befürchtet. »Der Bischof Hermann von Konstanz hat zu Anfang des Hoftages die Ehe von deinem Halbbruder Friedrich und Adela von Vohburg geschieden. Seine Begründung war, sie seien zu eng verwandt.« Jutta Claricia traten die Tränen in die Augen. »Adela tut mir so leid. Sie hat uns damals geholfen, als Friedrich unsere Vorräte plünderte. Sie gab uns ihren Schmuck, damit wir Saatgut kaufen konnten. Warum tut er ihr das an. Was hat sie ihm getan? Wie kann er nur so hartherzig sein?« Jutta Claricia regte sich auf, bis ihr Gemahl sie daran erinnerte, nicht an ihren Halbbruder zu denken, sondern an das Kind unter ihrem Herzen. Als sie in sein Bett ging, weinte sie um Adela und um alle gedemütigten Frauen. Warum wurden sie verstoßen, bestraft und enteignet? Das war Unrecht, grübelte sie, auch wenn es üblich war.

ITALIENFELDZUG

Wie die anderen Herzöge, Erzbischöfe und Grafen zog auch Landgraf Ludwig im Spätherbst 1154 mit seinen Rittern und seinem Gefolge im Heer des Königs über die Alpen. Es war ein schwerer Abschied von seiner Gemahlin und von seinen beiden Söhnen. Jutta Claricia war wieder schwanger und es würde nicht mehr lange dauern, bis sie niederkommen würde. Sie stand vor dem Palas, hatte den kleinen Ludwig an der Hand und Heinrich auf dem Arm. Sie trug ihren blauen Bliaud, der die Wölbung ihres Leibes geschickt verdeckte. Der Landgraf drehte sich noch einmal zu ihr um, bevor er vom Hof ritt. Sie sah wunderschön aus, stellte er fest. »Ich liebe dich und unsere Kinder und ich werde bald zurückkommen.«

Möglicherweise hatte das Heer des Königs die Alpen noch gar nicht erreicht, als Jutta Claricia niederkam. Die Zeit der Geburt war eigentlich noch nicht heran, aber irgendetwas stimmte nicht, fand sie. Sie ließ Gunda, die Heilerin, rufen und war froh, als sie auf der Burg einzog. Gunda untersuchte Ihre Hoheit und stellte fest, dass das Kind vor der Geburt gedreht werden musste. Sie gab Jutta Claricia einen besonderen Tee zu trinken, damit die Wehen einsetzten. Am nächsten Morgen traten die ersten Wehen auf. Jutta Claricia lag nackt auf ihrem Bett. Gunda drückte mit den Fingern ihre Brustspitzen so zusammen, als würde ein Säugling daran saugen. Sie wiederholte mehrfach den falschen Saugversuch, dann endlich am späten Nachmittag platzte die Fruchtblase und die Geburt begann. Der Geburtskanal musste geweitet und das Kind gedreht werden. Die Schmerzen waren kaum zu ertragen. Dann endlich, Stunden waren vergangen, drängte ein neues Menschlein in die Welt. Jutta

Claricia war am Ende ihrer Kräfte. Das Kind war sehr klein, aber gesund. Gunda hatte es gesäubert und legte den nackten Knaben der Mutter auf die Brust. »Wieder ein Knabe. Er ist so zart und er hat einen schönen Mund. Ich werde ihn Hermann nennen«, sagte Jutta Claricia und küsste ihren Jüngsten auf die Stirn. Als sie aufstehen konnte, bat sie ihre Leibdienerin, den Kämmerer zu rufen. Sie beauftragte ihn, Gunda eine großzügige Entlohnung zu überlassen, denn es sei eine gefährliche Geburt gewesen. Der Kämmerer gab ihr fünf Silberdenar.

Zum Fest der Geburt des Herrn weilte der Landgraf noch immer in Italien. Jutta Claricia hatte alle auf der Burg zu einer gemeinsamen Messe in die Kapelle eingeladen. Die Kerzen brannten und erleuchteten das aus dunklem Holz geschnitzte Kreuz mit dem gekreuzigten Christus, das auf dem Altar stand. In den meisten Frauen brannten die Sorgen um ihre Männer und verdunkelten alle Gedanken an die Zukunft. Sie hatten seit Monaten nichts vom Heer und vom Italienfeldzug gehört. Wussten nicht, ob Mann, Bruder oder Verlobter noch lebten. Sie teilten wortlos das bisschen Hoffnung, das im Ungewissen wohnte. Nach dem Segen gab es für alle im Speisesaal eine Abendmahlzeit. Wildbret, Brot und Würzwein für die Erwachsenen und Brei und Plätzchen und Tee für die Kinder. Jedes Kind durfte sich einen roten Apfel aus Bertholds Garten nehmen.

Dann ging das Jahr 1154 zu Ende. Eisige Kälte, Schneegestöber und stürmische Winde tobten über den Thüringer Wald. Jeden Abend ging Jutta Claricia mit ihrem ältesten Sohn in die Kapelle und betete für ihren Gemahl und den Vater ihrer Kinder. »Komm bald heim, Vater, Gott hilf uns«, sagte der kleine Ludwig und war gleich darauf mit den Worten »mir ist kalt und das macht mich traurig« verschwunden.

Jutta Claricia hatte jeden Tag Angst, ihrem Gemahl könnte in Italien Schlimmes passieren. Sie träumte jede Nacht von brutalen Kämpfen, von Hinterhalten und Krankheiten. Den vierten Geburtstag von Ludwig feierte sie allein mit den Kindern. Abends ging sie voller Sorge ins Bett. Sie legte sich in das Bett ihres Mannes und wollte sich ihm nahe fühlen. Ein Albtraum suchte sie heim und sie wachte schweißgebadet in der Nacht auf. Leise ging sie durch die Kinderstube. Ludwig hatte seinen Hund Dam mit im Bett. Sie ließ es durchgehen, auch er vermisste seinen Vater. Wenige Wochen später kam der zweite Geburtstag von Heinrich. Ruthard hatte ihm ein kleines Holzpferd geschnitzt. »Pferdchen Hüh«, sagte Ruthard, als er ihm das Holzpferd überreichte. »Pfüh«, sagte Heinrich, aber es klang eher wie ein Auspusten. Er krabbelte in der Kinderstube mit seinem Pferd herum. Ruthard hatte die Erlaubnis, mit Heinrich, weil es sein Geburtstag war, in den Pferdestall gehen zu dürfen. Er nahm den Knaben auf den Arm und betrat den Stall. Langsam ging er durch die Stallgasse. Rechts und links reckten die Pferde ihnen neugierig ihre Köpfe entgegen. Heinrich klammerte sich fest an den Hals von Ruthard und blies ihm seinen warmen Atem in den Nacken. »Pfüh«, sagte Heinrich bei jedem Pferd. Dann gingen sie in die Kinderstube zurück. Heinrich hielt sein Pferd stolz in der Hand und zeigte es seiner Mutter und den Kinderfrauen. »Pfüh, Pfüh«, erzählte er den ganzen Tag.

Jutta Claricia hatte vom Truchsess einen Überblick bekommen, welche Vorräte auf der Burg waren und wie lange sie reichen würden. Auch reichliches Saatgut für die Bauern war vorhanden. Ruthard war als Stallmeister für den Pferdestall verantwortlich und berichtete, dass bis ungefähr zwei Wochen nach Ostern genug Futter für die Tiere vorhanden sei. Der Marschall, Arnold von Reinsberg, selbst war mit den Rittern, dem Tross und dem Landgrafen nach

Italien gezogen. Alles in allem waren die Futter- und Lebensmittelvorräte und das Saatgut in einem beruhigenden Ausmaß vorhanden. Trotzdem bat Jutta Claricia den Truchsess zu sparen und auch die Notlagen der Bauern im Blick zu behalten.

Zum Fest der Auferstehung regnete es. In der Kapelle gab es eine gemeinsame Messe und danach ein Mittagessen. Jutta Claricia hatte mit dem Truchsess abgesprochen, dass sie vier Tage nach dem Fest auf die Neuenburg umziehen würden. Ruthard kümmerte sich um die Pferde und die Wagen. Die Knechte und Mägde halfen beim Packen. Die Hofdamen, die Kinderfrauen und die beiden Ammen für Hermann kamen ohne Hilfe aus. Mit einem Tag Verspätung, weil es stark regnete, setzte sich der Hofstaat in Richtung Neuenburg in Bewegung. Es ging langsam vorwärts. Der Sturm und der Regen der letzten Tage hatte manche Wege unpassierbar gemacht. Die Begleitmannschaft ritt bis Erfurt voran und räumte die Wege frei. Zweimal kamen sie zu Jutta Claricia zurück und berichteten, dass ihnen Händler begegnet waren, die von Raubrittern ausgeraubt worden waren. Einer hatte sich sogar das Zeichen des Ritters gemerkt. Spät am Abend schlugen die Knechte das Quartier auf dem Hügel auf. Alle waren müde. Jutta Claricia trat im Mondlicht vor ihr Zelt und schaute hinab auf das Wasser. Sie dachte an ihren Gemahl und sehnte sich nach seiner Liebe. Alles ist nur halb, wenn du nicht da bist. Selbst die Schönheit hier ist nur halb, wenn ich sie nicht mit dir genießen kann. Als sie am nächsten Morgen aufbrachen, schien die Sonne.

In dem üblichen Durcheinander bei der Ankunft auf der Neuenburg bemerkte niemand, dass der kleine Ludwig verschwunden war. Der Hund war auch weg. Die Kinderfrau wagte sich nicht in die Nähe von Jutta Claricia. Sie suchte den ganzen Tag vergeblich nach dem Jungen. Zur Abendmahlzeit kniete sie vor der Landgräfin nieder und berichtete, dass Ludwig seit ihrer Ankunft hier auf der Burg verschwunden war. Die Frau war auf die schlimmste Strafe gefasst. Aber Jutta Claricia hob sofort die Tafel auf und alle mussten bei der Suche helfen. Ruthard machte den Vorschlag, er würde den Hund suchen. »Wenn der Hund da ist, finden wir auch das Kind. Sofern nicht …«, dann brach er ab. Das Gleiche dachte Jutta Claricia auch, wenn nicht ein Raubritter den Knaben gefangen hält und Wertsachen erpressen will.

Ruthard rief den Hund, aber Dam kam nicht. Er lief den Burgberg hinab zu den Weinbergen, wo die Weinbauern arbeiteten. Nein, die hatten keinen Knaben und auch keinen Hund gesehen. Auch auf dem Weg zur Unstrut konnte er das Tier nicht entdecken. Langsam wurde es dunkel. Ruthard schwitzte. Er schlug den Weg zu einem kleinen Wäldchen ein. Nichts. Kein Hund, kein Kind. Als er eine Pause machte und sich auf einen Stein setzte, hörte er in der Ferne Schafe blöken. Ruthard ging auf die Schafherde zu, vielleicht hatten sie den Knaben oder den Hund gesehen. Hinter dem Wäldchen, auf einer kleinen Lichtung, sah er eine Schafherde. Er rief mehrmals den Hund. »DAM, DAM …« Dann kam der Hund langsam angetrottet. Er kam von den Schafen. Ruthard ging auf den Schäfer zu und wollte gerade nach einem Knaben fragen, das sah er Ludwig auf der alten Jacke neben kleinen Zicklein liegen und schlafen. Der Schäfer entschuldigte sich, er kannte den Jungen nicht, aber er war hungrig gewesen und da habe er ihm sein Knoblauchbrot und etwas Ziegenmilch gegeben. Dann war das Kind schnell eingeschlafen. Ruthard dankte dem Schäfer und trug den schlafenden Knaben hinauf auf die Neuenburg. Ludwig stank nach Knoblauch und Ziegen und hatte jede Menge Flohstiche am Körper. Jutta Claricia war dankbar, dass der Schreck vorbei war und alles ein gutes Ende gefunden hatte. Sie ließ den Küchenmeister am nächsten Tag einen

Korb mit Brot, Bratenscheiben, Schinken und einem Krug Wein zusammenstellen, den Ruthard dem Schäfer brachte. »Der Hund des Knaben ist ein Hütehund«, sagte der Schäfer. »Den zieht es immer wieder zu Schafen oder Ziegen. Das ist seine Natur.« So wird es gewesen sein, überlegte Ruthard, der Hund verschwand und Ludwig ist nur hinterher, weil er ihn zurückholen wollte.

»Der Hund kommt ab sofort an einen Strick«, ordnete Jutta Claricia an. Ludwig erzählte von seinem Ausflug zu den Tieren. »Sie sind so klein und so weich und die Zicklein meckern nach ihrer Mutter.« Heinrich hörte begeistert seinem Bruder zu und wollte auch dorthin gehen.

Die Tage auf der Neuenburg verliefen im Gleichklang. Nach dem Schreck mit Ludwig ritt Jutta Claricia nicht nach Naumburg und auch nicht nach Pforta. Das Burgtor blieb für die nächsten Wochen geschlossen.

Jeden Abend, vor dem Schlafengehen, ging Jutta Claricia in die Kapelle und betete. Sie hatte seit Monaten keine Nachricht von ihrem Gemahl erhalten. Ob er noch lebt?, fragte sie sich, wenn sie vor dem Altar kniete. Auch das Sommerfest mit Ida und Beatrix war nicht wie sonst. Berthold von Tuteleben war ebenfalls mit dem Heer des Königs nach Italien gezogen. Es gab keine Freude in dieser Zeit, denn die Frauen bangten um ihre Männer. Aber dieses Leid zählte in einem Krieg nicht.

Der Juli des Jahres 1155 ging zu Ende. Jutta Claricia saß bei ihren Kindern auf dem Burghof. Ludwig spielte mit Dam. Der sollte über einen Korb springen, aber er tat es nicht. Heinrich kletterte auf die Bank und warf Pfüh herunter. »Hopp hopp«, sagte er. Dann holte er das Pferd zurück und kletterte wieder auf die Bank. »Hopp hopp«, sagte er und warf sein Pfüh mit ganzer Kraft und traf den Hund. Der jaulte laut auf. Die Kinderfrau nahm Heinrich an die Hand und zog ihn zum Burgtor. Am Burgtor lag ein riesiger Feldstein. Sofort hatte der Findling Heinrichs Interesse geweckt. Er durfte auf den Stein klettern und langsam auf dem Po herunterrutschen. Was für ein Gaudi. Heinrich schaffte es bald allein auf den Stein hinauf und rutschte auch nicht mehr langsam herab. Dann drehte er sich beim Rutschen um und fiel herunter. Heinrichs Nase blutete und sein Geschrei war nicht zu überhören. Die Kinderfrau brachte ihn zurück zu seinem Bruder Ludwig, der ihn bestaunte. Nasenbluten hatte bisher noch keiner. Heinrich fühlte sich getröstet und zeigte stolz auf den Findling am Burgtor.

Hermann lag in seinem Körbchen neben seiner Mutter und schlief. Trotz der beiden Ammen war er ein zartes Kind geblieben. Jutta Claricia schaute in sein kleines Gesichtchen und musste an ihren Gemahl denken. Dieser kleine Kerl sah seinem Vater am meisten ähnlich. Als Regenwolken aufzogen, verließen sie alle den Burghof. Ludwig und Heinrich tobten mit Dam und Pfüh im Palas, bis die Kinderfrauen sie riefen.

Jutta Claricia zog sich in ihre Kemenate zurück und dachte über den geplanten Umbau der Wartburg nach. Sie machte zwei Kohlezeichnungen von der fertigen Ansicht des Palas und beschrieb, wo Holz und wo Steine verwendet werden sollten. Dann überlegte sie, welche Motive die Steinmetze für die Gestaltung der Fenstergalerie wählen sollten, aber heute fiel ihr nichts ein. Ihre Stimmung passte zum Wetter. Die Regenwolken hatten Regen gebracht. Landregen, auf den die Bauern lange gewartet hatten. Ein leises Rauschen lag in der Luft. Stundenlanges Regenrauschen. Jutta Claricia ging zum Nachtgebet in die Kapelle. Kurz schaute sie in die Kinderstube, um sich zu überzeugen, dass mit den Kindern alles in Ordnung war.

Als sie in ihrem Schlafgemach war, hörte sie auf dem Burghof Pferdegetrappel und laute Männerstimmen. Ihr Herz drohte vor

Aufregung zu zerspringen. Sie eilte im Nachthemd, nur mit einem Bliaud bekleidet, hinunter. Ihr Gemahl nahm sie zärtlich in seine Arme. »Ludwig, endlich bist du gekommen«, flüsterte sie ihm ins Ohr. Die Ritter, ihre Knappen und die Knechte versorgten die Pferde und gingen hinüber zum Ritterbad. »Wie ist es dir ergangen, hattest du Not oder Sorgen?«, fragte Ludwig. »Nein, es war alles gut, komm mit in die Kinderstube.« Einen kurzen Gedanken verschwendete sie an ihren Halbbruder Friedrich. Wie hatte er sie damals begrüßt. Sie fasste Ludwigs Hand und zog ihn rasch hinter sich her. »Drei Knaben, wir haben drei Knaben.« Er umarmte sie und sie spürte seine Liebe und seine Leidenschaft. Dann ließ er sich von seinem Kämmerer ein Bad richten und frische Wäsche bereitlegen. Ja, so hatte er das erwartet, sie lag in seinem Bett, aber sie war eingeschlafen.

Der kleine Ludwig stürmte am nächsten Morgen auf seinen Vater zu. »Ich war ganz allein mit Dam bei den Schafen und Ziegen.« Heinrich konnte Laufen und Klettern und zeigte seinem Vater stolz sein Holzspielzeug, das jetzt Fed hieß. Jutta Claricia hatte den Kleinsten auf dem Arm. Sie war glücklich. Es war das Glück, das sich wie der Segen des Allmächtigen anfühlt. Gott hatte sie gesegnet. Ihr Herz dankte dem Herrn, den Engeln und allen seinen Heiligen.

Dann ritt der Landgraf los, zu den Frauen, deren Männer nicht wieder nach Hause gekommen waren. Er musste es ihnen selbst sagen, musste ihnen beschreiben, welche Grausamkeiten sie erlebt hatten und was ihre Männer getötet hatte. Überall wo er hinkam, verbreitete er Verzweiflung. Wo bis jetzt Hoffnung lebte, kehrte nun in manche Familie großes Leid ein. Berthold von Tuteleben kam als kranker Mann zurück. Vielleicht hat die Hoffnung auf Ida ihm die Kraft geschenkt, nach Hause zu reiten. Als der Landgraf von seiner Runde bei den Hinterbliebenen heimkam, hatte sich die Trauer in seinem Land ausgebreitet.

Der August 1155 hatte sich bis zum Ende noch sonnige Tage aufbewahrt. Jutta Claricia und ihr Gemahl gingen am folgenden Tag in den Weinbergen am Fuße der Burg spazieren. Sie hatten ihr Gefolge zurückgelassen und gingen Hand in Hand bis zur Unstrut hinunter. »Wie viele?«, fragte Jutta Claricia und Ludwig wusste sofort, was sie meinte. »Sechsundzwanzig meiner Ritter, siebzehn Knappen und zwanzig Knechte und Gefolgsleute.« Sie schwiegen. Jutta Claricia dachte an die Frauen, an die Kinder, an all das Elend. Dann sagte Ludwig: »Am 18. Juni 1155 wurde dein Halbbruder vom Papst Hadrian IV. im Sankt Peter in Rom zum Kaiser gekrönt.« – »Aber das hat doch nicht so lange gedauert und dabei stirbt man doch nicht. Was ist sonst passiert?« Das ist meine Jutta Claricia, dachte Ludwig. Sie gibt sich nicht mit Halbheiten zufrieden. Er lächelte ihr liebevoll zu, dann wurde er umso nachdenklicher und begann zu erzählen. »Der Kaiser wollte Mailand und Tortona, das mit Mailand verbündet war, bestrafen. Weißt du, das sind mächtige, schöne und reiche Städte. Viel größer und schöner als Erfurt oder Bamberg. Wir haben zuerst Tortona belagert. Drei Monate lang. Der Kaiser hat auf grausamste Weise öffentliche Hinrichtungen vorgenommen, menschliche Schutzschilde an die Türme gehängt und hat mit Leichen das Trinkwasser der Stadt vergiftet, bis die Bewohner der Stadt demütig und unterwürfig um Frieden baten. Der Kaiser gewährte ihnen die Unversehrtheit ihres Besitzes und der Stadt. Aber am nächsten Tag plünderte unser Heer die Stadt und die Pavesen, die mit aufseiten des Kaisers gekämpft hatten, zerstörten im Rausch die Paläste, Gärten und alle Gebäude. Sogar die Kirchen wurden geplündert und zerstört. Ebenso Mailand. Die größte und vielleicht schönste Stadt des ganzen Reiches wurde brutal unterworfen. Das Heer des Kaisers hatte Mailand eingeschlossen, hatte die alten Olivenhaine und die Weinberge verbrannt und hatte das ganze Umland weiträumig verwüstet, damit den Bewohnern von Mailand die Lebensgrundlage entzogen war. Mailand wurde so lange belagert, bis die Konsuln mit bloßen Füßen und ihre Schwerter im Nacken tragend vor dem Kaiser auf die Knie sanken und sich unterwarfen.« Ludwig machte eine Pause. Dann fuhr er fort. »Tortona und Mailand haben sich bis zu ihrem Untergang gewehrt und uns mit Bogenschützen angegriffen. Das hat viele Opfer gekostet. Dazu kamen die Sommerhitze, Verwundungen, unbekannte Krankheiten und Seuchen. Die Versorgung des Heeres und der Pferde brach zusammen. Wir litten ebenso wie die Belagerten Hunger und Durst. – Wir haben jetzt einen Kaiser, das ist vielleicht der einzige Erfolg unseres Heerzuges«, ergänzte Ludwig. Aber um welchen Preis, dachten beide und gingen wortlos bis zum Burgberg zurück, wo der Begleitschutz wartete.

Bis zum Ende des Septembers blieben sie auf der Neuenburg. Jutta Claricia berichtete eines Abends ihrem Gemahl von den Plünderungen der Kaufleute nahe Erfurt durch Raubritter. Sie erzählte auch vom Überfall auf die Mönche aus Eisenach, so wie es Adelheid ihr geschildert hatte. Landgraf Ludwig wurde wütend. »Dieses Adelspack glaubt sich im Recht und glaubt sich unangreifbar. Aber ich werde es nicht dulden, dass in meinem Land Bauern, Freie, Händler und Reisende überfallen und ausgeraubt werden. Dieses Adelspack kann nicht haushalten und lebt über seine Verhältnisse, und wenn sie nichts mehr haben, dann plündern, rauben und erpressen sie Wegezoll, Brückenzoll oder was sonst auch immer mit ihrem Schwert und brutaler Gewalt.« Der Landgraf hatte sich ereifert. »Ich werde mit aller Härte durchgreifen und die Ritter, die wir fangen können, hart bestrafen. Vielleicht erreiche ich eine Abschreckung.« Und er begann, sich eine genaue Vorgehensweise zu überlegen. Er würde zuerst auf dem nächsten Landding seine Absicht kundtun.

Das Landding war das Landesfriedensgericht für Thüringen. Als Landgraf Ludwig II. das nächste Mal zum Landding nach Mittelhausen reiste, stand sein Entschluss fest. Auf der Gerichtsbühne erklärte er vor den Beisitzern, den zwölf thüringischen Grafen, sein künftiges hartes Vorgehen gegen Plünderer, Wegelagerer und Erpresser. Aber die Grafen äußerten sich zurückhaltend. Es war unverkennbar, dass sie Verständnis für die Situation der Raubritter aufbrachten und ihm selbst wegen seiner Hartnäckigkeit insgeheim den Titel Der Eiserne anhängten. Aber sie stimmten auch nicht gegen ihn. Also würde er fortan entschlossener durchgreifen, damit die Reisewege durch Thüringen wieder sicherer wurden. Ein gutes Gefühl begleitete ihn auf der Heimreise.

Das Leben auf der Wartburg verlief ohne Aufregung. Jutta Claricia hatte ihrem Gemahl von ihren Umbauplänen auf der Wartburg erzählt und ihm ihre Zeichnungen gezeigt. Ihre Ideen gefielen ihm und er stimmte der Aufstockung des Palas zu. Dann, es war kurz vor Jahresende 1155, erschien erneut ein kaiserlicher Bote auf der Wartburg. Er lud nicht nur den Landgrafen Ludwig zum Reichstag im Juni 1156 nach Würzburg ein, sondern er lud auch ausdrücklich Jutta Claricia, als Schwester des Kaisers, zur Vermählung des Kaisers Friedrich I. mit Beatrix von Burgund, der jungen Erbtocher des Grafen Rainald III. von Burgund, ein. Jutta Claricia fuhr sich über den gewölbten Leib. »Juni des nächsten Jahres«, wiederholte sie die Botschaft, »dann habe ich die Geburt hinter mir.« Ludwig entließ den Boten mit einer Zusage. »Vielleicht treffe ich dort meine Halbschwester Bertha und ihren Mann Matthäus I. von Lothringen. Ich würde sie gern wiedersehen. Wie es ihr wohl geht? Wie viele Kinder sie haben?« Sie setzte sich ans Fenster und schaute hinab auf den Burghof. »Das Kleid kann ich erst nach der Geburt anfertigen lassen«, überlegte sie weiter. An ihren Gemahl gewandt, stellte sie fest: »Wir können in diesem Jahr frühestens im Mai auf die Neuenburg umziehen, denn ich möchte die Gunda bei der Geburt dabeihaben.« Dann erst erzählte sie ihrem Gemahl, dass die letzte Geburt sehr problematisch verlaufen war und dass es vielleicht daran liegen könnte, dass Hermann so zierlich ist. »Ich liebe meine drei Söhne«, sagte Ludwig stolz, »aber es könnte auch noch ein Mädchen dazukommen. Wir ziehen erst auf die Neuenburg, wenn es dir und dem Kind gut geht«, sagte er und lächelte.

Der Landgraf ritt zum ersten Landding in diesem Jahr nach Mittelhausen. Die zwölf Grafen erwarteten ihn bereits. Es ging wieder um zwei Überfälle und Plünderungen auf reisende Händler zwischen Gotha und Erfurt. Einen der Händler, der mit Bernsteinschmuck unterwegs war, hatten die Raubritter totgeschlagen, weil er sich mit einem Langmesser gewehrt hatte. Sie hatten ihn entkleidet und nackt an einen Baum gehängt. Nein, so ging es wirklich nicht weiter. Auch die Grafen gaben endlich ihr insgeheim gehegtes Verständnis für die Ritter auf. Man war sich einig.

Am Ende der Woche ritt der Landgraf von Mittelhausen aus weiter zu Dietrich von Landsberg und Eilenburg. Ludwig hatte diesen jungen Ritter bei dem Italienfeldzug kennengelernt. Dietrich war ein guter und besonnener Kämpfer. Er handelte überlegt und war immer bemüht, seine Mannen zu schützen. Das gefiel dem Landgrafen, deshalb wollte er mit Dietrich von Landsberg und Eilenburg über die Veränderungen in Italien reden. Über die Macht und den Reichtum der großen Städte und über die neue, veränderte Rolle des Reiches. Unterwegs grübelte der Landgraf. Der Kaiser hatte über Mailand den Bann verhängt, weil die Stadt seine Gerichtsbarkeit nicht anerkannt hatte und ihm Parteilichkeit vorwarf. Sie hatten recht. Der Kaiser war parteilich. Aber wie sollte es weitergehen? Mailand, würde nicht in alte Strukturen der Abhängigkeit zurückverfallen, aber das bedeutete, Mailand und der gesamte Lombardische Bund würden kämpfen. Und der Kaiser? Würde er die neuen Machtstrukturen anerkennen und seine Forderungen und Ansprüche verändern? Nein, das würde nicht geschehen, da war sich der Thüringer sicher. Der Kaiser würde sich nicht von einem weiteren Kampf abbringen lassen. Der Landgraf ließ sein Pferd im Schritt laufen und hielt Ausschau nach der Brücke über die Saale. Sein Gefolge hatte die alte Holzbrücke entdeckt und hielt darauf zu. Es ist so schön hier, ich liebe mein Land, sagte eine Stimme in ihm, die aber seine Angst vor einem weiteren Italienfeldzug nicht besiegen konnte. Am Nachmittag traf er Dietrich von Landsberg und Eilenburg auf seinem Gut in Eilenburg an. Ein fröhlicher Junge spielte allein auf dem Hof. Er ist auch Vater, dachte der Landgraf und lächelte. Dietrich begrüßte den Gast mit einem Willkommenstrunk und einem Stück Brot. Für das Gefolge wurde schnell auf dem Hof eine Tafel mit Hühnchen, Brot und Bier aufgestellt. Dietrich und Ludwig zogen sich, um ungestört reden zu können, in den Palas zurück. »Wir haben beide dem Kaiser gehuldigt«, begann der Landgraf. »Dennoch mache ich mir Gedanken. Ich habe dich als tapferen Ritter in Italien erlebt und ich habe gesehen, wie besonnen du in den Verhandlungen mit den Konsuln aufgetreten bist. Gern würde ich mich mit dir auszutauschen.« Dietrich nickte, ließ vom Mundschenken die Becher noch einmal füllen und schickte ihn dann hinaus. »In den Adern des Kaisers fließt welfisches Blut«, sagte Dietrich. »Das wussten alle, die ihn wählten, aber was sich niemand vorstellen konnte, war, wie weit er gehen würde.« Dietrich trank seinen Becher leer. »Da war die Sache mit dem Herzogtum Bayern, das der Kaiser zuerst Heinrich Jasomirgott abgenommen und anschließend seinem Vetter Heinrich dem Löwen übertragen hatte. Der Löwe ist inzwischen der mächtigste unter den Reichsfürsten und dank der Ausbeute der Silberminen in

Goslar auch der reichste Herzog des Reiches. Heinrich Jasomirgott erhielt als Entschädigung die Markgrafschaft Österreich, die fortan in ein Herzogtum umgewandelt wurde. Ich lebe hier in der Nachbarschaft zum Löwen und ich weiß, wenn es dem Löwen gefällt, wird er mich fressen.« Dietrich schwieg. »Und was ist mit den Streitigkeiten in Polen?«, fragte Ludwig. »Ach«, Dietrich winkte ab. »Ich glaube«, begann er, »dass der Kaiser Vorbereitungen für den nächsten Italienfeldzug trifft und dazu die Panzerreiter der Böhmen und der Polen braucht. Deshalb hat er dem böhmischen Herzog seine Krönung als König von Böhmen in Aussicht gestellt. In Polen liegen die Dinge anders. Boleslaw IV. Kraushaar hat sich geweigert, dem Kaiser zu huldigen und ihm Tribut zu zahlen. Vielleicht müssen wir deshalb vor dem Italienfeldzug noch nach Polen reiten. Alles wird bald geschehen, denn der Feldzug über die Alpen wird meiner Meinung nach nicht mehr lange auf sich warten lassen.« Dietrich stand auf, ging zum Fenster und blickte auf den Hof. »Diese Feldzüge kosten mehr, als mein Gut entbehren kann.« Er machte eine kleine Pause, dann redete er weiter. »Ich werde natürlich im Kampf mein Bestes geben, aber können wir die reichen italienischen Städte, den starken Lombardischen Bund, ja die ganze Entwicklung in Italien besiegen?« Er setzte sich wieder zum Landgrafen an den Tisch und rief den Mundschenken mit einem Krug Wein herein. Die Männer schwiegen, tranken starken Würzwein und aßen Brot mit kaltem Bratenscheiben und Hühnchenkeulen.

»Du hast so gute Pferde, kann ich von dir ein junges Schlachtross kaufen?«, fragte Dietrich. »Wenn es wieder über die Alpen nach Italien geht, ist mein Ross zu alt und ich will kein Risiko eingehen.« – »Gut«, sagte Ludwig, »es ist ein Schlachtross in der Vorbereitung, das kannst du haben. Das wäre so ungefähr am Ende des Jahres bereit.« Dietrich bedankte sich und begleitete seinen Gast zu seinem Pferd. »Sehen wir uns zur Hochzeit des Kaisers?«, Dietrich lachte. Es war das erste Mal, dass der Landgraf ihn lachen sah. »Natürlich, er wird alle Fürsten des Reiches präsentieren und sie wird alles bezahlen.« – »Sie soll sehr jung und sehr schön sein.« – »Das Schönste an ihr ist aber vermutlich das viele Geld und die fünftausend Panzerreiter, die der Kaiser dringend braucht.« Landgraf Ludwig verließ das Gut, ritt mit seinem Gefolge zur Wartburg und dachte über das Gespräch nach. Dietrich von Landsberg und Eilenburg war wesentlich jünger als er. Er war wie sein Vater, der Markgraf Konrad von Meißen, überlegt und diplomatisch, wo es nötig war. »Wenn schon Italien und Polen, dann werde ich mich mit ihm zusammentun, das nützt uns beiden«, nahm sich Ludwig vor. Unterwegs beschloss er, auf der Neuenburg zu übernachten und sich auf dem Rückweg die Steinmetzarbeiten, von denen seine Gemahlin gesprochen hatte, in Naumburg und in Pforta anzusehen.

Jutta Claricia hatte aus Sorge um das ungeborene Kind Gunda gebeten, schon vier Wochen früher auf die Burg zu kommen. Obwohl sich das Kind immer viel bewegt und gestrampelt hatte, war in den letzten Tagen kaum noch eine Kindsbewegung zu spüren gewesen. Es war April 1156. Jutta Claricia schlief schlecht, konnte wenig essen und war von einer bösen Ahnung getrieben. Gunda untersuchte sie und beschloss, das Kind sofort zu holen. Sie erklärte Jutta Claricia, dass die Herztöne des Kindes kaum wahrnehmbar sind. Die Wehen mussten eingeleitet werden, die Fruchtblase musste platzen. Jutta Claricia erlitt vor Schmerzen eine Ohnmacht. Klara, die Leibdienerin musste helfen. Jutta Claricia schrie wie eine Irrsinnige. Als der Landgraf auf den Hof ritt, hörte er die verzweifelten Schreie seiner Frau. Er ging in die Kapelle, kniete am Altar nieder und betete die immer gleichen Sätze. »Gottvater, nimm mir nicht meine Gemahlin. Nimm mir nicht mein Leben.« Er kannte die verzweifelten Schreie von Sterbenden. Aber nie zuvor hatte er solche Laute von einer Frau gehört. Jetzt erst verstand er, was Jutta Claricia mit der schweren Geburt von Hermann gemeint hatte. Zwei Hofdamen kamen und fragten ihn, ob sie den Geistlichen holen sollten. Da setzte kurz sein Herzschlag aus. »Nein«, hörte er sich plötzlich sagen.

Stunden vergingen. Immer wieder trug man Wasser und Tücher in das Brautgemach. Dann war es still. Aber die Stille war noch unheimlicher als die Schreie. Gunda hatte das Kind geholt. Es wäre beinahe erstickt. Jutta Claricia war durch den Eingriff gerissen und hatte weiterhin starke Schmerzen. Sie lag verschwitzt, geschwächt und vollkommen kraftlos im Bett, als Gunda ihr ein kleines frisch gewaschenes Menschlein auf die Brust legte.

ER ist sehr zierlich, aber gesund, sagte Gunda. Jutta Claricia sah sich ihren Jüngsten an und plötzlich war ihre Welt voller Glück. Ludwig kam herein, setzte sich auf das Bett seiner Gemahlin. Sie war so müde und so zerbrechlich und doch hatte sie eben wieder ein Kind geboren. Er küsste Mutter und Kind auf die Stirn und streichelte ihre Wangen. »Ich liebe dich mehr als mein Leben«, flüstere er ihr ins Ohr. »Er ist ein schönes Kind und er ist schwäbisch blond«, stellte Jutta Claricia fest. »Wir sollten ihn Friedrich nach meinem Vater nennen, was meinst du dazu?« Ludwig nickte. »So soll es sein.« Von nun an gab es vier Buben auf der Wartburg. Der Landgraf dankte und entlohnte Gunda großzügig, während die Leibdienerin sich um die beiden Ammen kümmerte und sie einwies.

ALLTAG IN THÜRINGEN UND UMBAU DER WARTBURG

Als Gunda nach Hause kam, standen ein Mann und eine Frau vor ihrer Tür. »Kommt bitte schnell mit«, sagte die Magd. »Sonst stirbt sie.« Gunda machte sich mit den Fremden auf den Weg aus Eisenach. Sie waren nicht weit gelaufen, als sie zur Kettenschmiede kamen. Das Tor stand offen, ein Mensch lag bäuchlings im Dreck auf dem Hof. Hühner scharrten im Mist, der verstreut zwischen den Ställen lag. Blut überall, das teilweise schon die Hunde aufgeleckt hatten. Gunda ging zu dem Menschen, der am Boden lag. Es war eine Frau. »Der Herr hat sie verprügelt, weil sie gesagt hat, dass das Kind bald kommt«, sagte die Magd. »Er war so eifersüchtig und misstrauisch, dass er geglaubt hat, das Kind sei nicht von ihm, weil er sie doch erst vor acht Monaten geheiratet hat.« Während Gunda die Frau auf den Rücken drehte und untersuchte, redete die Magd weiter. »Er hat die Frau immer geschlagen. Sie hat einmal mit meinem Mann gesprochen, da hat er sie halbtot geprügelt, weil er meinte, sie hätte ein Verhältnis mit ihm.« Gunda hatte inzwischen die Frau aus dem Misthaufen gezogen und die Hühner verscheucht. Sie war bewusstlos. »Bitte holt Tücher und eine Schüssel mit warmem sauberem Wasser. Können wir sie irgendwo hinlegen?«, fragte Gunda an den Knecht gewandt. »Sie darf nicht allein ins Haus, das hat der Herr verboten, aber wir können sie in die Scheune bringen. Ich mache dort auf dem Stroh ein Lager fertig«, sagte er und verschwand. Als er zurückkam, hob er die Frau, die fast noch ein Kind war, auf und trug sie in die Scheune. Gunda zog sie aus. Vielleicht war die Frau fünfzehn oder sechzehn Jahre alt, aber ihr Körper war geschunden, verletzt und vielleicht sogar für immer zerstört. Die Fruchtblase hatte sich schon auf dem Hof entleert und die Hunde hatten den Inhalt aufgeleckt. Mit Hilfe der Magd holte Gunda das Kind. Es war ein kleiner Knabe, er schien gesund und lebensfähig zu sein. Sie reinigte das Kind und legte es der Frau auf die Brust. Die junge Mutter öffnete die Augen und Gunda sah in ihnen den Tod. Die Totgeweihte küsste das Kind, schaute noch einmal zu Gunda und starb. In ihrem Blick war auch eine Botschaft. Gunda hatte sie gesehen und war einen Moment lang irritiert. Sie nahm das Kind wieder auf den Arm. Der Knabe ergriff Gundas Finger und hielt sich fest. Seine Augen flackerten. Dann sah er Gunda an und sie glaubte, er schaute ihr ins Herz. Und ihr Herz antwortete. Die Frauen standen noch in der Scheune und wischten das Blut auf, als ein Pferdegespann auf den Hof raste. Der Knecht beruhigte die Pferde und spannte sie aus. »Wieso sind die Pferde allein unterwegs?«, fragte die Magd. Der Knecht hatte einen Verdacht. »Die müssen durchgegangen sein. Aber wo ist der Herr?« Der Knecht holte ein anderes Pferd aus dem Stall und ritt los. Die Magd hatte ein Stück Brot in die Scheune gebracht, das sich die beiden Frauen teilten. Es dauerte nicht lange, bis der Knecht zurückkam. »Er muss vom Wagen gefallen sein, vielleicht war er wieder betrunken, er ist in die Schlucht gestürzt. Er ist mit Sicherheit tot. Morgen hole ich ihn mit Hannes herauf.« – »Wir gehen weg von hier«, sagte die Magd zu Gunda. »Die Kettenschmiede ist verflucht.« – »Was wird mit dem Kind?«, fragte Gunda. »Gibt es Angehörige?« – »Nein, der Herr hatte keine Familie, soweit ich weiß, und die junge Mutter kam nicht von hier. Ich kann kein Kind gebrauchen«, fuhr sie fort. »Bei uns würde es sterben, wir suchen eine neue Bleibe und ich habe auch keine Milch. Eine Amme könnten wir nicht bezahlen. Nehmt es um Gottes Barmherzigkeit willen mit.« Die Magd schritt davon und ließ sie stehen. Gunda hatte das Kind auf die Welt geholt. Wäre sie nicht gekommen, wäre es gestorben. Aber jetzt lebte es und sie war verantwortlich. Das war die Botschaft der Mutter. Gunda wickelte den kleinen Jungen in ihren Kittel. Komm, Anselm, wir gehen nach Hause, dachte sie, als sie den Hof der Grausamkeiten verließ.

»Ruthard wir haben ein Kind, bist du damit einverstanden?«, fragte Gunda und erzählte ihm die schreckliche Geschichte aus der Kettenschmiede. Ruthard sah sich den kleinen Buben an. »Ja, so soll es sein. Dir hat die Berte geholfen, Gott hat es so gefügt, und jetzt ist es an uns. Der Kleine gefällt mir. Anselm hieß auch mein Vater und das war ein guter Mann. Ich kümmere mich gleich um eine Wiege.« – »Und ich frage nach einer Amme. Wenn ich ihr einen von den ersparten Silberdenaren gebe, wird sie Anselm lange stillen können.« – »Gut so.« Ruthard freute sich. »Wir haben einen Sohn«, murmelte er, als er beschwingt das Haus verließ. Gunda ging mit dem Kind zu Hedwig, einer Wöchnerin, die in der Nähe wohnte. Hedwig war die ärmste von allen Wöchnerinnen, die Gunda kannte. Sie hatte eine Tochter geboren und würde den kleinen Anselm gut mit ihrer Milch mit versorgen können, überlegte Gunda, wenn sie zusätzliches Essen erhält. Sie versprach Hedwig jeden Tag eine warme Mahlzeit und einen Silberdenar. Hedwig freute sich über Gundas Geschenke und legte den kleinen Anselm an ihre Brust.

Die Zeit der Einladung nach Würzburg kam heran. Zur Hochzeit Kaiser Friedrich I., ihres Halbbruders, mit Beatrix von Burgund und zum Reichstag nach Würzburg konnte Jutta Claricia ihren Gemahl nicht begleiten. Sie hatte noch Schmerzen beim Sitzen und auf der Heimlichkeit. Die Anstrengung der weiten Reise war ihr im Augenblick zu groß. Sie wollte lieber mit den Kindern auf die Neuenburg, dort in den Weinbergen spazieren gehen, an der Unstrut sitzen und sich erholen. Jutta Claricia war noch immer dünn wie ein Fädchen, sie musste Ruhe und gute Pflege haben. Der Landgraf sorgte sich um seine Gemahlin und fand ihren Vorschlag vernünftig.

Am letzten Tag des Monats Mai brachen sie auf. Jutta Claricia mit den Kindern und dem Hofstaat nach der Neuenburg und Landgraf Ludwig mit einem Gefolge zum Hoftag nach Würzburg.

Jutta Claricia rastete wieder auf halber Strecke auf dem Hügel oberhalb der beiden Seen. Ruthard gelang es, in der Abenddämmerung ein wildes Pferd einzufangen. Der Kopf des Schimmels glich einem Hirsch. Brust und Schenkel des Tieres waren wohlgeformt, der Leib wirkte wie eingezogen. Das Tier hatte eine anmutige Flüchtigkeit und geschmeidige Bewegungen. Ruthard wollte aus dieser Pferderasse hier an diesem Ort eine eigene Züchtung beginnen. Die Menschen, die in der Nähe wohnten, nannten die Pferde die Wizzen oder die Wissen oder auch die Weißen. Ruthard nahm das Wildpferd, auch wenn es sich heftig wehrte, mit auf die Neuenburg. Dort hatte er Zeit und würde sich mit ihm anfreunden können.

Die Landgräfin unternahm mit den Kindern, ihren Kinderfrauen und Hofdamen Spaziergänge in die Weinberge unterhalb der Burg und kleine Ausflüge an die Unstrut. Zum Sommerfest erschienen wieder Ida und ihr Gemahl Graf Berthold von Tuteleben mit Beatrix. Es waren erholsame sonnige Sommertage. Ludwig, der Älteste, durfte mit Ruthard und seinem Hund Dam den Schäfer besuchen. Sie brachten ihm einen Korb aus der Küche mit. Dann änderte sich das Wetter plötzlich. Es regnete jeden Tag. Die Kinder langweilten sich in der Kinderstube. Ruthard schnitzte jedem Kind ein Tier. Ludwig bekam ein Schaf, auf das der Hund aufpassen sollte. Heinrich bekam ein zweites Pferd, damit er einen Wagen anspannen konnte. Hermann bekam eine Katze. Nur der kleine Friedrich, der wusste noch nichts von Tieren. Jutta Claricia erholte sich mit jedem Tag mehr. Eines Tages, als die Regenwolken sich verzogen hatten, wollte sie nach Naumburg reiten und sich die neuen Steinmetzarbeiten im Dom anschauen. Ihr Gemahl hatte zugestimmt, im nächsten Jahr mit der Erweiterung des Palas auf der Wartburg zu beginnen. Jutta Claricia freut sich darauf. Der Palas würde prächtig aussehen und der neue große Festsaal würde ein Schmuckstück werden. Aber als sie auf dem Pferd saß, stieg sie gleich wieder ab. Es ging noch nicht. Die Schmerzen überwältigten sie und sie brach zusammen. Ihre Leibdienerin brachte sie in ihre Kemenate, saß neben ihr und wartete bis der Schmerz verging. Bald schlief Jutta Claricia ein und Traumbilder erschienen ihr. Sie sah eine alte Frau. Die war gebückt von den Lebensjahren und hatte von der Zeit verblichene Haare. Die Alte lebte allein in einem Haus. Das Haus stand auf einer schmalen länglichen Anhöhe. Um das Haus herum hatte die Alte einen Garten angelegt, in dem fünf Obstbäume wuchsen. Die Alte wollte von der Anhöhe hinabschauen, aber ihre Füße trugen sie nicht zur Kante des Berges. Dann wollte sie von den Obstbäumen das Obst pflücken und essen. Aber die Früchte hingen zu weit oben. Sie rief einen Namen, aber niemand antwortete ihr. Vögel flogen im Garten von Baum zu Baum, sangen ihr Lied und verschwanden hinter dem Horizont. Die Alte setzte sich auf eine Bank am Haus. Jemand hatte ihr einen Korb mit weichen Birnen dorthin gestellt. Die Alte dankte Gott dem Allmächtigen, bevor sie eine Birne aß.

Als Jutta Claricia aufwachte, war die Nacht schon hereingebrochen. Die Leibdienerin schlief mit offenem Mund und schnarchte leise. Sie stand auf und schlich sich in die Kindestube. Die Buben schliefen fest. Friedrich, der jüngste, schnaufte in seiner Wiege. Als sie sich zu ihm hinunterbeugte, schaute er sie plötzlich an. Dann ging sie ins gemeinsame Schlafgemach, legte sich in Ludwigs Bett und dachte über die Traumbilder nach. Nein, sie ergaben keinen Sinn, erkannte sie endlich und sehnte sich nach ihrem Gemahl.

Am nächsten Tag kam der Landgraf mit seinem Gefolge zurück. Jutta Claricia begrüßte ihn vor dem Palas der Burg. Die Buben standen neben ihrer Mutter, nur den Kleinsten, Friedrich, hatte sie auf dem Arm. Hermann hatte seine Katze in der Hand. »Mima«, sagte er, als er sie dem Vater zeigte. Ludwig küsste seine Gemahlin und strich mit der Hand den Buben über die Köpfe.

Abends saßen die Eheleute beim Unstrut-Wein und Ludwig berichtete ausführlich von der Hochzeit und vom Hoftag. »Die Braut Beatrix von Burgund ist höchstens sechzehn Jahre alt und sehr vermögend. Der Altersunterschied ist beachtlich.« Jutta Claricia musste an Adela denken und daran, wie ihr übel mitgespielt worden war. »Des Kaisers Schwester Bertha und ihr Gemahl waren nicht erschienen. Man sagte, Bertha sei nicht wohl. Aber Konrad war gekommen.« Jutta Claricia lächelte. »Meinen Bruder hätte ich gern begrüßt.« – »Auf dem Hoftag hat der Kaiser ihm die Pfalzgrafenwürde bei Rhein verliehen.« – »Konrad wird sich dankbar erweisen«, bemerkte Jutta Claricia zufrieden. »Ich rechne damit, dass es bald einen Polenfeldzug geben wird und ich rechne auch damit, dass danach wieder ein Italienfeldzug folgen wird. Es gibt wieder Beschwerden aus Pavia, Como und Lodi, die sich gezielt gegen Mailand richten. Es ist immer das Gleiche«, sagte der Landgraf. »Die Städte sind entweder mit dem Kaiser verbündet oder gegen ihn. Sie anerkennen seine Rechtsprechung nicht, weil er, egal was er sagt, immer auf einer Seite steht. Außerdem sind die Städte so erstarkt, dass sie die Herrschaft des Kaisers ablehnen. Sie wollen sich selbst verwalten. Von den Querelen mit dem Papst will ich gar nicht erst reden.« Ludwig schwieg und trank den Wein aus. Jutta Claricia erzählte von den Kindern, von Berthold und Ida und von Ruthards

Idee, die Wildpferde zu züchten. »Ja, ich habe mich schon gewundert, was da für ein neues Tier im Stall ist«, entgegnete der Landgraf. »Hat er schon mit dem Pferd gearbeitet?« – »Ich weiß es nicht. Aber es sind wirklich schöne Tiere.« – »Unsere Zucht geht auch auf diese Pferde zurück«, wandte er ein. »Sie werden seit Jahrhunderten gezüchtet und haben inzwischen leider viel von ihrem ursprünglichen Wesen verloren. Ich werde Ruthard unterstützen«, versprach der Landgraf.

Wieder auf der Wartburg, stellte Jutta Claricia fest, dass der Umbau des Palas bereits begonnen hatte. Bis zum Einbruch des Winters sollten bestimmte Arbeiten am Dach erledigt sein. Infolgedessen war die Wartburg eine riesige Baustelle und der Burghof ständig von Bauleuten, Fuhrwerken und Baumaterial zugestellt. Es kamen Steinmetze, die den Stein aus den nahegelegenen Steinbrüchen begutachteten und schließlich verwarfen. Schließlich wurde der Stein aus dem örtlichen Steinbruch verbaut und für die Steinmetzarbeiten für die Fassade wurde der Sandstein aus dem Steinbruch nahe Gotha geholt, den auch die Steinmetze im Erfurter Dom verbaut hatten. Mit einem Wetterumschwung brach der November an.

Die eisige Kälte, Schnee und zahlreiche Winterstürme legten die Baustelle auf der Wartburg für lange Zeit lahm. Nach dem Fest der Geburt des Herrn musste der Landgraf noch einmal mit seinem Gefolge aufbrechen und das dritte und letzte Landding dieses Jahres in Mittelhausen abhalten. Ruthard begleitete den Landgrafen und ritt im Gefolge mit. Er wollte das neue wilde Pferd, das er Runne nannte, an andere Pferde gewöhnen. Runne, bedeutete eigentlich nur Wallach, das wusste er von Utz. Der hatte von Runnen in seiner Heimat gesprochen. Ruthard ritt als Letzter. Seit dem vorigen Frühjahr war er jeden Tag mit dem Pferd zusammen. Er kannte das Tier genau, wusste seine Zeichen und sein Verhalten zu deuten. Runne war ein stolzes Tier und Ruthard war stolz auf seine Arbeit mit ihm, aber er blieb weiterhin vorsichtig.

Im zeitigen Frühjahr 1157 zog der Hof des Landgrafen wieder auf die Neuenburg. Man wollte dem Baulärm und dem Staub auf der Wartburg entkommen. Wie üblich wurden die Zelte auf dem geliebten Hügel an den beiden Seen aufgebaut. Ruthard zeigte Ludwig und Heinrich die wilden Pferde, die in der Niederung grasten, und die vielen Enten auf dem Wasser. »Wir rasten immer an dem Pferdehügel«, stellte der kleine Ludwig fest. »Pferdehügel, Pferdehügel«, wiederholte Heinrich und sprang hinauf zu den Zelten.

Jutta Claricia fielen die alten Traumbilder wieder ein. Das Haus, die Alte, die allein war, das Obst und der Korb mit den Birnen. Wir sollten hier ein Haus errichten und einen Obstgarten anlegen. – Das kommt, wenn der Palas fertig ist, beschloss sie insgeheim.

Die Tage auf der Neuenburg waren ruhig und erholsam. Ende Juli ritt der Landgraf mit seinen Rittern und großem Gefolge nach Polen. Für Jutta Claricia begann wieder die Zeit des Wartens und der Angst. Polen, wo lag das? War das dort, wo die Slawen und Wenden lebten? Ihr Oheim, der alte König Konrad, hatte der nicht einen Schwager aus Polen? Sie hätte ihn nach den Polen befragen sollen. Jutta Claricia betete jeden Tag in der schönen Kapelle der Burg. Aber Gott antwortete ihr nicht. Stattdessen drang das Stimmengewirr vom Hof bis in die Kapelle und manchmal sogar bis in ihre Kemenate. Die Buben spielten mit den Kinderfrauen auf dem Burghof, sie hörte die laute Stimme von Heinrich und die piepsige von Hermann. Die Kinder vertrieben ihre Angst. Vorerst. Aber heute Abend, das wusste sie ganz genau, wenn die Kinder für die Rückkehr des Vaters beten werden, wird die Angst wieder da sein. Jutta Claricia stieg die Treppe hinab zu den Knaben. Der Italienfeldzug hatte ein Jahr gedauert, grübelte sie. Würde Ludwig wieder so lange fortleiben? Ihr Ältester rief ihr etwas zu und Jutta Claricia fand ihn im Pferdestall bei Ruthard. Er saß auf einem Pferd und Ruthard hielt die Zügel. »Mutter, darf ich reiten?« – »Die Frage kommt zu spät, du reitest schon. Aber nur, wenn Ruthard dabei ist.« Jutta Claricia hatte es längst erwartet, dass ihr Großer reiten lernen wollte. Natürlich stimmte sie zu, Ludwig war vernünftig und sie vertraute ihm.

Der August verging und auch der September war fast vorüber. Jutta Claricia traf die Vorbereitung für den Umzug auf die Wartburg. In zwei Tagen sollte der Aufbruch geschehen. Die Hofdamen hatten heute noch einen letzten Spaziergang in die Weinberge unternommen und rote Weintrauben mitgebracht. Jutta Claricia saß am Fenster und aß die süßen roten Früchte. Als sie aus dem Fenster blickte, erkannte sie in der Ferne die Fahne ihres Gemahls und auch sein Gefolge. Ludwig war zurückgekommen. Sie zog rasch einen Bliaud über, rief die Knaben herbei und trat vor den Palas, um ihn und seine Mannen würdig zu begrüßen. Die Buben kamen angerannt, wie sie waren, verschwitzt und schmutzig, Heinrich hatte seinen Kittel zerrissen, mit Hund und Spielzeugen. Landgraf Ludwig umarmte seine Gemahlin und seinen Jüngsten und strich den anderen wie üblich über die Haare. »Vater, ich kann reiten«, sagte Ludwig. »Ich will auch reiten«, jammerte Heinrich. »Ich habe die Weintrauben für die Mutter gepflückt«, hängte Hermann sich hinten dran.

Abends tranken sie noch roten Unstrut-Wein. Jutta Claricia hatte für diesen Abend ihr schönstes Kleid angezogen. Sie wollte zeigen, wie sehr sie sich auf ihren Gemahl gefreut hatte. Dann kam ihre erste und wichtigste Frage. »Wie viele?« – »Niemand«, sagte der Landgraf und füllte noch einmal die Becher, und der Wein schmeckte plötzlich milder. Ludwig erzählte. »Anfang August sollte der Angriff auf die polnischen Nachbarn erfolgen, weil Herzog Boleslaw IV. Kraushaar dem Kaiser seine Huldigung und den Treueeid verweigerte. Ich hielt mich mit meinem Gefolge an der Seite von Dietrich von Landsberg und Eilenburg. Der stammte aus der Mark Meißen und kannte sich in den Ostgebieten wenigstens annähernd aus. Wir ritten zusammen, suchten nach einer Furt in der Oder und wateten schließlich mit unseren Pferden durch den Fluss. Das ganze Heer des Kaisers hatte die Oder fast ohne Verluste überquert. Was wir auf der anderen Seite vorfanden, war schrecklich. Die Polen selbst hatten ihr Land verwüstet, die Felder und die Ernten verbrannt, die Häuser niedergerissen, uneinnehmbare Burgen wie Glogau und Bitum geschleift. Das Heer des Kaisers hat die Flüchtenden bis ins Bistum Breslau und bis ins Bistum Posen verfolgt. Unterwegs und in den Bistümern selbst wurde alles mit Schwert und Feuer verheert. Alles und jedermann wurde brutal niedergemacht. Wenige Tage später gab Boleslaw IV. Kraushaar auf, huldigte dem Kaiser und versprach viel Geld und Unterstützung beim Italienfeldzug. Und genau das wollte der Kaiser erreichen. Truppen und Geld, um noch mehr Truppen zu kaufen.« Ludwig schwieg. Jutta Claricia legte ihre Hand auf seinen Arm und fragte, ob es dann wohl bald wieder einen Italienfeldzug geben würde. »Ich fürchte ja, die Klagen der Händler aus Lodi, Pavia, Como und Cremona gegen die erneute Bedrohung durch die Mailänder nehmen ständig zu. Anderseits lassen sich die Mailänder vom Kaiser nicht einschüchtern. Sie sind stark und sie haben starke Verbündete in anderen Städten. Es ist eine neue Zeit angebrochen, auch wenn der Kaiser sich dagegen wehrt«, ergänzte der Landgraf nachdenklich. In diesen Tagen ging der Sommer auf der Neuenburg zu Ende.

Die Bauarbeiten auf der Wartburg waren noch nicht abgeschlossen, das Hämmern der Steinmetze klang täglich bis Sonnenuntergang. Trotzdem war Jutta Claricia mit dem Fortgang zufrieden. Der weiß marmorierte Sandstein, den sie ausgewählt hatte, passte gut zur Blätterornamentik. Die Fensterarkaden wirkten leicht und luftig, so wie sie es sich vorgestellt hatte.

Nach Weihnachten ritt der Landgraf wieder mit kleinem Gefolge zum Landding nach Mittelhausen. Wegen des Polenfeldzuges war das vorherige Landding ausgefallen, deshalb rechnete der Landgraf mit einem längeren Verweilen. Er kam am Abend zuvor in Mittelhausen an. Am nächsten Tag setzte Eisregen ein. Einige der Grafen verspäteten sich, zwei fehlten ganz. Einer stürzte vom Pferd und brach sich den Arm, ein anderer lag krank darnieder. Es ging wie fast jedes Mal um die leidige Angelegenheit des Raubrittertums. Die Bauern und Händler beschwerten sich, die Städte führten Klage und die Marktleiter und Klöster forderten ein strenges Durchgreifen. Der Landgraf war aufgebracht und in seiner Wut legte er fest, dass ab sofort Räuber, Plünderer und Erpresser mit dem Tode bestraft werden. Diese neue, noch größere Härte brachte ihm nicht nur in Thüringen den Beinamen Der Eiserne ein und mancher Ritter hasste ihn.

Der Landgraf weilte noch in Mittelhausen, als ein Bote des Kaisers am Hofe eintraf. Jutta Claricia empfing den Gesandten und sein Gefolge außerordentlich freundlich, bemühte sich aber vergeblich zu erfahren, warum der Kaiser ihren Gemahl zu sprechen wünschte. Sie zog sich verärgert zurück. Wie gut hatte sie es mit Ludwig getroffen, der sich mit ihr über alles unterhielt und sie auch befragte, wenn auch nicht in der Öffentlichkeit. Als der Landgraf anderntags kam, teilte ihm der Bote mit, dass der nächste Hoftag für den 10. März in Fulda angesetzt war. Ludwig II. versprach seine Teilnahme und entließ den Gesandten. »Ich reite nur kurz aus und bin zur Abendmahlzeit zurück«, erklärte er hastig seiner Gemahlin, als er mit schnellen Schritten den Palas verließ. Er war wütend und aufgeregt. Seine Nerven waren aufs Äußerste gereizt. Die kalte Winterluft und die Stille des Waldes beruhigten ihn. Es wird nach Italien gehen und es wird grausam werden, grübelte er. Vielleicht sogar sinnlos. Und wessen Leben wird es kosten? Warum Italien? Ich habe vier wunderbare Söhne, warum muss ich mich dem Tod stellen? Warum immer wieder töten? Ludwig hatte eine Anhöhe erreicht und stieg ab. Er band sein Pferd an einen Baum und ging ein paar Schritte durch den jungfräulichen Schnee. Das Knirschen unter seinen Füßen war der einzige Laut in diesem Wald und er war wie ein Aufschrei gegen den bevorstehenden Krieg. Ach, du wunderbares Weib, ich muss dich und unsere Kinder wieder allein lassen. Ich muss! Ich muss! Vielleicht sogar für eine lange Zeit. Etwas anders konnte er nicht denken. Dann ritt er heim und war voller Sehnsucht nach seiner geliebten Frau.

Auf dem Hoftag in Fulda wurde die Heerfahrt gegen Mailand im Juni 1158 beschlossen. Die Teilnahme der Fürsten konnte der Kaiser nicht erzwingen und auch die Truppenstärke, der durch den Treueeid und die Lehnsverhältnisse an den Kaiser gebundenen Fürsten und Grafen lag im Ermessen des Einzelnen. Deshalb warb der Kaiser den Adel mit dem Versprechen, er werde alle, die ihm folgten, mit der gebührenden Ehre und dem nötigen Geld bedenken. Die Aussicht auf Beute und gute Bezahlung war für die meisten Ritter das einzige oder das wichtigste Motiv. Ludwig II. grauste noch mehr.

Der Hof des Thüringer Landgrafen weilte wie jedes Jahr auch im Sommer 1158 auf der Neuenburg. Nach dem Sommerfest mit Ida und Berthold musste der Landgraf zur Heeresfolge aufbrechen. Ludwig verabschiedete sich von Jutta Claricia morgens im Bett. Alles, was er ihr sagen wollte, war nur für sie bestimmt, konnte nur sie verstehen und durfte nur sie wissen. Sie war alles für ihn. Jutta Claricia lag unter seiner Decke und sie spürte seine Verzweiflung und sie roch seine Angst. »Ich weiß, dass du wiederkommst«, sagte sie mit einer Bestimmtheit, die sie selbst überraschte. Er küsste und liebte sie leidenschaftlich, dann standen beide auf und bereiteten den Abschied mit den Kindern vor.

NOCH EIN KIND UND EINE LANGE EINSAMKEIT

Jutta Claricia war wieder allein. Wie lange würde es wohl diesmal dauern, überlegte sie. Ein Jahr oder zwei? Nein, zwei Jahre das konnte nicht sein. Ich richte mich auf ein Jahr ein. Bis zum Ende dieses Jahres werde ich mir keine Sorgen machen, das beschloss sie insgeheim für sich. Sie wollte nicht wieder so angstvoll warten, sondern die Zeit mit Bedacht ertragen. Ende des Septembers verließ der Hof die Neuenburg und sie kehrten heim auf die Wartburg. Ludwig hatte bei Ruthard reiten gelernt und durfte mit dem Begleitschutz reiten. Heinrich passte auf den Hund Dam auf. Hermann und Friedrich waren bei den Kinderfrauen und den Hofdamen auf dem Wagen. Jutta Claricia ritt neben ihrem Sohn her. Sie war stolz auf den Ältesten. Mit seinen bald acht Jahren war er erstaunlich vernünftig und kümmerte sich immer besorgt um seine jüngeren Brüder Heinrich und Hermann. Sie erreichten ihren Rastplatz am späten Nachmittag. Ruthard wollte ein weiteres Wildpferd einfangen und zog sich zurück. Jutta Claricia schritt mit einem Knecht einen kleineren viereckigen Platz ab und ließ an den Ecken Hölzer in den Boden setzen. Dann legte sie ein großes Viereck fest, das fast so groß war, wie das ganze Plateau, und markierte wieder die Ecken. Als sie sich später schlafen legte, wusste sie, dass sie den Anfang einer neuen Burg begonnen hatte.

Die Bauarbeiten auf der Wartburg waren fertig. Es fehlten noch die Scheiben für die Fenster. Die wollte sie im nächsten Jahr mit Ludwig zusammen in Erfurt aussuchen und bestellen. Jetzt, für die Wintermonate, ordnete sie an, die Fensteröffnungen mit Läden zu verschließen.

Das Fest der Geburt des Herrn wurde wieder gemeinsam gefeiert. Der ganze Hof versammelte sich in der Kapelle zur Christmette und anschließend wurde die Abendmahlzeit gemeinsam im Rittersaal eingenommen. Die Holzkloben brannten im Kamin und verströmten eine behagliche Wärme. Der Raum war mit vielen Kerzen und Fackeln hell erleuchtet. Die Kinder bekamen eine Süßigkeit und die Erwachsenen tranken heißen Würzwein. Agnes, die neue Hofdame aus Worms, hatte eine schöne Stimme und sang geistliche Lieder. Es war eine andächtige Stimmung im Saal. Plötzlich wurde Jutta Claricia übel. Sie konnte nicht aufstehen, die Füße gehorchten ihr nicht. Alles drehte sich in einem Drehschwindel. War es der Würzwein, überlegte sie. Sie bat ihre Leibdienerin, sie in ihre Kemenate zu begleiten und legte sich aufs Bett. Wieder die Übelkeit. Am nächsten Morgen war die Übelkeit noch größer und sie bat, Gunda zu rufen. Gunda brachte ein kleines Kind mit. »Verzeiht, Eure Hoheit, ich wusste nicht wohin mit dem kleinen Anselm. Der Ruthard war noch nicht zu Hause. Kann ich ihn bei der Kinderfrau lassen?« – »Natürlich«, sagte Jutta Claricia, »ich bin froh, dass Ihr gleich gekommen seid.« Jutta Claricia erzählte, dass ihr übel war und sie sich kaum fortbewegen konnte. Gunda untersuchte die Landgräfin sorgfältig. Dann setzte sie sich neben sie auf die Bettkante. Jutta Claricia schloss die Augen, sie hatte Angst. »Was ist es, bitte, sagt mir die Wahrheit, Gunda.« – »Hoheit, die Wahrheit lautet, Ihr seid wieder schwanger, und zwar in einem fortgeschrittenen Monat. Habt Ihr denn nichts gemerkt?« – »Nein, ich hatte so viel zu tun, seit mein Gemahl nach Italien aufgebrochen war, der Umzug auf die Wartburg, die Baustelle und dann hatte ich irgendwann auch mal Blutungen.« – »Ich glaube, das Kind hat sich heftig gedreht und hat eine Blockade ausgelöst. Deshalb konntet Ihr Euch scheinbar nicht bewegen. Das kommt vor. Die Herztöne sind gut zu hören. Ihr solltet etwas zunehmen und Euch weniger aufregen, das würde auch dem Kind guttun. Nach meiner Schätzung sollte das Kind ungefähr im März kommen.« Gunda schwieg, aber Jutta Claricia spürte, dass da noch etwas war. »Was wollt Ihr mir noch sagen?« – »Die letzten beiden Geburten waren für die Kinder und auch für Euch nicht einfach. Ihr solltet vorsichtig sein. Ich werde ab Anfang März hier bei Euch sein, wenn ich den Anselm mitbringen kann.« – »Natürlich, er kann bei der Kinderfrau bleiben.« Jutta Claricia zog sich langsam an. Noch ein Kind, dachte sie. Ach, Ludwig, wenn du doch hier wärest. »Angst ist jetzt das Falsche, Angst verkrampft«, sagte Gunda. »Esst genug und geht auch mal an die Luft, aber hütet Euch davor auszurutschen oder zu stürzen. Den Würzwein solltet Ihr meiden.«

Das Jahr ging zu Ende und im Januar 1159 hatte ihr Großer seinen achten Geburtstag. Jutta Claricia hatte Ruthard gebeten, ein Pferd für Ludwig auszusuchen, dass sie ihm schenken wollte. Ludwig war vollkommen überrascht und freute sich sehr darüber. Heinrich bekam jetzt Dam, den Hund, und Hermann erhielt von Heinrich die beiden Holzpferde, Friedrich bekam die Katze.

Schon Ende Februar hatte Jutta Claricia Schmerzen. Dann waren sie wieder weg und am nächsten Tag wieder da. Gunda kam. Das sind schon Wehen, sagte sie. Es geht los. Die Wehen kamen und gingen und nichts passierte. Drei Tage vergingen. Jutta Claricia verließ nicht mehr das Bett, außer wenn sie auf die Heimlichkeit musste, aber am nächsten Tag platzte die Fruchtblase. Gunda bat die Leibdienerin, ihr wieder zu helfen. Die beiden Frauen bemühten sich zwei Tage um das Kind. Jutta Claricia konnte irgendwann die Schmerzen nicht mehr ertragen und wünschte sich nur noch den Tod. Dann wurde sie bewusstlos. Am 1. März 1159 holte Gunda das Kind. Es gab keinen anderen Ausweg. Am Abend kam Jutta Claricia wieder zu sich. Gunda legte ihr das kleine eingewickelte Menschlein auf die Brust und sagte, Hoheit, Sie haben es geschafft. Es ist ein gesundes Mädchen. Jutta Claricia liefen die Tränen über das Gesicht. Ich wollte sterben und jetzt haben wir eine Tochter. Sie soll Jutta heißen. Einfach Jutta. Jutta von Thüringen. Gunda nahm Jutta Claricias Hand. »Da ist noch etwas Hoheit, das ich Ihnen sagen muss. Es war eine so schwere Geburt, dass ich das kleine Mädchen schließlich holen musste. Neben den Schmerzen, die Sie jetzt wieder haben werden, können Sie zukünftig keine Kinder mehr bekommen. Es ging nicht anders und es tut mir sehr leid.«, Gunda schwieg, sie hatte alles gesagt. Jutta Claricia erinnerte sich an Ida, an die schwere Geburt damals und wie sie und Gunda um das Leben von Mutter und Kind gekämpft hatten. Nein, es gab keinen Grund, mit Gott zu hadern. Sie hatte vier Buben und einer Tochter das Leben geschenkt. Sie hatte alle Beschwernis überlebt und ihr kleines Töchterchen war gesund. Sie würde Gott, dem Allmächtigen danken.

Die Schmerzen hielten bis zum Sommer an. Als sie auf die Neuenburg umzogen, blieb Jutta Claricia mit den Hofdamen und den Kinderfrauen auf dem Wagen. Ludwig ritt im Begleitschutz neben Ruthard, der auf seinem Wildpferd Runne saß. Runne war das schönste Pferd, das der Hof des Landgrafen besaß. Das andere Wildpferd war noch nicht genug gezähmt und konnte noch nicht geritten werden. Ruthard hatte es hinten am Wagen als Handpferd angebunden. Ludwig wünschte sich, ein guter Reiter zu werden und irgendwann einmal dieses Wildpferd reiten zu dürfen.

Bei der üblichen Rast auf dem Pferdehügel an den weißspiegelnden Seen bemerkte Jutta Claricia, dass niemand ihre Kennzeichnung mit den Stöcken entfernt hatte. Es war also niemand hier oben gewesen. Sie beauftragte einen Knecht, zwischen den Stöcken, die das kleinere Viereck kennzeichneten, Feldsteine als Markierung zu verlegen. Dann erklärte sie den Knechten, dass sie hier ein Haus bauen würde und ringsherum einen großen Obstgarten anlegen wollte. Mit dem Hausbau sollte im nächsten Jahr begonnen werden.

Ruthard gelang es, in der Morgendämmerung des nächsten Tages wieder ein Wildpferd einzufangen. Er hatte jetzt einen Hengst und zwei Stuten. Auf der Neuenburg würde er genug Zeit für die Tiere haben.

Der Sommer auf der Neuenburg verging langsam. Dann war ein Jahr des Wartens auf ihren Gemahl vorüber. Aus Italien hatte die Landgräfin keine Botschaft erhalten. Sie hatte sich in den Wochen und Monaten bemüht, Angstträume und Sorgen, die sich nachts in ihr Bett schlichen, zu vertreiben. Meist gelang es, aber ein kleiner Rest von Angst und Sorgen blieb in ihr und der kleine Rest wuchs ständig an.

Sie verließen die Neuenburg, als der Herbst begann. Am Tag der Abreise hatten die Knaben Streit miteinander. Am lautesten schrie Heinrich und trat wütend gegen die Bank, auf der Friedrich saß und seinen Brei löffelte. Friedrich fiel von der Bank und brüllte laut auf, der Brei floss über den Tisch. Die Kinderfrau versuchte zu trösten, aber Heinrich stieß sie weg. Jutta Claricia trat ein und rief Heinrich zur Ordnung. Heinrich umarmte seine Mutter und sein Schmerz trieb immer mehr Tränen über sein Gesicht. »Ich will auch ein Pferd haben.« Er schluchzte und war nicht zu beruhigen.

Der Thüringer Wald und die Wartburg begrüßten sie mit Herbststürmen. Ich werde mich allein um die Glasfenster für den Palas kümmern müssen, überlegte die Landgräfin. Ich muss nach Erfurt, wenn ich doch nur reiten könnte. Ich werde mich bis zum Geburtstag von Hermann noch schonen, danach versuche ich es, nahm sie sich vor. Hermann feierte im Oktober seinen fünften Geburtstag. Jutta Claricia trug ihm das Rolandslied vor, aber weil sie so viele Verse vergessen hatte, erzählte sie ihm einfach die Handlung. »Das ist nicht so schön, wie der Anfang, am schönsten ist der erste Vers«, meinte Hermann. Jutta Claricia erzählte ihm, dass es Sänger gab, die eine ganze Geschichte aufschreiben konnten. »Jeder Mann, der des Schreibens und Lesens kundig war, konnte die Verse des Rolandsliedes dann lesen und vortragen.« – »Ich will das auch lesen und vortragen können«, sagte Hermann und begann. »Den Christen scheint das helle Licht, die Heiden leben in der Dunkelheit.« – »Du wirst bald lesen und schreiben lernen«, versprach ihm die Mutter.

Das Fest der Geburt des Herrn ging vorüber und das neue Jahr 1160 begann mit Schneetreiben und eisiger Kälte. Dann kamen die drei Monate mit den Geburtstagen. Ludwig im Januar, Heinrich im Februar und Jutta im März. Heinrich bekam zum Geburtstag ein Pferd und war das glücklichste Kind auf Erden. Zum ersten Geburtstag bekam die kleine Jutta die Holzkatze von Friedrich. Hermann bekam den Hund Dam, aber Dam blieb lieber bei Heinrich. Nach den Geburtstagen ritt die Landgräfin mit einem Geleitschutz und dem Kämmerer nach Erfurt. Sie schaute sich die Arbeit der Zunft an, beratschlagte mit dem Kämmerer und erteilte schließlich den Auftrag. Alle Fenster des Palas auf der Wartburg sollten Bleiglasfenster mit farblosen Butzenscheiben erhalten. Ein großer Auftrag für die Zunft und ein schöner noch dazu, stellte der Kämmerer fest, als er den Vertrag siegelte.

Als der Hofstaat Anfang Mai die Wartburg in Richtung Neuenburg verließ, schaute Jutta Claricia noch einmal zurück in die leeren Fensteröffnungen des Palas. Die Fenster sind die Seele des Hauses, dachte sie voller Vorfreude auf die neuen Butzenscheiben.

Ende des Jahres, als sie von der Neuenburg zurückkamen, waren bereits die neuen Fenster in den Palas eingebaut. Das Herbstlicht fiel durch die Scheiben und beleuchtete den hellen Sandstein. Die Farben tanzten auf dem Boden und gaben dem Raum eine fröhliche, leichte Stimmung. Der Palas war fertig und er war wunderschön geworden. Was würde Ludwig sagen? Würde es ihm gefallen? Würde er wegen der hohen Ausgaben für die Fenster verärgert sein? Jutta Claricia wünschte sich nur, dass ihr Gemahl bald heimkäme. »Bitte, Gott, du Barmherziger, führe meinen Gemahl heim«, betete sie, als sie durch den Palas schritt.

Wieder kam ein Fest der Geburt des Herrn, an dem der Landgraf in der Fremde weilte. Jutta Claricia feierte mit den Kindern und mit dem ganzen Hof in der Kapelle die heilige Messe. Anschließend trafen sich alle wie üblich im Rittersaal zur gemeinsamen Abendmahlzeit. Agnes sang wieder Lieder aus ihrer Heimat. Lieder von Hoffnung, Liebe und Tod.

Mit starken Stürmen und Schneetreiben begann das Jahr 1161. Zwei Jahre und vier Monate weilte nun der Landgraf in Italien. Was ist das für ein Krieg, der nicht endet?, fragte sich Jutta Claricia. Oder hatte er für ihren Gemahl schon ein Ende gefunden? Ein tödliches gar? Nein, ich werde mich nicht der Angst beugen und mich auch nicht von der Sorge um Ludwig lähmen lassen. Ich bin hier und ich habe einen Auftrag. Ich werde außerdem das Haus bauen und den Garten anlegen lassen. Das war ihr Plan.

Beim Aufbruch zur Neuenburg im Frühjahr nahmen sie fünf Obstbäume mit, die auf der Anhöhe, wo sie immer ihre Rast einlegten, gepflanzt werden sollten. Baumstämme, Balken, Bretter und anderes Baumaterial hatten sie auf einen dritten Wagen geladen. Sie blieben zwei Tage länger auf dem Hügel, luden zuerst das Bauholz ab und pflanzten die Bäume. Das Wasser für die Pflanzlinge holten sie aus dem großen See. Mit den Balken und Brettern errichteten die Handwerker eine Hütte. Als das Holzhaus stand, brachen sie zur Neuenburg auf. Ludwig und Heinrich ritten neben Jutta Claricia. Ruthards besorgte Unterstützung bei Heinrich war längst nicht mehr notwendig. Er war wie sein Bruder und wie sein Vater ein guter Reiter. Eine Stute der Wildpferde war tragend, bemerkte Jutta Claricia. Ruthard hatte ausgerechnet, dass sie im August fohlen würde. Er ließ das Tier nicht aus den Augen. Oben auf den Wiesen der Neuenburg würde die Stute Ruhe und gutes Futter finden und er würde warten. Die Tage auf der Neuenburg waren für Jutta Claricia erholsam und für die Kinder waren sie voller Freiheiten.

Ludwig und Heinrich ritten jeden Tag aus. Unten in Freyburg kannte jedermann die beiden Buben des Landgrafen und ihre Begleitung hatten sie meist schon am Burgberg abgehängt, das wusste man auch in der Siedlung zwischen den Weinbergen. Sie galoppierten die Wege zwischen den Weinbergen entlang bis zum Ufer der Unstrut oder bis zur Saale. Als die Saale einmal Niedrigwasser führte, wollte Heinrich mit seinem Pferd den Fluss durchqueren. Die Strömung in der Mitte des Flusses riss das Pferd mit sich fort. Heinrich konnte nicht schwimmen, er hielt sich an der Mähne des Tieres fest und beide trieben flussabwärts. Irgendwann bekam das Pferd wieder Grund unter die Hufe und erreichte das Ufer. Ludwig war vor Angst schlecht geworden, aber Heinrich lachte laut auf. Er legte sich in die Sonne und ließ seine Kleidung trocknen, damit seine Mutter nichts bemerkte. Heinrich war voller Lebenslust und Lebensdrang.

Als die schönen Sonnentage endeten, ging der August zu Ende. Alle auf der Burg hatten sich in der lauen Sommernacht schlafen gelegt. In die Stille des Abends hinein kam mit seinem Gefolge der Landgraf zurück. Jutta Claricia hörte zuerst die Pferde auf dem Burghof. Sie schlüpfte in ihren kostbaren Bliaud und lief ihrem Gemahl entgegen.

Der Landgraf war verschwitzt, erschöpft, schmutzig und müde. Die Pferde waren kraftlos, zwei Tiere lahmten. Die Ritter waren ebenfalls am Ende ihrer Kräfte. »Wir kommen direkt aus Italien und sind seit einer Woche im Sattel.« Die Ritter gingen ins Ritterbad und Jutta Claricia ließ die Tafel im Rittersaal reich eindecken. Auch der Wein von der Unstrut fehlte nicht. Der Kämmerer richtete Ludwig ein Bad und reichte ihm saubere Kleider. Jutta Claricia hatte ihm eine Platte mit Bratenscheiben, Hähnchenkeulen, Brot und Wein bringen lassen.

Sie erkannte, dass ihren Gemahl etwas sehr verärgert hatte. Die Wut saß noch tief in ihm. Er brauchte Zeit und Zuwendung, dann würde er ihr alles erzählen. Nach dem Essen tranken sie zusammen den letzten Wein aus dem Krug. »Ich bin froh, wieder zu Hause zu sein«, sagte er müde. »Komm, schlaf dich aus.« Sie gingen ins Brautgemach. Er küsste sie zärtlich, nahm sie in seinen Arm und war sofort eingeschlafen. Unruhige Träume quälten ihn. Er zuckte mit den Armen und mit den Beinen. Dann stöhnte er voller Schmerz. Jutta Claricia erkannte, dass Ludwig noch nicht zu Hause angekommen war. Von den schlimmen Dingen hatte er nichts zurückgelassen. Sie schmiegte sich an seinen Rücken und legte ihren Arm um seine Schulter. Langsam wurde er ruhiger. Bis zum Mittag des nächsten Tages schlief er ohne Unterbrechung.

Zum Essen ging er in den Rittersaal, aber die Ritter schliefen entweder noch oder sie waren bei ihren Pferden, um nach den Verletzungen zu sehen, dann zog auch er sich wieder zurück. Jutta Claricia brachte ihrem Gemahl die Mahlzeit ins Landgrafenzimmer. Als er gegessen hatte, schlug er vor, einen Spaziergang in die Weinberge zu unternehmen. Die Weinberge, wie er sie liebte, standen in voller Reife. Jutta Claricia pflückte die reifen roten Trauben, dann begann Ludwig zu erzählen. »Es fing mit dem Mord an dem Erzbischof von Mainz an. Arnold von Mainz hatte für den Italienfeldzug eine hohe Sondersteuer festgesetzt, damit er sein Heer finanzieren konnte. Die Mainzer sagten, Italien ist uns egal, und haben sich geweigert zu zahlen. Dann hat der Erzbischof die Steuer noch weiter erhöht. Daraufhin haben ihn die Mainzer umgebracht. Natürlich weiß man nicht, wer genau ihn ermordete.« Der Landgraf ließ sich auf einen Feldstein nieder und zog Jutta Claricia neben sich. Beide schwiegen. Bald stand er wieder auf, setzte den Spaziergang fort und erzählte weiter. »Der Kaiser hatte Ende August 1158 ein großes Heer versammelt. In vier Teile aufgeteilt und auf vier verschiedenen Marschrouten überquerten wir die Alpen. Vor Mailand vereinigten wir uns wieder und hinzu kamen die Heere von Cremona und Pavia. Es war ein riesiges Heer, das fortan versorgt werden musste. Die Tiere mussten gefüttert und getränkt werden. Eine langwierige Belagerung der Stadt konnte der Kaiser nicht riskieren, weil die eigene Versorgung nicht möglich war. Rings um Mailand herum war alles verbrannt, vernichtet und vergiftet. Aber die Stadt unterwarf sich nicht. Dann starb unerwartet der Papst Hadrian IV. Einige Kardinäle setzten auf den Kaiser, andere suchten ein neues Bündnis mit den Normannen. Aus der Spaltung der Kardinäle erwuchs eine Spaltung der Kirche. Zwei Päpste wurde gewählt. Victor IV., der aufseiten des Kaisers stand, und Alexander III. im Bündnis mit Wilhelm I. von Sizilien.

Zunächst wurde die mit Mailand verbündete kleinere Stadt Crema belagert, dann brutal angegriffen und mit Schwert und Feuer vernichtet. Die Kirchen wurden geplündert, die Einwohner ermordet und die Stadt dem Erdboden gleichgemacht. Es war ein furchtbares Gemetzel und die Plünderungen waren widerlich.« Der Landgraf strich sich über die Stirn, als würde er dort die schrecklichen Gedanken wegwischen. »Die Belagerung von Mailand begann mit fürchterlichen Verstümmelungen«, erzählte er weiter. »Wer als Händler mit Waren in die Stadt hineinwollte, dem wurde eine Hand abgehackt. Manchmal waren es zwanzig bis dreißig Hände am Tag. Ein Kriegstechniker baute für den Kaiser eine Belagerungsmaschine, die Steine schleudern konnte, und einen Belagerungsturm, mit dem man die Stadtmauer von Mailand überwinden wollte. Aber dann zahlte Mailand dem Erbauer dieser Kriegsmaschinen einen höheren Preis als der Kaiser und fortan arbeiteten die Erbauer der Kriegstechnik für die Stadt Mailand. Die Mailänder beschossen das kaiserliche Heer mit Steinwürfen und Pfeilen. Irgendwann gingen in Mailand die Vorräte zu Ende, schließlich herrschte Not. Da wollten die Konsuln der Stadt mit dem Kaiser über einen Friedensschluss verhandeln. Dein Bruder Konrad, Pfalzgraf bei Rhein, die beiden böhmischen Herzöge Theobald und Friedrich und ich selbst haben den Konsuln Mailands freies Geleit zu den Gesprächen zugesagt, wie es üblich ist. Aber der Erzbischof von Köln, Rainald von Dassel, ließ mit seinen Rittern die Konsuln gefangen setzen, blendete alle bis auf einen, dem er ein Auge ließ, und schickte sie nach Mailand zurück. Der Erzbischof, der ein Freund des Kaisers ist, setzte sich einfach über die von uns vier Fürsten gegebenen Zusagen hinweg. Wir wurden öffentlich vor den Mailändern und auch vor dem eigenen Heer bloßgestellt, ja sogar beleidigt. Selbst der Kaiser hat unsere Beleidigung wortlos hingenommen. Daraufhin haben wir vier mit unseren Truppen sofort das Heer verlassen. Was für eine Macht dieser Erzbischof über den Kaiser hat, kann man sich nicht vorstellen und dem Kaiser, auch wenn er dein Halbbruder ist, verzeih, wenn ich es so sage, mangelt es an Barmherzigkeit und Gnade. Ich bin der Grausamkeiten, des Tötens und des Leidens so überdrüssig.« Der Landgraf setzte sich auf eine bemooste Bank aus Stein und schaute hinab auf die Unstrut. Nach einiger Zeit nahm er seine Gemahlin in den Arm. »Wie geht es unseren vier Buben, verzeih, dass ich nicht eher gefragt habe, aber ich musste alles erst einmal ablegen. Jetzt fühle ich mich freier.« – »Ludwig ist ein guter Reiter geworden, Heinrich ist eben Heinrich, ein abenteuerlustiger Junge. Er reitet wild durch Feld und Flur. Hermann liebt das Rolandslied und sagt schon die ersten Verse auf. Er will Lesen und Schreiben lernen und Friedrich will heute das und morgen etwas anderes. Komm mit, ich möchte dir etwas zeigen.« Jutta Claricia nahm seine Hand und zog ihn sanft hinter sich her. Sie gingen den Burgberg hinauf und betraten die Räume der Kinderstube. Ein kleines Mädchen mit schwarzen Locken saß auf einer Bank und spielte mit einer Holzkatze. Die Kinderfrau sang ein Kinderlied und hin und wieder fiel das Mädchen in den Singsang ein. Leise, ohne das Spiel des Mädchens zu unterbrechen, sagte Jutta Claricia: »Das ist deine Tochter Jutta. Jutta von Thüringen, habe ich sie genannt. Sie ist jetzt zweieinhalb Jahre alt.« Dann wandte sie sich dem Mädchen zu. »Jutta, begrüße bitte deinen Vater.« Das kleine Mädchen schaute mit großen Augen den fremden Mann an, ging einige Schritte rückwärts und drückte die Katze fest an ihren Bauch. Als Ludwig sich auf die Kleine zubewegte, fing sie an zu weinen. Jutta Claricia hob sie hoch, aber das Kind weigerte sich, ihren Vater anzuschauen und drückte ihr Gesichtchen der Mutter an die Schulter. »Jutta von Thüringen«, wiederholte er. Ludwig musste sich setzen. Er legte seine Hände vors Gesicht, weil er sich seiner Tränen schämte. »Ich habe eine Tochter. Wir haben vier Knaben und eine Tochter und ich bin weit entfernt und lasse euch allein und weiß nichts …« Seine Schultern bebten und er konnte die Hände nicht vom Gesicht nehmen. Zwischen den Fingern liefen die Tränen herab. Jutta Claricia setzte die Kleine auf den Boden und umarmte ihren Gemahl. Die Ereignisse der letzten Monate, die Anstrengungen, die Entbehrungen und die Begegnung heute waren zu viel für ihn. Er saß wie ein Fremdkörper in der Kinderstube und konnte seinen Schmerz nicht verbergen. Das kleine

Mädchen stand vor dem weinenden fremden Mann. Er tat ihr leid. Da legte sie ihr Händchen auf sein Knie und sagte: »Nicht weinen.«

Die kleine Jutta beobachtete den Mann sehr genau und sie beobachtete auch ihre Mutter. Die Brüder sagten zu dem Fremden Vater. Aber was ist das – Vater? Sie wusste es nicht.

BEIM FRANZÖSISCHEN KÖNIG UND NOT IN THÜRINGEN

Die Sommertage auf der Neuenburg gingen zu Ende. Bei einem letzten Spaziergang hinunter zur Saale besprachen die Eheleute die Ausbildung ihrer Kinder. Hauptsächlich ging es um Ludwig, der im Alter eines Knappen war und dem die Ausbildung zum Ritter bevorstand. Jutta Claricia zog zuerst staufische, dann welfische Fürstenhäuser in Erwägung. Der Konflikt war ihr bewusst. Der eine Hof würde immer gegen den anderen sein. Der eine Fürst würde dem einen Papst anhängen und der andere dem Gegenpapst. Dann machte der Landgraf den Vorschlag, Ludwig an den französischen Hof zu schicken. Er selbst hatte den König Ludwig VII. während des Kreuzzuges als einen besonnenen Kämpfer kennengelernt. Der König war mutig, aber überlegt. Der Franzose war kein Haudrauf, aber er scheute auch keine Gefahren. Das Gerede um seine Frau Eleonore, verschwieg er Jutta Claricia nicht. Inzwischen war aber die Ehe geschieden und der König war seit Kurzem wieder verheiratet. Jutta Claricia dachte einen Augenblick über den Vorschlag ihres Gatten nach. »Was meinst du, wenn wir Hermann zusammen mit Ludwig dorthin schicken? Hermann kann dort Lesen und Schreiben lernen und bekommt Einblicke in die höfische Dichtkunst. Er liebt die Minnelieder und die höfische Kultur …« Dann brach sie mitten im Satz ab und spürte einen Stich im Herzen. Ihre beiden Söhne würden sie verlassen. Anstelle einer Klage füllten sich ihre Augen. Sie leidet jetzt schon, dachte der Landgraf. »Ja, wir schicken sie beide zusammen an den französischen Hof, dein Vorschlag gefällt mir. Du kennst die Knaben besser als ich. Zwei Brüder zusammen können aufeinander aufpassen und sich gegenseitig helfen. Nach der Abendmahlzeit wurden Ludwig und Hermann zum Landgrafen gebeten und ihnen wurde mitgeteilt, dass sie ab dem 1. Februar des neuen Jahres am französischen Hof beim König Ludwig VII. ausgebildet werden würden, wenn der französische König zustimmt. Hermann umarmte spontan seinen Vater und träumte vermutlich schon von französischer Literatur und französischer Hofkunst. Ludwig verbeugte sich und dankte kurz. Lieber hätte er sich die Ausbildung beim Kaiser gewünscht. Bei einem Kaiser! Am liebsten bei seinem Oheim, was hätte er dort für Vorteile haben können …

Der Hof reiste auf die Wartburg zurück und wenige Tage später sandte der Landgraf einen Boten zum französischen König Ludwig VII. mit der formellen Anfrage.

… Ich möchte diese meine Söhne in allen Wissenschaften unterrichten lassen, und habe mir vorgenommen, dass derjenige von ihnen, der sich durch größere Geistesfähigkeiten und besondere Vorzüge auszeichnet, sich den Wissenschaften ganz widmen soll. In dieser Absicht nehme ich mir die Freiheit, sie beide an den französischen Hof zuschicken, damit sie unter Eurer Leitung und Eurem Schutz zu Paris umso besser aufgehoben sind …

Der König konnte sich gut an den Thüringer Landgrafen erinnern und erteilte gern sein Einverständnis. Nach der Rückkehr des Boten begannen sogleich die Vorbereitungen für die Abreise der Söhne.

In den besinnlichen Stunden des Christfestes hing jeder seinen verborgenen Gedanken nach. Alles drehte sich bei den Eltern um den bevorstehenden Abschied und bei den beiden Söhnen um Aufbruch und Neugier.

Das übliche Landding nach dem Fest der Geburt des Herrn in Mittelhausen dauerte dieses Mal ungewöhnlich lange. Die zwölf Grafen ereiferten sich und stritten über die Rechtmäßigkeit der beiden Päpste und die Erwartung des Kaisers, sich für einen von ihnen entscheiden zu müssen. Es war inzwischen auch in Thüringen bekannt geworden, dass der zweite Italienfeldzug mit der vollkommenen Zerstörung, Plünderung und Brandschatzung der Stadt Mailand beendet worden war. »Aber um welchen Preis!«, betonte der Landgraf und schwieg dann. Der Graf aus Lobeda berichtete, dass er von einem Ritter, der dabei war, erfahren hatte, dass der Erzbischof von Köln höchstpersönlich die Gebeine des Heiligen Petrus aus einer brennenden Kirche geraubt hatte. Er forderte sie unbedingt als Reliquie für den Kölner Dom. Ludwig II. winkte ab, er konnte nichts mehr vom Italienfeldzug hören, schon gar nichts von dem Kölner Erzbischof. Der Landgraf strebte nach Hause, auf die Wartburg und zu seiner Familie. Als dichtes Schneetreiben einsetzte, endete abrupt das Landding, denn die Grafen mussten vor dem Wettereinbruch ihre Burgen erreichen.

Mitte Januar brach der Landgraf mit seinem Söhnen und einem kleinen Gefolge nach Paris auf. Der Landgraf selbst begleitete die beiden Knaben mit bewaffneten Rittern. Jutta Claricia stand mit den beiden anderen Söhnen und der kleinen Tochter vor dem Palas und verabschiedete Ludwig, Hermann und ihren Gemahl mit einem Trunk. Es tat so weh, als die Drei auf die Pferde stiegen und zum Burgtor ritten. Hermann drehte sich noch einmal um und winkte seiner Mutter. Als sie sah, dass er glücklich aussah und ihr zulächelte, fühlte sie sich ein wenig besser. Heinrich und Friedrich sollten ihre Ausbildung im nahe gelegenen Kloster Reinhardsbrunn erhalten. Das war das Hauskloster der Ludowinger. Es gab dort eine große Bibliothek und in der Ausbildung erfahrene Mönche.

Jutta Claricia versuchte sich abzulenken, aber ihre Gedanken wanderten immer wieder zu Ludwig und Hermann in die Fremde. Sie erinnerte sich an die schwere Geburt von Hermann, an die Seuche, die ersten Geburtstage, an ihr Laufen- und Sprechenlernen, an ihre Streitereien. In ihrem Inneren fühlte es sich wie gestern an. Die Trennung tat ihr weh. Wann würde sie ihre Kinder wiedersehen?, grübelte sie. Aber sie wusste es natürlich. Dann, wenn es keine Kinder mehr waren, sondern ausgebildete und erwachsene Männer. Jutta Claricia zog sich in ihre Kemenate zurück, legte sich auf ihr Bett und ließ ihrem Schmerz freien Lauf.

Sie waren in der Kälte, im Schneegestöber und Eisregen bis Paris geritten. Zwei Wochen waren sie unterwegs gewesen. Als sie in der großen Stadt ankamen, waren die Pferde, das Gefolge und sie selbst erschöpft. Ein Pferd hatten sie im eisigen Fluss verloren. Nur wenige Tage blieb der Landgraf in Paris, dann brach er mit schwerem Herzen auf. Der Abschied von seinen Söhnen drückte wie ein Stein auf seine Brust. Auf dem Rückweg hielt er bei Jutta Claricias Bruder Konrad, Pfalzgraf bei Rhein, an. Er erzählte ihm von Ludwig und Hermann und seinem Besuch in Paris. Konrad ließ auftafeln und im pfälzischen Wein ging die Traurigkeit unter. Die beiden Fürsten verbanden die gemeinsamen Kämpfe in Rom und in den oberitalienischen Städten und auch die erlittene öffentliche Kränkung durch den Kanzler und Erzbischof von Köln. Der Landgraf fragte nach dem jungen Friedrich, dem Herzog von Schwaben, Sohn des alten Königs Konrad. Konrad berichtete, dass er gehört habe, dass des alten Königs Schwester, die Kaiserin Irene von Byzanz, vom Kaiser ultimativ gefordert habe, ihrem Neffen zum frühestmöglichen Zeitpunkt die Schwertleite als Zeichen seiner Volljährigkeit zu erteilen. »Er ist jetzt Herzog von Schwaben, aber Irene ist immer noch sehr skeptisch, was den Kaiser angeht. Sie misstraut ihm und nimmt ihm übel, dass er ihren Neffen so schnell beiseitegeschoben und seine eigene Krönung betrieben hat. Insgeheim glaubt sie ihm nicht.« Die beiden Männer schwiegen. Sie hingen ihren Gedanken nach. Glaubten sie die Geschichte, die ihnen der Kaiser damals nach des Oheims Tod erzählt hatte?

»Was denkst du, wie es in Italien weitergeht?«, ergriff Konrad plötzlich das Wort als der Mundschenk einen neuen Krug mit Wein brachte und auch eine zweite Platte mit Braten und Käse aus Frankreich dazustellte. »Erster Generallegat in Oberitalien ist neuerdings Rainald von Dassel.« Der Landgraf setzte den Becher wieder ab. »Der Dassel ist Generallegat.« Er seufzte. Beide Fürsten wussten, dass die Legaten Gericht halten, Strafen verhängen, Privilegien vergeben und bestätigen durften, sie nahmen Treueeide entgegen und besetzten Ämter. Beiden war auch klar, dass der Kaiser keine Beschwerde über diesen Kanzler anerkennen würde und deshalb musste es zwangsläufig früher oder später wieder zu einem Konflikt kommen. Sie tranken den Krug mit dem milden roten Pfälzer Wein leer. Am nächsten Morgen lud Pfalzgraf Konrad seinen Schwager und seine Schwester zu seiner Vermählung mit Irmingard von Henneberg im August dieses Jahres auf seine Burg Stahleck bei der Siedlung Bacharach ein. Danach brachen beide zur Jagd auf, aber das Jagdglück war ihnen nicht gewogen. Mit zwei Fasanen am Sattel kehrten sie abends zur Burg zurück.

Der Landgraf Ludwig erreichte die Wartburg Anfang April. Jutta Claricia freute sich über die Berichte über ihren Bruder Konrad. Wie lange hatte sie ihn nicht gesehen. Es war jetzt zwölf Jahre her seit ihrer Vermählung im Erfurter Dom. Jetzt würde er selbst heiraten. Die Freude, die Jutta Claricia über das Glück ihres Bruders empfand, hob die Traurigkeit über die Abreise ihrer Söhne beinahe auf.

Der Sommer auf der Neuenburg war in diesem Jahr anders. Es war eine Leere eingezogen. Heinrich vermisste seinen Bruder Ludwig und wollte auch nicht allein ausreiten und er stritt oft mit seinem jüngeren Bruder. Friedrich hatte keine Lust, Reiten zu lernen und spielte lieber mit dem Hund Dam. Der Landgraf unternahm mit seiner Gemahlin Spaziergänge in die Weinberge oder in die Siedlung am Fluss. Jeder Tag mit Jutta Claricia war ein Geschenk des Herrn. Dann kam die Nachricht, dass Bertold, Idas Mann, verstorben war. Statt einer Hochzeit gab es nun in diesem Jahr auf Burg Tuteleben ein Begräbnis. Beatrix war dem Ritter Hake von Sachsenburg versprochen und in diesem Sommer sollte die Vermählung gefeiert werden. Nun hatte man sie auf das nächste Jahr verschoben. Bertold von Tuteleben wurde zu Grabe getragen. Die Bauern von Tuteleben erwiesen ihm die letzte Ehre. Ida und Beatrix weinten an seinem Grab. Ida hatte beschlossen, allein auf Burg Tuteleben zu bleiben und hier, um ihren Mann und ihr gemeinsames Leben zu trauern. Sie hatte wie alle Hofdamen gelernt, eine Burg zu führen und Verantwortung zu tragen und Ida, das wusste man auf der Neuenburg, würde eine gerechte und sorgende Burgherrin sein.

Jutta Claricia ritt Anfang August 1162 mit ihrem Gemahl und einem kleinen Gefolge zu ihrem Bruder Konrad in die Pfalz. Das Wiedersehen war herzlich. Konrad wusste zu berichten, dass ihrer beider jüngere Schwester Luitgard zwei Jahre zuvor infolge eines Reitunfalls gestorben war. Sie war dem Dänenkönig versprochen und befand sich, als der Unfall passierte, auf der Insel Schonen. Dort sei sie auch beigesetzt worden. Am nächsten Tag kam Bertha, ihre Halbschwester, mit ihrem Gemahl Matthäus von Lothringen. Bertha war hochschwanger. Das ist unser achtes Kind, sagte sie lachend zur Begrüßung.

Die Vermählung des Pfalzgrafen fand in der Kapelle auf der Burg

Stahleck statt. Die Familie der Braut war zahlreich erschienen und auch vonseiten des Pfalzgrafen kamen Verwandte, Freunde und Gäste. Die Kapelle war voll. Irmingard, die Braut, war gerade sechzehn Jahre alt. Pfalzgraf Konrad, ihr Gemahl, fast dreißig Jahre älter. Irmingard war eine strahlende Braut und es war offensichtlich, dass beide einander kannten und glücklich waren. Ihr Vater, Graf Berthold I. von Henneberg und Burggraf von Würzburg führte seine Tochter zum Altar und sprach als ihr Vormund.

Jutta Claricia musste an ihren Oheim Konrad denken, er war damals ihr Vormund gewesen und hatte in Erfurt vor dem Altar den alten schwäbischen Ehevertrag zitiert. Traurigkeit überfiel sie, als sie daran dachte. Ihre Vermählung war das letzte Mal, als sie ihren Oheim gesehen hatte. Nun war er schon so viele Jahre tot. Zu Konrads und Irmingards Vermählung war auch ihr Halbbruder, Kaiser Friedrich I., mit seiner Gemahlin Beatrix gekommen. Ja, sie war auffallend jung und schön, dachte Jutta Claricia, dabei hochmütig und unnahbar. Nichts verstand sie von schwäbischer Lebensart, von ausgelassener Heiterkeit und familiärer Verbundenheit, und, wie es schien, wollte sie das alles auch nicht. Der Herzog Friedrich von Rothenburg und Schwaben fehlte. Vielleicht fiel es nur Jutta Claricia auf und sie dachte lange darüber nach. Schließlich fragte sie ihren Bruder Konrad. »Ich hatte ihn eingeladen. Natürlich. Er fragte nur, ob der Kaiser auch käme, dann sagte er ab. Ich glaube, es schmerzt ihn, wenn er unsere große Familie sieht und alle aus seiner Familie sind schon tot. Das verstehe ich«, sagte Konrad. »Ja, ich auch. Wenn er einmal heiratet, werden wir ihn alle besuchen.« Konrad nickte, das war eine gute Idee. Sie blieben zwei Wochen in der Pfalz, bevor sie wieder nach Thüringen aufbrachen.

Als sie auf die Neuenburg kamen, war es kurz vor Michaelis und Landgraf Ludwig musste wieder zum Landding nach Mittelhausen.

Von dort ritt er weiter zur Wartburg, in der Annahme, dass der Hof auch bald eintreffen würde. Stattdessen kam ein Bote des Kaisers und lud zum nächsten Hoftag am 15. November nach Merseburg ein. Der Bote verließ die Burg wieder, als Jutta Claricia gerade die Zugbrücke passierte. Ein Bote verhieß selten etwas Gutes, und prompt verschlechterte sich ihre Laune. Ihr Gemahl begrüßte die Ankommenden, aber plötzlich gab es auf dem Wagen der Hofdamen und Kinderfrauen Gedränge, die Pferde rissen den Wagen herum und mittendrin im Chaos stürzte die kleine Jutta vom Wagen und schlug sich den Kopf auf. Die Nase blutete, auf der Stirn klaffte eine breite Wunde. Der Hund stand neben dem Mädchen und bellte offenbar voller Mitgefühl. Jutta war ohnmächtig geworden. »Die Heilerin soll kommen, sofort!«, rief Ludwig. Ruthard hatte das gehört und eilte sofort davon. Der Landgraf trug sein Töchterlein ins Brautgemach und legte sie auf sein Bett. Jutta Claricia versuchte das blutverschmierte Gesichtchen abzuwischen. Die kleine Jutta wachte auf und schrie wieder. Gunda kam bald, untersuchte das Mädchen und sagte, es sei nichts Schlimmes. Das Kind hätte einen großen Schreck bekommen. Die Verletzung auf der Stirn ist eine Fleischwunde, die wird wieder heilen und es wird auch keine Narbe zurückbleiben. Die Nase ist auch nicht gebrochen. »Möchtest du einen Verband am Kopf haben?«, fragte Gunda das Mädchen. »Ja, aber einen ganz großen.« Als Gunda den Verband wie einen Turban angelegt hatte, fragte das kleine Mädchen zum Landgrafen gewandt: »Hast du mich gerettet?« Der Landgraf nickte und die kleine Jutta lächelte ihren Vater das erste Mal an. Sie erhielt jeden Tag einen großen Kopfverband und ihre Brüder bestaunten sie neidvoll.

Bald brach Ludwig II. zum Hoftag nach Merseburg auf. Merseburg, das war in der Nähe des Grafen Diedrich von Landsberg und Eilenburg. Vielleicht würden sie sich treffen, hoffte der Thüringer.

Wie erwartet ging es auf dem Reichstag wieder um einen Italienfeldzug. Der Kaiser wollte bis Sizilien vordringen und König Wilhelm I., der, wie man sagte, schon vom eigenen Adel angegriffen worden war und Schwäche zeigte, endlich besiegen. »Wenn König Wilhelm I. fällt«, so der Kaiser weiter, »werden Genua und Pisa uns unterstützen.« Der Kaiser warb bei den weltlichen und geistlichen Fürsten um Teilnahme und Unterstützung. Dabei schaute er jeden an und jeder Blick war eine Aufforderung. Landgraf Ludwig konnte nicht anders, er war des Kaisers Schwager und er musste mitziehen.

Im Frühjahr, nach dem Landding, das zwischen dem Fest der Auferstehung und Christi Himmelfahrt stattfand, rüstete der Landgraf mit seinen Rittern und seinem Gefolge wieder zum Feldzug nach Italien. Ludwig ritt auf Runne, seinem neuen Schlachtross. Ruthard hatte es gut vorbereitet.

Der thüringische Hof zog bald danach zu seiner Sommerburg. Ruthard freute sich schon und hoffte, an dem Rastplatz wieder ein Wildpferd einfangen zu können. Jutta Claricias Pläne über den weiteren Ausbau des Rastplatzes nahmen, als sie eintrafen, genauere Formen an. Die Holzhütte war eine Übergangsmöglichkeit. Bald sollte hier ein schönes Haus aus Stein stehen. Die Obstbäume, die sie im vorigen Jahr gepflanzt hatten, waren angewachsen und standen jetzt in voller Blüte. Es war wie ein herzliches Willkommen. »Im nächsten Frühjahr sollen die Arbeiten hier beginnen«, verkündete Jutta Claricia dem Kämmerer. Es soll zunächst ein kleiner, aber geräumiger Palas aus Stein, der in der Umgebung vorkommt, errichtet werden. Sie beschrieb, wo das Haus stehen würde, wo der Eingang und die Fensterfront sein sollten. Dann ging sie hinunter zum See, wo die Kinder die Enten vertrieben.

Die Monate auf der Neuenburg waren in diesem Jahr verregnet. Ludwig und Hermann fehlten. Heinrich war inzwischen zehn und Friedrich sieben Jahre alt. Heinrich war ein sehr guter Reiter, aber Friedrich hatte noch ein wenig Angst vor den Pferden und ritt nur unter Aufsicht. Jutta Claricia brach mit beiden Söhnen und einem kleinen Gefolge nach Naumburg auf. Sie zeigte den Knaben die wunderbaren Arbeiten der Steinmetze im Dom. Dann ritten sie weiter nach Pforta und kehrten bei den Mönchen ein. Sie aßen eine kräftige Brotzeit und tranken verdünnten Wein von den Hängen an der Unstrut. Als sie zu den Pferden zurückgingen, sah Heinrich eine verletzte Hündin, die ein Junges im Maul trug. Die Hündin war schwer verletzt. Die hintere Körperhälfte hing herab. Vielleicht hatte man ihr mit einem Hieb den Rücken gebrochen. Dann legte sie sich nieder. Heinrich ging zu dem Tier und nahm ihr das Junge ab. Die Hündin verdrehte die Augen und starb. »Wer war das?«, brüllte Heinrich über den Klosterhof. Es antwortete niemand. Das Junge war noch so klein. Jutta Claricia erklärte den Knaben, dass sie das junge Tier mitnehmen könnten, aber niemand weiß, ob es überleben würde. Es ist noch zu jung und hätte die Milch der Mutter gebraucht. Heinrich steckte den winzigen Hund in seinen Kittel und band den Gürtel fest zusammen. Es lag an seinem Bauch und rührte sich nicht. Auf direktem Wege ritten sie zurück zur Burg. Heinrich brachte das Tier zu Ruthard, aber auch der sagte, es sei ungewiss, das Kleine durchzukriegen, aber sie könnten es versuchen. Nach zwei Wochen brachte Ruthard den Welpen zu den Kindern. »Wir haben es geschafft. Er lebt und ist munter. Mit Ziegenmilch haben wir ihn gerettet.« Heinrich und Friedrich spielten mit dem Welpen, dann fragte Heinrich: »Wollen wir den Hund Jutta schenken? Sie hat nichts und wir haben doch unsere Pferde und du hast noch Dam.« Friedrich nickte.

Sie brachten den Welpen zu Jutta und schenkten ihn ihr. Heinrich erklärte, der Hund kommt aus dem Kloster und dort sprechen sie lateinisch. Also heißt der Hund nicht Hund, sondern canis. CANIS der Namen passte zu dem zotteligen Tier und Jutta Claricia freute sich über das Verhalten ihrer Söhne. Das Sommerfest fand ohne Ida und Beatrix statt und war auch nur halb so fröhlich. Die Hofdamen hatten auf dem Burghof ein Spiel vorbereitet, aber dann regnete es.

Ruthard hatte inzwischen sechs Wildpferde. Runne eins hatte er für den Landgrafen als Schlachtross dressiert. Ein Wildpferd, Runne zwei, ritt er selbst. Aber die gezüchteten Fohlen hatte er für die Knaben Ludwig, Heinrich, Hermann und Friedrich vorgesehen. Sie waren die Ludowinger und sie sollten die echten Thüringer Pferde reiten. Bis jetzt gab es nur ein Fohlen, aber mit ein bisschen Glück, würde die beiden Stuten tragend werden und vielleicht konnte er ein weiteres Wildpferd einfangen.

Wegen des ständigen Regens und der Kälte zog der Hof einen Monat früher auf die Wartburg zurück. Die kleine Jutta hatte sich erkältet und hustete. Seit dem Morgen fieberte sie auch. Gunda sollte sie sich bald anschauen, überlegte die Landgräfin. Sie ritt mit ihren Söhnen und dem Gefolge den Burgberg hinab und überquerte die Unstrut. Der Fluss führte Hochwasser. In den nächsten Tag wird er über die Ufer treten und die Brücke wird unpassierbar sein, dachte sie, als der letzte Wagen die Holzbrücke verlassen hatte. Die Söhne schwiegen, sie hatten sich gestritten, aber Jutta Claricia war in ihren Gedanken versunken und merkte davon nichts. Sie dachte an ihren Gemahl. Wo war er jetzt? Das Heer müsste längst die Alpen überquert haben. Hoffentlich dauerte es nicht wieder so lange wie beim letzten Mal. Ich werde mich ein Jahr lang gedulden – ohne Angst und Sorge, nahm sie sich wieder vor.

Das Jahr 1163 ging zu Ende und das Jahr 1164 begann mit Unwettern. Schneestürme fegten über das Land, brachen Bäume ab, zerstörten Häuser und Kirchen. Das war nicht das alleinige Unglück. Die Menschen litten Not, weil das verregnete vergangene Jahr nur eine geringe Ernte beschert hatte. In Thüringen war eine Hungersnot ausgebrochen. Jutta Claricia besprach sich mit dem Kämmerer und dem Truchsess. Der Kämmer schlug vor, den Bau des Palas auf dem Rastplatz zu stoppen und zu verschieben. Mit dem Geld könnte man Weizen für Brot und Mehl kaufen. Der Truchsess erstellte eine Liste mit Vorräten, die man auf der Burg entbehren konnte. Der Forstmeister und der Jäger des Hofes schlugen vor, das Jagen im Wald bis zum Frühjahr freizugeben. Zwei Stück Wild pro Woche für die Bevölkerung in Eisenach und einen Karren mit Mehl pro Woche für die Bedürftigsten und eine Fuhre Holz, legte die Landgräfin fest. Jutta Claricia schränkte auch das Leben auf der Burg ein. Es wurden nur noch drei statt der sieben Kamine auf der Burg geheizt. In der Kinderstube, im Speisesaal und für die Hofdamen eine einzige Kemenate. Die Wintermonate schlichen dahin. Ende Februar ritt sie mit Heinrich und einem kleinen Gefolge hinunter in die Siedlung. Sie stieg vom Pferd und lief die Straßen entlang. An dem Haus von Gunda klopfte sie. Ein kleiner Knabe öffnete die Tür. »Mama ist nicht da und Papa ist auf der Burg.« Der Knabe hustete. Es war kalt im Haus. Jutta Claricia schickte rasch einen Knecht zur Burg, er sollte einen Karren mit Holz holen. Warum hatte Ruthard nichts gesagt? Als sie sich von dem Jungen verabschiedet hatte, kam Gunda. »Verzeiht, Hoheit, ich hatte einen Unfall zu versorgen.« – »Konntet Ihr retten?«, fragte die Landgräfin. »Nein, sie wollte nicht gerettet werden.« – »Sie hatte sich in der Tenne aufgehängt.« – »Gibt es Kinder?« – »Ja, sieben, der älteste ist zehn und das jüngste ungefähr zwei Jahre.« – »Wo ist der Vater?« Gunda stockte. »Sagt es bitte frei heraus.« – »Er ist mit auf dem Italienfeldzug und hat der Familie nichts hinterlassen.« – »So, die Kinder werden einmal am Tag von der Burg versorgt. Wer betreut die Kinder?« – »Sie haben niemanden mehr.« – »Ich werde eine Hofdame bitten. Gunda gibt es noch so einen Fall hier in Eisenach?« – Ja.« – »Wie viele Kinder ohne Eltern?« – »Zu den sieben noch fünf oder sechs.« – »Die Kinder sollen alle zusammen hier auf einem leeren Hof leben. Ich reite ins Kloster und frage meine Schwägerin, ob zusätzlich eine Nonne hier helfen könnte.« Als Jutta Claricia losreiten wollte, fragte sie Gunda: »Wer verteilt eigentlich die Sachen, die von der Burg kommen?« – »Der Stadtvogt, aber ich glaube, er verteilt für sich gut und für die Menschen schlecht.« Die Landgräfin war wütend. »Mutter, der Stadtvogt steckt die Sachen für sich ein und lässt andere hungern. Das ist unchristlich«, schimpfte Heinrich. »Wir sollten ihn ins Verließ sperren.« Sie ritten zum Nikolaikloster zu Adelheid, die dort Äbtissin war. Adelheid nickte nur. »Das hätte ich mir denken können. Wir machen es ab sofort so, dass sich die Menschen die Unterstützung, die von der Burg kommt, im Kloster abholen. Schwester Ursula wird sich um die Kinder kümmern. Bis wir eine andere Idee haben.« – »Ach, Adelheid, was würde ich ohne dich machen.« Jutta Claricia umarmte ihre Schwägerin und winkte ihr beim Abschied zu. »Es war mein Fehler«, erklärte sie Heinrich. »Ich hätte dem Vogt nicht vertrauen dürfen oder ihn wenigstens kontrollieren müssen.« Die Hungersnot wurde schlimmer. Nicht nur die Menschen in der Stadt hungerten, auch die Bauern hatten nichts mehr zu essen. Als der März zu Ende ging, gab es zahlreiche Klagen, dass die Bauern aus den umliegenden Dörfern ihre Felder nicht bestellen konnten. Sie hatten in ihrer Not das Saatgetreide aufgegessen. Was sollten sie säen? Jutta Claricia befragte den Kämmerer. Wenn wir ein Pferd von Ruthards dressierten Wildpferden verkaufen, könnten wir genug

Saatgut kaufen. Jutta Claricia überlegte den ganzen Tag. Dann bat sie Ruthard zu sich in den Palas. Ruthard bedankte sich noch einmal für das Holz, aber Jutta Claricia winkte ab. »Ruthard, wir haben ein viel größeres Problem. Die Bauern haben kein Saatgut. Kein Saatgut bedeutet keine Ernte, bedeutet wieder Hungersnot im nächsten Winter.« – »Was kann ich da tun?«, fragte Ruthard vollkommen verunsichert. »Ruthard, ich will Euch fragen, ob wir Runne zwei verkaufen können. Mit dem Geld könnten wir Saatgut für die Bauern kaufen.« Ruthard atmete tief ein, stockte. »Ja, das ist richtig«, sagte er schließlich. »Der Graf Dietrich von Landsberg und Eilenburg wollte so ein Pferd haben. Ich könnte es ihm bringen. Was soll ich für einen Preis abfordern?« Das ausgebildete Schlachtross wurde verkauft und das Saatgut verteilten die Nonnen an die Bauern.

Ruthard war einsilbig und zog sich zurück. Gunda wollte ihn trösten, aber er sprach nicht über seinen Schmerz. Dann wandte sich eines Tages Anselm an ihn: »Nimmst du mich mit zu den Pferden?« Sie gingen seitdem immer zusammen in den Pferdestall. Anselm hatte seine Liebe zu Pferden entdeckt und hatte ein gutes Gespür für die Tiere. Die Stuten brachten zwei kräftige Fohlen zur Welt und Anselm durfte sich ein Tier aussuchen, das sein Vater ihm schenkte. Anselm musste zu Hause bleiben und Ruthard nahm die Wildpferde im Frühjahr mit auf die Neuenburg, auch die Fohlen. In der Niederung am Rastplatz ließ er sie grasen und beobachtete dabei, wie die anderen Wildpferde sich verhielten. Sie kamen heran, aber blieben vorsichtig. Trotzdem gelang es Ruthard ein weiteres Tier einzufangen. Es war ein Hengst. Jung, schön und kraftvoll. Das wird Runne drei, sagte er und endlich hatte er den Schmerz um Runne zwei überwunden.

Ruthard arbeitete jeden Tag mit den Wildpferden, die Fohlen wurde vom ersten Tag an in die Dressur einbezogen. Heinrich war oft im Stall und sah Ruthard zu, aber vor dem neuen Wilden hatte er Angst.

Am Ende des Sommers kam der Landgraf aus Italien zurück. Die Ritter waren ausgehungert und erschöpft. Sie zogen sich zurück und auch der Landgraf brauchte erst ein Bad. Ruthard nahm Runne und führte ihn in den Stall. Dem Pferd sah man kaum die körperlichen Strapazen an. Was für ein wundervolles Tier, dachte er. Ruthard nahm ihm Sattel und Zaumzeug ab und bürstete es sauber und trocken.

Als es Abend geworden war, setzte sich der Landgraf zu Jutta Claricia und berichtete von dem missglückten Italienfeldzug. »Wir hatten uns auf die Unterstützung von Genua und Pisa verlassen. Der Kaiser selbst hatte sie uns zugesichert. Aber sie kam nicht.« Er machte eine Pause. »Und auf der anderen Seite stand uns der mächtige Veroneser Städtebund mit den Städten Verona, Venedig, Padua und Vicenca gegenüber. Es war eine Katastrophe. Wir waren zahlenmäßig dem Veroneser Städtebund nicht gewachsen und mussten den Rückzug antreten.« Er sieht müde aus und in seinen dunklen Haaren zeigen sich die ersten Silberfäden, stellte Jutta Claricia fest und legte ihre Hand auf seinen Arm. Die erfolglosen Italienfeldzüge zermürben die Männer und das Land. Wut stieg in ihr auf. Wut auf ihren Halbbruder, den Kaiser, und Ohnmacht, weil sie eine Frau war, der es nicht zukam, laut Klage zu erheben. Der Landgraf goss zwei Becher Wein ein und reichte einen seiner Gemahlin. »Wie erging es dir auf der Burg? Unterwegs haben die Menschen, sogar Kinder, gebettelt. Was ist passiert?« Jutta Claricia berichtete von dem Elend der Menschen in Eisenach, von den elternlosen Kindern und von der Not der Bauern und ihrer Entscheidung, Runne zwei zu verkaufen. »Du bist eine gute Landgräfin«, sagte Ludwig. »Meine Mutter hätte wie du gehandelt, nur hätte es meinem Vater nicht gefallen.« Er machte eine kleine Pause. »Ich halte es für richtig, was du getan hast.« Und dann kam die Frage: »Wie viele sind gefallen?«. – »Drei sind gestorben. Einer starb an einer Krankheit und zwei hatten Streit und haben sich mit Schwertern geschlagen. Einer starb und den anderen hat ein Pfeil der Veronesen getroffen. Morgen reite ich zu ihren Familien.« Der Landgraf nahm sie in seine Arme. »Es hätte keine bessere Landgräfin für Thüringen geben können«, sagte er, als er ihr in die Augen schaute. Dann gingen sie zu den Kindern, die auf dem Burghof mit beiden Hunden spielten. Als sie an den Vorratshäusern vorbeiliefen, musste Jutta Claricia wieder an früher denken, an die Hungersnot auf der väterlichen Burg und im Schwabenland, die nicht durch Wetterunbill kam, sondern die menschengemacht war. Sie griff nach der Hand ihres Gemahls. Es tat so gut. Ludwig hatte sie unterstützt. Er hatte ausdrücklich für gut befunden, wie sie geholfen hatte. Sie dachte plötzlich an Gero von Gieswein und Enzo von Speyer, wie haben sie damals gelitten und gekämpft, aber ihr Halbbruder hatte es nicht erkannt.

In den nächsten Tagen sollten die Vorbereitungen für die Rückreise auf die Wartburg beginnen. Bis dahin wollten sie die Ruhe genießen. Nach der Abendmahlzeit saßen sie allein in der Fensternische und sahen zu, wie die Sonne weit hinter der Unstrut zwischen den Wiesen und Feldern unterging. Da begann der Landgraf plötzlich zu erzählen, dass der Kaiser Friedrich I. seinem Vetter Heinrich den Löwen immer wieder geraten hatte, sich von seiner Frau Clementia zu trennen. Ihr einziger Sohn war gestorben, ebenso eine Tochter und nur die Gertrud sei noch am Leben. Der Kaiser meinte, Heinrich der Löwe sollte noch einmal eine junge Frau heiraten und Kinder zeugen. Am besten mit einer reichen Erbin. Jutta Claricia spürte die schlechte Laune in sich aufsteigen. Sie kannte Clementia, die im gleichen Jahr wie sie selbst geboren wurde, und sie erinnerte sich an ihren Schmerz, als ihr kleiner Sohn starb. Seine Kinderfrau hatte ihn versehentlich fallen lassen. Er war sofort tot. Es war schrecklich damals. Anderseits war Clementia eine kluge Frau mit diplomatischem Geschick und hatte verantwortlich die Herzogtümer in Heinrichs Abwesenheit geleitet. Jetzt war sie in den Augen ihres Gatten alt, hatte ausgedient wie ein altes Pferd. Der Kaiser hatte Adela weggeschickt und sich eine noch reichere und jüngere Erbin gesucht. Dasselbe riet er auch seinem Vetter. Sie mussten jung und reich sein. Ihr war übel. – Der Landgraf hatte seine Gemahlin beobachtet. Er wusste, was in ihrem Kopf vorging. »Ich liebe dich«, flüsterte er ihr ins Ohr und rutschte nahe an sie heran.

Am Ende des Jahres kam ein Bote des Herzogs von Rothenburg mit einer Einladung zur Vermählung. Die Hochzeit von Herzog Friedrich von Rothenburg und Schwaben mit Gertrud, der Tochter Heinrichs des Löwen, sollte am 15. Mai im Jahr 1166 während des Hoftages in Ulm stattfinden. Der Landgraf von Thüringen Ludwig II. und seine Gemahlin Jutta Claricia waren herzlich eingeladen. Jutta Claricia grübelte, Heinrich der Löwe, das wusste sie bestimmt, war nur wenige Jahre älter als sie selbst, und wenn ihr Neffe seine Tochter heiratete, musste es sich um eine Kinderhochzeit handeln. Jutta Claricia misstraute ihrem Halbbruder, dem Kaiser, und auch seinem Vetter Heinrich dem Löwen. Ihren anderen Vetter, den Herzog von Rothenburg, hielt sie dagegen für gutgläubig und beeinflussbar. Aber sie sagten die Teilnahme an der Vermählung zu, weil sie meinte, es ihrem Oheim und seiner Familie schuldig zu sein. Tatsächlich wurde in Rothenburg eine Kinderhochzeit gefeiert. Friedrich, Herzog von Schwaben, ihr Neffe, war inzwischen zweiundzwanzig Jahre alt. Er war ein stolzer Ritter mit großer und auch grausamer Kampferfahrung. Die Braut war ein Mädchen von zwölf Jahren. In den Augen ihres Neffen sah Jutta Claricia das verstehende und zugewandte Lächeln und die innige Herzlichkeit seines Vaters. Friedrich war ein Ritter, vielleicht wie Roland, der hinnahm, dass man ihn um die Königskrone betrogen hatte. Bald nach der Vermählung reiste der Landgraf zum Hoftag nach Würzburg weiter, aber Jutta Claricia kehrte mit ihrem Gefolge heim auf die Wartburg. Ihre Gedanken waren noch immer bei ihrem Oheim und seiner Familie. Warum war ihnen kein Glück beschieden? Sie verstand es nicht.

Nach wenigen Tagen zog sie mit dem ganzen Hof wieder auf die Neuenburg und wartete auf die Nachrichten, die ihr Gemahl vom Hoftag mitbringen würde. Ruthard hatte in diesem Sommer seinen Sohn Anselm mitgebracht. Anselm lernte reiten und half im Stall, aber meistens half er seinem Vater mit den Wildpferden. Insgesamt hatten sie jetzt acht weiße Pferde, davon waren drei Fohlen aufgezogen worden.

Landgraf Ludwig kam vier Wochen später auf der Neuenburg an. Noch während Jutta Claricia ihren Gemahl begrüßte, bemerkte sie, dass etwas passiert war oder dass eine Gefahr drohte.

Ludwig berichtete vom Reichstag, wie der Kanzler Rainald von Dassel wieder den Kaiser beeinflusst hatte. Papst Victor IV. war gestorben, man hätte die Spaltung der Kirche und des Papsttums endlich beenden können, wenn jedermann den übriggebliebenen Papst Alexander III. anerkannt hätte. Aber stattdessen verlangte der Kaiser, natürlich von seinem Kanzler angestachelt, von allen Fürsten auf dem Hoftag in Würzburg, einen Eid darauf zu leisten, niemals den Papst Alexander III. anzuerkennen. Der Kaiser und die meisten Fürsten des Reiches unterstützten jetzt den neuen Gegenpapst, der Paschalis III. hieß.

Der Landgraf schwieg. Jutta Claricia wusste, dass ihr Gemahl noch etwas auf dem Herzen hatte. Sie sah und spürte es, aber sie wartete geduldig. Dann fuhr Ludwig fort. »Der Kanzler Rainald von

Dassel hatte den anwesenden Fürsten versprochen, dass selbst der englische König auf der Seite des Kaisers stehen würde, wenn er einen erneuten Italienfeldzug gegen Papst Alexander III. beginnen würde.« In diesem Augenblick war ihr, als hätte sich der Boden unter ihr aufgetan. Jutta Claricia ahnte, dass es wieder auf einen Krieg hinauslief. »Der Kaiser hat für 1166 den vierten Italienfeldzug einberufen, er will den Papst Alexander III. aus Rom verjagen.« Ludwig schwieg und fuhr sich mit der Hand durch die schwarzen Haare, er sah unendlich erschöpft aus. Die silbernen Fäden zeigten sich vermehrt rechts und links an den Schläfen. Jutta Claricia lächelte ihrem Gemahl zu und erwiderte: »Wir schaffen das gemeinsam.« Dann schaute sie ihm in die Augen. »Ich bin sehr froh, dass wir unsere beiden Söhne nicht an den Hof meines Halbbruders gegeben haben.«

Das Fest der Geburt des Herrn ging in eisiger Kälte und stiller Andacht vorüber. In der Heiligen Nacht begann es zu schneien. Schon am nächsten Morgen lag der Schnee meterhoch und machte die Wege unpassierbar. Die Kinder tobten auf den Burghof herum und fröhliche Stimmen und lautes Gelächter drangen bis in die Kemenate der Frauen. Am übernächsten Tag ritt der Landgraf mit einem größeren Gefolge zum letzten Landding in diesem Jahr nach Mittelhausen. Überall im Gebirge hatten die Schneemassen Schaden angerichtet. Äste und sogar ganze Bäume waren herabgebrochen und versperrten Straßen und Wege. Die Hörsel war über die Ufer getreten und nur an wenigen Stellen passierbar. In den Wolken hingen unheilvoll weitere Niederschläge. Trotzdem waren alle zwölf Grafen zum Landding erschienen. Dieses Mal gab es wenige Urteile zu fällen, deshalb berichtete der Landgraf vom Hoftag und vom nächsten Italienfeldzug im kommenden Jahr. Die Grafen äußerten sich zunächst verhalten. Sie stürzten ihren Wein hinunter und dann brach es aus einem hervor. Wütend schlug Graf Sizzo III. vom Greifenstein mit der Faust auf den Tisch. »Ich war in den letzten zehn Jahren, seit Friedrich I. Kaiser ist, nur fünf Mal zum Fest der Geburt des Herrn zu Hause. Ich bin immer mit meinem Gefolge mit seinem Heer gezogen. Zu Hause auf der Burg haben sie gedarbt und die Bauern sind fast verhungert. Unser Geld und das der Burg steckte in den Waffen, Pferden und Ausrüstungen. Zehn Jahre und wir haben nichts erreicht. Ich kann nicht wieder mit dem Heer aufbrechen«, er machte eine Pause und sagte dann, »und ich will auch nicht.« – »Der Sizzo hat recht«, stimmten die meisten anderen zu. Auf dem Rückweg zur Wartburg musste der Landgraf ebenfalls Sizzo III. recht geben. Er selbst konnte sich nicht zurückziehen, aber er würde dem Kaiser sagen, dass dieser Feldzug sein letzter nach Italien sein würde. Mit diesem Entschluss wollte er das neue Jahr beginnen.

Es schneite Tag und Nacht, als das Jahr zu Ende ging. Und mit dem neuen Jahr 1166 kam die Botschaft in alle Kirchen des Reiches, dass der Papst Paschalis III. in Aachen Karl den Großen heiliggesprochen hatte. Alles Volk jubelte, aber Jutta Claricia wusste, dass am meisten ihr Halbbruder, der Kaiser Friedrich I., jubeln würde. Er gewann an Legitimation und Achtung durch einen heiligen Amtsvorgänger.

Jutta Claricia dachte über ihren Halbbruder nach. Ja, sie hatte sich oft über ihn geärgert und es gab vieles, was sie ihm nicht verzeihen konnte, aber er war auch ein Sohn ihres Vaters. Und jetzt war er selbst Vater. Hatte er nicht auch Angst vor dem Tod, davor seine Familie zurückzulassen und die Kinder in fremde Hände zu geben, wie damals ihr Oheim, der alte König Konrad? Jutta Claricia wollte künftig bei dem Halbbruder nicht nur das Ärgernis sehen, sie wollte mit ihm reden und ihn verstehen.

Ende April zog der Hof des Landgrafen wieder auf die Neuenburg. Die Übernachtung auf dem Rastplatz an den beiden Seen war in der kleinen Holzhütte schon deutlich bequemer. Die Kirschbäume blühten und in den rosa Blüten summten die Bienen. Am Abend saß Jutta Claricia auf der schön geschnitzten Bank und schaute dem Sonnenuntergang zu, sie sah, wie die Sonne allmählich im großen See ertrank. Ihr Gemahl kam mit Ruthard aus der Niederung zurück. Ruthard hatte wieder ein Wildpferd eingefangen. Es bäumte sich auf und wehrte sich gegen den Strick um den Hals. Es war nicht aggressiv, es war scheu und wollte fliehen.

»Warum sagt Ruthard eigentlich zu den Tieren Runne?«, fragte er eines Tages seine Gemahlin. »Ich weiß es auch nicht, aber ich finde, dass die Tiere etwas Besonderes sind und ein besonderer Name passt.« Einige Tage später erklärte Ruthard dem Landgrafen, dass er, als er mit auf dem Kreuzzug war, einen Stallknecht aus dem Lager Heinrichs des Löwen kennengelernt hatte, der immer zu den Wallachen die Runnen sagte. »Natürlich nur zu den ausgebildeten Pferden. Er kam aus Oldenburg und dort gibt es viel Pferdezucht. Dort war es üblich, von Runnen zu sprechen. Die Runnen waren diejenigen Pferde, die einen schönen Anblick und eine große Stärke hatten, aber andererseits auch gut ausgebildet und bequem zu reiten waren. Der Reiter sollte eher auf den Tieren ausruhen, als dass er sich anstrengt. Und die Tiere sollten eine große Ausdauer besitzen.« – »Ja, das kann ich bestätigen. Auf Runne konnte ich mich in Italien gut verlassen. Du machst eine gute Arbeit mit den Pferden«, lobte der Landgraf. »Wie viele kann man schon reiten?« Ruthard zögerte, »Runne eins haben Sie, Runne zwei haben wir verkaufen müssen, Runne drei und Runne vier werde ich demnächst mit einem Sattel einreiten, dann sind die drei Fohlen, mit denen ich arbeite. Vielleicht kann ich im nächsten Jahr zwei Pferde reitfähig haben.« – »Ich möchte gern meiner Gemahlin ein solches Pferd schenken, aber nur, wenn es gut eingeritten ist«, sagte der Landgraf.

»Das habe ich mir schon gedacht«, sagte Ruthard. »Ich arbeite daran.« Der Landgraf lächelte Ruthard zu und legte ihm die Hand auf die Schulter. »Gut so, Ruthard.«

Es hätte ein ruhiger Sommer mit der Familie auf der Neuenburg werden können. Aber bei einem Besuch bei Graf Dietrich von Landsberg und Eilenburg erfuhr Landgraf Ludwig von dem sich verschärfenden Konflikt zwischen den sächsischen Fürsten und Herzog Heinrich dem Löwen. »Heinrich der Löwe baute rücksichtslos seine Ländereien aus. Er setzte sich über Rechte hinweg, zerstörte Burgen und regierte über alles und alle erhaben wie ein König.« Graf Dietrich war außer sich. Der Landgraf verstand den Unmut der Gegner des Welfen und er verstand auch gut den Unmut über den Kaiser, der es dem Welfen nicht untersagte und nicht zugunsten der Fürsten einschritt. Diese Entwicklung machte ihm Angst. Auf der Neuenburg angekommen, erzählte der Landgraf von dem Konflikt und Jutta Claricia hörte aus seiner Schilderung auch seine geheime Befürchtung heraus. Es war nicht ausgeschlossen, dass sich die kriegerische Auseinandersetzung zwischen den Welfen und seinen Gegnern bis nach Thüringen verlagern konnte. Krieg in Thüringen, nein, dass wollte sie keinesfalls, aber ihre Angst behielt sie für sich.

Dann kam wieder ein Abschied. Im Jahr 1166 sollte der vierte Italienfeldzug des Kaisers stattfinden. Jutta Claricia verabschiedete im Herbst 1166 ihren Gemahl mit seinem Gefolge. Im langen Bliaud stand sie wie bei jedem Abschied vor dem Palas. Die Knaben ernst neben ihr, nur die kleine Jutta hatte ihre Hand genommen und winkte fröhlich der Reiterschar hinterher.

BAUMASSNAHMEN AUF DEM RASTPLATZ UND LANGES WARTEN

Es kamen wieder der Geburtstag von Hermann, dann der Jahreswechsel und die Geburtstage von Ludwig, Heinrich, Jutta und Friedrich – ohne den Vater und Gemahl. Der jährliche Umzug auf die Neuenburg fand im Mai statt. In diesem Jahr begannen endlich die Baumeister mit dem Bau des Palas auf ihrem Rastplatz an den beiden Seen. Als sie am Rastplatz ankamen, hatten die Bauarbeiter bereits begonnen, das Gelände, wo die Gebäude errichtet werden sollten, zu ebnen. Sie kamen aus einer kleinen Siedlung am Fuße der Burg und rochen sämtlich nach Fisch. Jutta Claricia zeigte genau an, wie groß der Palas werden sollte, daneben der Palasturm und eine große Küche. Später sollten noch ein Wagenhaus und das Torhaus ergänzt werden. Den ganzen Sommer über präzisierte sie ihre Pläne. Und dann, als sie im Herbst wieder auf der Anhöhe eintrafen, konnte sie die Umrisse der neuen Burg erkennen. Heinrich, Friedrich und die kleine Jutta pflückten Äpfel und Birnen aus dem Obstgarten. Der Kämmerer bezahlte die Bauleute und wies sie für die nächsten Arbeiten ein. Das Jahr 1166 verging in Erwartung, dass der Landgraf bald nach Hause käme. Er kam nicht und es kam auch keine Botschaft. Niemand wusste, was in Italien geschah. Auch das Jahr 1167 verging mit Warten und nächtelangen Ängsten und Sorgen. Im Frühjahr 1168 war die Burg an den beiden Seen fertig.

Auch ein geräumiges Wagenhaus und ein Pferdestall waren entstanden. Nun arbeiteten die Bauleute an einem Torhaus und an einer Ringmauer. Bis zum Herbst würden sie auch diese Arbeit abgeschlossen haben. Da berichtete der Baumeister, dass vor wenigen

Tagen der Graf von Beichlingen hier gewesen sei und sich die Burg angeschaut habe. Er schien sehr verärgert gewesen zu sein. Er brüllte herum, das sei sein Land und wir sollten uns zum Teufel scheren. Der Kämmerer bat die Bauleute, über diesen Vorfall Stillschweigen zu bewahren. Er selbst befürchtete, dass der Graf im Recht sei.

Jutta Claricia erfuhr von diesem Streit nichts. Sie weilte auf der Neuenburg und machte sich um ihren Gemahl Sorgen. Dann erschien ein Bote Ludwigs aus Italien auf der Neuenburg. Er übergab Jutta Claricia ein Schreiben, in dem stand, sie solle die Bauarbeiten auf der neuen Burg sofort einstellen. »Der Graf von Beichlingen hat sich beim Kaiser beschwert, dass die Landgräfin von Thüringen auf seinem Besitz und ohne seine Zustimmung eine Burg errichtet hat. Der Graf von Beichlingen ist im Recht.« Jutta Claricia war verwundert. Hatte tatsächlich ihr Gemahl diesen Brief geschrieben? Sie hatte den Boten gerade mit einem Vorrat an Proviant entlassen, als ein zweiter Bote von ihrem Gemahl aus Italien eintraf, dieser erlaubte ihr, nur rasch weiterzubauen, ihr Gemahl würde sich selbst um eine friedliche Beilegung der Streitigkeit mit dem Grafen von Beichlingen bemühen. Jetzt verstand sie den formellen ersten Brief, den er schreiben musste und sie verstand, dass ihr Gemahl für sie eine Lösung finden würde. »Ich liebe dich«, flüsterte sie und legte die Depeschen in eine Schatulle, die sie mit auf die Burg in ihre neue Kanzlei nehmen würde.

Es war Herbst 1168. Die landgräfliche Familie und der Hof weilten noch auf der Neuenburg. Die Knechte und Mägde packten die Kleider wieder in die Truhen, die Vorräte wurden zusammengetragen und die Wagen hergerichtet. Es war ein lautes Durcheinander auf dem Burghof. Morgen sollte der Aufbruch zur Wartburg sein. Jutta Claricia war müde und legte sich bald nieder. Sturm kam in der Nacht auf und rüttelte an den großen Fensterläden. Wie ein angstvolles Geheul dröhnte es durch die Gänge der Burg. Jutta Claricia wachte auf und legte sich ins Bett ihres Gemahls. Sie sehnte sich nach seiner Nähe und seiner Zärtlichkeit, aber sie spürte nur ihre Einsamkeit. Ludwig, bitte komm nach Hause, waren ihre Gedanken und ihre Wünsche. Der Sturm hatte einen Fensterladen aufgerissen und donnernd krachte der Laden an die Mauer. Sie hörte, wie das Holz zersplitterte. Ruhe fand sie nicht. Etwas Unheilvolles trieb sie um. Sie stand auf, ohne die Leibdienerin zu wecken und ging hinunter in den Palas. Sie hatte zwei Kerzen angezündet, als sie hörte, wie das Burgtor quietschte und Pferdegetrappel auf dem Hof entstand. Jutta Claricia griff sich eine Kerze und ging hinaus in die Nacht. Eine Böe löschte das Licht, bevor sie etwas erkennen konnte. Aber da hörte sie die Stimme ihres Gemahls. Endlich. Einige Knechte kamen schnell und zündeten die Laternen auf dem Burghof an. Jutta Claricia erschrak, als sie die Reitergruppe sah. Schmutzig, halb verhungert, die Rüstung in schlechten Zustand. Sie stand wie versteinert am Fuße der Treppe zum Palas. Als der Landgraf sie endlich umarmte, spürte sie sofort seine Verzweiflung. Bis auf wenige Mannen war das stolze Gefolge geschrumpft. Sie sahen krank und unendlich erschöpft aus. Auch die Pferde machten einen erbärmlichen Eindruck. Jedermann, der das sah, ahnte, dass etwas Schlimmes passiert war. Die erschöpften Ritter zogen sich ins Bad zurück und der Kämmerer richtete auch für den Landgrafen ein warmes Bad. Jutta Claricia wies den Truchsess an, für die Ritter und das Gefolge die Tafel zu decken und reichlich Wein bereitzustellen. Dann ging sie mit einer Platte mit Wildscheiben, Käse und Brot in das Zimmer des Landgrafen und erwartete den Mundschenken. Der Landgraf hatte gebadet und sich frisch eingekleidet. Er setzte sich müde zu Tisch. Aß und trank wortlos seinen Becher Wein aus. Dann noch einen Becher. Er legte seine Hand auf ihren Arm und schaute sie an. In seinen Augen sah sie Schmerz, Schrecken und Angst. Sie gingen in ihr Gemach, ohne ein Wort zu wechseln. Jutta Claricia legte sich eng neben ihren Gemahl, um seinen Körper und seine Wärme zu spüren. Ludwig deckte sie liebevoll zu. Er kam ihr wie gehetzt vor. Dann schlief er bald ein, wachte erschrocken auf, schlief wieder, zuckte und stöhnte bis zum Morgengrauen. Nein, erkannte sie, er war noch nicht bei ihr angekommen.

Der folgende Tag war ein Sonntag. Die Sonne hatte noch einmal alle Kraft aufgewendet und einen warmen Herbsttag bereitet. Ein hellblauer wolkenloser Himmel lag über dem Unstruttal. Die Türme von Naumburg grüßten herüber. Dann hörten sie die kleine Glocke aus der Kirche am Fuße des Burgberges. Der Landgraf und seine Gemahlin besuchten gemeinsam mit den Kindern die Messe, danach spazierten die Eheleute allein hinab zur Unstrut und setzten sich auf die steinerne Bank. Hier saßen sie gern. Die Unstrut floss träge zu ihren Füßen dahin und nahm die Sorgen und Ängste mit sich fort. Jutta Claricia war dankbar für den schönen Tag, sie hatte die Abreise auf die Wartburg um eine Woche verschoben, um Zeit für ihren Gemahl zu haben und um den Rittern, Knechten und Gefolgsleuten Ruhe zur Erholung zu geben. Die beiden Reiter, die sie begleiteten, hatten sich diskret zurückgezogen. Ludwig legte den Arm um seine Gattin und begann langsam zu erzählen. »Als das Heer des Kaisers nach Italien aufbrach, wurde die mangelnde Unterstützung der deutschen Fürsten offensichtlich. Die Würzburger Eide hatten die Fürsten gespalten. Der vom Kaiser geforderten Treue zu Paschalis III. haben nicht alle zugestimmt. Der Erzbischof von Mainz war ein Anhänger von Papst Alexander III. Seine Diözesen unterstützten ihn. Zahlreiche Lehnsherren des Mainzer Erzbischofs waren auch auf seiner Seite. Sind es heute noch, auch hier in Thüringen, in Erfurt, wie du dir denken kannst.« Ludwig schwieg eine

Weile. »In den Alpen lag schon Schnee, die Wege und Pässe waren vereist und zugeschneit. Der Tross blieb täglich stecken und musste freigeschaufelt werden. Ich ritt auf Runne an der Seite des Grafen Dietrich von Landsberg und Eilenburg. Wir erreichten Lodi und dort fand gleich ein Hoftag statt. Die Städte beschwerten sich über die Abgabenlasten und Steuern, die ihnen die kaiserlichen Legaten befohlen hatten, aber der Kaiser ignorierte ihre Klagen. Er wollte Geld, viel Geld, denn er musste seine Söldnertruppe, die Brabanzonen, bezahlen. Das Heer zog weiter nach Süden in die Stadt Ancona, die jegliche Tributzahlungen an den Kaiser verweigerte. Ancona wurde brutal unterworfen. Dann erhielten wir die Nachricht, dass das Heer der Erzbischöfe die Römer bei Tusculum geschlagen hätte. Das kaiserliche Heer brach sofort nach Rom auf. Dort sollte Papst Alexander III. aus der Stadt vertrieben und Paschalis III. auf den Thron gesetzt werden. Wir kamen im Juli 1167 in Rom an. Die Stadt wurde vollständig eingenommen und verheert. Papst Alexander III. konnte in letzter Minute die Stadt verlassen und zu den Normannen fliehen. Dort erhielt er Schutz. Einige Römer unterwarfen sich und leisteten dem Kaiser den Treueeid, aber die meisten flohen aus der Stadt. Das Heer zog jubelnd und marodierend durch die Straßen von Rom. Alles Kostbare wurde geraubt, Häuser und Kirchen geplündert und Frauen und Mädchen geschändet. Nichts hielt die Plünderer auf. Die einen schleppten Möbel ins Lager, andere hatten es auf Gewänder, Stoffe und Decken abgesehen und noch andere trugen Kandelaber, Bestecke und Geschirr weg. Aus den Kirchen wurden vor allem Gold- und Silberschmuck sowie Reliquien gestohlen. Frauen und Mädchen versteckten sich und wenn sie entdeckt wurden, schrien sie vergebens um Hilfe und Barmherzigkeit. Blut, Geschrei, Gestank und Brände füllten die verheerten Gassen Roms. Gewalt, Brutalität und Blutrausch hatten die Marodeure enthemmt. Es war ein höllisches Inferno. Dazu kam die ungewohnte Sommerhitze, die die Luft vor den Augen flirren ließ und die letzten Zisternen austrocknete. Der Kaiser ließ das Heer gewähren.« Der Landgraf strich eine Locke aus der Stirn und atmete tief ein, dann fuhr er fort. »Als ich mit einer kleinen Eskorte einen Senator aufsuchte, um ihn zum Kaiser zu führen, hatten Söldner, die in den Diensten eines Erzbischofs standen, alle Bewohner der Villa getötet. Der schöne Mosaikfußboden in der Eingangshalle war von den Blutlachen der Bediensteten bedeckt. Der Senator lag erstochen auf der Treppe, die nach oben führte, vielleicht wollte er seine Frau oder seine Kinder schützen. Die Frau und die Mädchen waren offensichtlich geschändet und getötet oder getötet und dann geschändet worden. In der Kanzlei des Hauses lag ein entkleideter Knabe bäuchlings auf dem Schreibtisch des Senators. Man hatte seine Beine und Arme an die vier Füße des Möbelstücks gebunden und ihn misshandelt und missbraucht. Trotz der schweren Verletzungen lebte er noch. Er war so alt wie unser Hermann. Wir haben ihn ins Lager gebracht und ihm etwas gegen die Schmerzen gegeben. In der folgenden Nacht starb er. Inmitten dieses schrecklichen Wütens kam die Nachricht, dass die wenigen ehemals kaisertreuen lombardischen Städte sich dem Veroneser Städtebund angeschlossen hatten und nun gemeinsam als verstärkter Lombardischer Städtebund agierten. Der Kaiser versammelte die Reichfürsten mit dem Ziel, das ganze Heer nach Norden zu führen und dem Zusammenschluss der Städte und der Bündelung ihrer Macht zuvorzukommen. Schon am übernächsten Morgen sollte der Aufbruch stattfinden.

In der Nacht brach im Heerlager eine furchtbare Seuche aus. Am Morgen wurden Hunderte von Toten gezählt. Bis zum Mittag war das Sterben in allen Zelten angekommen. Die Wundärzte berichteten, dass in manchen Zelten niemand überlebt hatte. An einen organisierten Aufbruch war nicht mehr zu denken. Abends hörte man die Ritter noch streiten, am nächsten Morgen waren sie tot. Wir Thüringer lagerten etwas oberhalb des Heeres. Von der Anhöhe aus, auf der mein Zelt stand, sah ich überall die Toten liegen. Tausende tote Ritter, Knappen und deren Gefolgschaft lagen in der Sommerhitze in ihren Exkrementen, stanken und verwesten. Wer seine Notdurft nicht halten konnte, war am nächsten Tag tot. Niemand konnte und wollte die Toten beerdigen. Es waren einfach zu viele. Ich muss dir noch etwas sagen«, der Landgraf nahm Jutta Claricias Hand, »auch der Sohn deines Oheims, Friedrich von Rothenburg und Schwaben, ist an der Seuche gestorben.« Jutta Claricia schrie auf und bekreuzigte sich. »Der einzige Sohn von Welf dem VI. ist auch gestorben, dann Rainald von Dassel und viele andere geistliche und weltliche Fürsten. Die Seuche hat manches Herrscherhaus vollkommen ausgelöscht.« Ludwig schwieg. »Die Seuche hat auch von unseren Rittern viele Getreue geholt. Es war schrecklich. Ich konnte den Gestank der Ausscheidungen und der Verwesung nicht mehr ertragen. Aber noch schlimmer war der Gestank von gekochtem Fleisch. Das Gefolge und einige Anverwandte haben ihre Fürsten zerteilt und das Fleisch von den Knochen gekocht. Damit sie die Knochen mit in die Heimat nehmen und dort christlich beerdigen lassen konnten. Wir Restlichen sind geflohen, immer mit der Angst, wann kann ich meine Notdurft nicht mehr beherrschen, wann hat mich die Seuche eingeholt.« Ludwig bedeckte mit seinen Händen sein Gesicht und weinte. Auch seine Gemahlin hatte Tränen in ihren Augen. Armer Oheim, armer Friedrich, warum ist das Schicksal so hart gegen ihn, dachte sie. »Die Anhänger des Papstes Alexander III. meinten, es sei die göttliche Strafe für die Verwüstungen von Ancona und Rom. Ich habe, ehrlich gesagt, auch an eine göttliche Strafe gedacht«, fügte der Landgraf hinzu. »Der Kaiser ist allein mit seiner Familie aufgebrochen. Man erzählte sich, er habe sich in einer oberitalienischen Stadt als Knecht verkleidet, um unerkannt fliehen zu können.« Der Landgraf schnäuzte sich. »Es war von allen Niederlagen die größte und schrecklichste. Hat Gott uns gestraft? Für all die Toten, für das Leid, für die zerstörten und geplünderten Kirchen.« Jutta Claricia umarmte ihren Gemahl und legte ihren Kopf an seine Schulter. »Lass uns Gott dafür danken, dass du lebst und lass uns dann für die Familien beten, die ihren Gemahl oder ihr Kind und ihre Hoffnung verloren haben.« – »Ja, so soll es sein«, stimmte er ihr zu. Sie gingen hinüber zur Kapelle und knieten beide nebeneinander vor dem Altar nieder.

Am Abend sprachen sie über die neue Burg und über die Beschwerde des Grafen von Beichlingen. »Der Kaiser gab mir den Auftrag, das mit dem Grafen direkt zu regeln und ich werde ihm das Land abkaufen. Wenn wir zurückreiten, besuche ich ihn mit dem Kämmerer in Beichlingen«, erklärte Ludwig. Jutta Claricia lächelte. »Ich danke dir für alles.« Dann legte sie ihre Hand auf seinen Arm.

Der landgräfliche Hof verließ Ende September die Neuenburg. Der Landgraf ritt mit einem kleinen Gefolge nach Beichlingen. Man wollte sich anderntags auf der neuen Burg an den Seen treffen. Jutta Claricia besichtigte die entstandene Ringmauer und lobte das neue Burgtor. Es gefiel ihr, wie der Baumeister das Begrenzungsproblem gelöst hatte. Als Ludwig eintraf und sie sein Schmunzeln sah, wusste sie, dass der Streit mit dem Grafen von Beichlingen beigelegt war. Voller Stolz führte sie ihren Gemahl vom Tor kommend durch die neue Burganlage. Das Terrain der Anlage war ein ovaler Grundriss, der mit einer Stützmauer von sechs bis sieben Metern in der Höhe eingefasst war. Die Mauern waren selbst im Kronenbereich noch bis zu zwei Meter breit. Am Fuße des Burghügels zog sich ein Graben von etwa zwölf Metern Breite und vier Metern Tiefe um die Anlage herum. Den einzigen Zugang stellte die Toranlage im Osten dar. Sie war mit einer Brückenkonstruktion über einen Graben versehen. Ein mächtiges tonnengewölbtes Kammertor mit einem Fallgitter sicherte den Zugang. Die Außenfront zierten Bogen- und Röllchenfriese.

Sie gingen die wenigen Schritte die Mauergasse hinauf und sahen den fertigen Palas und westlich davon den Palasturm an die südliche Ummauerung gelehnt. Es gab noch einen östlichen und südlichen Streitturm. »Wie eindrucksvoll präsentieren sich Palas und Palasturm«, stellte der Landgraf fest. Der Turm besaß fünf Geschosse, die im Inneren aufwendig ausgestattet waren. Keller und Obergeschosse waren balkengedeckt, aber das Erdgeschoss war mit Ecksäulen und Kreuzgratgewölbe versehen und hatte ab dem Obergeschoss eine gemauerte Wendeltreppe. Der Palas hatte im Kellerbereich und im Erdgeschoss zwei Räume. Beide Räume besaßen hofseitig repräsentative rundbogige Portale, in denen jeweils ein Säulenpaar eingestellt war. Gegenüber befand sich ein aus einer Drillingsarkade bestehendes Fenster. In jedem Raum wurde die Decke von einer mittig stehenden Säule mit der außergewöhnlichen Ornamentik eines Baumstammes gestützt. Im Obergeschoss befand sich ein großer Saal. Er reichte über die gesamte Grundfläche des Palas und war flachgedeckt. Besonders prächtig war hier die symmetrisch aufgeteilte und reich durchfensterte Südfassade. Lichtdurchflutet wirkte der Festsaal überaus prächtig. Die paarweise angeordneten Säulen waren mit Palmettenblättern geschmückt. Den Zugang zum Palas und seinen Geschossen erreichte man über das angebaute, zwei Meter breite und zweifach gewinkelte Treppenhaus. Zwischen Palas und Palasturm baulich eingefügt, stand ein aufwendiger Wohnbau, der sogar eine Heizungsanlage aufwies. Direkt vor diesem Wohnbau befand sich auf den Burghof der Brunnen. Jutta Claricia führte ihren Gemahl zur Nordseite der Burganlage. Als sie über die Stützmauer schauten, sahen sie die beiden Seen. Links der große See und rechts der kleinere. Wie eine Verbindung zwischen ihnen lag die Burg oberhalb der Niederung, die beide Seen miteinander verband. Der Landgraf sah unten die weißen Pferde, die Runnen, wie sie nun genannt wurden, grasen. »Du denkst weiter«, stellte er fest und umarmte seine Gemahlin. Jutta Claricia spürte seine Achtung und seine Wertschätzung und war glücklich.

THÜRINGEN ZWISCHEN DEN FRONTEN

Die Wochen auf der Wartburg vergingen. Der Winter hatte Thüringen wieder fest im Griff. Während Jutta Claricia sich auf ein ruhiges Christfest freute, quälten Ludwig II. ernste Gedanken. Es hatte sich gezeigt, dass sich der Konflikt zwischen den adligen weltlichen und geistlichen Fürsten des Ostens um den Erzbischof von Magdeburg, den Wettinern und Albrecht dem Bären einerseits und anderseits Heinrich dem Löwen weiter ausgebreitet und verschärft hatte. Burgen wurde zerstört, Gefangene misshandelt und getötet. Der Landgraf, der früher aufseiten seines Freundes Dietrich von Landsberg und Eilenburg gegen den Löwen stand, war zwischen die Fronten geraten. Er war der Schwager des Kaisers und er hatte ein kaiserliches Lehen. Ludwig musste handeln. Nach dem Fest sprach er sich mit Heinrich dem Löwen aus und versöhnte sich mit ihm. Das versprach zunächst Sicherheit für Thüringen und das versprach auch keine unangenehme Auseinandersetzung mit dem Kaiser, der bisher immer auf der Seite seines welfischen Vetters gestanden hatte. Wenige Wochen später kam die Nachricht, dass Herzog Heinrich der Löwe die Tochter des englischen Königs geehelicht und eine unermesslich große Mitgift erhalten hatte. Damit und mit dem Silber aus Goslar baute er seinen Stammsitz Dankwarderode zu einer unvergleichlich prächtigen Residenz aus. Er war mit den zahlreichen Rittern und seinem Heer bereits an Größe und Schlagkraft allen anderen Fürsten weit überlegen, dazu kam jetzt noch ein königliches Schloss. Fühlte er sich jetzt, da er vermögender war als der Kaiser selbst, königsgleich?, fragte sich nicht nur der Landgraf.

Jutta Claricia wusste von der Bedrohung, die um Thüringen herum lauerte, und hoffte, dem Bündnis mit dem Löwen vertrauen zu können. Andererseits hoffte sie, dass ihr Halbbruder einen Kompromiss finden würde und es zu einer Beilegung des Streites zwischen Heinrich dem Löwen und den sächsischen Gegnern kommen würde. Aber so sah es nicht aus und ihre Sorge blieb. Am Abend nach seiner Rückreise vom Reichstag erzählte ihr Gemahl, dass die Widersacher des Löwen den Hoftagen in Würzburg, Bamberg und Wallhausen ferngeblieben waren und es deshalb keine Aussöhnung geben konnte. Die Fürsten blieben verfeindet und die Fehde ging blutig weiter.

Im zeitigen Frühjahr des Jahres 1169, es war gerade Heinrich Raspes Geburtstag, erreichte wieder ein Bote die Wartburg mit einer Einladung des Kaisers. Jutta Claricias Halbbruder wollte seinen vierjährigen Sohn Heinrich zum Pfingstfest in Bamberg zum König wählen und zwei Monate später in Aachen krönen lassen. Jutta Claricia überkam eine Müdigkeit. War es nicht bei ihrem Oheim damals ebenso? Nur dass der Knabe damals schon sechs Jahre alt war. Warum tat der Kaiser das? Ging es nur darum, die Nachfolge auf dem Thron geregelt zu haben? Sie hatte sich bemüht, ihren Halbbruder zu verstehen und ihn wohlwollend zu sehen, aber fast immer gelang es ihr nicht. Sie musste ihn endlich nach seinen Gründen und Zielen fragen, vielleicht würde sich dann sein Handeln erklären. Das nahm sie sich fest vor, und dann feierten sie fröhlich Heinrich Raspes Geburtstag.

Das Bündnis der Erzbischöfe von Köln und Magdeburg stärkte die Kriegskoalition gegen Heinrich den Löwen. Alle sächsischen Fürsten kämpften gegen den Herzog. Burgen wurden zerstört, Städte niedergebrannt und Ritter gefangen genommen und verstümmelt. Auch in Thüringen breitete sich die Angst weiter aus. Seit der Landgraf sich offen auf die Seite des Löwen gestellt hatte, musste auch er mit Angriffen der Gegner des Herzogs rechnen. Als der Landgraf wieder einmal mit einigen Rittern im Süden des Landes unterwegs war, befiel Jutta Claricia eine große Unruhe. Sie befürchtete, hier in Thüringen ein bewaffnetes Zusammentreffen mit den Gegnern des Löwen. Sie hatte Angst, natürlich zuerst um ihren Gemahl und um ihre Kinder. Was würde geschehen, wenn der Landgraf getötet werden würde? Was würde aus dem Land und was würde aus ihren Söhnen werden? Sie ging in die Kapelle und betete. Alle Worte, die sie an den Allmächtigen richtete, waren Bitten um Frieden. Der Landgraf blieb zwei Wochen verschwunden. Dann kam er nachts zurück und brachte einen Gefangen mit, der sofort in das Verließ gesperrt wurde. Jutta Claricia fragte nicht, aber es schien ein Gegner zu sein. Ludwig versuchte seinen Ärger zu verheimlichen, aber Jutta Claricia kannte ihren Gemahl gut und las aus seinem Verhalten. Nach der Abendmahlzeit sagte er nur: »Ich muss das Unrecht rächen«, griff nach einem Becher mit gut gekühltem Wein und trank ihn in einem Zug aus.

In der Woche vor Pfingsten brach der Hof des Landgrafen mit großem Gefolge zum Reichstag nach Bamberg auf. Hier sollte ihr Neffe zum König gewählt werden. Als Jutta Claricia in Bamberg ankam, besuchte sie mit ihrer Tochter zusammen die Grablegen ihres Oheims, des alten Königs Konrad III., seines früh verstorbenen Sohnes Heinrich und das seiner Gemahlin Gertrud. Dann erzählte Jutta Claricia der kleinen Judith, dass es noch einen zweiten Sohn des Oheims gegeben hat, der auch gesalbt und gekrönt werden sollte. Aber der Oheim starb kurz davor und ein anderer wurde König. Sie verstummte einen Augenblick und wischte sich über die Wange. Inzwischen sei auch der andere Sohn Konrads, der ebenfalls Friedrich hieß, bei dem Italienfeldzug vor zwei Jahren an der Seuche gestorben und im Kloster Ebrach beigesetzt worden. »Er starb so jung, er war gerade zweiundzwanzig Jahre alt. Die ganze Familie ist nun tot. Warum nur?« Beide bekreuzigten sich, knieten nieder und sprachen ein Gebet.

Wie erwartet, wählten die Fürsten am Pfingstsonntag des Jahres 1169 in Bamberg das Kind Herzog Heinrich von Schwaben zum neuen römischen König Heinrich VI.

Der Kaiser war sichtlich erfreut, weil seine Halbschwester Jutta Claricia zur Königswahl gekommen war. Beide hatten sich lange Zeit nicht gesehen. Sie lächelte ihm zu und wandte sich dann an seinen Sohn. Sie wusste, wie man mit Kindern umging, sie wusste immer, was richtig war. Als der Kaiser sie laut lachen hörte, spürte er im Inneren die längst vergessene schwäbische Lebensart. Er liebte seine Halbschwester, weil sie so anders war als er selbst, aber auch weil er sich manchmal in ihr wiedererkannte.

Nach der Krönung in Aachen reiste der Thüringer Hof zurück auf die Wartburg. Der Sommer war schon fast zu Ende und man beschloss, die wenigen verbliebenen Wochen auf der Burg bei den Runnen zu bleiben. Jutta Claricia freute sich auf die neue Burg und es begann eine schöne Zeit. Der Wohnbau erwies sich als zweckmäßig und bequem. Weil es regnete, fand das Sommerfest im neuen Festsaal statt. Außer Ida und Beatrix war auch der Graf von Beichlingen eingeladen. Der Klang der fröhlichen Musik schwang hinab zu den Häusern am Fuße der Burg und brachte Heiterkeit und Frohsinn zu den Menschen.

Der Landgraf, die Landgräfin und Heinrich Raspe hatten von Ruthard eigens gut eingerittene Runnen erhalten. Heinrich war jeden Tag mit seinem Pferd unterwegs. Pferd und Knabe waren unzertrennlich. Schon von Weitem sah Jutta Claricia ihren Sohn durch die Niederungen zwischen den Seen reiten. Manchmal dachte sie, ihr Heinrich lebte so wild, als müsste er zwei Tage in einen packen, dann überfiel sie eine Unruhe und eine unbestimmte Angst, es könnte etwas mit ihrem Wildfang passieren.

Um sich abzulenken, legte sie sich ein Tuch um die Schultern und ging in Begleitung einiger Hofdamen zum Burgtor hinaus. Sie wandten sich nach rechts. Am Rande des südlichen Mauerrings der Burg gelegen, stand ein kleines Kirchlein. Die Fischer nannten sie die Nicolaikirche. Um die Kirche herum wohnten in der kleinen Siedlung nur Fischer und Bauern. Jutta Claricia dachte über eine größere Siedlung nach, über Gassen und größere Häuser, über Händler und Handwerker, vielleicht so wie Eisenach, grübelte sie im Stillen. Sie kauften frische Fische und als plötzlich kühler Wind aufkam, der dunkle Wolken herantrieb, eilten sie zurück. Der Sommer war vorüber. Regen und Kälte kündigten den frühen Herbst an. Schon bald würde der Hof wieder aufbrechen.

Auf der Wartburg erwartete sie die Botschaft, dass im nächsten Jahr der Reichstag in Erfurt stattfinden sollte und dass der Kaiser eine endgültige Aussöhnung der Fürstenvereinigung um den Erzbischof Wichmann von Magdeburg mit dem Herzog Heinrich dem Löwen wünschte. Außerdem, so wünschte es der Kaiser, soll auf diesem Hoftag die Schwertleite der beiden Söhne des Landgrafen Ludwig II. und seiner Gemahlin Jutta Claricia durch den Kaiser erfolgen.

Die Schwertleite, Jutta Claricia setzte sich auf die Bank, dann sind unsere Söhne also erwachsen. Dann sind sie Ritter. Sie erschrak so sehr, dass sie blass wurde. Meine beiden Buben. Ludwig hatte Dam, den Hund bekommen und Hermann, dem das Rolandslied so sehr gefiel … die Schwertleite. Alle Gedanken und Gefühle gerieten durcheinander. Der Druck auf ihrer Brust drohte, sie zu erdrücken.

Ihr Gemahl legte seinen Arm um sie. »Es ist in der Ordnung«, flüsterte er ihr zu.

In den Winterstürmen und in der eisigen Kälte neigte sich das Jahr 1169 dem Ende zu. Jutta Claricia und die Hofdamen trafen Vorbereitungen für das große Fest im nächsten Jahr in Erfurt. Es sollte am 24. Juni in der Marienkirche und auf dem Marktplatz vor der Königspfalz stattfinden. Da mussten neue Gewänder genäht, Geschenke eingepackt und Almosengaben vorbereitet werden. Die Geschäftigkeit hatte die ganze Burg erfasst. Alle redeten von der Schwertleite, alles drehte sich um die Organisation, alle Bewohner der Burg waren in die Vorbereitungen des großen Festes eingebunden. Am vorletzten Abend des Jahres erschien der Landgraf nicht zur Tafel. Jutta Claricia saß allein mit ihren drei Kindern und den Hofdamen bei der Abendmahlzeit. Alle beteiligten sich am Gespräch. Es wurde gelacht und viel durcheinandergeredet. Gerade als die Landgräfin die Tafel aufheben wollte, erschien Ludwig. Er sei auf der Burg unterwegs gewesen, sagte er an seine Gemahlin gewandt, und bevor er sich auf seinen Platz setzte, nahm er den silbernen Kandelaber wortlos vom Tisch und stellte ihn auf die Truhe zwischen den Fenstern. Der Raum tauchte in eine Dämmerung. Die Hofdamen verabschiedeten sich und auch Heinrich Raspe, Friedrich und Jutta erhoben sich und verließen den Palas. Der Landgraf saß Jutta Claricia gegenüber. Es fiel kein Wort. Sie sah, dass seine rechte Hand stark zitterte, als er sie auf die Tafel legte. Nach wenigen Augenblicken stand sie auf, trat hinter ihn und legte ihre Hand auf seine Schulter. Langsam drehte er sich im Sitzen zu ihr um, umfasste sie mit beiden Armen und sagte kaum hörbar: »Ich habe ihn getötet. Er ist tot.« Der Wind oder ein Schneesturm klapperte mit den Fensterläden. Eine Tür oder ein Laden krachte an das Mauerwerk und zersplitterte. Die Kerzen flackerten. Es war etwas Unheilvolles in den Raum getreten. Nach einigen Augenblicken setzte sich Jutta Claricia neben ihren Gemahl. »Wen?«, fragte sie nur. Der Landgraf begann zu erzählen. »Ich war ins Verließ hinabgestiegen und wollte mit dem Grafen Ernst II. von Harburg reden und mich mit ihm versöhnen und ihn freilassen. Er sollte das neue Jahr zu Hause beginnen. Ich wollte ihm berichten, dass auf dem nächsten Reichstag im Sommer in Erfurt der Kaiser selbst die Aussöhnung zwischen den Welfengegnern und Heinrich dem Löwen wünscht. Die sächsischen Fürsten, auch sein Verwandter Wichmann, der Erzbischof von Magdeburg, hätten bereits einem Landfrieden und einer Beendigung des bewaffneten Konfliktes zugestimmt. Da sprang Graf Ernst II. plötzlich auf und schrie mich an. ›Das ist nicht wahr. Niemals glaube ich das. Niemals würden die sächsischen Fürsten dem Welfen, Heinrich dem Löwen, die Hand reichen. Ich werde dich, du Welfenfreund, dein Land und dein Haus bekämpfen, solange ich lebe.‹« Der Landgraf verstummte. »Ich war so wütend, weil er mir nicht glaubte. Seine Familie, die Grafen von Tonna und Gleichen, standen immer auf der Seite der sächsischen Fürsten und gegen Heinrich den Löwen. Nicht nur weil sie mit dem Erzbischof von Magdeburg verwandt waren, sie waren auch treue Anhänger des Mainzer Erzbischofs, der sie als Schutzvogte über Erfurt eingesetzt hatte. Sie hatten den Willen und die Macht, unsere thüringische Landgrafschaft und unser Haus zu stürzen. Ich schaute ihm in die Augen und suchte etwas, was uns verband. Wir waren doch beide Thüringer, aber ich sah nur Verachtung und Hass. Als er vor mir ausspuckte, packte mich die Wut und die Angst um meine Familie und ich zog das Schwert aus der Scheide, aber meine Hand war bleischwer und das Schwert ruhte auf dem Boden. Der Graf verhöhnte mich als feige und als er grinsend eine abfällige Bemerkung über den Kaiser machte, da schlug ich ihm den Kopf ab.« Der Landgraf schwieg. Seine Hand zuckte nervös, bis er die andere darüberlegte. »Er war ein Graf und es war Unrecht«, murmelte er. »Ich habe angewiesen, dass die Knechte ihn beerdigen, wie es einem Adligen zukommt. Ich werde sofort seinem Bruder eine Nachricht schicken. Mit dem Kaiser muss ich auch reden, bevor es andere tun.« Der Landgraf stand auf und zog sich in das Landgrafenzimmer zurück. Jutta Claricia wusste, dass ihr Gemahl jetzt eine Zeit der Besinnung brauchte. Er war alt geworden und eigentlich wollte er nicht wieder töten. Sie hörte ihn noch lange in seinem Zimmer auf und ab gehen und beten.

Am 21. Juni 1170 verkündete Kaiser Friedrich I. auf dem Hoftag in Erfurt den Friedensschluss zwischen Heinrich dem Löwen und seinen sächsischen weltlichen und geistlichen Gegnern. Die Aussöhnung war endlich vollzogen. Keiner der Fürsten sprach über Graf Ernst II. von Harburg aus dem Geschlecht Tonna und Gleichen.

EIN NEUER LEBENSABSCHNITT UND NEUES LEID

Der Erfurter Marktplatz vor dem Mariendom war seit Stunden überfüllt. Jutta Claricia erinnerte sich an den Tag ihrer Vermählung hier an diesem Ort. Was war alles geschehen in diesen Jahren, ihre Kinder wurden geboren, der Gemahl war so oft unterwegs und kam immer gesund zurück. Sie hatten keine Not erdulden müssen, aber das Schönste war, dass sie einander vertrauten und liebten. Heute war sie älter, erfahrener und glücklicher als an dem Tag vor genau zwanzig Jahren.

Die Landgräfin und der Landgraf schritten die vielen Stufen zum Mariendom hinauf. Der Landgraf war stolz auf seine Gemahlin und gern zeigte er sich mit ihr in der Öffentlichkeit. Der Dom war voller Menschen. Dann sah Jutta Claricia ihren Halbbruder Konrad, Pfalzgraf bei Rhein, der ihnen zulächelte. Ludwig und Hermann, ihre beiden Söhne, trugen lange weiße Gewänder und knieten vor dem Altar. Sie sahen ihre Eltern nicht. Die Messe dauerte mehrere Stunden. Die kleine Jutta flüsterte ihrer Mutter zu, dass sie auf die Heimlichkeit müsse, auch Friedrich hatte die Lust auf die Schwertleite seiner Brüder verloren und drehte sich nach rechts und links. Nur Heinrich Raspe, dem sonst Stillverhalten am wenigsten gelang, war auffallend andächtig. Dann endlich war es so weit. Nachdem der Erzbischof seinen Segen gesprochen hatte, durften alle den Dom verlassen. Erst jetzt konnte Jutta Claricia ihren beiden Söhnen nach so vielen Jahren ins Gesicht schauen und ihnen zuwinken. Ihr Herz schlug bis zum Halse. Sie erkannte, dass Ludwig, ihr Ältester, die Statur seines Vaters besaß, groß, kräftig, eine stattliche Erscheinung.

Dann spürte sie, wie Hermanns Augen sie suchten. Hermann, der so schwer auf die Welt gekommen war, war noch immer schmächtig, aber mit einem gewinnenden Lächeln und mit schwarzen Locken. Er war der Zurückhaltende, der Besonnene. Jutta Claricia hätte sie beide gern umarmt, aber das Hofprotokoll sah nun den Ritterschlag vor. Die werdenden Ritter sprachen das Rittergelübde, dann wurden ihnen die Rüstungen angelegt. Die Brüder knieten vor ihrem Oheim, dem Kaiser, nieder und erhielten die drei Schläge mit der flachen Klinge auf die Schulter. Zuerst Ludwig, als der Ältere, dann Hermann. Plötzlich musste sie daran denken, wie damals ihr Halbbruder Friedrich auch von seinem Oheim, dem König, die Ritterschläge erhalten hatte. Damals war es ihre erste Schwertleite und sie war voller Bewunderung für ihren Halbbruder. Die Gedanken verschwanden, als sich die Söhne erhoben, sich den Eltern zuwandten und den Dom verließen. Beide führte der Landgraf zu ihren Schlachtrössern. Es waren natürlich Runnen, die Ruthard ausgesucht und dressiert hatte. Die jungen Ritter mussten sich in voller Ausrüstung, ohne den Steigbügel zu berühren, auf ihr Pferd schwingen und bestimmte Reitübungen vollführen. Sie hatten keine Mühe, die vorgegebenen Anforderungen zu erfüllen. Lauter Beifall erschall von allen Seiten. Schöne junge Menschen und edle Pferde, das wollten heute die Menschen in Erfurt sehen und sie wollten ihrem Landgrafen und seiner Familie zujubeln. Das Volksfest begann und bald würde es auch einen Buhurt geben, bei dem die Almosen verteilt werden würden. Spät abends verließ der Landgraf mit seiner Familie Erfurt und sie ritten auf der alten Handelsstraße über Gotha nach Eisenach zur Wartburg.

Schon am nächsten Tag besprachen der Landgraf und Jutta Claricia, dass es gut wäre, Ludwig schon jetzt in die Regierungsgeschäfte mit einzubeziehen. Er sollte von seinem Vater lernen und ihn unterstützen. Jutta Claricia freute sich, als sie sah, dass ihr Gemahl eine Urkunde mit der Unterschrift Ludwig II. und Ludwig III. von Thüringen siegelte.

Ludwig und Hermann waren zum Ritter geschlagen, Heinrich Raspe erhielt von seinem Oheim, dem Kaiser, aus der Reichsabtei Fulda die Creutzburg übertragen und verließ bald die Eltern. Er bekam auch die Grafschaft Gudensberg zur Verwaltung und wurde als Vogt über die Abtei Hersfeld bestellt. Friedrich, der jüngste Sohn, trat ins Kloster in Mainz ein und wurde bald zum Propst gewählt. Nur Hermann verlieb noch mit Jutta auf der Wartburg. Das Jahr 1170 ging zu Ende. An den langen und dunklen Abenden saß die kleiner gewordene Familie zusammen und Hermann erzählte vom Leben am französischen Hof. Er hatte die französische und lateinische Sprache erlernt, die Kunst studiert und hatte viele Erfahrungen in der Begegnung mit fremden Menschen gemacht. Er interessierte sich für die Vorzüge und Interessen der verschiedenen Länder. Hermanns Erzählvorrat schien endlos. In jedem Satz erkannte die Landgräfin seine Klugheit, Feinsinnigkeit und seine Liebe zur Kunst.

Dann, eines Tages im Frühjahr 1171, erschien wieder ein Bote des Kaisers. Er verkündete, dass im Herbst des gleichen Jahres ein Feldzug gegen die Polen beschlossen worden war. Wieder ein Feldzug, warum nur? Jutta Claricia spürte einen unbestimmten Druck in der Brust. War es eine Vorahnung oder war es nur Angst? Sie suchte Hermann auf. Mit ihm zu reden, würde ihr guttun. Nach der Abendmahlzeit stand fest, dass sich die Ludowinger dem Polenfeldzug des Kaisers nicht entziehen konnten. Es musste sein. Sie sah es ein, aber es schmerzte trotzdem. Der Landgraf und sein Sohn Ludwig schlossen sich dem Heer des Kaisers an. Sie brachen im Herbst 1171 von der Neuenburg auf.

Wieder feierte Jutta Claricia mit den Kindern Hermann und Jutta und dem Hof das Fest der Geburt des Herrn ohne ihren Gemahl und ohne die Söhne Ludwig, Heinrich Raspe, den Grafen von Gudensberg, und dem Mönch Friedrich. An der Tafel ging es schweigsam zu. Bald nach der Abendmahlzeit zog sie sich zurück. Aber bevor sie sich schlafen legte, ging sie hinüber in die Kapelle. Hier brannten nur drei Fackeln. Das Dämmerlicht hüllte den Altar ein. Sie setzte sich im Halbdunkel auf eine Bank an der Seite und schaute hinüber und hinauf zum Altarkreuz. Der Gekreuzigte, der die Leiden der Welt trug, blickte herab. Sah er die Feldzüge, die vielen Toten und sah er auch ihre Schmerzen? Wusste der Allmächtige den Grund aller Not? Eine innere Unruhe quälte sie und sie stand auf und berührte das Kreuz. Es fühlte sich kalt an. Die Kälte kroch in ihre Hand, ihren Arm, in die Blutbahnen, die bis zum Herzen führten. War das ein Zeichen? War einer der ihren in Gefahr und rief nach ihr? War etwas mit ihrem Gemahl oder mit Ludwig, ihrem Sohn, geschehen? Sie hatte die Gewissheit, dass sie in diesem Moment ein Unglück heimsuchen würde. Sie ließ sich noch eine Kerze bringen und kniete vor dem Altar nieder. Das Vaterunser wiederholte sie und dann flehte sie wie jeden Abend Gott, den Allmächtigen, um Beistand. Früher hatte sie Angst um ihren Gemahl, jetzt hatte sie Angst um Gemahl und Sohn.

Hermann hatte die quietschende Tür der Kapelle gehört und kam ihr leise hinterher. Er kniete sich neben sie und sprach ein Gebet in französischer Sprache. Dann half er seiner Mutter auf und begleitete sie in ihre Kemenate. »Hoheit, Mutter«, begann er, »Ihr müsst Euch keine Sorgen machen. Ludwig war der beste Ritter am Hofe des französischen Königs. Er wird Vater beschützen. Ludwig ist sogar noch besser als Roland, und er ist nicht starrsinnig.« Da lachten beide.

Der Winter verging unendlich langsam. Die Menschen im Land sehnten sich nach dem Frühling, nach Sonne und Wärme und sie sehnten sich nach Frieden. Seit einem halben Jahr dauerte der Polenfeldzug an. Niemand erhielt eine Botschaft aus Polen. Jutta Claricia beschloss wieder einmal, ohne Sorgen bis zum Herbst abzuwarten. Ihre beiden würden gesund zurückkommen, schließlich ist ihr Gemahl immer gesund zurückgekommen. Sie wollte es glauben, sie vertraute auf Gottes Schutz. Zweifel, die tagsüber kamen, ließ sie nicht zu. Nur die Zweifel in den Nächten konnte sie nicht abwehren. Nach Ostern verließen sie die Wartburg und brachen zu ihrem Sommersitz auf. Auf der Reise zur Neuenburg machten sie für ein paar Tage auf der neuen Burg bei den Runnen Halt. Hermann bestaunte die wunderschöne neue Anlage und ihm fielen die Ornamente auf, die er schon auf der Wartburg und früher im Naumburger Dom gesehen hatte. Jutta Claricia lächelte und war hocherfreut. »Du bist der Erste, der das bemerkt hat – mein Künstler.«

Auf der Neuenburg ritten sie gemeinsam in die Weinberge oder hinab zur Saale oder Unstrut. Hermann war mit seinem Runnen immer vorneweg. Er war ein guter Reiter und Runne ein zuverlässiges Pferd. Die Tochter Jutta hielt sich an der Seite ihrer Mutter. Die meist wilden Reiterspiele von Hermann und Anselm mit dem Gefolge schreckten sie ab. Gemeinsam besuchten sie das Kloster in Pforta, beteten in der Kirche und tranken verdünnten Wein bei den Mönchen. Seit sie auf der Neuenburg angekommen waren, ahnte die Tochter, dass hier ein Unglück auf sie wartet. Sie spürte die Gewissheit des Unheils jeden Tag und ihr fiel auf, dass auch ihre Mutter unter etwas litt, das ihnen wie ein Schatten folgte. Ein Schatten und Ungewissheit, die nicht sichtbar waren und Angst, die nicht verging. Wann würden ihr Vater und ihr Bruder zurückkommen? Wann würde dieser unsichtbare Feind in ihrem Herzen besiegt sein? Jutta sprach weder mit ihrer Mutter noch mit Hermann über ihre Sorgen, stattdessen brachte sie täglich ihre Angst zu Gott.

Der Spätsommer dieses Jahres hatte noch sonnige und warme Tage. Die Weinbauern freuten sich über eine reiche Ernte. Jutta Claricia genoss die süßen roten Trauben. Hermann schlug eines Abends bei der Mahlzeit vor, den diesjährigen langen Sommer mit Ausflügen in die Umgebung bis Ende des Oktober auszudehnen. Hielt es auch Hermann hier auf der Neuenburg fest? Hatte auch er eine Ahnung vom Unheil? Seine Schwester wusste es nicht und sie fragte ihn auch nicht. Sie blieben und jeder von ihnen vergrub sich in seine Hoffnung.

Die sommerlichen Tage des Oktobers zauberten eine einsame, vielleicht grundlose Fröhlichkeit in die Herzen der landgräflichen Familie. Hermann und Jutta waren seit frühem Morgen auf ihren Runnen unterwegs. Plötzlich hörte Jutta Claricia Pferdegetrappel und viele Stimmen auf dem Burghof. Sie eilte hinunter und begrüßte vor dem Palas ihren Gemahl und ihren Sohn Ludwig mit einem Willkommenstrunk. Ihr Gemahl war krank, dass sah sie sofort und sie erkannte auch, dass das Unglück gekommen war. Sie ließ Ruthard rufen und bat ihn, sofort Gunda zu holen. Der Kämmerer brachte den Landgrafen zusammen mit seinem Sohn in sein Gemach und legte ihn auf sein Lager. Jutta Claricia wusch ihren Gemahl selbst. Dabei stellte sie eine üble Wunde am Handgelenk und Unterarm fest, die mit einem alten Tuch fest umwickelt war. Aber ihr Gemahl hatte kein Schmerzen an der Hand, wie er ihr versicherte. Er fieberte, hatte Schüttelfrost und seine Atmung war eher ein Röcheln. Hatte er Atemnot? Jutta Claricia versuchte, das Fieber mit kalten Umschlägen zu bekämpfen und wusch vorsichtig die Wunde an der Hand aus. Am Abend hatte ihr Gemahl Fieberfantasien. Er aß nichts, trank nichts, war die meiste Zeit der Nacht auch nicht bei

Bewusstsein. Jutta Claricia hoffte auf Gunda. Würde sie es schaffen, rechtzeitig zu kommen? Die ganze Nacht saß sie am Bett ihres Gemahls. Als die Morgendämmerung kam, wusste sie, er würde sterben. Heute, hier, bei ihr. Sie blieb mit ihm allein. Die Stunden vergingen. Sie hielt seine gesunde Hand und betete mit ihm zusammen ein letztes Gebet. Und sie erzählte ihm, wie glücklich sie mit ihm war, wie sie sich immer auf ihn gefreut hatte, wie sie sich vom ersten Tag an auf der Wartburg und bei ihm geborgen gefühlt hatte. Sie erzählte von den Kindern. Dann erinnerte sie sich an ihre Vermählung in Erfurt und sagte: »Ludwig, ich danke dir für unsere Ehe. Gott, der Allmächtige, hat sie gesegnet.« Er schlug noch einmal die Augen auf und ein Lächeln huschte über sein Gesicht. Er wollte etwas sagen. Seine Lippen bewegten sich, aber es entstand kein Wort. Sie küsste ihn, wie sie es oft getan hatte, zärtlich und liebevoll. Sie spürte, wie seine Kräfte allmählich schwanden, wie er langsam fortging, von ihr und von seinen Kindern. Wie er sein Thüringen, das Reich und die ganze Welt verließ, und sie musste ihn gehen lassen. Nichts war stark genug, den Tod aufzuhalten. Der Tod hatte den Landgrafen Ludwig für immer besiegt. Bis am Morgen Hermann kam und Gunda meldete, saß Jutta Claricia neben ihrem Gemahl und weinte.

Der Landgraf Ludwig II. von Thüringen starb am 14. Oktober des Jahres 1172 im Alter von vierundvierzig Jahren. Sie fuhren den Verstorbenen auf einem mit Efeuranken geschmückten Wagen den weiten Weg bis in die Reinhardsbrunner Klosterkirche. Erzbischof Wichmann von Magdeburg, der alte Freund der Ludowinger, hielt das Hochamt. Die Bischöfe von Merseburg, Zeitz, Naumburg und Würzburg, die Äbte von Fulda und Hersfeld, alle Fürsten, Grafen und Herren aus Thüringen, Hessen und aus dem Reich nahmen an der Grablegung teil. Jutta Claricia stand mit ihren fünf Kindern am

Grab. Als sein Sarg hinabgesenkt wurde, hörte sie in der Ferne einen Vogel singen. Er sang für sie, er tröstete, wo es keinen Trost gab, und er erinnerte sie an Glück und Schönheit, die sie in der Ewigkeit wiederfinden würde. Der Abschied war so schmerzlich, aber die Zeremonie erforderte ihre ganze Aufmerksamkeit. Ihr Sohn Ludwig übernahm in aller Stille die Sorge für den Hof und die Regierungsgeschäfte seines Vaters. Auf dem nächsten Hoftag bestätigte ihm sein Oheim, der Kaiser Friedrich I., die Landgrafenwürde über Thüringen.

Jutta Claricia war beim Tod des Gemahls neununddreißig Jahre alt. Sie war eine gebildete Frau, die man landläufig als Literatin bezeichnete, denn sie konnte lesen und schreiben, beherrschte sogar die lateinische Sprache. Darüber hinaus war sie standesgemäß gepflegt, hatte trotz der vielen Kinder eine gute Figur und beeindruckenden natürlichen Charme und Schönheit. Aber nein, heiraten wollte sie nicht wieder. Sie lebte mit der Erinnerung an ihren Gemahl und das machte sie glücklich. Als sie am nächsten Sonntag von der Messe zurückkamen, erklärte sie ihren Kindern: »Mein Leben hat sich geändert. Ich möchte künftig auf der Burg bei den Runnen leben. Nur das Fest der Geburt des Herrn möchte ich mit euch, wenn ihr abkömmlich seid, auf der Wartburg bei Ludwig feiern. Schon morgen werde ich die Vorbereitungen für meine Abreise treffen.«

Jutta Claricia bezog mit ihrer Tochter Jutta von Thüringen 1172 dauerhaft die Burg bei den Runnen. Die Hofdamen und einige der Knechte und Mägde kamen mit ihr, darunter auch Ruthard. Ruthard blieb ihr Stallmeister. »Ich möchte dort eine Bleibe für uns suchen, dann kommt Gunda nach«, sagte er, als er im Begleitschutz mit Jutta Claricia die Wartburg verließ. »Anselm und mir gefällt es bei den Wildpferden.«

Ein- oder zweimal im Jahr besuchte sie ihr Sohn Ludwig, der neue Landgraf von Thüringen, und erzählte ihr Neuigkeiten vom Hoftag oder vom Landding. Hermann und Heinrich Raspe besuchten ihre Mutter jedes Mal, wenn sie auf dem Weg zur Neuenburg oder wenn sie hier in der Nähe waren.

Zwei Jahre voller Schmerz lagen inzwischen hinter ihr. Ihre Burg bei den Runnen war ihr und ihrer Tochter Zuhause geworden. Hier würde sie mit allen Erinnerungen bis zu ihrem Ende bleiben. Sie saß am Kamin in der Kanzlei und siegelte eine Urkunde. Seit dem frühen Morgen regnete es ununterbrochen. Man hatte ihr berichtet, dass die Lache und die Unstrut über die Ufer getreten waren. Auf den Feldern hinter den Dämmen stand das Wasser und es regnete weiter. Jedermann hatte sich ins Trockene verkrochen.

Niemand war auf dem Burghof zu sehen, als Ludwig III. mit kleinem Gefolge an der Pforte erschien. Niemand hatte mit ihm oder überhaupt mit Besuch gerechnet. Es war Anfang März, als ihr Sohn auf der Burg eintraf. Jutta Claricia sah gleich, dass er krank war. Er konnte seinen Oberkörper kaum bewegen. Vorsichtig und langsam stieg er vom Pferd. Als sie allein waren, erzählte er, dass er eine Stichverletzung erhalten hatte. Er sagte nicht durch wen und auch nicht, wann es passiert war, aber Jutta Claricia erkannte, dass er ihre Hilfe brauchte. Sofort ließ sie Gunda rufen und war froh, dass Ludwig bereit war, einige Wochen bei ihr auf der Burg zu bleiben und sich auszukurieren. Gunda versorgte seine Wunde und nach wenigen Wochen war Ludwig wiederhergestellt. Nur eine Narbe würde noch lange an diese Verletzung erinnern. Aber bevor er die Burg seiner Mutter verließ, klopfte im April des Jahres 1174 überraschend ein Bote des Kaisers an die Pforte der Burg bei den Runnen. Der Bote lud den Landgraf Ludwig III. und Jutta Claricia persönlich zum nächsten Hoftag, am 1. August ein, der in ihrer Nähe, in Tilleda, stattfand. Jutta Claricia freute sich über die Einladung und über das baldige Wiedersehen mit ihrem Halbbruder. Die alte Königspfalz Tilleda, die schon Kaiser Karl den Großen und die Ottonen-Kaiser und -Könige gesehen hatte, lag nur wenige Reitstunden von ihrer Burg entfernt. Natürlich würde sie die Einladung annehmen und nach Tilleda kommen. Ludwig fragte seine Mutter, ob sie allein zu reisen wünschte oder ob er sie mit seinem Gefolge begleiten dürfe. Aber Jutta Claricia entschied, nicht als Landgräfin von Thüringen zum Kaiser nach Tilleda zu reiten, sondern mit kleinem Gefolge als Halbschwester Friedrichs.

WIEDERSEHEN

Am Morgen des Hoftages brach sie mit drei Begleitern unter Ruthards Führung in der Morgendämmerung nach Tilleda auf. Sie ritten in Richtung Norden durch die Niederung der Flüsse Lache und Helbe, durch die Bauernsiedlung Günstedt, weiter durch Kindelbrück, die Brückensiedlung an der Wipper, dann ritten sie nordöstlich unterhalb der Hakenburg des Grafen Friedrich von Beichlingen und sahen die obere Sachsenburg liegen. Sie war eine kleine Burganlage der Grafen von Orlamünde, nur ein Palas und ein Bergfried. Hier hielten sie eine Rast und ließen die Pferde am Ufer der Unstrut grasen. Gutes Futter gab es hier. Als die Sonne höher stieg, ritten sie noch eine halbe Stunde am Waldsaum entlang. Dann führte sie der Weg an fruchtbaren Feldern vorbei, auf denen die Bauern arbeiteten. Vor ihnen erhob sich das Kyffhäusergebirge und oben thronte die prächtige Burg, die ihr Halbbruder, der Kaiser, im Jahr 1152, als er König wurde, hatte erbauen lassen. Die Kyffhäuserburg ist nicht nur eine einzige Burg, Jutta Claricia hatte gehört, dass es sich um eine Unterburg, eine Mittelburg und eine prächtige Oberburg handelte. Ihr Gemahl hatte ihr einst davon erzählt. Ihr Gemahl, da war er wieder in ihren Gedanken und in ihrem Herzen. Er war schon zwei Jahre tot, aber es schmerzte noch sehr, wenn sie an ihn dachte. »Ludwig«, flüsterte sie und streichelte dabei den Hals ihres Pferdes. »Dich habe ich auch von ihm«, sagte sie so dahin. Am Mittag erreichten sie Tilleda. Durch das mit Steinmauern gesicherte Zugangstor gelangte man in den Vorhof. Was für eine riesige Anlage. Als Jutta Claricia sich umwandte, konnte sie auf dem gegenüberliegenden Hügel die drei Kyffhäuser-Burgen sehen. Sie waren in gerader Linie zur Kaiserpfalz Tilleda errichtet. Jutta Claricia wurde mit ihrem Gefolge erwartet. Ein Ritter führte ihr Pferd von der Vorburg weg nach links. Sie durchschritten einen Wall, dahinter befand sich ein Graben mit Hindernissen aus Baumstämmen, Hindernisse für Pferde, dann kam ein weiterer Wall, dahinter wieder ein Graben mit Baumstämmen und dann der dritte Wall. Hinter dem letzten Wall war auf einem weiteren Wall der Zugang zur Hauptburg.

Jutta Claricia wurde von ihrem Halbbruder, dem Kaiser, mit einem Trunk des Mundschenken begrüßt. Der Kaiser selbst führte seine Schwester an dem Hauptgebäude, der Königshalle, vorbei, in seinen Wohnturm. Auf dem Weg dorthin erzählte Friedrich von seinen Kindern, zwei waren schon gestorben. Und dann sprach er voller Achtung und Liebe von der Kaiserin, die ihm bisher neun Kinder geboren hatte. »Mein jüngster Sohn, Wilhelm, ist erst wenige Wochen alt, deshalb konnte sie mich nicht hierher begleiten. Beatrix war sogar auf dem Italienfeldzug dabei«, fuhr er fort. »Wir hatten uns nach der Niederlage bis in eine norditalienische Stadt gerettet und da versteckt. Von dort bin ich dann allein, als einfacher Bauer verkleidet, geflohen.« Als er schwieg, bemerkte Jutta Claricia eine Veränderung an ihrem Halbbruder. Er war nicht mehr der Unverletzbare und Siegreiche. Er war gealtert, war jetzt über fünfzig, hatte geliebt und hatte verloren. Die Geschwister hatten sich in den Wohnturm zurückgezogen, sie wollten allein sein, wollten reden und wollten verstehen. Dann sprach er über ihren Vater und die Burg Hohenstaufen, und er reichte ihr noch einen Becher Wein und bat sie um Verzeihung. Es war später Nachmittag als Jutta Claricia die Königspfalz verließ und der Hoftag beginnen konnte. Ihr Halbbruder hielt ihren Steigbügel, als sie sich auf ihr Pferd schwang, und schenkte ihr bei der Verabschiedung einen silbernen Pferdegeschirr-Anhänger mit dem kaiserlichen Doppeladler. Würde sich jetzt das staufische in seiner Herkunft gegen das welfische durchsetzen? Jutta Claricia wünschte ihm gutes Gelingen für seine Vorhaben und einen gerechten Umgang mit den Menschen.

Vieles, was in den folgenden Jahren im Reich geschah, erfuhr sie nicht oder viel später. Ihr Sohn Ludwig berichtete, dass der Kaiser einen fünften Italienfeldzug plante und er daran teilnehmen würde. Jutta Claricia sagte nichts dazu. Zu viele angstvolle Nächte hatte sie in ihrem Leben zugebracht, weil ihr Gemahl in Italien weilte. Es waren zu viele Opfer, die Thüringen für die Italienfeldzüge gebracht hatte. Sie umarmte ihren Sohn und wünschte ihm eine gesunde Heimkehr. Ein Jahr verging, aber Ludwig war noch in Italien. Manchmal kam Hermann zu ihr auf die Burg und sie unterhielten sich über Lieder und Kunst, über Sänger und ihre Botschaften. Endlich, im Herbst des Jahres 1176 kehrte Ludwig zurück und besuchte Jutta Claricia. Er war gesund, stellte sie gleich fest und war froh und dankbar. Viele Einzelheiten von Auseinandersetzungen, von Städten und von Landschaften erzählte Ludwig und schloss seinen Bericht mit der Nachricht: »Der Oheim, Kaiser Friedrich I., hat mit Papst Alexander III. einen Vorfrieden geschlossen und er hat den Lombardischen Bund anerkannt.« Freude breitete sich in Jutta Claricia aus. Freude über einen Frieden, der längst überfällig war.

Regentage folgten, bis der Herbst begann. Eines Tages ließ sich Ruthard bei ihr melden und bat um Hilfe. Er hatte in Günstedt einen Hof mit großen Stallanlagen gefunden, den würde er gern kaufen wollen und eine richtige Pferdezucht mit Runnen beginnen. Gunda hätte dort auch eine Kräuterstube und Anselm würde ihm bei den Pferden helfen. Jutta Claricia war von der Idee begeistert. Ruthard drehte seine Mütze in den Händen. »Da gibt es ein Problem.« Jutta Claricia hörte aufmerksam zu. »Mir fehlt noch Geld. Ich habe gespart und Gunda hat auch immer was zurückgelegt, aber es reicht nicht. Uns fehlen noch zwei Silberdenare«. Jutta Claricia gab ihm das Geld mit den Worten »im nächsten Jahr bekomme ich dafür einen Runnen«. Ruthard bedankte sich. Er würde sofort in Günstedt mit der Zucht beginnen.

Ende des Jahres 1176 kam ein Bote aus Lothringen auf die Burg bei den Runnen. Jutta Claricia fürchtete um ihre Halbschwester Bertha, aber es war ihr Gemahl, Matthäus I. von Lothringen, der im Alter von sechsundsechzig Jahren gestorben war. Arme Bertha, dachte sie. Bertha hatte acht Kinder, von denen zwei Mädchen schon gestorben waren. Wer würde jetzt Lothringen übernehmen? Sie beschloss, sich auf den langen Weg zur Grablege ihres Schwagers zu machen. Egal wie beschwerlich die Reise und wie das Wetter sein würden, sie wollte Bertha in diesem Abschiedsschmerz nicht allein lassen.

Das Frühjahr 1177 war weit fortgeschritten, als Jutta Claricia mit ihrem kleinen Gefolge aus Lothringen zurückkam. Im Garten unter den Obstbäumen hatten sich die Frühblüher ausgebreitet, wie zu einem freudvollen Willkommen. Die Leibdienerin hatte mehrere Kirschzweige auf die Tafel im Palas gestellt, die auch erblüht waren. Das helle Sonnenlicht, das durch die großen Fenster auf die Blüten fiel, verbreitete einen Hauch von Sommer. Auch in der Kanzlei standen Zweige mit rosafarbenen Knospen. »Ich bin endlich wieder zu Hause«, sagte Jutta Claricia und stieg in das vorbereitete Bad.

Im April besuchten sie Ludwig, Hermann und Heinrich, als sie wieder einmal auf dem Weg zur Neuenburg waren. Ludwig ähnelte seinem Vater sehr, er brachte seiner Mutter ein kleines Geschenk aus Eisenach mit. Eine Schnitzerei der heiligen Mutter Maria. Hermann erzählte von dem neuen Werk Eneide, das Heinrich von Veldeke verfasst hatte. Dann sprachen alle über ihren Oheim, den Kaiser, der sich endlich dem Papst Alexander III. unterworfen hatte. Hermann erklärte, dass er damit auch vom Päpstlichen Bann befreit sei, was wichtig wäre, wenn der Kaiser sich im nächsten Jahr zum König von Burgund krönen lassen will. »Warum will er auch noch König von Burgund werden?«, fragte Heinrich. So ist mein Heinrich, dachte Jutta Claricia. Hermann lächelte, dann erklärte er: »Weil er dann noch mehr und neue Autorität erhält.«

Die Söhne brachen bald wieder auf. Jeder bestieg seinen Runnen und Jutta Claricia hörte, wie sie mit dem Gefolge durch das Burgtor davonritten. Bis bald, meine Knaben, dachte sie, als sie zurück in ihre Kanzlei ging. Sie sah ihre Söhne aber erst wieder, als sie zusammen mit ihrer Tochter zum Fest der Geburt des Herrn auf die Wartburg ritt.

Das Jahr 1178 begann überraschenderweise mit milden Temperaturen. Die Wege waren schneefrei und nicht gefroren. Als Ludwig nach Mittelhausen aufbrach, verließen auch die beiden Frauen die Wartburg. Die Siedlung Weißensee am Fuße der Burg vergrößerte sich langsam. Inzwischen war neben der Nicolaikirche ein neuer Marktplatz entstanden. Jutta Claricia ging manchmal mit den Hofdamen und einer Magd hinab zu dem kleinen Markt und kaufte frischen Fisch und Gemüse von den Bauern. Als sie eines Tages zurückkam, gab es auf ihrer Burg großes Geschrei. Ihre Leibdienerin berichtete, dass die Tochter Jutta, im Treppenhaus des Palas gestürzt sei und mehrere Stufen heruntergefallen war. Man hatte sie in ihre Kammer getragen und aufs Bett gelegt. Jutta Claricia ließ, bevor sie die Kemenate der Tochter aufsuchte, sofort nach Gunda schicken. Die alte Landgräfin sah ihre Tochter auf dem Lager liegen. Ein Knochensplitter ragte unter dem Knie aus dem Bein heraus. Ihr wurde schlecht und sie setzte sich auf das Bett. Jutta lag bewegungslos und weinte vor Schmerzen. Gunda kam, untersuchte und stellte fest, dass außer dem rechten Bein auch eine Rippe gebrochen war. Jutta drohte ohnmächtig zu werden. Gunda gab ihr zwei Löffel Mohnsaft, der sie einschlafen ließ. Die Rippe würde wieder zusammenwachsen, das dauert seine Zeit und ist schmerzhaft, aber wegen des Beines habe sie nicht so eine gute Hoffnung, meinte sie zur Landgräfin gewandt. Ausführlicher erklärte sie, dass der Bruch an einer Stelle sei, die das Kniegelenk beanspruchte. Vielleicht würde Jutta künftig hinken, gab sie zu bedenken. Jutta Claricia strich ihrer Tochter über die schweißnasse Stirn. »Gunda, tut, was Ihr könnt, dann ist es eben so. Ich helfe Euch selbst dabei.« Gunda nutze die Zeit, in der der Mohnsaft wirkte, sie reinigte die Wunde sorgfältig, vergrößerte die Austrittswunde des Knochens und schob den Knochensplitter zurück in seine Ausgangslage. Dann zogen die Leibdienerin und Jutta Claricia das Bein mit dem Bruch in die Länge, damit Gunda den Knochen genau einpassen und mit Bandagen festbinden konnte. Sie würde monatelang nicht laufen können und dürfen. Nicht einmal auf die Heimlichkeit. Gunda wies die Leibdienerin entsprechend an. »Wenn sich die Wunde entzündet, müssen wir den Verband öffnen. Ich komme jeden Tag und schaue nach ihr.« – »Ich danke Euch, Gunda«, sagte Jutta Claricia. »Und wegen der Entlohnung – ich habe Ruthard Geld geliehen, das soll er behalten. Ihr seid mir nichts schuldig.« Die Landgräfin hatte sich an den Tisch gesetzt und sah blass aus. »Hoheit, Ihr solltet Euch ausruhen und wenn die Söhne zurückkommen, sollten sie vom Weinberg viele frische rote Trauben für Euch mitbringen, das würde Eurer Gesundheit guttun.« Die Landgräfin war Gunda wieder einmal dankbar. Als Gunda gegangen war, dachte Jutta Claricia, wie gut, dass diese beiden in meine Nähe gekommen sind.

Jeden Tag besuchte Gunda die Kranke und jeden Tag befürchtete sie, dass sich eine Entzündung am Knochen gebildet hatte. Immer wieder gab sie Jutta Mohnsaft gegen die Schmerzen. Eine Woche verging in Angst, dann die zweite Woche. Die Schmerzen waren noch immer vorhanden, aber Gunda musste langsam den Mohnsaft weglassen. Dann endlich war die dritte Woche vorüber, die Gefahr einer Knochenentzündung wurde von Tag zu Tag geringer. Nach einem Monat konnte Jutta die Schmerzen auch ohne Mohnsaft aushalten.

Jutta lag inzwischen seit sechs Monaten im Bett. Dann sagte Gunda: »Morgen probieren wir das Aufstehen.« Sie sprach nicht vom Laufen, sondern nur von Aufstehen. Das Jahr 1178 ging zu Ende, bis Jutta die ersten Schritte gehen konnte. Deshalb kamen die Söhne zum Fest der Geburt des Herrn in diesem Jahr zu ihrer Mutter auf die Burg. Ludwig berichtete vom Hoftag in Speyer, wo die Mehrzahl der deutschen Fürsten beim Kaiser Klage gegen Herzog Heinrich den Löwen geführt hatte. Der Kaiser hat ihn daraufhin zum nächsten Hoftag nach Worms vorgeladen. Hermann ergänzte beiläufig: »Der hat es auch wirklich übertrieben. Aber erst wenn der Kaiser selbst betroffen ist, wird er handeln.« Er hat recht, überlegte Jutta Claricia. Hermann ist der Scharfsinnige. Dann hielten sie gemeinsam die Messe in der Kapelle und Ludwig sprach für alle ein Gebet. Nach dem Fest brach er zum Landding nach Mittelhausen auf, Hermann begab sich mit kleinem Gefolge zurück auf die Wartburg und Heinrich ritt nach Hause zur Creutzburg.

Aber als hätte dieses Jahr nicht genug Aufregung gebracht, kam am letzten Tag des Jahres Friedrich mit der Botschaft auf die Burg, er hätte sich von seinen geistlichen Gelübden entbinden lassen und forderte einen Erbteil, von dem er leben könnte. Jutta Claricia war verärgert, dennoch wollte sie Friedrich verstehen. Warum hatte er die kirchliche Laufbahn so plötzlich abgebrochen und was hatte er für Ziele? »Du kannst gern bei mir und Jutta bleiben, du kannst auch gern auf die Wartburg gehen oder auf der Neuenburg leben.

Entscheide du selbst«, sagte sie zu ihm. Als sie ihn anschaute, kam ihr der Gedanke, dass Friedrich in einem inneren Kampf zu stehen schien. Hatte er mit Gott gehadert oder hatte Gott ihm Zweifel geschickt? Hatte die Kirche in ihm Unsicherheit gesät? Friedrich redete nicht darüber. Er blieb einige Monate bei ihr, dann zog er mit sich uneins zu Ludwig auf die Wartburg.

Im folgenden Jahr, 1179, zeigte sich, dass Jutta wieder laufen konnte, ohne zu hinken, aber das Bein ermüdete schnell. Dann bekam sie Schmerzen. Jutta entdeckte nun ihre Liebe zum Reiten.

Jutta Claricia und ihre Tochter ritten an einem sonnigen Sommertag nach Günstedt. Sie trabten die alte Salzstraße am Kainsberg entlang. Schön war es hier. Durch den Fluss Lache oder Steingraben, wie manche ihn auch nannten, konnten die Pferde waten, es war Niedrigwasser. Alte Weiden standen neben den Ausläufern der kleinen Bäche, die sie schwarze und weiße Helbe nannten und die nebenher verliefen. Wenig später gelangten sie zu Ruthards Hof. Sie hörten die Pferde im Stall wiehern und rochen den Pferdemist. Neben dem Hof sahen sie auf der großen Wiese weitere Tiere grasen. Ruthard und Gunda freuten sich über die besonderen Gäste. Ruthard hob Jutta vorsichtig aus dem Sattel. Gunda ermahnte sie noch einmal eindringlich, niemals zu springen. Jutta Claricia suchte ein Pferd für Jutta aus. Sie war bisher die Einzige, die noch keinen Runnen besaß. Jutta freute sich über das Geschenk und bat darum, auf der Wiese sitzend zu warten, bis ein Pferd den Weg zu ihr findet. Das Pferd sollte sie auswählen, nicht umgekehrt. Ruthard fand den Vorschlag vernünftig und breitete eine Decke neben den Holunderbüschen aus. Gunda reichte Kuchenstücke und Tee. Die Runnen kamen neugierig heran, zogen dann aber weiter. Eine Stute kam zurück. Blieb nahe der Decke stehen und graste und äppelte. Als Jutta aufstand und zu ihr gehen wollte, kam sie ihr entgegen. »Das ist mein Pferd«, sagte sie und hatte eine gute Freundin gefunden. Jutta Claricia dankte und bezahlte für das Pferd. Die beiden Frauen beabsichtigten, über Obertopfstedt nach Hause zurückzureiten. In Obertopfstedt hatten die Templer Besitzungen erhalten und hatten dort eine Kommende Topfstedt gegründet. Jutta Claricia wollte sich die Neugründung anschauen und den Komtur begrüßen. Neben der Deutschordenskommende Griefstedt waren die Templer nun die zweite geistliche Ritterschaft in ihrer Nähe.

Müde kamen beide abends auf der Burg an. Jutta hatte Schmerzen in ihrem Bein und legte sich bald schlafen. Jutta Claricia dachte über die Ordensgründungen nach, aber bald ging auch sie schlafen.

Ludwig und Heinrich kamen in diesem Jahr später als sonst von der Neuenburg zurück und brachten ihrer Mutter süße rote Trauben mit. Friedrich war auf der Neuenburg geblieben und Hermann wollte noch einen Besuch in Pforta machen. Wie jedes Mal erzählte Ludwig von den Ereignissen auf den Hoftagen. »Der Oheim, Kaiser Friedrich I., hatte Herzog Heinrich den Löwen zum Hoftag nach Worms eingeladen, aber der Löwe kam nicht. Daraufhin hat ihn der Kaiser auf dem Hoftag in Magdeburg in Reichsacht genommen. In wenigen Monaten ist Reichstag in Gelnhausen, das kann dann nur bedeuten, dass der Kaiser ihm seine Herzogtümer aberkennt. Aber ob er das wirklich macht?« Die Söhne spekulierten über das Schicksal des Herzogs von Bayern und Sachsen. Nur Heinrich war diesmal sehr still. Er hatte abgenommen, sah blass aus und aß wenig. Vielleicht ist er verliebt, dachte Jutta Claricia. »Bist du krank, Heinrich?«, fragte sie ihn nach dem Essen direkt. Heinrich lachte und verneinte. Natürlich nicht, Mutter. Aber Jutta Claricia hätte gern Gunda gefragt, doch ihr Sohn winkte ab.

»Also dann bis zum Fest der Geburt des Herrn auf der Wartburg«, riefen sie fröhlich ihrer Mutter zu, als sie mit ihrem Gefolge durch den Torbogen ritten. Als Jutta Claricia ihren Sohn Heinrich das nächste Mal auf der Wartburg sah, ging es ihm besser. Es war ein schönes Fest im Jahr 1179, obwohl Friedrich sich weigerte, die heilige Messe zu besuchen und dadurch das familiäre Ritual störte. Jutta Claricia war sich inzwischen sicher, dass Friedrich ein Glaubensproblem, ein Kirchenproblem und ein Problem mit seinem Selbstbewusstsein hatte. Sie lud ihn auf ihre Burg ein. Vielleicht konnte sie ihm seine Sicherheit und seinen Glauben zurückgeben. Noch vor dem Beginn des neuen Jahres verließ sie mit Friedrich und Tochter Jutta die Wartburg. Es war ein Tagesritt bei Tauwetter und Regen. Das Jahr 1180 begann wie die meisten Jahre mit eisiger Kälte, Schneegestöber und Sturm. Die beiden Seen war nach wenigen Tagen zugefroren. Trotz des schlechten Wetters ritten Friedrich und Jutta fast täglich aus. Sie liebten den waldlosen Kainsberg und die sanfte Hügelkette, die sich nördlich von Günstedt ausbreitete. Manchmal ritten sie bis zur Wasserburg Ufhoven und kehrten dort ein. Sie waren die beiden jüngsten Kinder und sie waren die empfindsamsten. Friedrich half Jutta liebevoll beim Absteigen, wenn sie Schmerzen hatte und Jutta war die Einzige, mit der er lachen konnte. Jutta Claricia beobachtete beide und war froh, Friedrich mit auf die Burg genommen zu haben.

HEINRICH DER LÖWE BEDROHT THÜRINGEN

Wochen vergingen und Jutta Claricia freute sich auf ihre Söhne. Wann würden sie in diesem Jahr auf die Neuenburg ziehen und bei ihr Halt machen? Sie bereitete für jeden der drei ein kleines Geschenk vor. Aber im Mai kamen Ludwig und Hermann allein. Ludwig berichtete, dass Heinrich der Löwe unlängst einen Angriff auf die Pfalzstadt Goslar geführt hat. »Das Heer des Kaisers konnte nur die Stadt verteidigen, aber das Umland wurde weiträumig verbrannt und verwüstet. Der abgestrafte und abgesetzte Herzog war rasend vor Wut und niemand weiß, was er als Nächstes vorhat.« Er erwähnte in seinem Bericht vorsorglich nicht, dass der Kaiser ihn gebeten hatte, thüringische Ritter nach Goslar zu schicken, um die Stadt zu verteidigen, und Ludwig verschwieg seiner Mutter auch, dass der Löwe sich anschließend nach Nordhausen gewandt und die alte Kaiserstadt zerstört und niedergebrannt hatte. Während er noch über Nordhausen nachdachte und ob der Löwe weiter nach Thüringen vordringen würde, wurde ein Bote des Grafen von Gleichenstein gemeldet. Der Bote war verletzt und offensichtlich aus einem Kampf geflohen. Er erzählte, dass Heinrich der Löwe die Burg und die Besitzungen seines Herrn angegriffen und erobert hatte und dass auch benachbarte Burgen eingenommen worden waren. »Er befindet sich also auf Thüringer Gebiet im südlichen Harzvorland«, stellte Jutta Claricia nüchtern fest. Hermann überschlug rechnerisch, wer gegenwärtig auf der Burg seiner Mutter Verteidigungsaufgaben wahrnehmen könnte, da unterbrach sie seine Gedanken: »Was denkst du denn, das hier ist ein Witwensitz, das weiß jedermann und warum sollte man ausgerechnet mich angreifen.« Ludwig widersprach seiner Mutter nicht. Er wusste, dass der Löwe unberechenbar war, und er machte sich ernsthafte Sorgen. Die Heere Heinrichs des Löwen standen in der Nähe und sie waren zahlreich und kampferprobt. Er ging hinaus und atmete die klare Frühlingsluft ein. Die alte Verletzung im Rücken schmerzte. Es waren nur wenige Schritte in den Garten. Die Obstbäume blühten und wie mit einem rosaweißen Schleier waren die Kirschbäume ummantelt. Wie schön es hier ist, dachte Ludwig, setzte sich auf eine Bank und betete. »Allmächtiger Gott, ich danke dir für die Schönheit, die du uns immer wieder neu schenkst. Allmächtiger Gott, hilf mir, Thüringen vor den Feinden zu schützen, und Allmächtiger Gott, gib mir die Kraft, dieses Land vor Schaden zu bewahren.« Dann sprach er das Vaterunser. Er fühlte sich allein und verloren. Als er sich erhob, grübelte er. »Wen könnte ich um Hilfe bitten?« Da fiel ihm Bernhard von Anhalt, der Graf von Ballenstedt ein. Ihn kannte er vom letzten Italienfeldzug. Bernhard würde ihn gegen den Löwen unterstützen, denn der Löwe hatte auch ihm übel mitgespielt, als er sein Plötzkau überfiel. Ludwig rief Ruthard und befahl ihm: »Schickt sogleich den schnellsten Reiter nach Ballenstedt mit der Order, der Graf möge sich schnell mit möglichst vielen Rittern und Bewaffneten auf der Wartburg einfinden. Heinrich der Löwe bedroht Thüringen.«

Im Palas herrschte Stille. Die Angst kroch das Mauerwerk empor und hielt sich an den Leibern der Bewohner fest. Der Mundschenk brachte noch einen Krug mit Unstrut-Wein, der im Laufe der nächsten Stunde ausgetrunken wurde. Am folgenden Morgen, es war der 14. Mai, schien die Sonne ungewöhnlich heiß. Mittags wollte Hermann allein zur Neuenburg aufbrechen und Ludwig wollte mit seinem Gefolge zurück zur Wartburg reiten und erst im nächsten Monat die Neuenburg aufsuchen. Die Sonnenstrahlen fielen friedlich und bunt durch die Fensterarkaden und schmückten den Boden des Palas. Schönheit und Harmonie verschmolzen ineinander. Plötzlich riefen Ritter und Knappen vom Burghof laute Befehle und Waffengeklirr war hörbar. Alle eilten nach draußen. Die Ritter zeigten über die Verteidigungsmauer der Burg in Richtung Norden. Von Günstedt her bewegte sich ein riesiges Heer. Der Bannerträger trug das Wappen mit dem Löwen. Jutta Claricia befahl, sofort das Burgtor zu schließen und zu verbarrikadieren. »Was will der Herzog von einer alten Frau?«, fragte die Landgräfin ihren Sohn. »Will er meinen Witwensitz angreifen?« – »Nein, Mutter, es geht nicht um dich, er will mich treffen. Ich war einmal sein Anhänger, aber dann, als der Kaiser eine Aussöhnung anbot, habe ich das Friedensangebot angenommen und mich von Heinrich dem Löwen wieder getrennt. Das verzeiht er nicht.« Sie standen auf dem Burghof. Der Stallknecht hatte Ludwig und Hermann ihre Schlachtrösser gebracht. Sie waren fertig gesattelt. Das Gefolge stand bereit, einige bereits ausgebildete Knappen folgten ihren Herren. Ludwig winkte Herrman zu, als dieser rasch seine Mutter umarmte, und stürzte mit seinem Gefolge als Erster aus der Burg.

Ludwig und Hermann waren guter Ritter, davon waren sie überzeugt, ihre Mutter und die anderen wussten es auch, aber es war ein ungleicher Kampf. Ludwigs Männer wurden alle überrannt und getötet. Er selbst und sein Bruder Hermann wurden gefangen genommen und weggeführt. Dann zog Heinrich der Löwe von der Burg fort in Richtung Südosten. Sein Ziel war die Kaiserstadt Mühlhausen. Er zerstörte auch diese Stadt, legte Brände und verheerte das Umland.

Seit Ludwig und Herrmann die Burg verlassen hatten, war nur wenig Zeit vergangen, aber die Kampfhandlungen waren bereits beendet. Heinrich der Löwe war siegreich mit seinem Heer weitergezogen. Jutta Claricia schaute von der nördlichen Ummauerung hinab auf das Schlachtfeld am Fuße der Burg. Der Blutgestank stieg in der Hitze des Frühsommers den Burgberg hinauf. Überall sah sie die Toten liegen. Ihre Thüringer waren hingeschlachtet. Zwischen den Toten und den niedergemachten Pferden lagen die Thüringer Banner und Farben auf der Erde, waren zerrissen und blutig. Schnell rief sie die Knechte und Mägde zusammen und ging selbst mit ihnen hinab. Sie stiegen über verstümmelte Leichen und Leichenteile, tote Pferde und jede Menge Kriegsgerät. Jutta Claricia ließ unter den Opfern nach ihren Söhnen und nach Verwundeten suchen. Die Knechte fanden die Söhne nicht, aber sie entdeckten drei schwerverletzte Ritter, einer starb, als sie ihn zur Burg bringen wollten, der andere, ein Ritter aus dem Gefolge des Löwen berichtete, dass der Landgraf und sein Begleiter gefangen genommen worden waren. Der Dritte war ein Ritter aus dem Geschlecht der Grafen von Beichlingen. Da er transportfähig war, ließ sie ihn mit einem Wagen auf die Burg nach Beichlingen bringen. Dann ging Jutta Claricia zurück auf die Burg und setzte sich in ihre Kanzlei und schrieb.

Es ist heute der 14. Mai des Jahres 1179.
Herzog Heinrich der Löwe hat unser Thüringen überfallen. Er hat gemordet, geplündert, gebrandschatzt und Städte und Kirchen verheert. Er hat sich an unschuldigen Menschen versündigt.
Das Schicksal unsres geliebten Landes ist ungewiss, wie auch das Leben des Landgrafen Ludwigs III. und das meines Sohnes Hermann allein in Gottes Hand ruht.
Möge Gott, der Allmächtige, mir als Frau die Kraft geben, Thüringen vor dem Untergang zu bewahren. Ich lege alle Zweifel und Ängste in meine Gebete.

Als Bernhard von Anhalt anderntags in Weißensee eintraf, war es zu spät. Die Landgräfin empfing ihn dennoch dankbar und ließ ihn und sein kleines Heer auf dem Burghof bewirten. Trotz allen Leids, von dem sie berichtete, besaß sie eine gläubige Zuversicht und eine eiserne Entschlossenheit, Thüringen zu beschützen, stellte der Graf fest. Sie ist nur eine Frau, und sie ist beinahe schon fünfzig Jahre alt, dachte er, aber diese Frau wird nicht aufgeben und plötzlich war er stolz auf seine Landgräfin.

Jutta Claricia ließ die Toten begraben. Zwei Tage dauerten die Beisetzungen, dann sandte sie Boten zu den Familien. Die getöteten und inzwischen aufgedunsenen Pferde ließ sie verbrennen. Es stank tagelang auf der Burg und in ganz Weißensee nach Blut, nach Erde, die mit Blut getränkt war, und nach verbranntem Pferdefleisch.

Am Sonntag nach der Heiligen Messe schickte Jutta Claricia einen Boten nach Gelnhausen zu ihrem Halbbruder, dem Kaiser Friedrich I., mit der Nachricht, dass des Kaisers Neffe, der Landgraf von Thüringen Ludwig III. und sein Bruder Hermann von Heinrich dem Löwen gefangen genommen worden waren. Thüringen und auch ihre Burg, ihr Witwensitz, und die Siedlung seien überfallen worden. Außer ihren beiden Söhnen seien alle Ritter, Knappen und Knechte aus dem Gefolge des Landgrafen getötet worden. Als der Bote die Burg verließ, flehte sie, »Bitte, Friedrich, um unseres gemeinsamen Vaters willen, hilf mir. Nur dieses eine Mal.«

Jutta Claricia bangte jeden Tag um ihre Söhne. Eines Nachts erinnerte sie sich an die Tötung des Grafen Ernst II. von Gleichen damals durch ihren Mann und sie bekam Angst, dass eine solche oder ähnliche Situation auch dazu führen könnte, dass Ludwig oder Hermann getötet würden. Fortan war die Angst in ihre Kemenate eingezogen. Tagsüber konnte sie sich ablenken, aber nachts beherrschte sie ihr Denken und Empfinden. Die Tage und Wochen vergingen, ohne dass etwas passierte, ohne dass eine Nachricht von oder über ihre Söhne kam. Jutta Claricia hatte wieder eine Nacht nicht geschlafen und lag am Vormittag noch müde im Bett. Als sie aufstand, war es bereits Mittag. Sie saß allein im Palas und aß ihre Mahlzeit. Eine heiße Hühnersuppe und ein Stück Brot dazu. Vielleicht kommt heute eine gute Nachricht, hoffte sie und bat Gott in ihrem Tischgebet. Dann fragte sie ihre Leibdienerin nach ihren Kindern Friedrich und Jutta.

An diesem Sommertag im Jahr 1180 besuchten Jutta und Friedrich in Günstedt Ruthard und sahen sich die Runnen an. Wenig später galoppierten sie über den Hügel bei Klebhausen weiter bis nach Griefstedt zur Deutschordenskommende und nahmen anschließend den Weg über die Lache wieder zurück zur Burg. Der Juli war heiß. Die Temperaturen stiegen schon morgens auf Höchstwerte an. Die beiden Geschwister kamen durchgeschwitzt und hungrig am frühen Nachmittag auf der Burg an. Es war still auf der Burg. Sie aßen rasch ein Stück Brot, tranken verdünnten Wein und Jutta legte sich nieder, weil sie Schmerzen ich ihrem Bein spürte. Es war der 18. Juli. Auch Jutta Claricia hatte sich zu einem Nachmittagsschläfchen hingelegt, konnte aber nicht einschlafen. Sie stand wieder auf und ging mit drei alten Hofdamen hinunter zum Markt und kaufte Fisch. Abends gab es gebratenen Zander mit Weißwein von der Unstrut. Der Wein machte schläfrig. Die Hitze des Tages war am Nachmittag von Windböen vertrieben worden. Dunkle Wolken waren langsam aufgezogen und in der Ferne donnerte es bereits. Die Fensterläden wurden geschlossen, denn das Unheil sollte nicht hereingelassen werden. Spät abends klopfte ein Bote von der Creutzburg an das Burgtor. Jutta Claricia hatte sich bereits schlafen gelegt, aber sie war noch nicht eingeschlafen. Der Pförtner kannte den Boten und ließ ihn eintreten. Alles andere war Aufgabe der Leibdienerin.

Die Leibdienerin bat die Landgräfin aufzustehen, um den Boten von der Creutzburg im Palas zu empfangen. Es war ein Schmerz in ihrer Stimme. »Ludwig, Hermann«, dachte die Landgräfin. Sie zog ihren blauen Bliaud über und trat in den Palas. Der Bote verneigte sich vor Ihrer Hoheit, da erkannte sie das Wappen der Grafen von Gudensberg. »Hoheit«, begann der Bote, »ich muss Euch mitteilen, dass heute Morgen Graf Heinrich Raspe zu Gudensberg verstorben ist.« Jutta Claricia setzte sich. Alles flog im Drehschwindel um sie herum. »Heinrich, mein Sohn«, brachte sie mit letzter Kraft hervor, dann ließ sie die Tränen laufen. Oh, Heinrich, warum haben wir nicht Gunda befragt, ging es ihr durch den Kopf. Ich hatte doch so eine Ahnung. Ach, Heinrich, was ist mit dir geschehen? Die Gedanken überschlugen sich und fanden keine Antwort. Jutta, ihre Tochter, war inzwischen gekommen. »Heinrich ist gestorben«, sagte Jutta Claricia und weinte. Ihr Kopf, ihr Herz, ihre ganze Welt war voller Tränen um Heinrich Raspe, ihren zweitältesten Sohn. Ludwig und Hermann waren gefangen, Heinrich Raspe gestorben und Thüringen bedroht. Sie weinte und nichts konnte sie trösten.

Zur Grablege ihres Sohnes reiste Jutta Claricia mit Tochter Jutta und Sohn Friedrich und dem ganzen Hof am nächsten Tag nach Hersfeld. Die Beisetzung sollte in der Abtei stattfinden, dessen Vogt er war. Die meisten Grafen und Fürsten aus Thüringen und Hessen waren gekommen, ihm das letzte Geleit zu geben. Das Hochamt hielt wieder Wichmann, der Erzbischof von Magdeburg. Jutta Claricia saß steif und von innerer Kälte erstarrt vor dem Sarg ihres Sohnes, als Wichmann die Messe hielt. Er hat schon meinen Ludwig beerdigt und jetzt meinen Sohn, dachte sie. Mein Heinrich, er ist nur siebenundzwanzig Jahre alt geworden. Er hatte keine Gemahlin und er hatte keine Kinder. Warum hat Gott ihn mir genommen? Warum jetzt? Ihre Gedanken waren bei Heinrich und sie fanden keine Antwort. Abends schmerzten ihr Kopf und alle Glieder.

Sie reisten anderntags wieder zurück auf die Burg. Jutta Claricia erlitt einen Schwächeanfall und musste sich erholen. Jutta und Friedrich bemühten sich um die Mutter. Im Herbst kamen endlich Ludwig und Hermann zurück. Heinrich der Löwe hatte sie freigelassen. Sie kamen von Braunschweig über Nordhausen und der Neuenburg nach Weißensee. Von der Neuenburg brachte Hermann für die Mutter rote Trauben mit. Als sie mit ihrer Mutter beim Unstrut-Wein zusammensaßen, berichtete Ludwig von dem ungleichen Kampf, von der monatelangen Gefangennahme und der Freilassung. Er erzählte auch von der Verwüstung der Kaiserstadt Nordhausen. »Alle Häuser und Kirchen waren zerstört, alles Brennbare ist verbrannt. In der Stadt lagen die Toten auf den Gassen und unser Mühlhausen sollen die Truppen des Löwen auch brutal verheert haben.« – »Ich bin froh, dass ihr lebt«, sagte Jutta Claricia. Tränen traten ihr plötzlich in die Augen und alle wussten, sie dachte wieder an Heinrich. Anderntags ritt Ludwig zum Hoftag nach Gelnhausen. Alle sächsischen Fürsten waren erschienen. Es war die Fortsetzung des Hoftages von Würzburg. Die Spannung und Aufregung unter den Versammelten waren bis auf das Äußerste gestiegen. Eine Woche lang wurde geklagt und beschuldigt und dann sprach der Kaiser sein Machtwort. »Wer nicht binnen zwei Monaten sein Bündnis mit Heinrich dem Löwen beendet, verliert sein Lehen und seine Reichsgüter.« Schockstarre setzte bei allen Anwesenden ein. Danach hatte Friedrich I. abrupt den Hoftag für beendet erklärt. Landgraf Ludwig III. ritt auf die Burg zu seiner Mutter, denn er wusste, dass das Geschehen um Heinrich den Löwen die Landgräfin sehr interessierte und er wollte seine Mutter ablenken, er wollte ihr die Angst nehmen, dass Heinrich der Löwe Thüringen erneut angreifen könnte. Ludwig hatte von einem Reichsfürsten erfahren, dass auf dem ersten Hoftag in Würzburg dem Herzog von Bayern und Sachsen beide Herzogtümer vom Kaiser aberkannt worden waren. Die sächsischen Fürsten sollen sich riesig gefreut haben, viele andere auch, die bereits ein Doppelkönigtum im Reich befürchtet hatten. Und nun auf diesem zweiten Hoftag in Gelnhausen distanzierten sich tatsächlich die Anhänger von Herzog Heinrich dem Löwen. Scharenweise verließen ihn seine Grafen, Ministeriale und Dienstleute und dann wurde sogar Sachsen aufgeteilt. Das reiche Sachsen wurde dreigeteilt.

Jutta Claricia überlegte noch, was es für Thüringen bedeuten würde, aber Ludwig war schon bei dem nächsten Thema. Er fragte Friedrich, ob der inzwischen Pläne für seine Zukunft habe, aber Friedrich schüttelte nur den Kopf. »Ich verstehe dich nicht«, sagte Ludwig, als er aufbrach und sich verabschiedete.

Die Geschwister Jutta und Friedrich hatten eine gute Zeit miteinander und Jutta Claricia hatte ihren anfänglichen Ärger über Friedrichs Entscheidung längst überwunden. Der junge Mann war im Kloster in eine schwere Krise geraten und sie war froh, dass er langsam zu seiner Natürlichkeit und Fröhlichkeit zurückfand. Im Dezember 1180, der in diesem Jahr ein besonders eisiger Monat war, hatten sich Jutta Claricia und ihre Tochter stark erkältet und sie beschlossen, nicht auf die Wartburg zu reiten. Gunda kam und brachte Tees, aber der Husten zog sich bis ins neue Jahr hin.

Im Frühjahr 1181 kamen Ludwig und Hermann überraschend zu Besuch. Jutta Claricia empfing ihre Söhne mit einem Willkommenstrunk, wie sie einst auch immer ihren Gemahl begrüßt hatte. Ludwig berichtete, dass sie aus Erfurt kommen, denn beide Brüder waren dorthin zum Hoftag eingeladen worden. Der Oheim, Kaiser Friedrich I., hatte soeben Hermann die Pfalzgrafschaft Sachsen übertragen. Jutta Claricia umarmte Hermann und wünschte ihm für die neue Aufgabe viel Kraft, Weitsicht und Gerechtigkeit, aber sie wusste, dass ihr Hermann all dieses besaß. Es herrschte eine Minute Schweigen. Ludwig hatte sich seiner Botschaften entledigt, Jutta Claricia freute sich, da überraschte Hermann die Familie mit der Nachricht. »Ich werde mich vermählen«, sagte er froh. »Im Sommer möchte ich die Witwe Sophia von Sommerschenburg ehelichen.« Jutta Claricia kannte die junge Frau nicht, aber sie vertraute ihrem Sohn. Nichts würde der leichtfertig tun. Sie würde eine Schwiegertochter und vielleicht ein Enkelkind haben, das war ein guter Grund zur Freude. Und ihre Angst, dass Thüringen nach der Neuaufteilung einen streitbaren Nachbarn bekommen würde, hatte sich auch aufgelöst. Nach zwei Tagen waren Ludwig und Hermann wieder abgereist, die alltägliche Ruhe breitete sich auf der Burg aus und vertrieb die Sorgen. Jutta Claricia machte ihre Spaziergänge im Obstgarten oder sie besuchte mit ihren Hofdamen und den Mägden den Markt. Sie war bald fünfzig Jahre und damit eine alte Frau, aber sie achtete auf eine gute Ernährung und liebte die Spaziergänge an der frischen Luft. Je älter sie wurde, umso mehr schätzte sie die Einsamkeit und den wortlosen Gedankenaustausch mit ihrem Gemahl. Sie liebte seine Fragen, seine Befürchtungen und sie liebte noch immer seine Nähe. Was hatte er damals gesagt, als er die Burg besichtigt hatte? Sie überlegte lange, aber es fiel ihr nicht ein.

DER RITTER IM SCHWARZEN MANTEL MIT DEM WEISSEN KREUZ

Eines Tages, es war ein Herbsttag des Jahres 1182, begehrte ein geistlicher Ritter Einlass auf der Burg. Jutta Claricia empfing ihn im Palas. Es war ein junger Ritter. Er trug einen schwarzen Mantel über einem schwarzen Kittel, das auf der Brust ein weißes Kreuz mit acht Spitzen besaß. Sie kannte den Orden nicht. »Hoheit, ich darf mich vorstellen, ich bin Bruder Sigismund, Herzog Sigismund von Rouen. Ich gehöre zum Orden Sankt Johannis vom Spital zu Jerusalem. Ich komme aus der Komturei Werben, in der wir seit 1160 ansässig sind. Ursprünglich waren wir eine Spitalbruderschaft im Heiligen Land und versorgten die Kranken, inzwischen kümmern wir uns auch um ihren Schutz. Als Albrecht der Bär mit seiner Gemahlin im Heiligen Land weilte, erkrankte sie. Wir haben sie gepflegt und sie konnte die Heimreise antreten. Aus Dankbarkeit schenkte uns der Graf die Kirche und einige Hufen Land in Werben.« Der Ritter verneigte sich vor der Landgräfin. »Unser Orden hat auch in der Nähe Eurer Burg Landbesitz geerbt und will hier eine neue Komturei errichten. Ich würde Euch, Hoheit, dazu gern meine Pläne vortragen.« Jutta Claricia lud ihn ein, Platz zu nehmen. Er breitete ein Pergament aus und erklärte: »In der Verlängerung Eurer Zuwegung zur Burg würden wir einen neuen großen Markt errichten wollen. Von der Burg aus gesehen links errichten wir unsere Komturei und gegenüber eine neue große Kirche. Daneben das Marktmeisteramt. An den Markt schließen sich nach Süden Straßen und Gassen an, die bis zum alten Markt und zum Fischertor reichen und sie einschließen. Aus der alten Siedlung Weißensee würde eine größere Siedlung Weißensee entstehen.« Jutta Claricia nickte, das, was der Ritter hier vorgetragen hatte, war sinnvoll und für jedermann nützlich. Es würden zu den Fischern und Bauern auch noch Handwerker und Händler dazukommen, es könnte eine große Siedlung entstehen, die einen gewinnbringenden Markt besitzt. »Von wem habt Ihr die Besitzungen geerbt?«, fragte die Landgräfin. »Das war ein Ordensbruder, der in Jerusalem seinen Tod gefunden hatte«, erklärte der Ritter und bekreuzigte sich. »Ich darf Euch hier willkommen heißen.« Jutta Claricia winkte den Mundschenken herbei. »Das ist Wein von der Unstrut«, sagte sie, als der Mundschenk die Becher füllte.

Als sie wieder allein war, überdachte Jutta Claricia die Pläne des Ritters und lächelte. Das passt alles gut zusammen. Die Ordensniederlassung, eine neue Kirche in der Nähe der Burg und eine Erweiterung der Siedlung bis hier herauf. Ich werde den Ritter unterstützen, nahm sie sich vor.

Die Bauarbeiten an der Komturei begannen 1182 und dauerten bis ins folgende Jahr hinein. Auch mit dem Bau der Peter-und-Paul-Kirche wurde begonnen. Der große neue Marktplatz, der allmählich entstand, wirkte bereits städtisch und die Siedler argwöhnten zu viel von der neuen Zeit in ihrem Weißensee.

Jutta Claricia konnte nun ihren Söhnen auch Neuigkeiten berichten, wenn sie zu Besuch kamen. Sie war stolz auf die Entwicklung, die um die Burg herum begonnen hatte und sie war bereit, das Neue mit voranzutreiben. Mit dem Meister der Komturei verhandelte sie bereits wegen der Pflasterung des Marktplatzes. Als das Baugeschehen seinen Höhepunkt erreichte, erschien Ende des Jahres 1183, ein kaiserlicher Bote und lud Jutta Claricia zu Pfingsten zum Mainzer Hoffest an den Hof ihres Halbbruders, des Kaisers Friedrich I., ein. Seine Söhne Heinrich und Friedrich sollten die Schwertleite erhalten. Eine gute Gelegenheit sich wiederzusehen, dachte sie und ließ den Hofdamen das Datum mitteilen, damit sie neue Gewänder nähten, Geschenke fertigten und Vorräte anlegten.

Als es so weit war, reiste die Landgräfin Jutta Claricia von Thüringen mit einem eigenen, vergleichsweise kleinem Gefolge nach Mainz. Was für ein Fest fand hier statt! Sie zählte sechs Erzbischöfe, neunzehn Bischöfe, zwei Äbte der Reichsklöster, neun Herzöge, vier Markgrafen, drei Pfalzgrafen, dazu ihre Söhne Ludwig III. und Hermann, jetzt Pfalzgraf von Sachsen, viele andere Grafen, an deren Namen sie sich nicht mehr erinnerte, und noch mehr Ministerialen. Es war eine ungeheure Menschenmasse, die sich an der Mainmündung einfand.

Die Schwertleite des Achtzehnjährigen und des Siebzehnjährigen, das erkannte Jutta Claricia deutlich, war der Rahmen für die neue ritterlich-höfische Repräsentations- und Lebensform. Es war eine andere Zeit angebrochen und Jutta Claricia stand staunend daneben. Sie traf ihren Bruder Konrad, Pfalzgraf bei Rhein, mit seiner Gemahlin Irmingard und deren Tochter Agnes und sie traf auch ihre Halbschwester Bertha von Lothringen mit einigen ihrer Kinder. Sie unterhielten sich, lachten und tauschten Erinnerungen aus. Aber eine Traurigkeit schlich sich in Jutta Claricias Gedanken. Sie sah und spürte, dass ihre Geschwister und sie selbst auch in dieser neuen Lebensart Fremde waren, denn sie waren von ihren Eltern für ein anderes Leben vorbereitet worden. Auch wenn sie Fürsten waren, galt für sie eine bestimmte Bescheidenheit, und sie waren erzogen worden, in ihrem Tun maßvoll zu sein.

Jutta Claricia lernte auch den abgestraften ehemaligen Herzog Heinrich der Löwe und seine Gemahlin Mathilde kennen. Er war nur wenig älter als sie selbst und strahlte ein immenses Maß an Willensstärke und Kraft aus, aber sie sah in ihm auch den Denker und Kunstliebhaber. Hätte er nicht damals ihre Söhne Ludwig und

Hermann gefangen genommen, und große Teile Thüringens brutal verwüstet, hätte sie vielleicht für diesen Menschen Sympathie empfunden. Sie wandte sich ab.

Nach nur wenigen Tagen reiste Jutta Claricia mit ihren Hofdamen und ihrem Gefolge ab. Der Landgraf und der Pfalzgraf würden noch einige Tage bleiben und sich mit den Vettern unterhalten. Die jungen Leute wollten unter sich sein, dachte sie, und hängte den Gedanken an: Und die alten wollen es auch.

Sie kam noch vor der großen Sommerhitze auf ihrer Burg an. Schon von Weitem sah sie den Baufortschritt der Ordensbrüder. Die Komturei war fertiggestellt. Ein großes Gebäude mit einem Garten am Hang und einem einladenden Portal. Das Haus des Marktleiters würde ebenfalls bald fertig sein und mit der Pflasterung des Marktplatzes hatte man auch schon begonnen. Bauleute hämmerten und meißelten ohne Unterbrechung an der Kirche.

Jutta Claricia zog sich zurück in ihre Kemenate und legte sich auf das Lager. Sie war müde. Die Füße waren in der Hitze geschwollen und schmerzten. Auch die Tochter zog sich zurück. Friedrich kümmerte sich um die Pferde und plauderte mit Anselm, dem Stallmeister.

Der Besuch auf der Neuenburg fiel in diesem Jahr aus, so hatten sich die Geschwister in Mainz verabredet. Stille, aber heiße Sommertage vergingen. Die Baumaßnahmen auf dem Marktplatz waren beendet. Kein Hämmern störte die Mittagsruhe. Dann, es war der 26. Juli 1184, spät abends, als der Landgraf Ludwig mit kleinem Gefolge auf die Burg geritten kam. Weckt Eure Hoheit, bat er die Leibdienerin. Jutta Claricia kam schnell und umarmte ihren Sohn zur Begrüßung. Er war so durcheinander, dass sie Mühe hatte, seinen Ausführungen zu folgen. »Bitte berichte noch einmal von Anfang an. Ich bin heute Abend nicht so schnell«, sagte sie.

Ludwig saß ihr gegenüber, seine Kleidung war zerrissen und irgendetwas stank fürchterlich. Sie schaute ihm in die Augen. Dann begann er. »Ich komme aus Erfurt, wir hielten dort Hoftag. Es war das erste Mal unter der Leitung des jungen Königs Heinrich VI. Wir hatten uns alle zur Begrüßung im großen Saal der Dompropstei des Marienstiftes versammelt. Heinrich VI. berichtete gerade von dem Polenfeldzug als es plötzlich knarrte und krachte und der Boden unter uns einstürzte. Die meisten der Versammelten fielen in die Tiefe und in den Tod. Der Boden, auf den sie fielen, hielt dem Gewicht auch nicht stand und brach ebenfalls ein. Balken, Steine, Möbel alles fiel in die Tiefe auf die Menschen, die sich im unteren Stockwerk befanden, auch dieses Stockwerk brach ein. Darunter war nur die Toilettengrube. Alles fiel in die Toilettengrube. Die Menschen, die noch lebten, schrien um Hilfe. Der König rettete sich mit einem Sprung ans Fenster und wurde später mit einer Leiter gerettet. Ich konnte mich im Fallen an einem Wandleuchter festhalten und zur Fensternische springen. Mutter, es war fürchterlich.« Ludwig legte die Hände vor sein Gesicht. »Bisher haben sie mehr als sechzig Grafen, Bischöfe, Ministerialen und Bedienstete tot aus der Latrine geborgen, viele sind verletzt, manche werden noch vermisst. Ob es noch weitere Tote gibt, das weiß man noch nicht.« Ludwig stützte seinen Kopf in die Hände. Mein treuer Ritter Gebardt ist auch in die Latrine gefallen, aber er konnte rechtzeitig herausgezogen werden, bevor die restlichen Steine herabfielen. Er hat den Arm und die Schulter gebrochen. Neben mir stand Graf Gozmer III. von Ziegenhain. Wir unterhielten uns gerade, dann fiel er in die Tiefe und war tot. Ich kann es nicht glauben.« Jutta Claricia ließ für ihren Sohn ein Bad richten und legte Sachen ihres Gemahls für ihn bereit.

Landgraf Ludwig III. ritt am nächsten Tag in Begleitung seines Bruders Friedrich zur Burg Ziegenhain. Sie trafen die Tochter des

Grafen an und berichteten ihr, was sich beim Hoftag in Erfurt zugetragen hatte und sprachen ihr Bedauern aus. Der Latrinensturz von Erfurt und die furchtbaren Tode beschäftigten die Thüringer noch lange Zeit.

Im Herbst kam wieder ein Bote des Kaisers zu Jutta Claricia. Als hätte das Jahr nicht schon genug Leid gebracht, teilte er ihr mit, dass die Kaiserin Beatrix und Königin von Burgund am 15. November im Alter von vierundvierzig Jahren verstorben war. Die Grablege soll in Speyer erfolgen und ihr Halbbruder erwartet sie mit ihrer Familie.

Gemeinsam mit ihren Söhnen, dem Landgrafen Ludwig III., dem Pfalzgrafen Hermann, Friedrich und der Tochter Jutta reiste Jutta Claricia im Herbst nach Speyer. Die Wege waren noch offen. Selbst in Thüringen lag noch kein Schnee. Sie waren eine Woche unterwegs, übernachteten in Klöstern oder auch in Herbergen und erreichten einige Tage vor der Beisetzung Speyer. Jutta Claricia traf ihren Halbbruder, den Kaiser. Er war gealtert und die Trauer um seine Gemahlin hatte ihn tief getroffen. Er hat sie geliebt, dachte sie. Nur an sie gewandt, sagte ihr Halbbruder: »Weißt du, vor einem Monat starb überraschend unsere kleine Agnes. Sie war unser jüngstes Kind, gerade vier Jahre alt. Wir hatten sie mit dem König von Ungarn verlobt. Warum musste sie sterben, sie war zart, aber nicht krank. Am 8. September starb sie und am 10. haben wir sie in Speyer beerdigt. Die Kaiserin soll ihre Grablege neben der Tochter erhalten.« Jutta Claricia kannte den Schmerz, den der Tod eines geliebten Menschen hinterlässt. Sie fand keine Worte, die trösten konnten. Sie legte nur ihre Hand auf seinen Arm. Bertha, seine Schwester, war auch gekommen und beide begleiteten den Bruder, Halbbruder und Kaiser im Dom zum Hochamt und zum letzten Abschied.

Ich habe genug Tode erlebt, nun fehlt nur noch mein eigner, dachte Jutta Claricia und fühlte sich wie Hiob. Sie war des Lebens müde.

Die Kraft war dahingeflossen wie die Schneeschmelze. Vor ihrer Abreise nach Thüringen bat sie ihren Sohn Ludwig, sie nach Alzey zu begleiten. »Dort sind die Gräber meiner Eltern und dort möchte ich noch einmal sein.« Es war ein Tagesritt bis nach Alzey. Sie brachen am nächsten Tag in der Frühe auf. Das Kloster Sankt Walburga, in dem ihre Eltern begraben waren, lag im Licht der Herbstsonne. Jutta Claricia kniete an der steinernen Grabplatte ihres Vaters nieder und sprach ein Gebet, dann kniete sie sich an der Grabplatte ihrer Mutter nieder und ließ ihren Tränen freien Lauf. »Gott, der Allmächtige, sei euren Seelen gnädig«, sagte sie und bekreuzigte sich. Mit dem ganzen Thüringer Hofstaat kam sie noch vor dem Fest der Geburt des Herrn zurück in die Heimat. Sie wollte aber nicht auf die Wartburg, sondern ließ sich zu ihrer Burg nach Weißensee bringen. Sie wollte in Ruhe über alles Gesehene und Erlebte, über alles Gehörte und Empfundene nachdenken.

Das alte Jahr war noch nicht zu Ende, da brachte ein Bote aus der Pfalzgrafschaft Sachsen die Nachricht, dass eine kleine Jutta geboren worden war. Hermann und Sophia hatten eine Tochter bekommen und sie selbst hatte nun ein Enkelkind. »Gott segne das kleine Geschöpf und die Eltern«, wünschte sie sich und hatte ein gutes Gefühl, wenn sie an die kleine Familie dachte.

Jutta Claricia hatte sich für einige Tage vollkommen in ihre Kanzlei zurückgezogen. Erst im neuen Jahr erschien sie wieder an der Tafel und wirkte zufrieden und ausgeruht. Eines Abends verkündete Friedrich voller Stolz, dass er sich überlegt habe, die Luitgard von Ziegenhain zu ehelichen. Jutta Claricia wunderte sich nicht. Sie hatte längst bemerkt, dass Friedrich sich für die schöne Luitgard interessierte. Und nun, da sie allein war, spürte er Verantwortung und die Pflicht, sie zu beschützen. Jutta Claricia sagte ihm, dass sie das für eine gute Wahl hielt und wünschte ihm Glück. Wenige Wochen später kam Ludwig und berichtete seiner Mutter, dass er Margarete von Kleve ehelichen wollte. Jutta Claricia erinnerte die beiden Söhne an den alten Aberglauben, der besagt, wenn zwei Geschwister im gleichen Jahr heiraten, wird eine Vermählung unglücklich, aber die beiden lachten nur. »Ach, Mutter«, sagte Ludwig. »Das ist alter Aberglaube.«

Im Jahre 1185 heiratete Friedrich von Thüringen Luitgard von Ziegenhain und wenig später ehelichte Landgraf Ludwig III. Margarete von Kleve. Margarete und Ludwig wurden nicht glücklich. Die Vermählung des Landgrafen wurde bereits im Jahr 1186 wieder aufgelöst.

Die folgenden Jahre 1187 und 1188 gingen dahin. Jutta Claricia ging mit den Hofdamen und der Magd auf den Markt, kaufte und gab Almosen, wo es nötig schien. Der neue Markt, direkt vor dem Burgtor, war inzwischen umgeben von schönen Häusern. Händler hatten sich angesiedelt, Handwerker und Wirtsleute. Der Marktmeister amtierte in dem schönsten Haus am Platz, gegenüber der Komturei. Manchmal traf Jutta Claricia den Meister des Ordens auf dem Markt, manchmal ging sie auch in die Kirche des Ordens. Die Peter-und-Paul Kirche war längst fertig. Sie war eine dreischiffige Basilika mit einem schönen Querhaus und Rundapsiden. Die kleine Siedlung Weißensee war gewachsen. Sie hatte jetzt eine Stadtmauer und vier Tore. Das Fischertor im Süden, das Seetor im Westen, das Ostertor östlich und das Helbetor, nahe der Burg, im Norden.

Auch an diesem Sommertag wollte Jutta Claricia mit ihren Hofdamen den Markt besuchen. Sie hatte das Burgtor schon verlassen, als Ruthard durch das Helbetor geritten kam. Vor der Landgräfin sprang er vom Pferd und kniete nieder. »Hoheit, verzeiht mir, die Gunda liegt im Sterben. Sie wollte Eure Hoheit noch einmal sprechen.« – »Gunda«, rief sie erschrocken, die Landgräfin spürte einen

Schmerz. Schnell ließ sie sich ihr Pferd bringen und ritt mit Ruthard nach Günstedt. Gunda lag in ihrem Bett. Sie war schwach, aber es war ihr anzusehen, dass sie sich freute, weil die Landgräfin gekommen war. Sie wollte sich aufrichten und entschuldigen, aber sie sank schnell in die Kissen zurück und hustete. Jutta Claricia setzte sich zu ihr aufs Bett und nahm ihre Hand. »Gunda, was kann ich tun, wie kann ich helfen?«, fragte sie. Gunda nickte. Dann sprach Gunda leise. »Ich heiße eigentlich Katharina von Bouch. Meinen Vater haben die Bauern getötet, er war ein böser Mann, der sich an Kindern verging. Meine Mutter ging mit allen vier Kindern ins Wasser und ertrank in der Rems. Nur ich konnte mich retten und Berte aus Waiblingen hat mich aufgenommen und sich um mich gekümmert. Sie nannte mich zum Schutz vor meinem Vater Gunda.« Gunda machte eine Pause und rang nach Atem. Dann hustete sie wieder. »Ich sterbe bald und ich möchte den Herrgott nicht anlügen. Ich möchte, dass mein richtiger Name auf meinem Grabstein steht, und darunter: Gunda, die Heilerin. Vielleicht begegne ich Mutter im Himmel, dann erkennt sie mich.« Gunda sank in die Kissen und röchelte, denn sie bekam keine Luft. Jutta Claricia bat Ruthard, den Anselm zu holen. Anselm kam aus dem Stall, kniete vor der Landgräfin nieder und entschuldigte sich, wegen seiner unangemessenen Kleidung. »Komm her, Anselm, ich möchte etwas in Ordnung bringen«, sie wandte sich an Gunda, »was ich jetzt sagen werde, lasse ich euch morgen in einer Urkunde aus meiner Kanzlei schriftlich bestätigen.«

Anselm kniete noch immer vor der Landgräfin und hatte keine Ahnung, was hier passieren würde. Die Landgräfin legte ihre Hand auf das Haupt von Anselm, dem Stallmeister, und sagte »Hiermit ernenne ich dich, Anselm, Sohn der Katharina von Bouch, zum Grafen Anselm von Bouch und übertrage dir zehn Hufe Land zwischen

Günstedt und Weißensee als vererbbares Lehen.« Ruthard kniete ebenfalls nieder. »Ich danke Eurer Hoheit«, dann konnte er nicht weitersprechen. Gunda kämpfte mit dem Husten und der Atemnot, aber alles, was sie sagen wollte, sagten ihre Augen und Jutta Claricia verstand sie.

Am nächsten Morgen kam ein Bote aus der Kanzlei aus Weißensee und überreichte Anselm eine Urkunde mit dem Siegel der Landgräfin. Anselm breitete sie stolz auf dem Bett seiner Mutter aus. Ruthard stütze Gundas Rücken, damit sie einen Blick darauf werfen konnte. Sie las nur den Namen Graf Anselm von Bouch, dann sah sie Ruthard an und starb in seinen Armen. Die Gräfin Katharina von Bouch wurde neben der Kirche in Günstedt beigesetzt.

Der Tod von Gunda hatte Jutta Claricia sehr mitgenommen. Wie viel Not, Schmerzen und Verzweiflung hatte Gott, der Allmächtige, in all den Jahren dieser kleinen Heilerin anvertraut und wie viel Hilfe und Leben hatte sie den Mitmenschen geschenkt. Jutta Claricia ging mit ihren Hofdamen in die Ordenskirche und betete für Gunda. Als ihr Sohn, Landgraf Ludwig, sie besuchte, bat sie ihn, bei den Holzschnitzern in Eisenach eine Christusfigur zu bestellen, die sie der Kirche in Günstedt spenden wollte.

Als wäre das Maß des Unglücks noch nicht voll. Bald darauf starb Sophia von Sommerschenburg, die Gemahlin ihres Sohnes Hermann, des Pfalzgrafen von Sachsen. Jutta Claricia ritt mit ihrer Tochter Jutta und einigen Begleitern nach Gotha zur Grablege ihrer Schwiegertochter. Hermann stand verzweifelt mit seinen beiden kleinen Töchtern Sophia und Jutta am Grab. Ihr Hermann, der kluge und besonnene Pfalzgraf war gebrochen. Jutta Claricia wollte Mitleid spenden, wollte Hilfe geben und wollte trösten, aber sie wusste auch, wenn die Liebe zerbricht, gibt es nichts, was dem Herzen hilft. Sie umarmte ihre Enkeltöchter und lud sie zu sich auf die Burg ein.

NOCH EIN KREUZZUG UND DER TOD DER LANDGRÄFIN

Am Abend ritten sie schweigend nach Hause zurück. Als der Landgraf Ludwig III. sie besuchen kam, bot Jutta Claricia ihm an, in diesem Jahr das Fest der Geburt des Herrn mit Kindern und Kindeskindern auf ihrer Burg zu begehen, ihr sei die Reise auf die Wartburg zu beschwerlich, besonders im Winter. Ludwig willigte sofort ein. Er hatte seine Brüder lange nicht gesehen und wollte mit ihnen besprechen, was sie von einem weiteren Kreuzzug des Kaisers hielten, der bereits in aller Munde war.

So kam es, dass am 20. Dezember 1188 Friedrich, Graf von Ziegenhain, mit seiner Gemahlin Luitgard und ihrem kleinen Sohn Ludwig auf der Burg seiner Mutter eintrafen. Luitgard war guter Hoffnung und sah gesund und kräftig aus. Hermann kam einen Tag später mit Jutta und Sophia. Ludwig kam als Letzter. Er brachte die Tochter Jutta aus der Ehe mit Margarete von Kleve mit. Da er auch seine zweite Vermählung mit der Witwe Sophia von Dänemark nach nur kurzer Zeit beendet hatte, war er wieder allein. Seine Schwester Jutta war ebenfalls allein, aber sie vertraute fest darauf, dass sie eines Tages einen guten Gemahl finden würde. Sie war nicht verhärmt, wie manch einer befürchtete, sie war geduldig. Gemeinsam besuchten sie die Messe der Ordensbrüder in der Peter-und-Paul-Kirche. Als sie auf dem Heimweg über den Markplatz zur Burg zurückgingen, stand der Mond direkt über der Burg. Das himmlische Licht und das irdische Leben. Jutta Claricia erinnerte sich daran, dass ihr Ludwig niemals die Burg im Winter und mit Schnee gesehen hatte. Ludwig, ihre Gedanken waren in der letzten Zeit so oft bei ihm.

Nach der Abendmahlzeit unterhielten sich die Söhne angeregt über den für das folgende Jahr geplanten Kreuzzug ihres Oheims, des Kaisers. »Im Mai 1189 soll der Kreuzzug beginnen«, sagte Ludwig III. und berichtete weiter, dass auch ihr Vetter Friedrich, den Kreuzzug seines Vaters begleiten würde. Er selbst werde sich trotz seiner Verletzung ebenfalls dem Kreuzzug anschließen«, verkündete er stolz. Hermann überlegte und sagte dann nachdenklich. »Nur das deutsche Heer unseres Oheims zieht ins Heilige Land. Warum folgen Frankreich und England nicht dem Aufruf des Papstes? Ich werde mich als Ritter und Lehnsmann des Kaisers nicht enthalten können, aber hinter mir auf meinem Pferd sitzt die Angst.« – »Viele werden dem Kreuzzug folgen, weil sie allein durch die Teilnahme Vergebung ihrer Sünden erlangen, aber ich glaube das nicht«, warf Friedrich ein. »Oder sie wollen Reichtum und Ehre?« – »Reichtum und Ehre gegen Gesundheit und Leben, das ist dumm«, ergänzte Hermann. »Treffen wir uns noch einmal, bevor ihr aufbrecht?«, fragte Jutta Claricia. Ludwig schüttelte den Kopf.

»Dann geht mit Gott und kehrt gesund wieder heim. Ich segne euch mit der Gnade und Barmherzigkeit unseres Herrn, des Allmächtigen, und mit der Liebe eines Mutterherzens.« Lange schaute sie ihnen nach. Wieder eine Trennung und wieder ein Schmerz, dachte sie. »Wann ist das Maß des Leides voll?«, fragte sie die Tochter, die gegen die Tränen ankämpfte, ohne eine Antwort zu erwarten. Sie wusste die Antwort selbst.

Das Jahr 1189 verging, auch das Jahr 1190 war weit fortgeschritten. Niemand war vom Kreuzzug bisher zurückgekommen. Niemand brachte eine Botschaft. Im Herbst bekam Jutta Claricia Besuch von Friedrich und Luitgard. Sie brachten ihren Sohn Ludwig und die kleine Tochter Sophia mit. Die Landgräfin sah, dass Luitgard wieder in Erwartung war und freute sich mit den Eheleuten. Es wurde ein schöner Nachmittag. Der kleine Ludwig durfte mit seinem Vater im Obstgarten Äpfel und Birnen ernten, die sie mitnahmen.

Das Frühjahr 1191 war nass und kalt. Bis in den März hinein, waren die Wege glatt und rutschig. Jutta Claricia vermied Spaziergänge auf den Markt oder zur Ordenskirche. Sie dachte jeden Tag und jede Stunde an ihre Söhne, die irgendwo im fernen Land kämpften. Ihre Angst wuchs wie ihre Kräfte schwanden. Endlich kehrte im Mai 1191 Hermann zurück.

Sie setzten sich beide ans Fenster und Hermann begann zu berichten. Wie sie vor genau zwei Jahren in Regensburg aufgebrochen waren. »Mit fünfzehntausend Teilnehmern war es das größte Heer, das jemals zu einem Kreuzzug aufgebrochen war. Darunter waren dreitausend gepanzerte Ritter. Sie hatten den Landweg gewählt, der Oheim fuhr zu Schiff donauabwärts. Die Ungarn waren hilfreich und unterstützen uns, aber als wir das Byzantinische Reich betraten, schlug uns Misstrauen entgegen. Dann folgten Überfälle und Hinterhalte. Byzanz sah in uns eine Bedrohung, die Bewohner von Adrianopel flohen vor uns aus ihrer Stadt. Schließlich konnte das ganze Heer mit Lastschiffen, Schiffen und Galeeren über den Hellespont nach Asien übergesetzt werden. Wir mussten monatelang durch die unwegsamen kargen gebirgigen Ausläufer der Anatolischen Hochebene ziehen. Die Angriffe der Seldschuken nahmen zu und unsere Kräfte ab. Wir litten Hunger und Durst. Die glühende Sonne und der Sand waren unsere täglichen Begleiter. Wir waren nur noch ein Heer von Halbtoten. Keine tausend Ritter waren dem Heer geblieben. Wir griffen Ikonion an und plünderten es. Alle Mundvorräte der Stadt nahmen wir mit. Endlich konnten wir sauberes Wasser trinken. Im Mai 1190 erreichten wir endlich Armenien. Am Morgen des 10. Juni kamen wir an den Fluss Saleph. Hier ertrank unser Oheim, Kaiser Friederich I.« Hermann machte eine Pause, dann fuhr er mit der Erzählung fort. »Um der schnellen Verwesung in der Sommerhitze entgegenzuwirken und einen Transport zu ermöglichen, wurde mit seinem Leichnam wie üblich verfahren. Drei Tage nach seinem Tod wurde er in Tarsus ausgenommen und mit Salz eingerieben. Als wir nach drei Wochen in Antiochien ankamen, wurde die Leiche in Stücke geschnitten und in Wasser und Essig gekocht, bis das Fleisch von den Knochen fiel. Das Fleisch wurde in der Kathedrale von Antiochien beigesetzt. Die Gebeine seines Vaters hat sein Sohn Friedrich bis nach Tyros mitgenommen und dort in der Bischofskirche beisetzen lassen.«

Hermann schwieg. Seine Mutter sah blass aus. Der Mundschenk brachte der Landgräfin ein Glas mit klarem Wasser. »Bitte fahre fort«, sagte sie, nachdem sie getrunken hatte. »Nach dem Tod seines Vaters war Friedrich unser Heerführer. Aber Friedrich hatte sich das Sumpffieber geholt und starb am 21. Januar 1191, bevor wir Akkon erreichten. Wir haben ihn in Akkon beigesetzt.« – »Was ist mit unserem Ludwig geschehen?«, fragte die Landgräfin müde. »Ludwig war im Sommer 1190 auch am Sumpffieber erkrankt. Er war noch in Akkon dabei, aber schon sehr geschwächt. Von dort wollte er mit dem Schiff zurückfahren. Er kam nur bis Zypern und dort starb er am 16. Oktober 1190. Seine Eingeweide wurde dort beerdigt und seine Gebeine wurden nach Kloster Reinhardsbrunn überführt. Ich habe für den 1. Juni 1191 die Grablege in unserem Kloster in Reinhardsbrunn angesetzt.«

Jutta Claricia brach zusammen. Hermann hob seine Mutter auf, brachte sie in ihr Gemach und legte sie auf ihr Bett. Als er sie auf den Armen trug, war sie federleicht. Hatte sie alles Schwere des Lebens schon abgelegt?, grübelte er. Jutta und Hermann saßen an ihrem Bett. Die Landgräfin weinte. Sie bat um ein Glas Wasser und wollte dann allein sein.

Jutta bereitete ihrer Mutter einen Schlaftee vor, ein altes Rezept von Gunda. Und tatsächlich schlief die Landgräfin ein.

Zur Grablegung reiste Jutta Claricia mit ihrer Tochter Jutta und den Hofdamen im Wagen nach Reinhardsbrunn. Ein kleines Gefolge ritt neben ihnen her.

Das Hochamt im Kloster Reinhardsbrunn hielt wieder Erzbischof Wichmann von Magdeburg. Er war inzwischen ein sehr alter Mann. Jutta Claricia wusste, dass er mehr als fünfzehn Jahre älter war als sie selbst. Sie war ihm dankbar, dass er für den Landgrafen aus dem entfernten Könnern angereist war. Wichmann, kannte die Familie Ludwigs III., kannte die Toten und die Lebenden. Vor fast zwanzig Jahren hatte er den Landgrafen Ludwig II. beerdigt, dann vor zehn Jahren seinen Sohn Heinrich Raspe und nun würde er die Gebeine des zweiten Sohnes, die sterblichen Überreste des jetzigen Landgrafen, der Ewigkeit übergeben.

Alle Großen Thüringens und des Reiches waren gekommen, um Abschied vom Landgrafen Ludwig III. zu nehmen. Jutta Claricia sah sie alle, aber sie erkannte niemanden. Sie hörte anteilnehmende Worte, aber es gab keinen Trost für ihre Seele. Es gab nichts mehr für sie, das merkte sie deutlich, als Wichmann den Segen Gottes verkündete. Jutta, Friedrich und Hermann brachten ihre Mutter nach Hause.

Bevor Hermann am nächsten Morgen zum Aufbruch rüstete, erzählte er seiner Mutter, dass ihm der König Heinrich VI. die Landgrafschaft über Thüringen übertragen hatte. Jutta Claricias Augen strahlten noch einmal. Ein Glanz und ein Leuchten wie Sonnenschein lagen auf ihrem Gesicht. Sie umarmte ihn mit ihren dünnen Armen und flüstere ihm ins Ohr. »Ich danke dir, mein Sohn. Du wirst ein guter Landgraf sein, das weiß ich.«

Hermann verließ seine Mutter mit einem unguten Gefühl. Seine Schwester Jutta beruhigte ihn. »Sie will es so und ich bin bei ihr.«

Jutta Claricia hörte die Pferde, wie sie den Burghof verließen. Sie war wieder allein, aber sie war voller Erinnerungen. Das war die Gnade, die Gott ihr geschenkt hatte. Mit ihrer Tochter und mit den Hofdamen besuchte sie noch einmal in der kommenden Woche den Markt. Sie kaufte etwas ein, fragte das eine oder andere und verteilte Almosen. Mit langsamen Schritten überquerte sie den Platz und ging allein mit der Tochter in die Kirche. Die Ordensbrüder hatten neben dem Altar eine Bank für die Landgräfin aufstellen lassen. Hier saß sie manchmal stundenlang und hielt Zwiesprache mit ihrem verstorbenen Gemahl, mit ihren toten Söhnen und mit Gott. Jedes Mal endeten ihre Gebete in Grübeleien und jedes Mal entstanden die Fragen: Was hatte der Herr noch vor mit ihr und warum vorenthielt er ihr das letzte Erlebnis ihres Daseins? An diesem Tag war sie müde. Sie wollte nur hier sitzen. Die Gedanken hatten sich von selbst geordnet und zur Ruhe begeben. Kein Hadern mit Gott. Keine Suche nach Erkenntnis. Sie atmete die Stille der Kirche ein und tiefe Ruhe breitete sich in ihrem Denken aus. Das Sonnenlicht spielte mit den bunten Farben der Fenster auf dem Fußboden. Leuchtete, flackerte und löste sich allmählich auf. So war mein Leben, dachte sie. Leben, das war früher. Stille vom Leben suchte sie, Stille von den Menschen und Stille von der Welt, wünschte sie sich. Ich bin bereit für den Weg in die Ewigkeit. Gott, Allmächtiger, führe mich zur Erlösung.

Mit der Tochter ging sie langsam über den Markt zurück.

Sie ruhte sich in ihrer Kemenate aus, dann schlief sie ein. Als sie aufstand, gab ihr die Leibdienerin einen silbernen Pferdegeschirr-Anhänger mit einem kaiserlichen Doppeladler. »Hoheit, das habe ich in Eurem Mantel gefunden.«

Jutta Claricia legte das kleine Andenken auf das Tischen neben ihrem Bett. »Danke, das ist von meinem Halbbruder.« Als sie am nächsten Morgen aufwachte, nahm sie das Geschenk in die Hand und murmelte Worte, die nur Gott und sie allein verstanden. »Friedrich, ich habe dich oftmals nicht verstanden, ich war verärgert und verletzt, aber ich habe dich immer als meinen Bruder geliebt.«

Dann hörte die Leibdienerin, wie die Landgräfin, bevor sie einschlief, deutlich sagte: »Mein Gott, bring mich heim zu meinem Gemahl.«

Als die Leibdienerin am nächsten Morgen die Fenster öffnete, schien bereits die Sonne hell über Weißensee. Laut klang aus den Obstbäumen auf dem Burgberg der fröhliche Gesang der Vögel herüber ins Gemach der Landgräfin. Es war plötzlich eine besondere Heiterkeit rings um die Burg entstanden und sie hatte Mensch und Tier erfasst. Es war der heilige Augenblick gekommen, in dem Gegenwart und Vergangenheit einander berührten und Sein und Vergehen verschmelzen.

Alles Zeitliche hatte sich erfüllt, sie wusste es. Deutlich sah Jutta Claricia am Horizont die Pforte zum Universum. Heute würde sie ihren letzten Gast willkommen heißen. Heute würde er kommen.

Als sie seine Nähe spürte, fiel alles Irdische von ihr ab. Er hob sie auf und der Sommerwind und die Lieder der Vögel trugen sie fort.

Die Landgräfin Jutta Claricia starb am 7. Juli im Jahre 1191. Sie wurde achtundfünfzig Jahre alt. Ihre Söhne Landgraf Hermann I. und Friedrich Graf von Ziegenhain und ihre Tochter ließen sie im Kloster Reinhardsbrunn neben ihrem Gemahl und ihren beiden Söhnen Ludwig und Heinrich Raspe beisetzen.

Das Hochamt für die Grablege der Landgräfin hielt der greise Erzbischof Wichmann von Magdeburg. Wichmann von Seeburg kannte die Ludowinger seit sechzig Jahren und war mit den Thüringern freundschaftlich verbunden. Er kannte deren Glück und deren Schmerz und teilte sie. Ein letztes Mal hielt er das Hochamt für die landgräfliche Familie. Danach beschritt auch er den Weg in die Ewigkeit.

ZUM BUCH

Den Roman habe ich aus einigen wenigen nachweisbaren und historisch gesicherten Daten verfasst.

Ich habe mich stets bemüht, mich eng an den geschichtlichen Ereignissen, Orten und Personen zu orientieren.

Der Geburtsort von Kaiser Friedrich I., ist in der Geschichtsforschung strittig. Manche Quellen, besagen, er sei in Hagenau in Frankreich geboren worden. Aber das lag damals weder im staufischem noch im welfischen Herzogtum. Ich habe in der Literatur auch keinen Grund (Krieg, Auseinandersetzung etc.) gefunden, warum der Herzog mit seiner hochschwangeren Gattin in ein fremdes Land reisen sollte.

Trotz Quellentreue und textkritischem Studium bleibt es ein Roman, der der Geschichte sehr nahe kommt.

Die Landgräfin Jutta Claricia ist aus der Geschichte von Weißensee in Thüringen nicht wegzudenken. Die Weißenseer sind noch heute stolz auf die Frau, die wyssense groß und über ihre Zeit hinaus bedeutsam machte. Ihr ist es zu verdanken, dass aus der ehemals kleine Siedlung wyssense ein kulturelles, politisches und wirtschaftliches Zentrum entstanden ist, das weit über die Grenzen Thüringens und weit über ihre Zeit hinaus Bedeutung hatte.

Das ist bemerkenswert, weil es sich um eine Frau handelte, die gemeinsam mit ihrem Ehemann ihre Zeit und ihr Land prägte und damit auch die Geschichte Thüringens gestaltete. Damit unterschied sich die Landgräfin Jutta Claricia von den meisten adligen Frauen des Hochmittelalters. Sie mischte sich in das Leben der Menschen ein, sie erhob ihre Stimme und forderte Gehör, wo andere um des eigenen Vorteils willen oder wegen der höfischen Sitte stumm blieben. Jutta Claricia hatte eine Vision für die Menschen und für die Siedlung wyssense und sie verwirklichte ihre Ideen.

Die Landgräfin Jutta Claricia hatte bereits eine Geschichte, bevor sie nach Thüringen kam. Ich habe versucht ihre familiären Hintergründe aufzuzeigen, die erklären, warum sie wurde, wie wir sie heute noch achten können.

Am meisten habe ich an dieser Frau bewundert, dass sie den Mut hatte, ihren Weg zu gehen. Oftmals allein, aber immer gottesfürchtig und aufrichtigen Herzens.

Manches in dieser Geschichte, zum Beispiel die Figuren Ruthard und Gunda, Berte und Hannes sind von mir frei erfunden und dienen dazu, das Leben in jener Zeit zu versinnbildlichen. Aber die im Werk genannten Daten und die handelnden historischen Personen sind historisch nachweisbar und den tatsächlichen geschichtlichen Ereignissen zugeordnet.

Bei den Geburtsdaten der Kinder von Jutta Claricia habe ich ungenaue historische Angaben, z. B. anhand von Feldzügen und damit Abwesenheiten ihres Mannes Ludwig II. von Thüringen, versucht zu präzisieren.

Nicht nachweisbar, aber möglich, erscheint mir, dass es in Günstedt und anderen Orten in der Nähe von Weißensee Pferdezucht gab. Denn tatsächlich gab es diese weißen Pferde an den Seen bei wyssense und sie waren über die Grenzen Thüringens bekannt für ihre Schönheit und ihre Leistungsfähigkeit. Lange Zeit wurden sie gezüchtet und sind in der Geschichte als kostbare Geschenke belegt.

Da Wallache, auch Runnen genannt, die besseren Reitpferde sind, war es die Aufgabe der Zucht, diese Tiere für Schlachten, Kämpfe,

Turniere und als Reitpferde auszubilden. Die Bezeichnung Runnen war noch lange Zeit im niederdeutschen Raum verbreitet.

Ich vermute, der Name Runneburg könnte sich herleiten aus der »Burg bei den weißen Runnen«.

Einmal habe ich ein Zitat verwendet, es ist aus:

· Hans-Peter Brachmanski, Jutta von Schwaben, Landgräfin von Thüringen, Verlag Rockstuhl, Bad Langensalza, 2. Aufl. 2023, S. 26 entnommen.

Des Weiteren habe ich folgende Bücher als Informationsquellen benutzt:

· Knut Görich, Friedrich Barbarossa. Verlag C. H. Beck, München 2022

· Knut Görich, Die Staufer. Verlag C. H. Beck, München 2006

· Johannes Laudage, Die Salier. Verlag C. H. Beck, 3. Aufl., München 2011

· Lothar Groß, Bernd Sternal, Thüringen, Burgen, Schlösser und Wehrbauten, Bd. 1, 2. Aufl. Sternal Media, Norderstedt 2019

· Werner Mägdefrau, Thüringen im Mittelalter 1130–1310, Bd. 3, 2. Aufl. Verlag Rockstuhl, Bad Langensalza 2015

· Walter Bach (Günstedt), Aus der Geschichte des Kreises Weißensee. In Beiträgen zur Kultur- und Wirtschaftsgeschichte des Kreises Weißensee – Thüringen. Paul Schramm Verlag, Erfurt 1930

ANHANG

Die Familie

Jutta Claricia 1133 bis 7.7.1191

Vater: Herzog Friedrich II. von Schwaben, 1105 bis 1147
Mutter: Agnes von Saarbrücken 1117 bis 1147
Oheim Konrad III. (Bruder des Vaters), 1093 bis 1152, römisch-deutscher König 1138–1152

Halbbruder Friedrich, 1122 bis 10.6.1190, Kaiser Friedrich I., Barbarossa, 1152–1190 römisch-deutscher König, 1155–1190 Kaiser des römisch-deutschen Reiches
Halbschwester Bertha, 1123 bis 1194
Bruder Konrad, 1134 bis 1195, Pfalzgraf bei Rhein

Ehemann Ludwig II., 1128 bis 14.10.1172, Landgraf von Thüringen (genannt der Eiserne), Heirat 1150

Kinder:
- Ludwig, 1151 bis 16.10.1190, Landgraf Ludwig III. von Thüringen 1172–1190
- Heinrich Raspe, 1153 bis 18.7.1180, Graf von Gudensberg, Vogt der Abtei Hersfeld
- Hermann, 1154 bis 25.4.1217, 1181–1217 Pfalzgraf von Sachsen, Landgraf Hermann I. von Thüringen 1190–1217
- Friedrich, 1156 bis 1229, 1171–1178 Probst in Mainz, 1185 Graf von Ziegenhain
- Jutta, 1159 bis 1200

Kreuzzüge und Feldzüge

Von den insgesamt sieben Kreuzzügen in der Geschichte, werden in diesem Roman nur diese drei Kreuzzüge erwähnt.

1. Kreuzzug ins Heilige Land 1096 bis 1099
2. Kreuzzug ins Heilige Land 1147 bis 1149
3. Kreuzzug ins Heilige Land 1189 bis 1192

Italienfeldzüge unter Kaiser Friedrich I. – Barbarossa

1154 bis 1155
1158 bis 1162
1167 bis 1168
1174 bis 1177
1184 bis 1186

Herrscher des Heiligen Römischen Reiches Deutscher Nation zur Zeit der Romanhandlung

Römisch-deutscher Kaiser Heinrich IV.

Lebenszeit von 1050 bis 1106
Mitkönig von 1053 bis 1056
Römisch Deutscher König von 1056 bis 1084
Römisch Deutscher Kaiser von 1084 bis 1105

Römisch-deutscher Kaiser Heinrich V.

Lebenszeit von 1086 bis 1125

Mitkönig von 1098 bis 1106

Römisch Deutscher König von 1106 bis 1111

Römisch Deutscher Kaiser von 1111 bis 1125

Römisch-deutscher Kaiser Lother III. von Supplingenburg

Lebenszeit von 1075 bis 1137

Römisch Deutscher König von 1125 bis 1133

Römisch Deutscher Kaiser von 1133 bis 1137

Römisch-deutscher König Konrad III.

Lebenszeit von 1093 bis 1152

Römisch Deutscher König von 1138 bis 1152

Römisch-deutscher Kaiser Friedrich I. – Barbarossa

Lebenszeit von 1122 bis 1190

Römisch Deutscher König von 1152 bis 1155

Römisch Deutscher Kaiser von 1155 bis 1190

Römisch-deutscher Kaiser Heinrich VI.

Lebenszeit von 1165 bis 1197

Mitkönig von 1169 bis 1191

Römisch-deutscher Kaiser von 1191 bis 1197

INHALT

Ich möchte Margaret und Helmuth Friederich danken. Sie haben mich auf ihrer Baobab Ranch in Namibia beherbergt, versorgt und verwöhnt, damit ich diesen Roman schreiben konnte.

Umschlagabbildungen:
vorn: Collage aus © 911702666 – iStock, © denisik11 – iStock,
© ilbusca – iStock; hinten: © billnoll – iStock

1. Auflage

Bernburger Straße 2, 06108 Halle (Saale)
www.mitteldeutscherverlag.de, info@mitteldeutscherverlag.de

Gesamtherstellung: Mitteldeutscher Verlag, Halle (Saale)

ISBN 978-3-68948-067-7

Printed in the EU